PIÙ LETTO CHE LUTTO

I MISTERI DEL CIMITERO DI GRIMDALE, 4

STEFFANIE HOLMES

 Formattato con Vellum

PIÙ LETTO CHE LUTTO

Riportare in vita tre fantasmi sexy da morire è stato un grave errore?

Io volevo solo baciare i miei fidanzati fantasma, invece ho rotto il Velo tra il mondo dei Viventi e l'Aldilà. Ops. Ora un'orda di demoni e bestie infernali ci sta dando la caccia, e se non riesco a controllare la mia magia di resurrezione al più presto, le conseguenze potrebbero essere gravi.

Tipo, la fine del mondo.

Sono davvero inquieta. Anzi no, terrorizzata. In tutta Grimdale non c'è abbastanza caffè per darmi la forza di affrontare questa battaglia.

E se il prezzo da pagare per essermi innamorata di tre uomini bellissimi e incredibilmente pieni di vita fosse *peggiore* della morte?

E se l'unico modo per impedire che Grimdale diventi una vera e propria città fantasma…

…fosse rinunciare alla mia anima?

Bree e i suoi uomini fantasma sono tornati per la loro ultima, spettrale avventura in *Più letto che lutto*, il quarto libro di questa serie fantasy dalle tinte cupe e ironiche, dell'autrice bestseller Steffanie Holmes. Se amate le eroine sarcastiche, i fantasmi sexy, possessivi e leggermente squinternati, i misteri da risolvere, e le storie d'amore spettrali e bizzarre, allora smettetela di fare gli…spiritosi e iniziate a leggere!

ISCRIVETEVI ALLA NEWSLETTER
PER RIMANERE AGGIORNATI

Volete una scena bonus gratuita del ballo scolastico di Bree, insieme alla sua playlist? Iscrivendovi alla newsletter di Steffanie Holmes riceverete una copia gratuita di *Cabinet of Curiosities*: un compendio di racconti e scene bonus di Steffanie Holmes.

https://www.nevermorebookshop.co.nz/pages/steffanie-holmes-newsletter-italian

Ogni settimana, nella mia newsletter, parlo di vere e proprie infestazioni, strani avvenimenti, rovine fatiscenti e fatti inquietanti che ispirano le mie storie. Con la newsletter riceverete anche scene bonus e aggiornamenti esclusivi. Adoro parlare con i miei lettori, quindi unitevi a noi per un po' di spettrale divertimento :)

A mio padre
Il mio primo eroe

...Eppure nel tuo cupo regno risiede una verità,
    Cui la morte, per quanto temuta, uno scopo sempre dà,
    Poiché la fragile essenza della vita trova valore
    Nei momenti vissuti in gesta di nobile ardore.

A ogni rintocco di campana una lezione risuona,
    giorno dopo giorno, anche se il destino ti abbandona,
    Perché la morte, grande livellatrice, reclamerà
    Il mendicante e il nobile, in parità.

Fronteggiamo quindi il destino con fierezza,
    E affrontiamo la fine con valore, non con cupezza.
    Perché la morte ci dà l'opportunità
    Di lasciare un'eco nell'eternità.

Tu vieni come ladro, Edward il principe poeta, 1644.

PROLOGO
NOVANTADUE ANNI FA

«Forza, cara. Metti fine alle nostre sofferenze.» Horace Van Wimple, l'attuale ministro degli Interni britannico, la guarda dall'altra parte del tavolo. «In quelle tue belle manine non hai nulla che possa farmi paura.»

Van Wimple si rilassa, appoggiato allo schienale della sedia, e sposta lo sguardo verso un gruppo di uomini riuniti intorno al fuoco scoppiettante, che si versano altro scotch mentre spettegolano sull'ultima seduta del Parlamento. Van Wimple non vede l'ora che finisca la partita, per potersi unire a loro.

La donna seduta al tavolo da gioco di fronte a lui si aggiusta la giacca rosa e prende una boccata dalla sua sigaretta. Non le piace fumare, ma adora il modo in cui gli uomini come Van Wimple la guardano quando fuma, quasi fosse una creatura mitologica, che non riescono a controllare e nemmeno dovrebbero provare a farlo.

Mescola le carte che ha in mano: quelle davanti le mette dietro, quelle che stavano dietro le porta davanti.

Ha una coppia di re.

Una buona mano, ma Van Wimple sa di avere già vinto, a

giudicare dalla disinvoltura con cui ha posato l'atto di proprietà della sua grande casa fatiscente accanto all'enorme pila di denaro sul tavolo.

Perché mai Horace Van Wimple dovrebbe giocarsi l'affascinante Grimwood Manor? Appartiene alla sua famiglia da generazioni. Un tempo era di proprietà del famigerato principe poeta Edward, ed è l'edificio più bello su cui lei abbia mai posato gli occhi. Questa casa è tutto ciò che lei desidera, e tutto ciò che Horace Van Wimple non merita.

La donna anela alla casa con una intensità che avverte fino alle ossa. Non sa da dove provenga questa sensazione, ma è la più forte che abbia provato da anni.

Ed Elsie è stanca di fuggire dai suoi sentimenti.

Horace solleva il tagliasigari tra il pollice e l'indice e se lo fa scattare sopra la spalla con un rumore netto. Quindi le soffia in faccia un anello di fumo. «Forza, dolcezza, non abbiamo tutta la notte.»

Sta bluffando?

Gli altri uomini nella stanza sembrano in imbarazzo. In un angolo, tre donne (due delle quali lei presume siano prostitute) sono adagiate con pigrizia sul pianoforte. Una di loro suona, e con voci basse e sensuali le altre due cantano una canzone popolare su un amore perduto. Gli uomini ronzano intorno a loro come fossero fuchi intorno a un vaso di miele, riempiono i bicchieri delle signore e le accarezzano sulle spalle, a scaldarle da un freddo inesistente. Le tende tirate nascondono il panorama: un vero peccato, perché la stanza si affaccia su un maestoso cimitero. Elsie adora la pace dei luoghi dei morti, ma tutti gli altri sostengono che una vista così tetra non sia adatta alla loro festa.

Il fidanzato di Elsie, Gregory, solleva gli occhi dalla scollatura della pianista per guardarla. Non avrebbe voluto che lei prendesse parte a quella riunione. Dopo cena, le aveva suggerito di ritirarsi al piano di sopra per andare a dormire, come avevano fatto tutte le mogli degli amici di Horace, che si erano avviate lungo la scala maestosa come tanti pappagallini in sfilata. Lei avrebbe voluto seguirle, ma non voleva dare a Gregory tale soddisfazione.

Ora le piacerebbe tanto allontanarsi dalla festa. Lasciare Gregory, scappare in Italia, andare a vedere rovine antiche, prendere un nuovo nome, portare i capelli sciolti e bere vino ogni giorno a colazione. Ma non può.

Senza Gregory, Elsie sarebbe senza un soldo. Se lui la lascia, la sua famiglia d'origine le volterà le spalle, soprattutto quando si renderanno conto dello stato in cui si trova.

Il mondo di Elsie si è ristretto fino a soffocarla, e ora è uguale a tutte le altre mogli: un grazioso uccellino in gabbia. Ma Horace le ha offerto un'altra strada per la libertà.

Così rimane al tavolo, a riflettere sulla sua prossima mossa, mentre l'atto di proprietà della casa la tormenta, dall'alto della pila di monete e gioielli.

«Due delle immagini che hai in mano sono uguali!»

Una voce sconosciuta ed eccitata la spaventa, ma lei riesce a mantenere la calma. Si è esercitata a lungo.

Elsie finge di doversi aggiustare una spallina del vestito e alza lo sguardo verso il fantasma di un centurione romano. Per la maggior parte della serata era rimasto in un angolo della stanza, con la testa nel mobiletto dei liquori, oppure a brandire la spada contro Horace. Ora è alle sue spalle, e scruta le carte che ha in mano.

«Ne hai due uguali.» E indica i suoi re. «È così che si vince? A Roma avevamo un gioco simile, solo che giocavamo con tessere sulle quali c'erano immagini di ninfe maliziose, e si vinceva quando si versava il vino sulla testa del rivale.»

Lei lancia un'occhiata a Van Wimple, che ha chiamato una delle potenziali prostitute per farsi riempire il bicchiere. Nessuno la sta guardando, così lei sibila tra i denti al fantasma: «Posso vincere solo se le mie carte hanno un valore superiore alle sue.»

«Oh, mi vedi! E puoi parlare con me! Ehi, ma è emozionante! Nessun Vivente è mai riuscito a vedermi prima. Di solito ci troviamo di fronte a umani Viventi che sono inutili e andati a male, come quell'Horace lì.» Il soldato scuote la testa, triste. «Non sa nemmeno brandire una spada. Ieri sera stava mostrando ai suoi amici una delle lame dei suoi antenati e ha fatto un buco gigante nell'arazzo in corridoio. Una vera mancanza di rispetto. Che Giove gli tagli i testicoli e li serva come tartufi di Natale. Mi chiamo Pax, Pax Drusus Maximus, e il mio compito qui è proteggere la casa dai druidi. E infastidire Edward.»

Elsie non sa chi sia Edward, ma Pax sembra gentile, per essere un fantasma. Non le ha ancora chiesto nulla, cosa che di solito accade nel momento in cui uno spirito si rende conto che lei lo può vedere. Per questo motivo, e anche perché i suoi genitori hanno minacciato di farla internare se avesse continuato a parlare con persone invisibili, ha imparato a ignorare i fantasmi.

Ma stasera ha deciso che infrangerà la sua regola. Pax Drusus Maximus potrebbe tornarle utile.

Il soldato le dà qualche pacca sulla spalla, con un tocco che è un soffio di aria calda, e le sue dita le affondano in parte nella pelle. Per un istante viene assalita da ricordi di lui: il calore del vino romano che le scende nel ventre, le sonore prese in giro e gli scherzi osceni dei suoi amici, il dolore al braccio che tiene la spada quando infilza un nemico...

Elsie scosta di scatto la spalla. Questo suo nuovo potere è un incentivo in più per ignorare i fantasmi. Ha anche notato che negli ultimi tempi, quando si trova vicino a loro, questi sembrano essere in grado di interagire con il mondo dei Viventi con piccole azioni: fanno cadere un vaso, oppure sussurrano qualcosa di osceno all'orecchio di suo marito, proprio come sta facendo in questo momento un bell'uomo dai capelli scuri, con una camicia svolazzante di seta bianca. Elsie non aveva mai avuto questi poteri quando era a Sheffield, ma a Grimdale, nella vecchia casa di Horace, c'è qualcosa che l'ha cambiata.

Suo malgrado, Elsie sorride al centurione. Forse potrebbero aiutarsi a vicenda. «Potrei toglierti Horace dai piedi se tu mi aiuti a vincere questa partita. Dimmi che carte ha.»

«Certo!» Il centurione si dirige a grandi passi verso l'altro lato della stanza. Trapassa Gregory, facendolo trasalire. Le labbra di Elsie si incurvano in un sorriso, che però nasconde subito. Non vuole che Horace si faccia delle idee strane.

«Horace, vecchio mio, c'è un gran freddo qui dentro.» Gregory si stringe il petto. «Elsie, forse dovresti andare a letto. La finisco io la tua mano, tesoro. Sono sicuro che Horace non sta giocando al suo massimo con te: non può essere troppo competitivo con una donna. E tu sai che la tua costituzione non lo sopporta. Horace, mia moglie sta male. Ha delle crisi e io...»

«Io e Horace abbiamo messo in chiaro le regole prima di iniziare la partita.» Elsie fa un cenno a Pax, che si china sulla spalla di Horace e studia le sue carte.

«Ha un sei, un cinque e un tre» esclama Pax. «Ha anche due donne dall'aspetto scontroso. È da un po' che queste due non vedono un soldato romano nelle loro tende.»

Una coppia di regine. Ha una coppia di regine.

Sto vincendo.

«Grazie» dice con il labiale. Si sfila l'anello di diamanti dal dito e lo getta al centro del tavolo. «Mi gioco tutto, Horace. Ora fammi vedere cosa hai in mano.»

«Ma che assurdità è, donna?» Gregory si incupisce.

«Quell'anello di fidanzamento apparteneva a mio padre. Vale migliaia di...»

«Mi sa che dovrai procurare alla tua fidanzata disobbediente un gingillo di minor valore, vecchio mio.» Horace butta giù le carte, trionfante. Come le aveva detto Pax, in mano aveva due regine, un tre, un cinque e un sei. E si allunga sul tavolo per prendere il mucchio di soldi.

«Non avere fretta!» Elsie scopre le sue carte. Il volto di Horace si rabbuia appena lui vede i due re. Alle sue spalle, Gregory impallidisce.

«Hai vinto!» La presunta prostituta strilla di gioia. «Hai vinto, accidenti a te! Ben fatto, bambola!»

Elsie incrocia lo sguardo della donna, e ammicca.

«Oh, ha vinto? Ma che bello spettacolo!» Un avvenente fantasma, che indossa una redingote vittoriana, applaude dall'angolo. Appoggiato al ginocchio ha un bastone di legno. All'inizio della serata Elsie l'ha visto entrare fluttuando nel foyer e andare a sbattere contro un tavolo. Ha fatto cadere a terra un vaso, in parte per colpa sua. Elsie sospetta sia cieco. I fantasmi conservano le abitudini e le capacità di quando erano viventi, quindi un fantasma cieco è del tutto normale.

Un fantasma allegro, invece, non lo è affatto. Ma gli spiriti di Grimdale sembrano per lo più innocui.

Horace fissa a bocca aperta Elsie, che si butta sul tavolo per afferrare il mucchio di denaro. Le sue dita sfiorano l'atto di proprietà e il suo cuore fa una piccola capriola.

Questa casa è mia. Ora è una mia proprietà. La casa e tutti i suoi fantasmi...

Abbassa lo sguardo sui fili d'argento che si dipanano dal suo cuore e si intrecciano nell'aria intorno a lei. Danzano e sussultano, più lucenti che mai, così luminosi e solidi che quasi crede di poterli toccare. Le serrano il petto. Si sente strana, come se stesse camminando su una corda, in equilibrio precario sopra il Regno dei Morti. Se non sta attenta, se sbaglia un passo, cadrà e non potrà più tornare indietro.

Ma lei è pronta a cadere. È comunque meglio che stare fermi.

Gregory cerca di strapparle via il denaro. «Era un'amichevole, Horace. Sono certo che Elsie ti restituirà la casa e tutto tornerà a posto...»

«Bah. Se la tenga.» Horace la guarda, getta il sigaro ancora acceso sul tavolo e si alza. Ha il viso rosso di rabbia e umiliazione. «Quando scoprirai la maledizione che regna su questo posto, vorrai non aver mai messo piede a Grimwood Manor.»

«Ooooh, una maledizione!» Il soldato sorride. «Per il giavellotto insolente di Giove, spero sia una maledizione buona, con tanto di bubboni, rane e un bel fulmine su per il coso. Lo sapevi che quando ero un Centurion Scout mi sono guadagnato un distintivo per le mie maledizioni?»

GREGORY LA IMPLORÒ di restituire la casa a Horace, ma Elsie non ci stava. Aveva vinto Grimwood Manor in modo onesto e leale. E lei la voleva, fantasmi chiacchieroni e tutto il resto. Non sapeva spiegare perché lo desiderasse così tanto, ma quel maniero la chiamava, come fosse suo da sempre.

Il povero Horace sembrava non vedere l'ora di disfarsi della proprietà, però allo stesso tempo il suo orgoglio gli impediva di fare la figura della vittima di quell'avventura in cui aveva perso contro la fidanzata di un altro uomo. Fu così che consegnò i documenti a Elsie. Però tagliò Gregory dalla sua cerchia di amicizie. Gregory, a sua volta, comprese che Elsie non sarebbe stata la mogliettina mite e obbediente che lui cercava, e così la lasciò per seguire la presunta prostituta a Londra.

Elsie lo salutò dal vialetto della sua nuova casa.

Grimwood Manor. È mia.

Tornò a Sheffield e fece dei bagagli con poche cose, dato che Gregory aveva passato alla nuova amante tutti i bei vestiti che aveva comprato per lei. Al dito portava ancora l'anello di diamanti, un'offerta di pace da parte di Gregory, affinché non lo disturbasse quando fosse nato il bambino.

Il bambino.

Elsie si accarezza il ventre tondo. Il bambino arriverà da un giorno all'altro e lei è una donna sola, senza marito, che vive in una casa infestata, vinta a poker. Non riuscirà ma a rientrare in società. Dovrà crescere il bambino da sola.

Proprio come piace a lei.

Sono finalmente sola. Nessun genitore o fidanzato che mi dica cosa fare, o chi essere. Non devo più fare attenzione alle parole che uso e a ciò che faccio, e non rischio più di mettere a disagio le persone. Forse non potrò viaggiare, ma posso vivere qui con il mio bambino e i miei fantasmi, ed essere soddisfatta.

Prende la sua piccola valigia rosa e sale la scalinata imponente, fino alla porta d'ingresso. Infila la chiave (la *sua* chiave) nella serratura, spinge la porta e varca la soglia della sua nuova casa.

Il primo dettaglio che la colpisce è la *vastità* degli spazi. Le pareti incombono su di lei e il grande atrio vuoto è troppo grande per i suoi patetici sogni. Quando ci era andata con Gregory, quel luogo le era sembrato grande e vivo: c'erano gli amici di Horace e il personale che si dava un gran da fare in ogni dove. Ma ora è immobile, vuoto e silenzioso, e non immagina come potrà fare a riempire tutto questo spazio.

Nota altresì che la casa la chiama, anche in quel frangente. Lei ascolta e immagina di sentire il suo nome sussurrato dalle correnti d'aria. Le assi del pavimento scricchiolano e i tubi gorgogliano, e tutto riecheggia *Elsie, Elsie...*

E poi c'è il centurione romano che le viene incontro scendendo le scale.

«Sei qui!» grida. «Non mi aspettavo che tornassi. La maggior parte dei Viventi sta alla larga da noi. Noi preferiamo così, ma ti andrebbe di conoscere i miei amici?»

E fa un cenno con un braccio a indicare il pianerottolo del piano di sopra. Sulla scala ci sono altri due fantasmi. Tre, se si conta il pipistrello appeso al lampadario, cosa che Elsie fa, ben volentieri.

«È un piacere conoscerti.» Il vittoriano cieco fa un profondo inchino, trasalendo appena la testa gli si infila nella balaustra. «Pax ci ha detto che ci vedi, e che puoi parlare con noi. Ci divertiremo molto.»

«Sono lieto di sapere che assumerai tu l'incarico di custode della mia proprietà» dice l'altro spirito, inclinando verso di lei i suoi lineamenti altezzosi e aristocratici. «Ho una lunga lista di lamentele che sei tenuta ad ascoltare. Uno: il romano ha scoreggiato nel mio boudoir. Due: questi due zotici hanno rifiutato il mio invito alla lettura settimanale di poesie. Tre: non riesco a trovare la mia cantina segreta e temo che sia andata perduta per sempre. Quattro...»

Elsie fa un cenno con il capo e passa accanto a loro sulle scale. Sa che è scortese non parlare con loro, ma la casa richiede la sua presenza. I suoi piedi la portano in una stanza della torretta, lo stesso salottino con pannelli scuri in cui ha vinto la casa nella partita con Horace. L'ambiente ora è spoglio, a parte un tavolo da gioco rovesciato e alcuni escrementi di topo in un angolo.

I fili argentati che entrano nel petto di Elsie, che può vedere solo da quando ha acquisito la casa, la strattonano. Sente un dolore fisico, che di sicuro non ha niente a che fare con i sintomi della gravidanza. Si addentra nella stanza.

«Elsie, sei venuta.»

La donna ha un sussulto e si gira di scatto. La camera era vuota, ma ora accanto alla finestra c'è un uomo con il volto nascosto nell'ombra, coperto da un mantello bianco con cappuccio. Almeno, Elsie presume si tratti di un uomo, considerato il tono profondo e le ampie spalle.

La sua voce è un tuono che rotola lungo i pendii delle colline. Il nome di lei sulle sue labbra suona come un rantolo di morte.

Una falce è appoggiata a una parete della stanza. La lama brilla di un bagliore argenteo. Accanto alla falce, sul davanzale della finestra, c'è una corona fatta di piccole ossa sbiancate, che cattura il bagliore del sole del tardo pomeriggio.

Lo sconosciuto alza un braccio, allungando verso di lei dita sottili e ossute. «Vieni. Ho molte cose da dirti. Non mi riconosci, ma sono un tuo antenato, sangue del tuo sangue. Devi iniziare subito i tuoi studi. Io ho visto la mia morte. È la benedizione e la maledizione di quelli come noi. Devi preparti a ricevere la mia corona.»

Lei si porta una mano alla gola. Tutto il suo corpo le urla di scappare, ma è così appesantita dal bambino che sa che lui la acciufferebbe subito. *Devo proteggere il bambino.* Prova più volte a emettere un suono, e quando alla fine ci riesce, la sua voce è forte e chiara. «Mi scusi, signore, ma credo che lei abbia sbagliato casa. Ha una famiglia qui vicino? Ha bisogno che chiami un agente?»

Mentre parla, indietreggia verso la porta, senza mai distogliere lo sguardo dal forestiero.

Il suo tentativo di fuga è interrotto dai fantasmi che fanno capolino nella stanza. «Chi è il tuo amico?» chiede Pax Drusus Maximus. «Mi piace la sua arma. Ha una curva stilosa. Ma sa come usarla?»

Il forestiero inclina il capo verso di loro ed emette una risata argentina, come una pioggia. Poi gli dice: «Avvicinati, amico mio, e lo scoprirai da solo.»

Vede i fantasmi.

La paura inchioda i piedi di Elsie al pavimento. Le fa portare di scatto le mani al ventre. *Devo proteggere il bambino.*

Un fulmine squarcia il cielo fuori dalla finestra. Pochi istanti prima c'era il sole.

«Non è un fantasma, vero?» la voce del cieco vittoriano si fa incerta.

«Non devi aver paura.» La voce dello sconosciuto le risuona nelle vene. «Tu e il tuo bambino siete al sicuro in questa casa. Senti crescere i tuoi poteri? Riesci a vedere le anime di coloro che ti sono vicini mentre le loro vite si srotolano vorticose, come lucciole che danzano al chiaro di luna?»

Elsie sussulta, e si porta le dita al cuore, dove sottili fili d'argento tirano e si tendono. Si dipanano nell'aria, e più si avvicinano al forestiero, più diventano compatti. Tre di essi si piegano e torcono, per andare a finire dentro il petto dei fantasmi, mentre altri escono dalla finestra e uno di essi le rientra nella pancia. Lei lo sfiora con un dito e il suo bambino si agita.

Il forestiero inclina la testa. «Dimmi, Elsie, ti senti vicina alla morte in questa casa, come se stessi visitando un amico perduto da tempo?»

Sì, è proprio così che mi sento.

«Secoli fa, il mio predecessore pose qui un portale d'accesso al nostro regno. È per questo che la casa ti chiama.» Il forestiero scivola verso il davanzale e solleva la corona con le dita pallide e smunte. «Ho scelto te per la mia successione. Solo chi ha il nostro potere può indossare la corona, e solo chi ha un cuore gentile e una volontà di ferro può percorrere il sentiero.»

«Non è una corona molto bella» osserva il fantasma dall'aspetto aristocratico. «Dove sono i gioielli? E le rifiniture di pelliccia? Quella corona sembra ciò che rimane dopo un'abbuffata regale fin troppo entusiasta.»

«Io... non capisco...»

Un altro lampo. Il mondo fuori esplode in una luce abbagliante e il forestiero scompare, per riapparire subito dopo. Altri fulmini squarciano il cielo, e proiettano una luce tremolante sui suoi lineamenti in ombra. In quel momento, lei coglie uno scorcio del suo volto sotto il cappuccio bianco: non è il viso di un uomo, ma un teschio lucente.

Elsie urla.

L'uomo tocca con la mano ossuta (*scheletrica!*) il lato della testa di lei. Il freddo delle sue nocche le preme sulla pelle.

Elsie smette di urlare.

E vede.

Vede la morte.

E non solo quell'aspetto che ormai le è familiare, cioè le anime smarrite che hanno perso la strada e ancora vagano sulla terra, ma anche altre parti della morte. Il peso dell'inevitabilità le schiaccia i polmoni. Non si sente più al sicuro dentro il suo fragile corpo umano.

Un'enorme ondata di dolore le riempie il petto. È un male così potente che porta con sé il mondo intero: il dolore di tutti i bambini costretti a vivere senza genitori, dei genitori che hanno perso un figlio, di tutti gli amanti separati dall'incolmabile abisso dell'eternità. Tutti i cuori spezzati e le promesse non mantenute.

Vede il sentiero che il forestiero vuole che percorra al suo fianco, un sentiero che lui ha percorso innumerevoli volte. Vede Grimwood Manor illuminata da luci spettrali, un punto di passaggio lungo un percorso lungo e insidioso.

E vede *lui*, il forestiero, avvolto nel suo sudario bianco, che cammina tra i perduti e i dolenti brandendo la falce. Lo vede posare la mano ossuta su coloro che sono stati lasciati indietro, e camminare di fianco a coloro che devono andarsene troppo presto. Vede fusi sui quali sono avvolti infiniti fili d'argento che si srotolano rapidissimi, finché non vengono recisi. Vede il filo del forestiero: non è d'argento come gli altri, ma dello stesso nero buio, profondo e freddo dello spazio. Si dipana dal suo fuso e tesse un arazzo di dolore. Ed è quasi finito.

Lei allontana il viso dal suo tocco freddo. «Non voglio. Scegli qualcun altro.»

Il forestiero scuote la testa. Le ossa sulla corona sbatacchiano. «Ormai ho scelto. È nel tuo sangue. Guarda.»

Elsie abbassa lo sguardo, dove lui sta indicando. Dal suo petto esce un filo nuovo, dello stesso identico nero di quello di lui. È del colore di un incubo. Cerca di afferrarlo con le dita, di tirarlo fuori, di liberarsene, ma le sue mani lo attraversano.

«Riprenditelo.» Elsie fulmina con lo sguardo il forestiero. «So che puoi farlo. Ho visto cosa puoi fare. So cosa sei. Non sarei venuta in questa casa se non mi avessi chiamato tu. Mi hai *ingannata*.»

«Sono molte cose, ma non un imbroglione. Sei venuta perché sei pronta a iniziare il nostro lavoro.» Poi fa un cenno verso l'ingresso, dove i tre fantasmi stanno ancora osservando. «Loro sono intrappolati qui da molti secoli. Sono ormai prossimi al sentiero, ma senza di te non riescono a trovare la strada. Hanno dimenticato cosa significa morire. Hanno bisogno del tuo aiuto. Glielo vorresti negare?»

«Io... io...»

«Non aver paura.» Ha una voce dolce, anche se sta dilaniando il mondo della donna. Indica il cordone nero che gli spunta dal petto. «Io ho ancora parecchio tempo a disposizione. Tuo figlio avrà una casa sicura e accogliente mentre tu imparerai i tuoi doveri.»

Il mio bambino...

Un lampo illumina la finestra e lo sconosciuto scompare. Elsie crolla in ginocchio e si porta le mani al ventre. Il cielo fuori dalla finestra si rischiara, ed esce il sole.

Elsie singhiozza.

«Su, su.» Il centurione le dà dei colpetti su una spalla. «Non devi avere paura. È scappato, forse perché aveva paura della mia spada. Se torna, ti costruisco un delizioso strumento musicale con la sua cassa toracica.»

Nonostante le sue parole, la paura stringe le viscere di Elsie. Non è paura dei fantasmi: ne ha visti tanti nella sua vita, e questi tre sembrano per lo più innocui (e anche piuttosto belli).

Ha paura per il bambino che si muove nella sua pancia.

Che succederebbe alla vita di quella creatura se lei facesse ciò che le ha chiesto il forestiero?

E alla sua vita? A quella vita che aveva creato dal nulla?

Non sono ancora pronta a concedermi alla Morte.

Elsie si siede sui talloni e si dà un'occhiata intorno. È nata e cresciuta in una casa enorme, come Grimwood, con genitori che la volevano *composta* e *ben educata*. Non sapevano cosa fare con quella strana bambina che parlava con le ombre e raccontava storie assurde su fantasmi. Motivo per il quale avevano fatto giungere medici da ogni dove in modo da curare i suoi malesseri, ma nessuno aveva trovato alcuna spiegazione medica per ciò che vedeva Elsie. Poi era arrivato Gregory, che era in cerca di una moglie e non sembrava affatto preoccupato per le eccentricità di Elsie: a lui bastava solo che lei prendesse il suo nome. E i suoi genitori avevano esercitato pressioni per un fidanzamento rapido. Elsie si sarebbe trasferita dalla loro casa di Sheffield alla tenuta di Gregory, senza nemmeno un istante di vita propria. Intendevano rinchiuderla in un luogo dove le sue stranezze non si sarebbero riflesse negativamente su di loro. E ora che aveva rovinato i loro piani allontanando Gregory, e che avrebbe partorito un figlio fuori dal matrimonio, se ne erano lavati le mani.

Si era sforzata di essere brava, corretta e normale, di essere la figlia perfetta, la moglie ideale. E tutto ciò la annoiava. Fino alla desolazione.

Grimwood Manor è la sua unica speranza, la sua possibilità di avere una vita che il suo genere e la sua posizione le hanno negato. E non è pronta a rinunciarvi, nemmeno per tutto ciò che il forestiero le ha promesso.

Mio figlio non avrà quella vita. Nessuno gli dirà mai che è sbagliato.

Come può essere ciò che il forestiero le chiede, ed essere al contempo una madre? Come potrà farsi carico del dolore del mondo e percorrere ripetutamente quel sentiero, e al tempo stesso crescere un figlio che creda nella speranza, nella grazia e nell'amore?

Le mura di Grimwood incombono su di lei. Ora vede al loro interno, fino alle profondità delle fondamenta. Vede tutti i segreti che la casa nasconde. Il portale. Il sentiero delle anime.

Grimwood non è una casa, e non lo sarà mai.

Se la sua creatura crescesse in questa casa, con tutti i fantasmi che la abitano e questo... questo *mostro* in agguato, diventerebbe pazzo, o pazza, quanto la madre?

Le mura non sono più il simbolo della sua libertà, bensì una prigione che le garantisce che il proprio figlio sarà per sempre un paria.

La mano di Elsie vola all'anello di Gregory che porta al dito. Con la vendita di quel gioiello avrebbe abbastanza denaro per trasferirsi in Europa, magari trovarsi una casetta in Italia, o a Malta, o sulla Costa Azzurra. Potrebbe affittare Grimwood Manor a inquilini che non vedono i fantasmi, e tenerla nel caso avesse bisogno di tornare. E l'affitto di una casa così bella le garantirebbe un reddito accettabile.

«Sei ferita?» le chiede il centurione. «Sta per nascere? Non preoccuparti, abbiamo visto nascere diversi bambini tra queste mura. Possiamo aiutarti noi. Forse, se ti starò vicino, potrò perfino tagliarlo io il cordone.»

Se te ne vai, riecheggia la voce dello sconosciuto nel suo cranio, *le loro anime ti dimenticheranno. Non ricorderanno che un tempo hanno avuto la possibilità di avere il futuro di cui poi sono stati privati. Rimarranno intrappolati qui fino a quando tu o il tuo successore non deciderete di liberarli.*

«Non mi interessa» sibila lei.

Lei non deve alcuna fedeltà ai fantasmi.

Il piano di Elsie prende forma. Si allontanerà dall'Inghilterra, dalla società alla moda e dal forestiero che indossa la Corona di Ossa. Sarà una vita diversa da quella a cui era abituata, una vita *difficile*, ma preferibile a quella offerta dalla gabbia dorata di Grimwood e al compito che il forestiero le voleva affidare.

Potrebbe *vivere*.

«Mi dispiace» sussurra ai fantasmi mentre si rialza. «Non posso aiutarvi. Ma tanto voi non vi ricorderete di me. Devo andare.»

«Aspetta, dove stai andando?» La voce roboante del centurione la segue mentre lei corre giù per le scale. «Non ci sono druidi nelle vicinanze, te lo assicuro io. Li ho fatti scappare tutti.»

«Non puoi ancora andartene» sbotta l'aristocratico. «Non ti ho ancora letto il sonetto che ho scritto sulla tua epica partita a carte.»

Puoi scappare da me, Elsie, ma la corona ti chiamerà sempre indietro. Quando sarà il momento, percorreremo insieme il sentiero.

«Non ho intenzione di percorrere nessun sentiero con te!»

Il cuore di Elsie le sprofonda sotto i tacchi, e lei salta giù dai gradini del portico e corre più veloce che può, lontano da Grimwood Manor.

PROLOGO
PRIMA

Lo Squartatore strappa la lama dal corpo di un sacerdote. Con un'ultima smorfia di dolore, l'uomo crolla sul pavimento di marmo. Non si muove. Dalla ferita esce una nebbiolina rossa che si avviluppa intorno a Jack come un colpo di frusta.

La sala del trono è disseminata di corpi vestiti di nero. L'Ordine della Nobile Morte. Loro l'avevano saputo subito, ovviamente. Ascoltano ciò che succede lungo il sentiero, anche se è un sentiero che non può essere percorso da quelli di loro che si trovano sulla Terra. Così hanno inviato i loro maghi più temerari, i loro soldati più fedeli, lungo la strada più *tradizionale*, e ognuno di loro spera di reclamare la corona per sé.

Lui ha fatto strage tra le loro fila.

Non vuole che mettano in giro notizie sul suo fallimento, per evitare che tornino a incatenarlo alla loro volontà.

Il volto di Jack si torce in un sorriso. Gli ci vuole uno sforzo maggiore di quello che ricordava: i muscoli della sua forma umana sono lenti, fiacchi. Fa un passo indietro per ammirare il caos che ha creato.

«Ne hai mancato uno» gracchia una voce da dietro di lui. «Nell'angolo.»

Beh, era un silenzio *quasi* totale.

Jack ha adorato ogni momento glorioso che ha trascorso sulla Terra, ma non ha dato retta agli avvertimenti delle altre bestie. Chiunque visiti il mondo dei Viventi può scoprire che riporterà con sé qualcosa di esso. Una traccia indesiderata di umanità, che si insedia nel profondo dell'anima di un mostro e vi pianta un piccolo seme. Si dice che i mostri che tornano dal Mondo dei Viventi non siano più gli stessi. Puzzano del fetore dell'umanità.

La traccia indesiderata di Jack è l'ombra infernale che gli sta sempre alle calcagna. Lui le ha tolto la vita e, a causa di qualche antica regola, ciò significa che non può ucciderla di nuovo qui, nemmeno con la sua lama speciale. Questo la rende sfrontata. Usa i suoi poteri di strega per inquinare ogni pensiero di Jack, per cercare di impedire alla sua mano di squarciare e uccidere, e costringe quella nera voragine che un tempo poteva essere il suo cuore a battere ancora una volta. Quando lui fallisce, lei lo deride e distrugge i suoi trionfi.

È peggio della madre umana dello Squartatore. Però, a differenza di quanto successo con sua madre, non è possibile liberarsi di lei con un coltello.

Si tratta di un raro caso in cui i loro obiettivi vanno di pari passo. E infatti lei non prova a fermare Jack mentre scavalca i cadaveri per arrivare al prete che ancora si contorce. È un uomo giovane, troppo giovane per il macabro compito che gli è stato assegnato. Ma all'Ordine piacciono giovani. Possono essere plasmati come argilla, e diventare soldati per l'eternità.

Jack si abbassa e scosta una ciocca di capelli dal viso del ragazzo. Il ragazzo lo scruta, con gli occhi spalancati. «Ti prego...» sussurra. «Devo averlo. Altrimenti, sono...»

«...morto. Proprio così, vecchio mio. Tu sei morto. Due volte morto, a dire il vero.»

Jack prende la testa del ragazzo tra le mani.

E gira.

Un alito di aria fuoriesce dalla gola del ragazzo. È ciò che rimane della sua vita: qui non c'è aria, non quella a cui lui era abituato. Jack lascia cadere il corpo a terra, con un tonfo sordo che riecheggia nella vasta stanza. Poi gli dà un calcio mentre lo scavalca e si dirige verso la pedana. Verso il premio che ha vinto.

Sui gradini della pedana giace da tempo un corpo a faccia in giù. Porta ancora sul capo la Corona di Ossa e stringe lo scettro tra dita fredde e ossute. Jack si protende in avanti per impossessarsene, ma le sue mani vengono allontanate da una forza invisibile.

Ci riprova, ma non riesce a toccare lo scettro.

Jack urla, furioso, e si mette a prendere a calci la Signora a terra. Le sue ossa scricchiolano sotto il colpo, ma non riesce a scalfirla. Finché indossa ancora la corona, non può farle del male.

«Perché non funziona?»

La creatura ripugnante dietro di lui, quella strega che si aggrappa con tenacia alle sue ossa e ai suoi tendini nonostante tutti i suoi sforzi per liberarsene, si fa una grassa risata. «Non avrai pensato che fosse così facile, vero? Oh, invece sì. Poverino. Ti sei dato tanto da fare per *niente*.»

«Dimmi quello che sai, strega» ringhia lui. Non può farle del male, però dato che lei ora abita dentro di lui, può percepire il suo dolore. E allora si passa il coltello lungo il braccio, tracciando una sottile linea di nebbia rossa. E nell'istante in cui lei sente quel dolore, sibila, aspirando l'aria tra i denti.

E poi si tuffa nei recessi più oscuri della mente di Jack. «È una cosa che so io, e che tu non scoprirai mai.»

Jack sorride. Purtroppo per la strega, se lei ha le dita dentro la mente di lui, allora anche lui è dentro di lei e, se da un lato lei può nascondergli alcuni dei propri pensieri, ha dimenticato che la sua mente è umana, fallibile. Se si dice a un essere umano di non pensare a un elefante rosa, il suo cervello si riempirà all'istante di immagini di un elefante rosa. La strega sta cercando di non pensare a ciò che non gli vuole rivelare, ma in questo modo ne evoca proprio il ricordo.

Ora Jack si trova nel negozio della strega, lo stesso negozio in cui era stato mandato come messaggero dell'Ordine. Solo che, in questo ricordo, *lui* è la strega, e in un certo senso è amico del fantasma della vecchia megera che si aggira lì. Jack sta spiegando alla megera che un'altra strega gli ha affidato un compito. Deve sorvegliare l'ingresso del sentiero.

«Solo gli eredi, il sangue dello stesso sangue, possono accedere alla porta e indossare la corona» spiega attraverso le labbra della strega. «Ma se non c'è nessun erede, la corona è libera. Ho giurato alla mia amica che avrei tenuto al sicuro il portale, che avrei tenuto al sicuro *lei*.»

Jack sorride. La strega impreca e il ricordo si dissolve.

«Troppo tardi.» E un grande sorriso gli illumina il volto.

Ora sa cosa gli serve.

Ora capisce perché l'Ordine della Nobile Morte lo ha mandato a Grimdale per fare sparire Bree Mortimer: se lei sparisce, loro potranno reclamare la corona.

E quindi anche lui la potrebbe rivendicare... peccato che lui non sia un Lazzaro. Solo un Lazzaro può indossare quel segno di potere.

E Jack sa dove trovare un Lazzaro.

I

AMBROSE

«Vedete ancora Edward e Bree?» chiedo a Pax, stringendogli così forte un braccio che se fosse un uomo normale gli farei di sicuro male. Ma Pax è un superuomo e non fa altro che aumentare il ritmo della marcia attraverso la casa, trascinandomi dietro di sé.

Quando Pax apre la porta sul retro, i cardini scricchiolano. «Non arrivo a vedere la fine del giardino. Il mondo è avvolto nell'oscurità. È così buio che non riuscirei a vedere nemmeno il riflesso della luna sulle natiche nude di un druido.»

Mi stringe il petto, e nelle viscere ho la sensazione di qualcosa di terribilmente sbagliato. *Dobbiamo trovare Bree.* «Dobbiamo andare al cimitero.»

«Come? È impossibile trovare la strada in questa oscurità. Non si vedono neanche i faretti di sicurezza intorno al recinto del cimitero...»

Gli afferro una mano. «Non ci serve nessuna luce. Questi sentieri li conosco bene come il corpo di Bree. Li troveremo. Vieni!»

2

EDWARD

«Vuoi dirmi che sono vivo da appena dieci minuti e sto già morendo di nuovo?» Scuoto la testa. «No, non va bene, punto. Non lo accetto. Questo principe esige *vivere*.»

Non ho nessuna intenzione di tornare a essere un fantasma, o addirittura peggio. Non ora che ho assaggiato Brianna per la prima volta. Non si può assaggiare il paradiso e poi essere mandati all'inferno.

«Non credo che lo Squartatore si curerà dei tuoi ordini principeschi. Quindi cerchiamo di muoverci insieme.» Brianna spinge con la spalla contro la lastra di pietra. Mi avvicino a lei in cima alla scala e spingo anche io. Quassù l'aria ha già un sapore strano, sulfureo, non è come me la ricordavo.

La nebbiolina rossa filtra dai bordi della pietra mentre noi spingiamo e sudiamo, tra un grugnito e l'altro.

Non si sposta di un centimetro.

Lungo la tromba delle scale rieccheggia la risata dello Squartatore. Alle mie orecchie di Vivente nuovo di zecca risuona aspra e dolorosa.

Ma perché lo Squartatore è tornato?

Brianna regge il suo rettangolo magico. L'ha acceso e la sua luce intensa le illumina le linee aggraziate del volto. Il suo sguardo di miele incontra il mio. I suoi occhi sono spalancati per il terrore. Siamo circondati da volute di nebbia rossa. La gola mi prude e comincio a tossire. Cerco di inumidirla con la saliva, ma non serve. Mi si tappano le narici e mi lacrimano gli occhi: queste sensazioni da Vivente sono troppo dolorose per poterne godere.

«Immagino che la buona notizia sia che non moriremo di morte lenta, per soffocamento.» Brianna mi afferra le spalle mentre anche lei viene colta da un accesso di tosse. «Ci farà fuori molto prima.»

«Lo Squartatore ci ha intrappolati qui dentro per poter giocare con noi» riesco a dire. «Proprio come fa Moon con i topolini di campagna prima di spezzargli il collo.»

«Grazie per questa deliziosa visione. Non possiamo restare qui.» Brianna mi spinge di nuovo giù per le scale. Tossiamo e rantoliamo mentre scendiamo per allontanarci dalla nebbia rossa.

«Argh!» La caviglia di Brianna cede. Io cerco di afferrarla, ma lei cade in avanti e mi trascina con sé. Sbattiamo l'uno addosso all'altra e rotoliamo giù, atterrando in un groviglio di membra.

Offf.

«Ahia! Fa male. Uff!» Dimeno il braccio, cercando di scrollarmi di dosso questa orribile sensazione. Pensavo di aver finito di provare dolore, ora che le persone non possono più attraversarmi, ma a quanto pare avevo dimenticato quanto fosse terribile urtare un gomito contro una superficie dura.

«Ahi.» Brianna si scosta da me, strofinandosi un'anca.

«Stai sanguinando.» Guardo preoccupato la macchia di sangue scuro che ha sul palmo, visibile nel riquadro di luce proveniente dal suo rettangolo magico.

«Sì, mi sono tagliata su...» All'improvviso la sua espressione si accende di un ampio sorriso e lei mi mostra un oggetto. «Edward, guarda cosa abbiamo. Il piede di porco!»

La debole luce del rettangolo magico illumina l'estremità della barra curva che ha usato per sollevare le lastre di pietra.

«A cosa serve?» commento con uno sbuffo. Non capisco come un attrezzo così rozzo potrebbe tirarci fuori da questa situazione.

«Stai scherzando? Questa piccola invenzione ha un centinaio di utilizzi: la infili in un minuscolo spazio tra due oggetti e lo allarghi. All'occorrenza può anche sfondare un cranio.»

«Tu stai troppo tempo con Pax.»

«Grazie!» Brianna sorride e si stringe al petto l'attrezzo di metallo. Come l'ha chiamato, la zampa di maiale? «Non potrà fermare la nebbia rossa, ma potrebbe farci uscire da qui.»

Brianna punta la luce del rettangolo magico giù, verso il fondo della cantina. La seguo mentre si muove rapida tra le file ordinate delle mie migliori annate, usando la luce per perlustrare le pareti e il soffitto. Alla ricerca di cosa, non l'ho ancora capito bene. Ma seguirò Brianna fino alla fine dei nostri giorni, che tra l'altro potrebbe arrivare molto prima di quanto entrambi sperassimo.

Con le dita sfioro le bottiglie al passaggio, e all'improvviso sono investito dai ricordi: flash dei festini sfrenati, delle letture di poesie e di tutti gli intrecci romantici che costituivano la mia vita prima di Brianna. Vorrei tanto avere il tempo di passare in rassegna tutti questi scaffali e riscoprire i tesori che ho conservato qui.

Ma è una cosa che può aspettare fino a quando non avremo sconfitto (di nuovo) quell'assassino assetato di sangue.

Altri ricordi mi si affollano in testa: ricordi di Hugh, che alla fine non mi ha ucciso. E i vari pezzi della mia vita nei giorni che hanno preceduto la mia morte vanno al loro posto. Ricordo che Hugh mi implorava scherzosamente di riprendere il mio posto a corte come valido rappresentante di *tutti gli sciupafemmine, i vagabondi e i debosciati.* Ricordo mi disse che se fossi morto prima di lui, mi avrebbe seppellito insieme al mio tesoro più grande, come fossi un faraone. Ricordo di avergli scritto per scherzo una lettera offensiva e di averla letta ad alta voce a una delle mie feste, e lui giurò di farmela pagare.

E ciò che hanno trovato Brianna e Ambrose era uno dei piccoli scherzi di Hugh. Il suo unico crimine è stato rubare la mia poesia, e per questo si è sentito molto più in colpa del necessario. Lui era mio amico. Avevo un amico. Un amico *vero*, e ora sono di nuovo vivo, e ho Brianna, e...

«Edward, sbrigati!»

«Giusto, sì! Sono dietro di te.» Mi scuoto dai ricordi e mi affretto a seguirla. Se voglio godermi la mia seconda vita, dobbiamo riuscire a fuggire di qui *subito.*

Essendo un principe, non ho mai dovuto fuggire in vita mia, tranne quella volta in cui per sbaglio liberai dalla catena il cane da caccia di mio padre. Però devo dire che non sono mai stato inseguito da una palla di nebbia rossa e arrabbiata. Mi precipito verso la voce di Brianna. Le mie gambe e i miei polmoni, vivi da poco, non apprezzano l'idea. Non credo proverò più a correre.

La cantina si estende per un bel po'. Il respiro mi esce a rantoli e la gola mi brucia. Quando arrivo in fondo trovo Brianna, il suo profilo perfetto illuminato dalla luce del rettangolo magico. Sta accarezzando il muro di pietra con le lunghe dita, proprio come ha accarezzato me solo pochi minuti fa.

Sono geloso del muro. Ora che sono vivo, non vorrei essere da nessun'altra parte, se non dentro di lei.

«Lo senti?» Brianna fa un cenno verso il soffitto. «Si sente un refolo d'aria. È debole, ma credo ci sia un'altra via d'uscita dalla cantina. Cercherò di allentare queste pietre.»

«Ottimo! E io comporrò un sonetto in onore della tua vittoria...»

«Sarebbe più utile se potessi reggere la luce.»

«Oh, certo. Posso farlo.» Non sono abituato a essere utile. Non immaginavo potessi fare qualcosa. Mi affanno a prenderle il rettangolo dalla mano. Suppongo dovrei abituarmi a chiamarlo *telefono,* visto che tutti i Viventi ne hanno uno. Ora anch'io sono un Vivente e forse dovrò procurarmene uno... se mai usciremo vivi da qui.

Brianna mi indica il pulsante che spegne e accende la luce e io lo punto verso di lei mentre lei cerca di incastrare la barra di metallo tra due pietre. Mi lacrimano gli occhi per il bruciore provocato dalla nebbia rossa che percola dal soffitto verso di noi, o forse è solo la gioia di poter toccare Brianna.

«La malta è vecchia» mormora, mentre taglia la pietra con la zampa di maiale. «Si sta staccando tutta. Penso che potremmo avere una chance.»

«Ehm, Brianna...»

Mi volto a guardare, ma è un errore. Una nebbia rossa scende dalla scala all'altro capo della cantina e si ammucchia nel corridoio tra gli scaffali di vino. Anche da questa distanza, l'odore di zolfo mi fa lacrimare gli occhi. Non dovrei essere in grado di vederla nella penombra, invece brilla come se stesse bruciando.

Sono un principe ribelle, non un esperto di meteo, ma sono abbastanza sicuro che la nebbia non dovrebbe brillare *di rosso.*

La risata dello Squartatore si fa sempre più forte e malvagia. Mi fischiano le orecchie mentre quella voce mi rimbalza nel cranio. Come fa a ridermi *dentro* la testa? Il terrore mi attanaglia le membra mentre, davanti ai miei occhi, la nebbia rossa si muove, muta e inizia a prendere la forma dello Squartatore.

Sta entrando in cantina sotto forma di vapore. Siamo rinchiusi qui insieme a lui.

Mentre Brianna lavora, mi cadono sulla testa frammenti di pietra e polvere.

«Brianna...»

«Edward, sono un po' impegnata.»

«Non puoi nasconderti da me, mio piccolo Lazzaro» rantola la voce dello Squartatore, che mi rimbomba nel cranio. Brianna emette un mugolio, ma continua a lavorare. «Ora che il Velo è squarciato, tutti i mostri che la tua specie ha bandito verranno a cercarti. E... oh, quanto ci divertiremo.»

Non l'ha visto. Deve vedere.

Mi avvicino e le strattono un braccio. Lei gira di scatto la testa e soffoca un grido quando vede la sagoma dello Squartatore, tutto avvolto dalla nebbia che gli dà forma e sostanza.

«Merda. Non sapevo che potesse fare questa cosa.» Brianna emette un suono che è per metà una risata e per metà un singhiozzo. «Immagino che ora non sia più umano.»

La risata dello Squartatore squarcia la cantina come un turbine, facendo tintinnare le bottiglie di vetro nelle loro rastrelliere arrugginite. «Niente può tornare a essere umano dopo essere passato da un buco nel Velo. Lo imparerai presto, Lazzaro.»

Le dita di Brianna stringono la zampa di maiale. I suoi bei lineamenti si tendono in uno sguardo di cupa determinazione. Ho già visto questa espressione in passato, e ne sono terrorizzato, perché significa che Brianna non ha nessuna intenzione di nascondere la testa sotto la sabbia, o scappare. Ha intenzione di *combattere*.

«Edward, tu tienilo a bada!»

«Con cosa? Con un sonetto?» Alla corte di mio padre prendevo lezioni di scherma, come ogni principe che si rispetti, ma non avevo nessuna speranza. Una volta che per errore tagliai un arazzo di valore inestimabile, mi dichiarò uno sprecone buono a nulla, e così mi fu permesso di abbandonare il fioretto in favore di lezioni di pittura. Vorrei essermi impegnato di più. Non ho mai duellato con un nemico in tutta la mia vita, a meno che non si contino le risse notturne con Hugh, nelle quali di solito finivamo a baciarci.

Non so perché, ma dubito che lo Squartatore sia qui per passare la notte nel mio boudoir.

«Non lo so, usa un po' di fantasia» grida Brianna, con voce tremante di paura e determinazione. «Ce l'ho quasi fatta. Non mi serve più la luce. Vai!»

Edward, è la tua occasione per brillare. Puoi dimostrare che non sei del tutto inutile.

Lo Squartatore mi fa un sorriso agghiacciante, e io vorrei raggomitolarmi e morire.

«Ehi, Jack. Jacky Jacky...» Mi avvicino. Volute di nebbia rossa gli escono dalle maniche e da sotto il cappello a cilindro nero. Ora è quasi fisico. «Ti va di bere qualcosa?»

Prendo una bottiglia a caso dallo scaffale. Un magnifico Latour che ho acquistato perché era il preferito della contessa de Rothschild. Che spreco!

E scaglio la bottiglia contro lo Squartatore.

Gli colpisce un lato della testa ed è come se... rimanesse lì, sospesa nella nebbia rossa che gli filtra dagli occhi, dal naso, dalla bocca e dai polsini del cappotto nero.

Jack lo Squartatore ride mentre la bottiglia sfrigola, il tappo salta via e dell'ottimo vino francese ci si rovescia addosso.

«Ah!» Fa un ghigno, mentre spirali di fumo rosso asciugano le gocce di vino che gli scendono sulle labbra crudeli. *«Delizioso. Sarà un ottimo accompagnamento, per quando consumerò il tuo adorabile Lazzaro.»*

«Prima dovrai passare *dentro* di me, e l'ultima volta non è stato così piacevole, per te.»

«Oh, ma ora sei di nuovo un Vivente. Bene. Le ossa si spezzano più facilmente delle anime.» Lo Squartatore avanza verso di me, e puzza di vino francese. Riccioli di fumo mi sfiorano la pelle. Io scosto di scatto il braccio e un dolore bruciante mi esplode sulla pelle.

Peccato che non si possa far ubriacare lo Squartatore perché, se è come me, cadrebbe dalla finestra e sarebbe la sua fine.

Ah, ma forse...

Jack si lancia verso di me, il coltello stretto in una mano. Ma sono ben allenato a evitare i fendenti della spada di Pax ogni volta che, in preda all'eccitazione, celebra il suo chef preferito che vince una sfida al *Bake-Off*. Mi scanso e sfreccio verso gli scaffali dell'assenzio.

Ignoro gli assenzi francesi, troppo blandi per questa situazione, e afferro una bottiglia della fata verde ben peggiore che proviene dall'Europa dell'Est, quella che io e Hugh tracannavamo quando gli altri invitati, stanchi di festeggiare, crollavano addormentati. La bottiglia è ricoperta di teschi e tibie incrociate, e di etichette scritte in varie lingue, che informano di persone morte o diventate cieche per aver bevuto troppo.

Perfetto.

La stappo, meravigliandomi di come le mie dita funzionino di nuovo. Toccare le cose è una sensazione davvero sublime. Spero di uscire da questa cantina, per continuare a toccare Brianna in tutti i modi che mi sono stati negati...

Concentrati, Edward.

La puzza di anice e di sbornia mi arriva dritta in faccia. Non sono ancora abituato a essere tornato in possesso di tutti i miei sensi. L'assenzio ha un odore molto più forte e disgustoso di come ricordavo.

«Oh, piccolo principe, che ti nascondi. Principino, principino, che ridurrò in...» Lo Squartatore spunta da dietro gli scaffali. Mi lancia una rapida occhiata e poi si volta verso Brianna. Il coltello si muove rapido al suo fianco.

«Io voglio te, Lazzaro» le sussurra mellifluo, rigirandosi l'arma tra le dita quasi fosse un artista del circo. «E ora che sono libero dai miei vecchi padroni, posso usarti per il tuo sangue, per il tuo vero scopo. Ma prima mi divertirò un po' con il tuo nobile rampollo. Forse lo squarterò dalla punta dei piedi fino alle narici e mi infilerò nella sua pelle, come lui ha fatto con me. Sarà il mio burattino personale, ed eseguirà i miei ordini.»

Non ho il tempo di chiedermi cosa intenda con *il vero scopo* di Brianna, perché lo Squartatore vola verso di lei, fendendo l'aria con il coltello.

No!

Lei grida, appiattendosi contro il muro. Il cuore appena rinato mi martella nel petto.

La rabbia mi sale dentro e lo inseguo. Ho appena riavuto il mio corpo e finalmente posso stare con Brianna. Non permetterò che questo macabro avanzo di storia me la strappi via.

Sono il principe poeta Edward, deturpatore di sonetti, conquistatore di boudoir, flagello dei mariti di tutto l'Impero britannico, e nemmeno questo mostro del Velo mi potrà tenere lontano dalla mia Brianna.

«È *mia*» ringhio.

Afferro il polso dello Squartatore che brandisce la lama. È così forte che non fa nemmeno una piega. Continua ad avanzare verso Brianna, e mi sbatacchia di qua e di là mentre mi trascina tra gli scaffali. Io scalcio agitato e colpisco una botte di legno di Dopff au Moulin, facendola cadere. Il sigillo si stacca e il prezioso liquido si sparge sul pavimento di pietra. Io lancio un grido.

No! Non mi porterai via anche il vino, oltre alla mia donna.

Stringo i denti per zittire il dolore mentre lui mi trascina, poi sollevo la bottiglia di assenzio e la verso sullo Squartatore.

Gran parte del contenuto mi ricade addosso. Urlo: ho gli occhi pieni di alcol e lo Squartatore trascina su cocci di vetro il mio ritrovato corpo. Però non mollo la presa, finché non gli ho versato sulla testa tutto il contenuto della bottiglia, fino all'ultima goccia.

Per favore, se c'è qualche divinità di Pax in ascolto: fate in modo che funzioni.

«Che assurdità è questa?» Lo Squartatore si volta verso di me e mi guarda perplesso. L'assenzio gli cola dalla tesa del cappello e gli gocciola dal naso. Dove l'alcol tocca la nebbia rossa, la sua pelle sfrigola. *Ti prego, funziona, ti prego, funziona...* «Pensi che le tue buffonate da barman salveranno il tuo piccolo Lazzaro? Tu non hai idea di cosa sono io, né di cosa ho fatto per tornare a prenderla... aspetta solo che...»

Poi si blocca, schiocca le labbra e mi prende la bottiglia dalle mani. Il battito del cuore mi rimbomba nelle orecchie. Dietro le sue spalle, frammenti di pietra cadono dal muro mentre Brianna colpisce la mia cantina con la sua zampa di maiale.

Lo Squartatore tira fuori la lingua, a leccarsi via l'alcol appiccicoso dalle labbra.

«Ma è delizioso!» grida.

La nebbia rossa sulla sua pelle diventa pesante come una nuvola di tempesta mentre assorbe l'alcol. Non brucia più così tanto, quando mi sfiora.

Lo Squartatore inspira, i suoi occhi rossi si accendono e la nebbia diventa un tutt'uno con la sua pelle.

Ma sarà sufficiente? Sarà...

Gli occhi dello Squartatore dardeggiano. I suoi lineamenti duri cedono.

Gli tremolano le labbra.

La bottiglia gli cade dalle dita e si infrange sulle pietre accanto a me.

«Vedo le fate!» grida lo Squartatore. Lascia cadere il coltello dall'altra mano e si muove le dita davanti al viso. «Centinaia di piccole fate verdi che mi camminano addosso!»

Urrà! Ha funzionato.

Sono *davvero* eccezionale.

Mi libero dallo Squartatore che, in estasi, snocciola un fiume di parole prive di senso mentre l'assenzio si fa strada nel suo corpo. Si mette a girare lento su se stesso, gli occhi spiritati nel suo tentativo di catturare quei minuscoli esseri invisibili.

I miei piedi scivolano sulle lastre bagnate di alcol, ma riesco a raggiungere Brianna proprio nell'istante in cui la zampa di maiale stacca una grossa pietra dal muro.

«Edward, guarda! Ce l'ho fatta!» grida lei, roteando il bacino in una mossa assai invitante. «Presto, inginocchiati e infilami la testa tra le gambe.»

«Non sono sicuro che questo sia il momento giusto per un congresso amoroso.» Mi lecco le labbra. «Ma se la mia signora insiste...»

«*Edward*. Nel senso di: prendimi sulle spalle e aiutami.»

Deluso, mi accuccio e le infilo la testa tra le gambe. Ha un profumo così bello che vorrei indugiare per sempre in questo mio nuovo posto preferito, ma il mio piacere può aspettare fino a quando non saremo usciti vivi da qui.

Le stringo le cosce e mi alzo in piedi, sostenendo il suo peso sulle mie spalle (sento il suo peso: è una sensazione meravigliosa!) mentre lei si infila nello stretto tunnel che ha scoperto. Si spinge e vi si trascina dentro ed emette dei suoni simili a grugniti.

«Questo arriva alla base del Monumento alle Streghe» mi grida. «Non c'è da stupirsi che il signor Pitts abbia notato che si sta sgretolando: non ha fondamenta. Prendi la mia mano,

Edward. Cercherò di tirarti su. Mettiti in tasca il mio telefono. Adesso la luce non serve a niente. Qui è... strano e buio.»

«Non ho tasche. A cosa servono le tasche a un principe, se ci sono servitori in grado di portare tutti gli oggetti effimeri che...»

«*Edward.*»

«Giusto, sì.»

Brianna mi tende una mano. Io mi infilo il suo telefono nella cintola dei pantaloni e le afferro le dita, puntando i piedi contro le pareti di pietra mentre lei mi solleva verso di sé. Il mio braccio urla per il dolore, e la pietra mi graffia il petto, strappandomi la camicia di seta e sfiorandomi la pelle. Il dolore è davvero squisito.

«Edward!»

Le dita di Brianna si infilano tra le mie e mi tira su, lungo il cunicolo. Un dolore ancora più forte mi percorre la spina dorsale.

Dietro di me, lo Squartatore ruggisce con furia. Non mi guardo indietro, ma mi concentro sul tunnel stretto e buio attraverso il quale Brianna mi sta trascinando. Con i piedi e l'altra mano cerco di fare presa sulle pietre ruvide.

«Corri!» grido. «A lui ci penso io.»

«Non essere ridicolo. Non sei Pax, e comunque non ti perdo di vista. Puoi farcela, devi solo darti una spinta!»

«Oh, sì. Immagino tu abbia ragione.»

Credo di essere abituato a lasciare che siano gli altri a farsi carico delle mie responsabilità, ma ora che si tratta di farsi carico anche del mio peso *fisico*, non posso pretendere faccia tutto lei.

Mi rimetto in piedi in qualche modo e poi mi tuffo dietro Brianna proprio nell'istante in cui lei mi strattona il braccio con tutta la sua forza. Io volo dentro, raschiandomi sulla pietra la pancia già graffiata. Alla fine vado a schiantarmi contro Brianna e finiamo entrambi a terra, rovinosamente, addosso al Monumento alle Streghe.

Il dolore è immediato, e squisito. Avevo dimenticato quanto fossero fragili i corpi umani.

Cerco Brianna a tentoni. Ha ragione, quassù è davvero buio. E non è il solito buio della notte, perché anche in una notte cupa e tempestosa le luci che provengono da Grimwood Manor e le luci di sicurezza intorno alla recinzione del cimitero illuminerebbero qualcosa. Ma in questo momento non riesco a vedere nemmeno le tombe davanti a me, o la mano di Brianna che cerca la mia.

Mi avvicino a lei, ma manco la presa. Riprovo, e riesco ad afferrarle una mano. Non voglio perderla in questa oscurità.

«Edward, cosa sta succedendo?» grida mentre ci muoviamo a tentoni nell'oscurità, dirigendoci verso la direzione dove credo sia la casa. Lei inciampa sul bordo del sentiero e la prendo al volo prima che crolliamo entrambi. «Perché non si vede...»

Le sue parole si interrompono con un grido strozzato. Per un attimo non capisco cosa sia successo, ma poi li sento. Passi corrono verso di noi lungo il sentiero di cemento e un terribile spettro si avvicina producendo un *TAP-TAP-TAP* inquietante.

«È un'altra bestia arrivata dal Velo!» grido. «E abbiamo lasciato l'assenzio in cantina.»

«No, non è un mostro!» grida Brianna. «Sono Pax e Ambrose!»

3

PAX

Le dita gracili di Ambrose mi stringono il polso mentre corriamo verso il cimitero lungo il sentiero del giardino.

Almeno, immagino che ci stiamo dirigendo verso il cimitero. Non vedo nulla.

È peggio della volta in cui il mio generale decise di scatenare uno sciame di vespe sul campo di battaglia per disarmare il nostro nemico. La mia faccia si gonfiò così tanto che per tre giorni non vidi più nulla.

Ma il nostro generale non aveva l'arma segreta che ho io: Ambrose. In questo mondo oscuro lui si muove con la stessa determinazione che ha in ogni giorno della sua vita. Il buio non lo spaventa. Batte il bastone a terra e nell'eco di quel tocco sente qualcosa che io non sento: la strada da seguire.

La strada per la nostra Bree.

Scendiamo le scale con una velocità spaventosa. «Giù la testa» mi ordina Ambrose. Mi trascina attraverso il buco nella recinzione del cimitero senza nemmeno rallentare. Uncini di metallo mi artigliano la schiena, ma andiamo avanti. «Sento qualcosa vicino al Monumento alle Streghe.»

Il tuono rimbomba sopra le nostre teste mentre ci

affrettiamo a percorrere il sentiero sconnesso. L'aria ha un sapore amaro, strano. Gli dèi sono contrariati. Sanno che stanotte sta accadendo qualcosa di sbagliato.

Stringo la mano sulla spada.

Lo Squartatore non prenderà Bree. *Non lo farà.*

Ambrose si ferma. Gli vado addosso, e per poco non ruzzoliamo entrambi su una tomba. Non so se siamo al Monumento alle Streghe o no. Sono del tutto perso, in questa oscurità.

«Bree?» chiama Ambrose mentre ci districhiamo. «Edward?»

«Siamo qui, Ambrose» risponde Bree.

«C'è anche Pax.»

«Pronto a infilzare cose!»

«Non si infilza nulla al buio. Non voglio che qualcuno si ritrovi accidentalmente con un gladio nel petto.» Bree emette un sospiro di sollievo. «Sono così felice di sentire le vostre voci.»

Il cuore mi si riempie di sollievo. Bree sta bene.

«Spero che abbiate portato almeno un sacerdote magico e un cesto di frutti scaccia-demoni» dice Edward guardingo. «Perché lo Squartatore è proprio sotto di noi.»

Mi metto in ascolto. Sotto di noi qualcuno sbatte di qua e di là.

«Come fa a essere sotto di noi? L'avete già mandato nell'Ade?» Comincio a rimettere la spada nel fodero. «Sono deluso. Non vedevo l'ora di tagliargli la testa e di infilzarla sullo spuntone che c'è sopra la tomba di Edward.»

«Non provare a deturpare la mia tomba» ringhia Edward. «O comporrò un poema epico di quarantadue versi sulle tue flatulenze e te lo reciterò ogni sera mentre cerchi di addormentarti.»

«Ah sì? Beh, allora io sbatto i tuoi testicoli in una padella e ne faccio una deliziosa omelette...»

«Lo Squartatore non è ancora nell'Ade, Pax» mi interrompe Bree, prima che io possa descrivere nei dettagli la mia punizione immaginaria. «È nella cantina segreta di Edward, ma non lo sarà ancora per molto.»

Ambrose si avvicina a me. «Beh, sta facendo un bel trambusto. Sembra te, dopo che hai dormito per tutta la notte con la testa nell'armadietto dei liquori.»

«Mi ritengo offeso. Quando sono ubriaco io sono molto aggraziato.» Mi batto un pugno sul petto.

«Edward ha fatto ubriacare lo Squartatore con l'assenzio» ci spiega Bree, la cui voce si fa più alta man mano che ci avviciniamo. Una mano morbida e familiare mi sfiora un braccio. «Ci ha fatto guadagnare un po' di tempo per fuggire. Edward, posso avere il mio telefono, per favore? Dobbiamo solo riuscire a disarmarlo, e poi lo cacceremo via, come abbiamo fatto l'ultima volta...»

«Non credo sia più un revenant» interviene Ambrose. «Penso sia davvero peggio.»

Io faccio una smorfia: non capisco. «Sarà, ma c'è una cosa che mi inquieta ancora di più. Come fa Edward ad avere il rettangolo magico di Bree?»

Un debole fascio di luce appare accanto a me, ma riesce a illuminare appena i contorni dei lineamenti di Bree, che lo tiene in mano. «Non so bene come sentirmi all'idea che il mio telefono sia caldo per essere stato a contatto con il tuo inguine, Edward. Ma ragazzi, Edward è...»

«Fate largo alle stronze più potenti!» ci interrompe dalla penombra una voce burbera.

«Yuhuu, Bree?» grida Lottie. «Sei qui, vero? Non si vede nulla!»

«Siamo venute a salvare la situazione» aggiunge Mary da

qualche parte, dietro la mia spalla sinistra. «Appena abbiamo visto quella gigantesca nuvola di male, abbiamo pensato di risalire dritte alla sua causa.»

«Come fate a sapere che sono io la causa?» risponde Bree secca. «E tu cosa ci fai qui, Agnes? Tu lo odi, il cimitero.»

Sono scosso da un brivido mentre un fantasma mi attraversa.

«Sì, beh, venire qui non è stata un'idea mia» si lamenta Agnes. «E comunque, se la causa non sei tu, chi è che ha spento le luci? Ho appena attraversato il soldato, e non è stata un'esperienza da ripetere.»

«Stai fuori dai miei organi!» grido nell'oscurità. Le dita di Bree mi stringono più forte il braccio.

«Abbiamo visto il cielo oscurarsi sopra il cimitero» dice Mary. «E abbiamo pensato che probabilmente vi avrebbe fatto comodo un aiutino.»

«Sapevi che vicino al cancello d'ingresso c'è un cadavere?» aggiunge Lottie.

Le dita di Bree mi affondano nella carne. «Cosa?»

«Sì, la piccola Harriet Johnson. Ha la gola tagliata e le budella tutte...»

Mi ribolle il sangue. Harriet Johnson lavorava nella sala da tè in paese. Mi dava sempre un vasetto di marmellata in più per le mie focaccine, perché sa quanto io ami la marmellata.

Per le dita di Giove impiastricciate di marmellata, vendicherò la tua morte, Harriet.

«Grazie, Lottie.» La voce di Bree si incrina. «È stato lo Squartatore. Ha conservato il suo istinto di tagliare e squartare. Deve averla uccisa mentre veniva qui a cercarci...»

«Esatto!» risuona una voce cupa e biascicata alle mie spalle, accompagnata da un fetore di anice che gronda malvagità. «E sei stata gentile a fornirmi una bella cerchia di vittime, Lazzaro. Mi divertirò a smembrare i tuoi amici, a uno a uno.»

$$4$$

BREE

Ruoto lo schermo del telefono proprio mentre lo Squartatore esce dalla cantina arrancando. La luce pallida illumina i suoi lineamenti contorti mentre si tuffa verso di noi, con quella pericolosa lama che dardeggia nell'aria.

«Bree, puoi fermarlo» grida Mary. «Trova il tuo potere.»

Trovare il mio potere. Certo, nessun problema. Cerco di richiamare il ricordo di quando dipingevo con mio padre la macchinina fatta con gli scatoloni, ma poi, quando apro gli occhi per trovare il reticolo di fili, non ne vedo.

Al loro posto, dalle nuvole scure pendono centinaia di riccioli intrisi di rosso. No, non centinaia. Migliaia. *Decine* di migliaia. Sono così tanti che quando ci passo dentro la mano non riesco più a vedere il mio braccio. I fili sembrano fatti di catrame: sono disgustosi e mollicci al tatto. Ne afferro uno e lo stomaco mi si contorce mentre l'aria si riempie di un'intensa sensazione di *sbagliato.*

Non so cosa siano questi fili, ma se sono attaccati ad anime, sono di sicuro anime *tormentate.*

«Sssssìì» sibila lo Squartatore dall'altro lato, vicino a

Edward. «Chiamali, forza. Apri il Velo, Lazzaro. Siamo davvero tanti laggiù. Vogliamo essere messi in libertà.»

«Bree!» grida Mary.

«Non riesco!» urlo. «Non riesco a sentire la mia magia. È tutto sbagliato.»

«Uff! Se si vuole che una cosa venga fatta, la si deve fare da soli» sbuffa Agnes. «Aaaahhhhh!»

Lo Squartatore sibila di nuovo. Non so cosa stia succedendo, ma mentre continuo a illuminare intorno a me con il telefono, scorgo una forma sottile che vola in aria: è Agnes che si lancia contro lo Squartatore.

Cosa sta facendo?

Lo Squartatore la pugnala, ma la sua lama la trapassa. Agnes gli si tuffa dentro in volo, proprio come aveva fatto Edward l'altra volta. Lo Squartatore vacilla e Agnes si sistema per bene all'interno dei suoi arti, prendendo dimora nel suo corpo.

«È ubriaco» gracchiano le labbra dello Squartatore. «Ma qui dentro c'è un sacco di spazio. Questo bastardo non ha un'anima fastidiosa che occupi spazio prezioso... aaaahh, no che non ce l'hai!»

Agnes prorompe in una serie di grugniti e grida e il corpo dello Squartatore sussulta in movimenti inconsulti. Si schiaffeggia sulle guance, si strappa i capelli e si infila perfino le dita in gola. Pax gli gira intorno, con la spada alzata, alla ricerca del varco perfetto. Ma lo Squartatore ha ancora in mano la sua arma letale, dalla cui punta esce la nebbiolina rossa, e so che Pax non vuole rischiare di ferire Agnes.

«Presto» gorgoglia lo Squartatore. «Non riuscirò a trattenerlo ancora a lungo. È più potente che mai, e ti... ti... ti *mangerà*, piccola Lazzaro.»

Delizioso.

«Ti fermo io. Per Giove! Per Bree!» Con un grido di guerra

che scuote la terra e risveglia gli dèi, Pax si lancia in avanti. La sua spada trafigge il petto dello Squartatore da parte a parte. La creatura non vacilla nemmeno.

«Ehi, che solletico...» esclama con un sorriso, e non capisco più se ha parlato Agnes o il mostro.

Pax tira indietro il braccio, ed estrae la spada dallo Squartatore, che barcolla un po' ma rimane in piedi, ancora impegnato a lottare con Agnes per riprendere il controllo del suo corpo.

Okay, non ha funzionato.

«E ora cosa facciamo?» grido, cercando di nuovo di ritrovare il mio potere. Ma è inutile, con questa selva oscura di fili rossi che mi blocca, non riesco a fare nulla.

«Prendi questo!»

Un pacchettino mi passa in volo sopra la testa.

Che cos'è?

Mi volto di corsa, sollevando il telefono. Mina è lì sul sentiero, con un braccio teso, un corvo appollaiato sulla spalla e il suo cane Oscar al fianco. Ha un'espressione determinata.

«Mina, cosa ci fai qui?»

«Te lo spiego se ne usciamo vivi» grida lei. «Prendi quell'amuleto!»

Il pacchetto atterra ai piedi dello Squartatore, rimbalza e finisce nell'oscurità ai margini del sentiero.

«Cra!» Quoth si tuffa mentre lo Squartatore corre verso di lui. Agnes sta perdendo la battaglia per controllare il suo corpo.

«Ops, scusa!» esclama Mina mentre Quoth si muove al buio, schivando come può i colpi dello Squartatore. «Ho una mira da orbi!»

Quoth afferra l'oggetto con il becco. Lo Squartatore si tuffa verso l'uccello, ma lui lo becca e si libera.

«Cra!»

«Torna qui, uccellaccio» urla lo Squartatore, prendendo il

controllo sopra Agnes. «Ti caverò gli occhi. Ti strapperò le piume dalle ali una per una e ti costringerò a mangiarle. Io...»

Ma non finisce la frase perché Quoth gli infila il piccolo oggetto in bocca.

Il volto dello Squartatore esplode in una luce verde malaticcia. Solo allora ci vedo abbastanza per capire che l'oggetto che mi hanno lanciato è il sacchetto di velluto con le erbe, che proviene dalla scatola di Vera. L'avevo lasciata a Mina perché si facesse aiutare dalla sua amica Jo a scoprirne gli ingredienti.

Con il sacchetto stretto tra le mani, lo Squartatore barcolla all'indietro. Mi fissa negli occhi e mi lancia un ultimo sguardo trionfale prima di scomparire con un frizzo quasi comico.

L'oscurità si attenua all'istante: non abbastanza da vederci bene, ma i fili rossi diventano meno solidi e riesco a scorgere i bordi del sentiero, le tombe e il cappello dello Squartatore posato sulla pietra chiara del Monumento alle Streghe.

«Credo che se ne sia andato» dice Pax. «Il corvo l'ha fatto sparire. Il mio amico Björn mi ha detto tutto sui corvi magici. Sono messaggeri degli dèi.»

Non sono un messaggero degli dèi. È solo che gioco spesso a softball con alcuni ragazzi della mia scuola d'arte.

«Grazie, Quoth.» Mi appoggio a Pax, sollevata dal fatto che almeno per ora lo Squartatore se ne sia andato.

«Agnes?» grida Lottie. «Dov'è Agnes?»

«Non è qui?» Mi si serra lo stomaco.

«Agnes? Sei lì sotto?» Mary scruta sotto il cappello mentre Edward lo solleva con cautela da terra.

«Anche Walpurgis è sparito» singhiozza Lottie. «Non si allontana mai da lei.»

Il terrore mi stringe il petto. Agnes era dentro lo Squartatore quando lui è scomparso. Significa che, ovunque abbiamo mandato lo Squartatore, ci abbiamo mandato anche lei?

Ma non c'è stato nessun bagliore bianco, né il filo di Agnes si è spezzato. Non è passata oltre, come è successo ad altri fantasmi che ho visto e aiutato.

Richiamo a me il mio potere e cerco il suo filo. Mi concentro al massimo e riesco a distinguere i fili argentei dei fantasmi, di Mina e di Quoth, e anche l'argento bluastro di Ambrose, Edward e Pax. Ma il filo d'argento di Agnes è scomparso.

Tasto con le mani i viscidi fili rossi, ci passo in mezzo, li separo. *Deve essere qui da qualche parte. Deve esserci... la sua anima non può essere sparita...*

Ecco!

Con la coda dell'occhio intravedo un barlume argenteo. Uno dei fili rossi ha una spolveratina d'argento sul bordo, niente di più. Lo stringo tra le dita e percepisco la magia di una vecchia strega che fa fatica a mantenersi aggrappata a quell'appiccicoso catrame rosso.

Ovunque sia finita, insieme allo Squartatore, ecco in cosa si è trasformato il suo filo, la sua *anima*.

No, Agnes! Mi dispiace tanto.

Immagino che Lottie intuisca ciò che sto vedendo, perché mette le braccia intorno a Mary e appoggia la testa sulla sua spalla. «Agnes se n'è andata» grida. «L'abbiamo cacciata oltre il Velo, con il mostro.»

«È così?» chiedo a Mina. «Cosa c'era nel sacchetto che hai lanciato? Come sapevi che eravamo nei guai?»

«Non lo sapevo. Jo è passata da me mentre andava a fare le autopsie delle vittime della "fuga di gas" del Festival degli Ortaggi Giganti» mi spiega Mina mimando le virgolette in aria. «E mi ha dato il rapporto sugli esami di laboratorio che sono stati fatti al sacchetto di velluto, compreso l'elenco completo degli ingredienti. Ho incrociato gli ingredienti con i vari libri di incantesimi nella stanza dell'occulto della Nevermore e ho capito che si tratta di un incantesimo di esilio.»

«Avremmo potuto dirtelo noi.» Mary si china per ispezionare la borsa. «Siamo state noi a dare questo incantesimo a Vera. È un classico di Agnes: erbologia mista a un po' di sadico orrore.»

«Incantesimo di esilio? Quindi lo Squartatore è sparito?»

«Non in modo permanente.» Lottie aggrotta le sopracciglia e guarda il cielo pieno di tenebre. «Non finché il Velo è debole. Tornerà, e non sarà solo.»

«Cosa vuol dire che il Velo è debole? È per questo che il cielo è così strano?» *E i fili?*

Ambrose deglutisce. «Non abbiamo certezze, naturalmente, ma credo che il Velo si sia assottigliato sopra Grimdale. Immagino padre Maxwell stesse cercando di dirti che quando si riporta in vita qualcuno, il Velo si indebolisce. Ecco perché quel mangia-anime gli dava la caccia: padre Maxwell aveva aiutato così tanti dei suoi parrocchiani da indebolire il Velo nei pressi di All Souls. Finché non ne sapremo di più, non dovresti usare la magia di resurrezione.»

«Nessun problema» stringo la mano di Edward e me lo tiro vicino. «Non ho nessun motivo di usare ancora i miei poteri. Ho qui con me tutte le persone che mi servono.»

Tutti si voltano verso Edward, come lo vedessero per la prima volta. Pax strabuzza gli occhi, si butta su di lui e lo stritola in un abbraccio. «Edward? Ma sei un Vivente!»

«Non per molto, se non mi lasci respirare, soldato» brontola lui.

Pax lo libera e lui incespica goffo verso Ambrose e gli prende la mano, stringendola con decisione. «Dopo tutti questi anni, amico, finalmente possiamo farlo davvero.»

«Sono onorato di conoscerti in carne e ossa.» Ambrose stringe con energia la mano di Edward, poi lo prende in un abbraccio, meno soffocante. «Se puoi soddisfare la mia curiosità professionale di risolvere i misteri, qual era la tua faccenda in sospeso?»

«Ti mostro.»

Intreccia di nuovo le dita alle mie, e si dirige verso il buco nel monumento. Si cala dentro e ci invita a seguirlo nella sua cantina segreta. Pax aiuta tutti a infilarsi nel minuscolo buco, ma lui non scende. Le sue spalle non ci passano.

«Ecco la mia questione in sospeso.» Con la fronte aggrottata, Edward scosta un grosso frammento di vetro rotto. «Ahimè, lo Squartatore, quel mostro proveniente da oltre il Velo, ha danneggiato alcuni dei miei oggetti d'epoca, ma ne è valsa la pena, per vederlo ubriaco di un pessimo assenzio.»

«Dovevamo capire che la questione incompiuta di Edward era la localizzazione del suo amato bunker di alcolici.» Ambrose passa le dita sugli scaffali di bottiglie. «Non posso credere di non averci pensato. Per anni si è lamentato dicendo che i suoi amici dovevano avergli prosciugato la cantina, visto che era sparita. E invece, per tutto questo tempo, era proprio qui: sotto il cimitero.»

«Se le bottiglie erano pregiate e costose quando Edward era vivo, ora devono valere una fortuna» osserva Mina. «Dobbiamo nascondere questo posto, o Grimdale si riempirà di cacciatori di tesori che vogliono arricchirsi, e se quello che dice Ambrose è vero e il Velo è sottile...»

«...vuoi dire che rischiamo di condurre gruppi di persone dritte nelle grinfie dello Squartatore?» Rabbrividisco pensando alla povera Harriet.

«Puah! Se vengono qui per cercare di rubare a un nobile d'Inghilterra, che ci provino pure!» Edward si mette le mani sui fianchi, più minaccioso che mai.

«Allora dovremo nascondere la cantina finché non decidi cosa vuoi farne. Sappiamo tutti che appartiene di diritto a te, ma se il Comune la trova sul suo terreno, non te la restituirà solo perché sostieni di essere il fantasma resuscitato di un principe dissoluto, morto ormai da tempo.»

Ha ragione. Finora, con il problema dello Squartatore e del Velo, non ho voluto pensare al vino ma in pratica queste bottiglie potrebbero permettere a Edward e agli altri fantasmi di mantenersi nel mondo moderno, almeno fino a quando non riusciremo a capire come diavolo fare per procurare documenti e un lavoro a tutti.

«Dovrebbe essere abbastanza facile rimettere in ordine il mausoleo e riposizionare la chiave nella biglietteria» dico. «Ma il basamento del Monumento alle Streghe è rovinato. Magari, se deturpiamo il monumento con qualche disegno osceno con la vernice spray, e lasciamo lì il piede di porco, il signor Pitts penserà che sia stato qualche teppistello adolescente. A volte ci sono dei vandali che entrano qui di soppiatto.»

«Possiamo farlo» dice Mina. «E poi?»

«Ho un'idea.» Edward prende una bottiglia di qualcosa di antico dagli scaffali e la tiene in mano, con un sorriso perfido sulle labbra. «Beviamo finché tutto non ci apparirà velato da una patina rosea e dorata.»

5

EDWARD

Ognuno di noi prende tutte le bottiglie che riesce a tenere tra le braccia e ci allontaniamo dalla cantina. Il peso mi provoca dolori lancinanti alle spalle. Nonostante il pericolo in cui ci troviamo, e il fatto che una donna innocente abbia perso la vita, non riesco a smettere di sorridere: sento di nuovo il dolore. Posso di nuovo usare le braccia!

E sento il gusto del vino. Il sapore di Brianna. Come posso non essere radioso in questo momento?

Se lo Squartatore ha intenzione di portarci alla rovina, e la vita che mi sono appena riconquistato sarà tragicamente interrotta, allora ho tutte le intenzioni di uscire di scena nello stile di Edward il principe poeta: ubriaco e strafatto, con la testa tra le gambe della mia Brianna, in adorazione della sua bellezza.

Ma prima che abbiano inizio i miei festeggiamenti per la fine del mondo, dobbiamo occuparci delle questioni pratiche per nascondere la mia cantina. Lo Squartatore ha già rimesso a posto le lastre di pietra e ha spinto il sarcofago sopra l'ingresso, il che ne garantisce l'invisibilità, ma il signor Pitts noterà senza dubbio che non è al suo solito posto, bensì mezzo metro più a destra. Pax aiuta Bree a spingere il sarcofago nella sua posizione originale, in modo che la mia tomba appaia come prima.

Io aspetto fuori con gli altri mentre loro due se ne occupano, le mie nuove braccia da Vivente doloranti sotto il peso dell'alcol. Rimango a fissare la tomba, nell'attesa che mi assalga la solita malinconia alla vista di quegli splendidi cherubini e molteplici scheletri danzanti. Ma ora che sono vivo, questo monumento alla mia dipartita non mi incute il solito terrore e la solita inquietudine. Non ho nulla da temere dai miei resti terreni.

Sono di nuovo vivo. Posso rifare tutto.

Forse in questa vita farò qualcosa di importante.

Se ci penso troppo, mi gira la testa, ma non è nel modo positivo di quando si beve un po' troppo assenzio. Io non dovrei esistere. Non dovrei essere vivo, respirare quest'aria un po' densa e vagamente tossica, né toccare la mano del mio caro amico Ambrose. Dovrei giacere morto e solo, in quella tomba.

Invece non sarò più quell'uomo, quello che ha passato così tanto tempo a commiserarsi e ad agognare l'affetto di un re freddo che non ha mai apprezzato la famiglia di artisti e reietti che ha riempito di gioia i suoi giorni.

Sarò un Edward diverso. A partire da stasera.

Beh, a dire il vero... fisso le facce sconvolte di Ambrose e degli amici di Bree, e poi le bottiglie che ho tra le mani, e modifico i miei piani. La vita del nuovo Edward inizierà domani.

Stasera, ciò di cui tutti hanno bisogno è una notte di dissolutezza come ai vecchi tempi, alla principe poeta Edward.

Bree si richiude alle spalle il cancello di metallo della mia tomba. Si volta verso di me, cercandomi subito con i suoi occhi di miele, come se volesse verificare che io sia ancora reale, ancora con lei. «Dovremmo chiamare la polizia per il corpo di Harriet, ma prima è meglio deturpare il Monumento alle Streghe, così quando arriveranno saremo lontani dal cimitero.»

«Posso aiutarvi io.» Mina fruga nella borsa e tira fuori un cilindro rosa shocking. «Quoth ha partecipato a un concorso di street art per abbellire Argleton. Sta dipingendo un murale giù alla vecchia stazione ferroviaria, insieme a Earl Larson e alcuni suoi amici. Ho una scorta di questi affari, nella mia borsa.»

«Perfetto.» Brianna mi lancia la lattina. «Vuoi fare tu gli onori di casa?»

Guardo quello strano aggeggio. È un tubo rosa di metallo e, quando lo sollevo per scuoterlo, dal suo interno proviene il suono di un dente che, sospeso all'interno, sbatacchia contro le pareti.

Inquietante.

«Si chiama vernice spray, Edward. Si preme sulla parte superiore ed esce la vernice.» Brianna avvicina il cilindro alla pietra e mi preme il dito. Dal cilindro esce un potente spruzzo che lascia un punto rosa sulla pietra, e io faccio un salto.

«Ora non devi fare altro che disegnare. Sei tu l'artista del gruppo. Dipingi qualcosa di osceno.»

«Come vuoi tu.» *Lascivo* è il mio secondo nome.

Mi ci vuole qualche tentativo per capire come usare lo spray, ma in pochi minuti ho fatto un disegno che farebbe arrossire anche la mia vecchia amica contessa di Rothschild.

«Edward, ma questo è...» Brianna si gira e confronta il suo deretano con l'immagine. «È molto bello. Forse *troppo* bello per un graffito.»

«È quello che ho in mente per te, per questa sera» le dico. «Sogno da sempre tutte le cose che avrei voluto farti se avessi potuto toccarti davvero, e ora la mia immaginazione depravata è libera.»

Nel pallido fascio di luce del suo rettangolo, vedo Brianna voltare il viso dall'altra parte e so, con una gioia che mi sfrigola in tutto il corpo, che sta arrossendo. Sta pensando al nostro incontro in cantina e a tutte le altre bricconerie che avremmo potuto combinare se non fossimo stati interrotti in modo così brusco.

Pax inclina la testa di lato e studia il mio dipinto, la bocca incurvata a un'estremità. «Non sono sicuro che i Viventi riescano a piegarsi in questo modo.»

Io gli faccio un sorriso a trentadue denti. «Non ti piacerebbe scoprirlo, soldato?»

«Pensi che il signor Pitts riconoscerà il tuo sedere?» chiede Mina con un sorrisetto.

«Cra» dice il corvo.

«Bau» aggiunge il cane Oscar.

Brianna si nasconde gli occhi con una mano e si volta verso gli altri. «Spero proprio che il signor Pitts non abbia prestato così tanta attenzione al mio sedere. Credo che lui sia segretamente innamorato di Carla, del comitato degli Amici del Cimitero di Grimdale. Che ne dite, andiamo?» Brianna raccoglie i barattoli. «Pax ha riposizionato la maggior parte delle pietre rotte sul basamento, così da nascondere l'ingresso della cantina. Direi che questo posto sembra essere stato adeguatamente devastato da adolescenti irrispettosi. Andiamo.»

Torniamo verso casa, muovendoci lenti nell'oscurità. Quando passiamo sotto la recinzione rotta, il buio si dirada un po' e riesco a individuare il contorno di Grimwood Manor, alcune aiuole del giardino, le strane statue di Mike e la carrozza rosa senza cavalli di Pax che giace sul sentiero. Si chiama bicicletta. Devo ricordarmelo. Anche Brianna ne aveva una, di un bel rosso acceso e che ora è in soffitta. La sposto con un piede, per evitare che Ambrose ci inciampi.

Le luci del salotto sono spente. I genitori di Brianna sono andati a letto. Brianna apre la porta della cucina e ci fa cenno di entrare. «Andiamo nella sala degli ospiti. È abbastanza lontana dalla loro stanza e non dovrebbero sentirci. Pax, puoi prendere tu i bicchieri? E abbiamo qualcosa da sgranocchiare?»

«Ho fatto la torta di cioccolato e lamponi che ho visto nella dodicesima stagione di *Bake-Off*» dice Pax con un'espressione molto seria, mentre posa le sue bottiglie sopra le mie e corre verso la dispensa.

«Perfetto. Ci vediamo di là.» Brianna cammina lungo il corridoio barcollando. La seguo, muovendomi con cautela tra i vecchi mobili antichi coperti di teli e i barattoli di vernice che Mike ha lasciato aperti in giro. Non vorrei perdere altre bottiglie.

Brianna apre la porta con un piede e tutti la seguiamo. Ognuno posa le proprie bottiglie sul tavolo e io inizio a metterle in ordine, raggruppando i rossi e decidendo qual è il pinot nero che meglio si abbinerà alla torta di cioccolato e lampone.

Mina libera Oscar dall'imbracatura e prende il suo telefono. «Ti dispiace se mando un messaggio a Heathcliff e Morrie?» chiede. «Adorano le feste. Beh, Morrie le adora. Heathcliff in realtà adora solo qualsiasi scusa per bere alcol costoso a spese di altri, e per lamentarsi ad alta voce del governo.»

«Cra!» Il corvo annuisce con ampi movimenti.

«Certo, invitali! Non potrei immaginare nessuno di meglio di due dei più grandi cattivi della letteratura per aspettare la fine dell'umanità.» Brianna solleva il telefono. «Invito anche Dani e Alice, se sono ancora sveglie.»

«Ma sarà davvero il caso di festeggiare?» chiede Ambrose dalla porta. «Non sarà poco opportuno fare festa, con tutti i morti che ci sono stati?»

«Come ha detto mio padre, è proprio per questo che *dovremmo* festeggiare. Non sappiamo cosa ci riserva il domani, ma stasera siamo vivi, Edward è con noi, e *per una volta* voglio fare la ventenne normale e irresponsabile insieme ai miei amici.» Bree gli prende il braccio e lo conduce verso il divano. «Tutto bene? Sembri un po' pallido.»

«Credo di non essermi ancora ripreso del tutto dal mio balletto con il mangia-anime» spiega Ambrose sprofondando nel divano.

Lo guardo preoccupato. Di solito Ambrose ha un entusiasmo per la vita che non può essere mitigato da nulla, nemmeno dalla mediocre realtà dell'esistenza, eppure stasera non è in sé. Non mi piace vederlo così...... beh, così *simile a me*.

Brianna lo prende per mano. «Oggi ho combattuto contro un mangia-anime, ho creato un simbolo demoniaco con le verdure, ho riportato in vita il mio terzo fidanzato, sono scappata da una cantina avvelenata e ho scacciato, *di nuovo,* Jack lo Squartatore all'inferno. Il cielo ha qualcosa di strano e credo che il mondo stia per finire. Ma Edward è vivo, quindi facciamo festa alla grande, proprio come farebbe un gruppo di principi ignari e dissoluti.»

«Allora forza!» Prendo uno dei miei vini francesi preferiti tra tutti quelli che sono esposti sul tavolo e faccio saltare il tappo. «Alla dissolutezza estrema!»

Verso una quantità smodata di vino nei bicchieri, e la festa inizia sul serio. Bree collega il suo rettangolo magico alle casse delle immagini in movimento e una musica a volume altissimo riempie la stanza. Non è il tipo di accompagnamento che sceglierei per le bevute pesanti, le riflessioni poetiche e gli avvenimenti carnali, ma mi ritrovo a battere il piede al ritmo.

Ambrose si spazzola cinque fette della torta di Pax e si tira un po' su. Pax fa fuori un'intera bottiglia di Chianti in tre lunghi sorsi e poi tira in piedi Brianna perché balli con lui sul tavolino, ma poi il tavolino si spacca e i due crollano a terra tra risate inconsulte.

La stanza si riempie di amici. Dani arriva con Alice, che appare un po' nervosa, e quando mi vede non crede ai suoi occhi. «Ma... io ti ho studiato all'università. Tu sei... sei...»

«Il principe poeta Edward.» Le faccio un profondo inchino. «Al tuo servizio.»

Lei impallidisce e si butta sul divano. «Sto per svenire.»

«Non farlo prima di aver assaggiato questo vino.» E le piazzo davanti un bicchiere. «Proviene da un piccolo vigneto di famiglia appena fuori Firenze. 1622.»

Alice prende il bicchiere, lo avvicina alle labbra tremolanti e ne beve una lunga sorsata.

«Bree, quando hai detto che i fantasmi sono reali, mai avrei pensato di incontrare dei veri morti famosi.» Alice stringe così forte lo stelo del bicchiere da farsi sbiancare le nocche. «Senza offesa, Ambrose, ma eri uno sconosciuto fino al tuo video virale.»

«Nessuna offesa» conferma Ambrose sorseggiando il suo vino.

Gli altri due fidanzati di Mina arrivano poco dopo. Heathcliff posa sul tavolo alcune buste della spesa. «Ho portato le patatine.»

«L'accompagnamento perfetto per un vino secolare» mormora Morrie.

«Esatto.» Heathcliff lancia un mucchio di stoffa al corvo. «Tieni, uccellino. Ti ho portato anche un po' di vestiti.»

«Cra.» Il corvo prende i vestiti tra gli artigli e si alza in volo verso il corridoio. Pochi istanti dopo, dalla porta entra il bel Quoth, si scosta i capelli scuri e setosi dal viso e prende il bicchiere di vino che gli porgo con dita sporche di vernice.

Devo essere sincero: con tutta questa bella gente, la festa

non è poi così diversa dai festini dissoluti di quando ero il signore di Grimwood... se si ignora il soldato romano ubriaco nell'angolo, che dopo una discussione particolarmente brutale con un paralume ha sfoderato la spada.

E a proposito di bella gente...

«E queste sono le scorte del principe?» Morrie osserva il tavolo pieno di bottiglie sgranando gli occhi blu ghiaccio. Caspita! Questo sì che è un incantevole esempio di forma umana. In un'altra epoca, e in una festa diversa, avrei potuto invitare Morrie nel mio boudoir per una lettura privata di poesie. Ma mentre lui stringe Heathcliff tra le braccia muscolose e gli posa un bacio morbido sulla fronte, io mi ritrovo a pensare solo a una donna...

Brianna esce un istante dalla stanza per accogliere Hayes e la sergente Wilson, i due agenti di polizia che hanno indagato sulla morte di Albert e Vera. Sono qui perché Dani li ha chiamati per dire loro che, quando ha trovato il corpo, stava andando a Grimwood. Prendono una rapida dichiarazione da tutti i presenti, ma è chiaro che non ci credono coinvolti nella vicenda, soprattutto quando sfodero tutto il mio fascino principesco e descrivo con dovizia di particolari i due ragazzini disadattati che ho visto aggirarsi nel cimitero. Ambrose e Mina non sono gli unici a essere bravi a raccontare storie.

Forse è d'aiuto che a questo punto tutti i presenti alla mia festa sono così su di giri che non riuscirebbero ad attraversare il giardino di casa senza inciampare in uno scoiattolo di cemento. Figuriamoci se sarebbero in grado di accoltellare brutalmente una donna.

Hayes e Wilson prendono appunti e poi se ne vanno, mentre Brianna attraversa la stanza e viene verso di me.

«Tieni.» Mi porge il bicchiere vuoto. «Mi sei mancato.»

«Beh, ora sono qui, in carne e ossa, e non ti lascerò mai.»

Invece di riempirle il bicchiere, la prendo tra le braccia, e la faccio roteare in giro per la stanza a tempo di questa musica orrenda. Lei mi cinge la vita con le mani e appoggia la testa sulla mia spalla, con quegli occhi color champagne che mi scrutano con tale amore e meraviglia da farmi sentire invincibile.

È la festa più bella che abbia mai dato.

E quando la nottata volge al termine, e il buon vino mi scalda ancora le vene, tiro di nuovo Brianna contro di me, meravigliandomi di come il suo corpo si incastri perfettamente al mio, quasi fossimo stati scolpiti l'uno per l'altra. Potrei vivere per centinaia di anni e non stancarmi mai di sentirla così calda, cedevole e... *reale*.

Il naso mi si riempie di pere e mandorle e mi gira la testa, ma non per l'alcol, bensì per la gioia vertiginosa che mi gonfia il cuore. Brianna mi guarda, con uno sguardo pieno di fiducia, e si mette in punta di piedi per baciarmi.

Le sue labbra sulle mie sono più dolci di qualsiasi vino invecchiato. Con una mano le prendo una guancia e le sollevo la testa all'indietro per poterla bere meglio. Non so per quanti mesi, giorni o ore rimarrò su questa terra, ma di sicuro non riuscirò mai a saziarmi di lei.

Poi interrompo quel dolce bacio per afferrare Pax per la collottola e abbracciare anche lui. Lui mi scruta con uno sguardo spavaldo, la mascella rilassata dall'alcol e gli occhi di ghiaccio chiari e luminosi. Vengo preso da un impulso e allungo la mano per attirare anche lui alle mie labbra.

La sua bocca ruvida contrasta con la morbidezza di quella Brianna, ed è un colpo per me, ma sollevo il capo e accolgo il duello delle nostre lingue, il modo rude in cui il soldato mi stringe i capelli nella mano.

Quando Pax si tira indietro, stiamo entrambi ansimando. E Brianna ha gli occhi fuori dalle orbite.

«Beh?»

Pax alza le spalle. «Un soldato romano è sempre felice di dimostrare il proprio affetto per un fratello.»

Un lento sorriso mi tende le labbra. «Se la fine del mondo è davvero alle porte, vi vorrei tutti nel mio letto stanotte. E sarà uno scontro di carne, sangue e ossa, finché non saremo altro che polvere.»

«Oh, sì» ansima Brianna. «Ti prego.»

Non dirò mai di no a una signora.

Pax prende Brianna tra le braccia, le affonda il viso nel collo e la bacia a lungo, mentre si avvia verso la porta. Io lo seguo, fermandomi solo per distogliere Ambrose dal suo profondo dibattito filosofico con il corvo. Mi chino su di lui, e mi piace un sacco sentire la pelle d'oca che gli provocano le mie labbra sul collo. Gli si sono sciolti i capelli e ora li ha tutti sparpagliati sul viso. Gli scosto le ciocche setose e gli sussurro il mio comando all'orecchio.

«Io porto Brianna e Pax a letto. Vieni anche tu.»

Ambrose balbetta qualche scusa e si lascia sollevare dal divano. Gli metto un braccio intorno alla spalla e ci sosteniamo a vicenda. E il calore del suo corpo adagiato al mio non fa che stimolarmi ancora di più l'appetito.

I miei fratelli.

Ne abbiamo fatta di strada da quando abbiamo iniziato la nostra convivenza forzata. Abbiamo attraversato insieme fuoco e fiamme e ora siamo qui in carne e ossa, resuscitati non da un vecchio santo pretenzioso ma dalla nostra straordinaria donna. So, con una certezza sconvolgente, che per quanto preziosa sia per me questa seconda possibilità di vita, vi rinuncerei in un istante se Pax o Ambrose avessero bisogno di me. È così che ci si sente ad avere dei fratelli? Ad avere una vera famiglia?

Ma le cose che desidero fare a entrambi stasera sono tutt'altro che fraterne.

«Edward, mi gira la testa» mormora Ambrose mentre inciampiamo ubriachi sulle scale, franando l'uno sull'altro.

«Aspetta che ti porti nel mio boudoir. Ho dei progetti che te la staccheranno dalle spalle quella testa, altroché! In senso poetico, ovvio!» mi affretto a precisare appena vedo la sua espressione preoccupata.

Lo trascino nel mio boudoir. Mike e Sylvie hanno appena finito di ridipingere le pareti di un bianco neutro e hanno sostituito le bellissime lenzuola di velluto viola con biancheria grigia. Ogni volta che Brianna passa qui davanti fa una faccia rassegnata e la chiama la stanza *greige* (un misto di grigio e beige). Non è più una stanza adatta a un re, ma è dove ho dormito tante notti e ho fatto sogni depravati e sconci, che ora posso rendere reali.

Il cuore mi batte forte nel petto quando ci trovo Brianna e Pax già avvinghiati l'una all'altro. Lui la afferra con possesso con le sue manone mentre preme la bocca sulla sua, e lei si aggrappa a lui come se la sua stazza fosse l'unica cosa che la tiene in piedi.

Alla loro vista, il mio scettro si agita e si allunga.

«Sembra che i nostri amici abbiano iniziato senza di noi» dico ad Ambrose mentre lo tiro sul letto.

Gli occhi color champagne di Brianna incontrano i miei e lei si stacca dal bacio di Pax per tendermi una mano. Mi stringe le dita, tirando me e Ambrose fino a che non siamo tutti e quattro stretti in un grosso abbraccio. Ambrose posa la testa sulla mia spalla e Brianna mi tocca la fronte con la sua.

«Voi tre...» Prima passa le dita sulla mia guancia, poi su quella di Ambrose. Pax ci sovrasta tutti, e la tiene ancora stretta in modo possessivo, con gli occhi chiari pieni di desiderio. «Non riesco a credere che siate qui e che siate *reali*.»

«Sei sicura che è ciò che vuoi?» chiede Ambrose, con una nota preoccupata nella voce. «Le nostre teste sono piene di vino e fantasie. Non preferisci riposare, per essere pronta a ciò che lo Squartatore ci starà preparando?»

«Ci pensiamo domani, Ambrose. Avrò paura domani. Ed escogiteremo un piano. Stasera voglio che voi tre mi amiate come se fosse la nostra ultima notte sulla Terra.» Brianna guarda verso le finestre. «Perché potrebbe anche esserlo.»

Gli occhi freddi di Pax incontrano i miei. I lineamenti del soldato sono tesi, smagriti per le troppe notti insonni e per avere stretto la spada con troppa foga, come se la sua lama da sola potesse salvarci tutti.

Lo fisso sollevando un principesco sopracciglio, poi mi volto verso Brianna. «E se fosse la nostra ultima notte? E se l'ultimo dolore che dobbiamo sopportare fosse quello di morire l'uno nelle braccia dell'altro? Io sarò felice di andarmene, se questo significa che le nostre anime condivideranno l'eternità.»

«Anch'io» dice subito Ambrose sottovoce, come se non riuscisse a sopportare il pensiero di morire prima di aver pronunciato quelle parole.

«Noi quattro faremo arrossire Giove» aggiunge Pax.

Brianna ride con una delle sue risate profonde e gutturali e io sono perso per lei. Per tanti secoli, mentre ero solo in questa casa (anche se non è mai stata vuota davvero) ed ero solo nella prigione della mia mente, ho desiderato, sognato e sperato in un amore come questo. Avevo pianificato nei minimi dettagli l'uomo che sarei stato se ne avessi avuto la possibilità, il modo in cui avrei potuto ricoprire la mia amata di doni, scrivere poesie che la facessero arrossire e baciarla, e poi ribaciarla nel caso in cui il primo bacio non avesse funzionato. Poi è arrivata Brianna e tutti i miei piani si sono sgretolati. Ora non riesco nemmeno a comporre una poesia su di lei, perché le poesie sono fatte di parole che descrivono le cose, e lei è impossibile da descrivere. Il desiderio che mi riempie il cuore è indicibile, proprio come il modo in cui è diventato una cosa viva, che respira e mi artiglia le viscere. La brama che mi cresce dentro è distorta e incancrenita, e solo lei può liberarmene.

«Edward...»

Abbasso di nuovo la fronte sulla sua. «Ti ho sempre amata, Brianna. Ti amo da prima ancora che nascessi. Avrò anche infestato questa casa per sei secoli, ma io sono sempre stato ossessionato da te. È per te che scrivo le mie poesie, che dipingo, che cerco ogni possibile piacere su questa terra, perché desidero strapparti dalla mia carne e renderti reale. Ma nulla di ciò che potrei mai immaginare è paragonabile alla donna che ora stringo tra le mie braccia. Mi sembra di essermi perso in un sogno, perché sono certo che niente nella mia vita potrebbe essere così perfetto per me, così a mia misura.»

«Oh, Edward.» La sua voce si incrina. «Credo che anche voi mi abbiate ossessionata da sempre. Vi ho portati con me ovunque fossi. Vorrei... vorrei che tu non avessi dovuto vivere tutti quegli anni da solo. Avrei voluto essere lì ad abbracciarti quando tuo padre ti trattava in modo crudele, per farti capire che sei degno di ricevere amore. Vorrei fossimo stati insieme per tutto quel tempo, perché ora ho paura che ce ne sia rimasto poco...»

«Siamo qui stasera, e questa è l'unica cosa che conta.»

Gli sfioro le labbra con le mie, in un bacio lento e morbido. Prima, in cantina, ci siamo divorati. Ora, invece, voglio assaporare ogni momento con lei. Sto tremando per la brama, ma mi costringo a trattenermi. Le mordicchio un labbro, strappandole un gemito che mi riscalda il ventre, e poi la trascino in un bacio profondo, al quale si abbandona completamente.

La mia musa.

Il suo sapore è come un ritorno a casa. E prima di stasera non avevo mai capito cosa significasse *tornare a casa*. Non avevo mai avuto una casa a cui tornare. Il palazzo era stato un inferno e il doloroso passare del tempo aveva trasformato Grimwood nella mia prigione. Ma ora so cosa significa essere *a casa*: ora che percorro questi corridoi da Vivente insieme a lei, Pax e Ambrose, e la bacio in questa stanza in cui ho desiderato, agognato e sognato.

Le stringo il collo con le dita, e tiro la sua testa verso la mia mentre il bacio tra noi diventa una danza urgente e densa di desiderio.

Le dita di Brianna avvolgono ancora una mano di Ambrose. Lui si avvicina e le porta l'altra mano a una guancia, poi accarezza la sua pelle e la mia, mi sfiora i capelli, e diventiamo un unico groviglio, nel quale non so più dove finisce lei e dove inizio io.

«Meraviglioso» mormora. «Semplicemente un miracolo.»

Pax emette un grugnito, e la sua *verpa* è dura contro la mia coscia. Faccio in modo di avvicinare questo groviglio di membra verso il letto, ma l'impaziente soldato ci solleva tutti e tre, senza il minimo sforzo, e ci deposita sui cuscini morbidi.

Ohhh, i cuscini...

Mi appoggio a questa morbidissima montagna e sospiro felice. Per tutti gli anni in cui ho *dormito* in questa stanza (per quanto i fantasmi non dormano veramente, ma vivano in uno stato liminale tra il sogno e il ricordo), non sono mai riuscito a sentire la superficie del letto. Ora sono avviluppato in una soffice nuvola di felicità.

«Lenzuola di seta e cuscini in abbondanza» mormoro mentre mi accoccolo nelle lenzuola morbide. «Nido di pace, perfetta sostanza. Nessun bozzo a turbare il meritato riposo, un grande porto, morbido e prezioso...»

«Stai componendo una poesia per il *letto*?» Brianna mi guarda divertita.

«Un vero artista trova ispirazione ovunque.»

«E tu riesci a trovare l'ispirazione qui?» Pax mi prende il colletto della camicia, mi tira a sé e schiaffa la bocca sulla mia.

Lui è l'opposto di Brianna. Ha la pelle ruvida, la barba lunga, e una lingua esigente, violenta. Ha il sapore crudo, sanguinoso e bellissimo del campo di battaglia. Sentirmi il suo peso addosso mentre mi schiaccia contro i cuscini, dopo tanti secoli in cui non ho mai potuto toccarlo, mi scatena un piacere viscerale che mi percorre tutto. Mi sforzo di riprendere il controllo della situazione, il dominio su di lui, ma ogni mio minimo movimento non fa che incitare il soldato a baciarmi con ancora più foga. La fiamma nei suoi freddi occhi blu crepita, e mi rendo conto che forse ci abbiamo girato intorno per troppo tempo.

Quando si ritrae, io mi ritrovo senza fiato, con il petto che ansima e lo scettro che mi pulsa di desiderio. E quando il mio sguardo incontra quello di Brianna, al di là della spalla del soldato, noto quanto si diverte a guardarci, e mi rendo conto che è stata tutta opera sua. Ci ha spalancato lei le porte per mettere a nudo i bordi ruvidi e frastagliati dei nostri cuori, e ciò che accadrà in seguito sarà tutto merito suo.

Ambrose, che non è tipo da starsene in disparte, si avvicina a Brianna e porta la bocca sulla sua. Non ho mai visto Ambrose baciarla così, con tutto questo possesso e passione disperata, e il mio cuore oscuro e a pezzi gioisce allo spettacolo. Pax interrompe il nostro bacio con un ringhio e prende Brianna per le gambe. Le sfila i jeans e la biancheria intima, poi la aiuta a togliersi la maglietta. Quindi si spoglia rapido e lancia via i vestiti, che dopo aver colpito l'armadio con un tonfo sordo finiscono a terra in un mucchio disordinato.

«Vi prego» grida Brianna, la sua voce dolce densa di desiderio. «Voglio qualcuno dentro di me, *subito*.»

«Edward?» chiede Ambrose rigido, mentre si spoglia dei suoi nuovi abiti moderni: la camicia gli tira un po' sulle spalle snelle e ben disegnate, e i pantaloni gli modellano un sedere oltremodo invitante. È tipico di Ambrose, lasciare che sia io il primo, dato che sono appena diventato Vivente e ho iniziato da poco a esplorare le meraviglie del suo fantastico corpo.

«Non ancora.» Torno ad accoccolarmi sui cuscini, trasformandoli in un comodo nido, mentre mi tolgo la brachetta e la calzamaglia e libero il mio scettro, che fa la sua regale comparsa. «Il vostro principe desidera assistere per un po'. Avanti, contadini, ballate per il mio divertimento.»

Pax mi guarda incredulo, ma poi cede al desiderio e afferra Brianna per i fianchi, tirandola dall'altra parte del letto per impalarla sul suo sesso già pronto. Lei ansima quando lui la penetra fino in fondo con una sola mossa, ma è già così bagnata e pronta che il suo corpo accoglie la violenza del soldato senza nessuna fatica.

Ambrose le afferra il viso e lo gira verso di sé, per prenderle la bocca ancora una volta, e assaporare i suoi piccoli sussulti e sospiri. Con le lunghe dita le accarezza i capezzoli, li pizzica e stritola fino a farli diventare due boccioli sodi.

La vista di tutto ciò, della meravigliosa licenziosità del nostro amore fatto carne, mi fa stringere le mani intorno al mio scettro e tirare un affannoso respiro tra i denti serrati.

Brianna scivola via dalla *verpa* di Pax e si gira, facendo cenno a Pax di spostarsi dall'altra parte e di posizionare la sua imponente erezione a pochi centimetri dalle sue labbra. Lei gli passa la lingua sulla punta e Pax strabuzza gli occhi. Ambrose le afferra le cosce e la tira indietro sul suo sesso, impalandola in un'unica profonda spinta. Lei prende in bocca il sesso pronto di Pax, e soffoca un grido mentre accoglie in profondità tutto quel ben di Dio romano.

Io me lo accarezzo mentre li osservo con avidità. I miei occhi sono attratti prima da Ambrose: dai muscoli della sua schiena dorati dal sole, che scivolano verso i fianchi stretti e da quel culo sodo che implora di essere sculacciato, dai suoi capelli di solito ordinati, ora tutti scompigliati, dalle sue labbra tumide per i tanti baci, e dalla sua testa riversa all'indietro mentre prende Brianna con una ferocia possessiva, che gli viene dall'essere stato strappato al vuoto.

Poi sposto l'attenzione su Pax, che ha gli occhi spalancati e le dita intrecciate ai capelli di Brianna mentre le affonda nella bocca. La robusta parete di muscoli del suo corpo trema e sussulta, mandando il letto a sbattere contro la parete a ogni spinta.

E infine il mio sguardo si posa su Brianna, sempre al centro del mio mondo. Si sdraia sulle lenzuola, aggrappandosi stretta al tessuto con le lunghe dita. Ha il capo sollevato all'indietro e i capelli scuri le si aprono intorno al viso come un'aureola. Con un sospiro che è proprio come una piccola morte, inarca la schiena e *si arrende*. Si abbandona alle sensazioni, a noi che la adoriamo, e capisco che prima di entrare qui, nel mio boudoir, si è spogliata di tutte le sue paure e le sue preoccupazioni.

Questa volta non serve che la leghi. Brianna non scapperà.

Poi è scossa dagli ultimi istanti dell'orgasmo, e rovescia gli occhi all'indietro.

Non resisto più. Mi inginocchio sul letto e le accarezzo la schiena con le dita, godendomi la sua pelle morbida e umida di sudore. Mi chino su di lei, facendo attenzione a non disturbare i miei fratelli mentre svolgono il loro compito più importante.

«Ma che brava» mormoro. «La nostra bravissima zoccola da fantasmi.»

Lei rabbrividisce e sussulta, travolta ancora una volta dal piacere. È uno spettacolo magnifico: la mia Brianna, impalata da due uomini, che li accoglie a fondo e ne adora ogni minimo istante. Vorrei poterla dipingere così, con i capelli in disordine, la pelle lucida e arrossata, gli occhi pieni d'amore...

Ma dimenticavo che sono di nuovo vivo. E posso di nuovo impugnare un pennello. Un giorno la dipingerò, se ci resteranno abbastanza giorni. Ma non ho bisogno di un quadro per ricordarla. So che ogni volta che chiuderò gli occhi rivedrò lo spettacolo della sua bellezza.

Pax viene con un grugnito, e spinge il bacino con una tale violenza da scagliare all'indietro Brianna sui cuscini. Poi si ritrae da lei con un sospiro felice e si accascia sul letto, le enormi braccia stese dietro la testa e un sorriso beota sul volto. «Tocca a te, Edward. Io sono esausto.»

«Davvero?» lo guardo scettico. «E la nostra sorpresa per Brianna?»

Lui si alza di scatto. «Oh, sì, la nostra sorpresa!»

«Ma certo» concorda Ambrose. «È la serata perfetta!»

«Quale sorpresa?» Brianna ci guarda incuriosita. Poi si imbroncia, preoccupata. «Per favore, niente più uscite strambe. Credo che abbiamo bisogno di qualche altra lezione sul galateo moderno prima di provare ad andare di nuovo al cinema...»

«Ti fidi di me?» le chiedo mentre appoggia la testa al mio petto, l'orecchio premuto contro il mio cuore che batte forte.

Lei scoppia in una profonda risata. «È una domanda difficile. Mi fido che tu capisca quando ho emozioni troppo forti e ho bisogno di una spalla su cui piangere? Sì, sì. Mille volte, sì. Mi fido di te quando si tratta di svuotare la lavastoviglie, o di dare da mangiare a Moon ed Entwhistle? Probabilmente no.»

«Ti fidi che non ti farò nulla di male, ma solo cose piacevoli?»

Brianna socchiude le labbra. Mi fissa, le palpebre pesanti. «Mi fido di te, Edward. Mi fido di te con tutto il corpo. E il cuore.»

Le sue parole mi provocano un groppo in gola. Io trattengo quelle che vorrei dirle, e si stanno organizzando in forma di poesia, o almeno cercano di farlo. Ma questo non è un momento per belle parole. Ordino a Pax di recuperare la scatola speciale.

«Cos'è questa scatola speciale?»

«Una cosetta che Pax e Ambrose mi hanno aiutato a mettere insieme quando ero ancora un fantasma» dico mentre Pax scende dal letto e corre a prenderla. «Pensavo che i Viventi moderni avessero dimenticato l'esistenza di forme oscure e depravate di piacere, ma poi Ambrose mi ha parlato di internet. Lo sapevi che internet è la cosa più incredibile del mondo?»

«Io lo uso per leggere la storia» interviene Ambrose. Puntellato sui gomiti, appoggia la testa su una mano mentre con l'altra giocherella con i capelli di Brianna. «Ma Edward vi ha trovato nuove meraviglie.»

«Ci posso scommettere.» Il sorriso di Brianna illumina tutti gli angoli più bui del mio cuore. «Ambrose ti ha anche spiegato che per procurarsi tali meraviglie da internet serve una cosa chiamata denaro?»

«Il tuo principe non è così fuori dal mondo da non sapere cosa sia il denaro.» Mi metto le mani sui fianchi, offeso. «Diamine, ho sperperato più soldi io di quanti tu ne vedrai in tutta la tua vita.»

La sua risata è contagiosa. «Ci credo. Ma come hai fatto a pagare se non hai nemmeno un conto in banca...»

«Ha usato la tua carta di credito» spiega rapido Ambrose.

Brianna scatta in piedi. «Tu *cosa?*»

«È tutto per il tuo piacere. Penso che non ti dispiacerà quando vedrai quello che abbiamo.» Schiocco le dita e Pax entra di corsa nella stanza, portando con sé una scatola rossa brillante con un fiocco di velluto nero proveniente da un negozio di Londra, che piazza davanti a Brianna.

Lei mi guarda con una smorfia, ma poi è presa dalla curiosità e solleva il coperchio. Mi si riempie il ventre di calore e il mio scettro guizza di rinnovato vigore quando la vedo arrossire mentre estrae gli oggetti scelti con cura.

«Edward, questi sono... cosa sono?»

Tocca un aggeggio rosa con vari accessori, che so avrebbero

fatto piangere la contessa di Rothschild, poi solleva un paio di manette, una benda e dei morsetti simili all'aggeggio che Hugh era solito usare sui suoi capezzoli. Il mio scettro sussulta impaziente, al solo pensiero di usare questi oggetti su di lei, anzi: su tutti e tre. Ho così tanto da insegnare loro, e una vita sola...

«Quando sarai pronta potremo provarli tutti.» Frugo nella scatola e tiro fuori una bottiglietta di elisir. «Ma per stasera, questo è tutto ciò che ci serve.»

«Che cos'è?» Fa per prendermi la bottiglia, ma io la tengo appena fuori dalla sua portata.

«Ti fidi di me, sì?»

«Sì. Maledetto a te.»

«Bene. Ora spostati un po'. Voglio che Ambrose si corichi.»

Il nostro Vittoriano obbedisce con entusiasmo e si corica, le mani dietro la testa e il sesso che si erge fiero, già bagnato per essere stato dentro di lei, un posto in cui vorrei disperatamente essere. Ma diventerà ancora più piacevole se prolungo l'attesa.

«Chinati su di lui» dico a Brianna. «Però fai piano. Non vogliamo che venga troppo presto.»

Brianna si affretta a obbedire. Si mette a cavalcioni su Ambrose e lui le afferra le cosce, guidandola mentre lei abbassa piano il bacino su quello di lui, e solleva la testa all'indietro in preda all'estasi mentre lui la penetra.

Io schiocco la lingua, deluso. «Non avevo detto di andarci piano?»

Ambrose geme quando li blocco con le mani, e costringo Brianna a rallentare i suoi movimenti. Digrigna i denti infastidito, ma il luccichio che gli vedo negli occhi mi dice che gli piace. Lui e Brianna si assomigliano, per molti aspetti. A loro piace li istruisca. E gradiscono anche essere lodati, così do loro ciò che li renderà felici.

«Ecco. Bene così. Piano piano. È così che le piace. Ora,

mentre preparo Brianna, tu non devi venire. Devi resistere, perché questo regalo è tanto per te quanto per lei. Ce la fai?»

«Certo» dice Ambrose, ma le sue parole sembrano un po' forzate. Lo capisco: è difficile trattenersi quando Brianna ti cavalca come fosse a un rodeo.

Li lascio fare mentre mi sposto dietro Brianna. Pax si sdraia sui cuscini, gli occhi fissi su di me in un'espressione diffidente, e gli diventa di nuovo duro. Tra di noi si tende qualcosa: non è ciò che provo per Brianna, ma la vampata di una sensazione nuova, carica, da esplorare con calma e lentezza. Abbiamo tempo. *Spero.*

Ma stasera è tutta per lei.

La nostra Brianna! Ci ha riportati indietro dalla morte usando la sua volontà e la magia che le scorre nelle vene, ci ha amati così tanto da venirci a prendere oltre il Velo, e ci ha salvati tutti, anche quando non sapevamo di averne bisogno.

Apro l'elisir e mi spruzzo il liquido sulle dita. Mentre lei cavalca piano Ambrose, le passo il liquido tra le natiche, allungandomi con le dita fino ad arrivarle al clitoride, e lei inizia a contorcersi.

Con l'altra mano, le stuzzico l'altra entrata, passandole il dito bagnato intorno al bordo e spingendo con delicatezza ogni volta che lei torna a sbattere il bacino contro quello di Ambrose. Il corpo di Brianna si contorce e intanto cerca di capire cosa sto facendo.

«Tu ti fidi di me, ricordi?»

«Io sì, ma nessuno ha mai...» sbatte le palpebre e rimane senza parole quando Pax si china su di lei e le succhia un capezzolo. «Non voglio sentire male.»

«Ti farò del male solo se mi pregherai di fartene.» Le mordicchio con delicatezza il lobo di un orecchio. «Forse un giorno, mia Brianna, mi implorerai. Ma stasera, tu ci prenderai tutti e tre. Se ci vuoi.»

La sento tendersi, e su quelle labbra perfette si disegna un lento sorriso. «Sì. Vi voglio.»

Il mio cuore sussulta di felicità. Quelle due semplici parole, *vi voglio*, hanno il potere di annullarmi. Sono stato adorato, ammirato, disprezzato, tollerato, ma mai desiderato in quel modo semplice in cui una persona può volere una famiglia, una casa, pace, protezione... Quello non l'ho mai avuto, fino a ora.

Rimango dove sono, accarezzando e stuzzicando piano la sua entrata posteriore, mentre Ambrose e Pax la portano sempre più vicina al limite. Deve essere rilassata e disponibile. Quando sento che i suoi muscoli si rilassano di nuovo, spingo il dito ancora un po' più a fondo.

Il mio respiro si fa affannoso. È così *stretta*. Mi sono torturato con questo sogno per tanti mesi, e ora si avvererà.

Brianna emette un piccolo sussulto, ma non mi dice di fermarmi. Anzi, si spinge un po' di più contro di me.

È tutto l'incoraggiamento che serve a un principe perverso.

Aggiungo un secondo dito, andando ancora un po' più a fondo e preparandola per essere penetrata, e sento il membro di Ambrose che spinge contro la sottile parete dentro di lei, riempiendola insieme a me. Il corpo di Brianna sussulta. Lei riversa la testa all'indietro, gli occhi chiusi, e le labbra aperte, invitanti.

È giunto il momento.

Mi avvicino, lo stringo in mano e mi assicuro di essere ricoperto di lubrificante. Con le labbra le sfioro la spalla, e assaporo il suo odore mentre assaggio il sale del sudore sulla sua pelle accaldata. Mi spingo verso il suo ingresso e *spingo*.

«Ah» mormora lei, e poi di nuovo. «Ah, ah...»

Piano, con delicatezza, mi muovo un po' alla volta, fermandomi per permettere che il suo corpo si adatti. Ogni volta che mi fermo, Ambrose spinge piano, e strofinandosi anche contro di me mi porta ancora più vicino all'orgasmo. Pax si china e le cattura la bocca con la sua, mentre le tiene il viso tra le mani e ingoia i suoi piccoli e deliziosi gemiti.

Mi muovo sempre più a fondo. Lei è terribilmente stretta, e mi serra quasi fosse una morsa, tanto che tutto il mio corpo freme per il piacere. Ora non esiste nient'altro: né i pericoli che affrontiamo, né la casa a proteggerci, e nemmeno convenzioni o etichette che ci impediscono di goderci questo piacere puro.

Esistono solo i nostri corpi e i nostri cuori, che si muovono come fossero un tutt'uno.

Una volta che sono completamente dentro di lei, Ambrose si blocca. Io rimango immobile e Pax tiene Brianna dritta tra di noi. Lei gli appoggia la testa alla spalla. Respiriamo. Ci guardiamo l'un l'altro. Ci godiamo questo momento, tenero e perfetto.

«Ti... ti sento, Edward» ansima Ambrose. «Questo è...»

«Cosa ti avevo detto?» Sorrido. «Io so come muovermi in un boudoir. Ora, mia protetta, cos'è la prossima cosa che vuoi fare?»

Il sesso di Ambrose ha un guizzo. Lo sento.

Sento *tutto*.

Lui tende le labbra in un sorriso fin troppo simile al mio, pieno di malizia e di promesse.

Lentamente, Ambrose si sfila da Brianna, la bocca arrotondata in una O silenziosa mentre assapora quella sensazione di scivolare via da lei, con il mio sesso che preme contro il suo, separato da me solo da una sottilissima parete di carne.

Poi lascia uscire tutto il fiato che ha nei polmoni e affonda di nuovo.

Mentre lo fa, io mi ritraggo, serrando i denti, perché è una sensazione bella, splendida, e voglio far durare questo momento il più a lungo possibile. Voglio godermi ogni meravigliosa e nuova sensazione.

«Questo... questo è...» ansima Brianna, ma le sue parole sono interrotte dal piacere.

Presto assumiamo un certo ritmo, con Brianna in mezzo a noi. Pax che la stringe, la bacia, le sussurra cose sugli antichi dèi e sull'andare in guerra per il suo corpo, le dice che lei è la spada su cui morirà. La tiene con noi, per evitare che si perda. Lei freme e si contorce mentre raggiunge un orgasmo dopo l'altro, e io devo fare in modo di non venire, così che lei possa godersi tutto il piacere che merita.

Alla fine non ce la faccio più. Anche io, principe depravato, ho i miei limiti. Mi sfilo da lei e le schizzo sulla schiena nuda. Ambrose invece le viene dentro, e fa una faccia così comica che vorrei dipingerla. E crolliamo tutti e tre insieme, esausti e sudati, sopra Pax.

«È stato...» Brianna cade tra le mie braccia. «Siete...»

Ma la nottata non è finita e ho davvero tante idee su cosa possiamo ancora fare. Le parole lasciano il posto a istanti, in una sinfonia di tocchi e sensazioni. A un certo punto, mi trovo a baciare Pax, mentre lui affonda dentro Brianna e lei ingoia il sesso di Ambrose. Io osservo la scena e penso che, nonostante non abbia un regno, sono il principe più fortunato che sia mai esistito.

6

BREE

La mattina dopo, quando mi sveglio, con la testa che mi scoppia per i postumi di una sbornia per un vino invecchiato cinque secoli, e le cosce che mi fanno male per tutte le sconcerie che abbiamo fatto nel boudoir di Edward, il cielo sopra il villaggio è ancora strano.

L'oscurità è ancora più estesa, e quando guardo fuori dalle tende socchiuse vedo che si insinua lungo Grimwood Crescent, oscura il tetto di paglia e l'arco di rose inglesi del B&B Honeysuckle House.

Mi si stringe il cuore. Se Ambrose ha ragione, e se usare i miei poteri assottiglia il Velo, allora riportare indietro Edward ieri sera può aver fatto danni ancora più gravi.

Penso a Harriet, l'ultima vittima dello Squartatore, uccisa solo perché si trovava nel posto sbagliato al momento sbagliato. Dalla finestra riesco a scorgere il nastro della polizia che si muove nella brezza, mentre la scientifica è impegnata a raccogliere altre prove. Hayes e Wilson sembrano aver creduto alla nostra storia dei ragazzini al cimitero, però so che alla fine collegheranno l'arma del delitto ai corpi di Vera e Peggy, e torneranno qui per indagare su un serial killer.

Non sanno di essere sulle tracce del più elusivo serial killer della storia britannica.

Quasi quasi vorrei dare loro le informazioni che ho appreso da Abberline: il vero nome dello Squartatore. Ma non servirebbe a niente. Ciò che sarebbe utile, invece, è che io capissi come riparare il Velo e tenere quel mostro e il suo mangia-anime fuori dal mondo dei Viventi per sempre.

Questo mi fa pensare alla povera Agnes, ancora intrappolata nello Squartatore al di là del Velo. Spero gli stia provocando un mal di pancia micidiale. Grazie a lei, lo Squartatore è tornato al suo posto, almeno per il momento. Ma quanto tempo abbiamo prima che ritorni?

E, soprattutto, cosa vuole? Mi scoppia la testa e penso che, se avesse voluto, avrebbe potuto seguire Edward e me quando eravamo in cantina, e farci fuori. Non serviva tenderci una trappola. E invece, perché l'ha fatto?

Cos'è che mi ha detto in cantina?

Io voglio te, Lazzaro. E ora che sono libero dai miei vecchi padroni, posso usarti per il tuo vero scopo.

Cosa intende con il mio *vero scopo*? E perché questo mi fa sentire fisicamente male?

No, aspetta, sono solo i postumi della sbornia. Oohhhh!

«Buongiorno, Brianna.» Il volto di Edward spunta dalle lenzuola. I suoi capelli scuri sono tutti scompigliati. Mi prende tra le braccia e mi preme il viso sul collo. Io inspiro a fondo, e assaporo il suo profumo per cercare di allontanare le preoccupazioni che minacciano di sopraffarmi.

Edward è vivo e tra le mie braccia, e mi aggrapperò a questo, anche se ormai ogni cosa sembra irrecuperabile.

«La mia testa non crede che sia un buongiorno» gli rispondo, massaggiandomi le tempie pulsanti.

Perché ho bevuto così tanto ieri sera?

Ah, vero. *Edward.*

Ora che è vivo, è diventato ancora più pericoloso.

E non aiuta il fatto che il vino, più è vecchio, più è buono. Ormai non potrò mai più bere quella brodaglia scadente da 6,99 sterline. D'ora in poi berrò solo cose con polverose etichette scritte in francese, prodotto da uve pressate da piedi callosi di monaci benedettini.

Ma non oggi. Con un forte gemito, prendo il flacone di antidolorifici che uno degli ospiti ha lasciato sul comodino. Oggi non berrò *nulla*.

Nient'altro che un caffè ben zuccherato, energetico e risanante.

«Sono pillole magiche per stare meglio?» chiede Edward pieno di speranza, guardandomi versarmi in mano le pillole dal flacone.

«Sì. Sei sicuro di volerne una?» Non so bene come può reagire alla medicina moderna il corpo di qualcuno che, tecnicamente, era vivo nel periodo dell'Illuminismo.

«Ogni volta che avevo male fino ai capelli dopo una serata di bagordi, il medico di corte mi raccomandava una tintura di anguilla cruda e mandorla amara.» Edward mi tende la mano. «In tutta onestà, queste mi paiono più innocue.»

«Giusto.» Ne ingoio due e passo il bicchiere d'acqua a Edward. Lui le butta giù e sorride imbarazzato.

«Grazie. Avevo dimenticato quanto potesse far male una serata di bevute.»

«Che ti serva da lezione.» Sguscio fuori dal letto e cerco a tentoni i vestiti che ho sparso in giro. Ho proprio bisogno di un caffè.

Barcollo fino al quadrato di luce fioca proiettato dalla finestra, e noto Pax dietro la tenda che, con la spada stretta in mano, osserva la silenziosa e cupa strada sottostante.

«Hai dormito?» gli chiedo.

Lui scuote la testa, ma non allontana lo sguardo dalla finestra. «Devo essere pronto. Lo Squartatore tornerà.»

«Ma *devi* dormire, Pax.»

Si volta appena con il busto, lo sguardo sempre fisso sullo strano cielo scuro che si è esteso dal cimitero fino quasi alla fine della strada. Lampi crepitano ai margini della nuvola scura, anche se siamo in piena estate e le previsioni del tempo danno cielo sereno.

La testa mi ronza troppo per occuparmi di Pax e del suo complesso dell'eroe, così mi avvio verso il corridoio, più o meno in direzione del caffè. Dalla porta chiusa della stanza degli ospiti dall'altra parte del corridoio, Alice russa sonoramente.

«Sai dove sono finiti Mina e i suoi ragazzi?» chiedo a Edward mentre camminiamo sostenendoci a vicenda.

«Stanno disonorando la stanza accanto al mio boudoir» brontola. «Se quel corvo si azzarda a fare i suoi bisogni sulle mie lenzuola di seta...»

«Quoth non defecherà nel tuo boudoir, a meno che tu non prenda l'abitudine di citargli le poesie di Poe. E poi, non ti serve più un boudoir» lo rassicuro stringendogli una mano.

Lui si illumina. Le nuvole cupe nei suoi occhi si dissipano. Prima che mi possa fare qualche proposta oscena, siamo sul pianerottolo del primo piano e le mie orecchie, in questo momento particolarmente sensibili, vengono aggredite dalle lamentele di mia madre, a volume altissimo.

«...hanno protestato per anni per l'inquinamento prodotto da quella fabbrica, ma il governo ha ascoltato? Oh, no, e ora c'è questa gigantesca nuvola nera sopra Grimdale, è morta della gente, e chissà quali orribili sostanze chimiche stiamo respirando tutti! E vogliono farci credere che si tratta di una fuga di gas...»

Mia madre strofina le applique con così tanta foga che rimuove addirittura il primo strato di vernice. Mio padre, invece, sta lucidando la balaustra dello scalone d'onore con gli Uriah Heep a tutto volume da una cassa portatile, e sembra calmo per essere un uomo che sta vivendo l'apocalisse.

Traggo un respiro. Sarà una lunga giornata.

«Mamma, papà?» Esito. «Voglio farvi conoscere una persona.»

Mia madre si pulisce le mani sulla tuta e mi scruta sospettosa. Mio padre abbassa la musica e ci guarda con un sorriso. Con lo stomaco in subbuglio, e non solo a causa delle indulgenze di ieri sera, allungo il braccio con un gesto da attrice consumata, proprio quando Edward esce fiero da dietro l'orologio a pendolo. «Questo è Edward. È un altro... amico straniero.»

«Non sono straniero» dice Edward con la sua solita voce altezzosa e distaccata. «Sono inglese fino al midollo, come una rosa di campagna. Anzi, la mia famiglia governa questa bella nazione da quando...»

«Edward ha preso un colpo in testa durante la rissa al Festival degli Ortaggi Giganti» intervengo io rapida. «Niente di troppo grave, ma crede di essere un principe del diciassettesimo secolo. Io sto facendo finta di niente.»

«Ah, chiaro. Sai, un tempo questa casa era di proprietà di un principe. Credo che si chiamasse proprio Edward.» Papà si alza e sale le scale a fatica. «Era un po' un mascalzone.»

«Un uomo dal cuore oscuro e depravato, simile al mio» interviene entusiasta Edward. Gli do una gomitata nelle costole.

«Per favore, Mike, tieniti attaccato» lo rimprovera mia madre. Per una volta, sono d'accordo con lei. A ogni passo, mio padre sembra sul punto di crollare. Il Parkinson sta peggiorando. Il suo cervello fatica a capire se ha alzato i piedi a sufficienza, e così si muove strascicandoli.

«Poi mi ritroverei tutto sporco di olio.» Mike sorride e porge la mano a Edward, ma all'ultimo momento la ritrae e fa invece un profondo inchino. «È un piacere conoscervi, Vostra Maestà.»

«Oh, Mike, ma per favore!» Poi Sylvie fulmina Edward con uno sguardo che ormai conosco bene. «Esci anche tu con mia figlia, presumo? Beh, allora immagino che tu sia il benvenuto in questa casa, a patto che ti renda utile.»

«Certo, posso farlo» dichiara Edward. «Ieri sera sono stato molto utile nel procurare l'alcol per il nostro piccolo raduno, e ce n'è ancora molto. Inoltre, se avete bisogno di un sonetto per qualsiasi occasione, o di qualcuno che vi organizzi una festa favolosa, sono l'uomo che fa al caso vostro.»

«Non ci serve nulla di tutto ciò. Credo che da queste parti si siano già fatte feste a sufficienza.» Mia madre passa lo sguardo da me a mio padre. «Però ci serve qualcuno che ci sgorghi lo scarico della lavanderia. Non hai idea di quanto pelo perdano quei maledetti gatti. Da questa parte, seguimi.»

Mia madre conduce Edward, parecchio preoccupato, verso la lavanderia. Io trattengo la risata isterica che mi sale dentro. Certo, il velo tra il regno dei vivi e quello dei morti si sta assottigliando su Grimdale, e si potrebbero scatenare mostri di ogni tipo, ma i miei genitori hanno accettato la mia relazione non convenzionale con tre ex fantasmi e mia madre sta facendo pulire gli scarichi a un nobile, di sangue reale.

«Ehi, dolce Bree, sembra tu abbia avuto una nottata impegnativa.» Mio padre è tornato sulla scala. Intinge il pennello nell'olio. La mano gli trema e gli ci vogliono un paio di passate per arrivare alla quantità giusta. «C'è un bricco di caffè fresco in cucina. L'ha fatto tua madre: in pratica è carburante per razzi.»

«Grazie, papà.» Ma per quanto abbia un disperato bisogno di caffè, non riesco a muovere le gambe. Dalla finestra in fondo al corridoio vedo la nuvola scura che si sposta. Mio padre si schizza di olio la tuta da lavoro e impreca sottovoce.

Le sue mani non gli permettono di ottenere la finitura che desidera.

Non riesco a sopportare tutto ciò.

Ho smesso di mentire.

Sono terrorizzata, e ho bisogno di tutto l'aiuto possibile.

Nei cinque anni in cui sono stata lontana da Grimdale, ho sentito da morire la mancanza dei miei genitori: i consigli molto pratici di mia madre, l'ottimismo sfegatato di mio padre, che si aspettava che tutto andasse bene. Ma avevo questo fastidioso bisogno di dimostrare che potevo farcela da sola, senza di loro, senza i fantasmi, senza nessun altro.

Cosa ho ottenuto in cambio della mia indipendenza? Cinque anni di lavoro in pub schifosissimi, pulizie nei bagni degli ostelli, e un buco nel cuore al posto della mia famiglia.

Ora tutto ciò è diventato un problema che non reggo più. Ho bisogno del mio papà e non mi vergogno di ammetterlo.

Mi siedo sul gradino più alto, la testa tra le mani. «Papà, vedo i fantasmi.»

Lui non alza nemmeno lo sguardo da ciò che sta facendo. «Sì, certo. Questa vecchia casa ne è piena.»

Il cuore mi martella nel petto. «Non intendo in senso poetico. Io li *vedo*. Per tutta la vita ho visto persone morte in giro per il villaggio. Ci sono tre fantasmi che vivono in questa casa e che erano i miei migliori amici quando ero piccola. Solo che ora sono...»

«Dolce Bree, *lo so*.»

«Eh?»

«Ho sempre saputo che vedevi i fantasmi.» Posa con cura il pennello e, sempre in ginocchio si siede sui talloni. «Anche la tua bisnonna Elsie li vedeva, ovviamente.»

«Davvero?» *Lo sapeva.*

«Beh, non ti viene certo dalla mia parte della famiglia.» Papà si batte un pugno sul petto, sporcandosi la tuta di olio.

«Purtroppo, in questo corpo non c'è nemmeno un minimo ossicino soprannaturale.»

«Così anche la mamma...»

«No.» Papà scuote la testa con così tanta veemenza che non si accorge nemmeno di aver spruzzato olio sul tappeto. «No, no, no. Ti immagini se tua madre vedesse i fantasmi? Chiederebbe loro di portare le lenzuola nelle camere degli ospiti e li manderebbe a spaventare l'ispettore comunale.»

Sorrido, ma torno subito seria. La risata rilassata di mio padre mi spiazza.

Ma come è possibile?

Per tutto questo tempo io mi sono preoccupata di mantenere segreti i miei poteri e lui sapeva già tutto?

Ho così tante domande che non so nemmeno da dove cominciare. «Papà, non capisco. Come fai a sapere che li vedo? Quando l'hai capito? Perché non mi hai mai detto nulla?»

Lui mi risponde senza smettere di spennellare l'olio sul legno, in modo a dir poco approssimativo. «Quando eri piccola, a volte facevi fatica a stabilire un contatto visivo con noi. Ti catturavamo con un giocattolo e poi, all'improvviso, voltavi di scatto la testa, attirata da qualcosa o qualcuno che noi non vedevamo. Ti abbiamo fatto vedere da specialisti di ogni tipo. Pensavano che potessi avere un problema di vista, ma già allora io avevo iniziato a chiedermi se stessi guardando qualcosa... o qualcuno... che noi non potevamo vedere.»

«Ma cosa ti ha fatto passare da supporre un mio problema di vista, a immaginare che vedessi i fantasmi?»

«La tua bisnonna Elsie. Tua madre e tuo nonno amano raccontare storie su di lei, su come vedeva i fantasmi, e che Grimdale deve esserne piena, perché dopo avere vinto la casa a quella partita a poker, non ci ha più messo piede.»

«Era backgammon» dico, ricordando l'insistenza di Ambrose.

«Sono abbastanza sicuro che fosse poker.»

«Come sarebbe a dire che non ha più messo piede in questa casa?»

Mio padre scuote la testa. «Conduceva una vita strana. Affittò Grimwood a una serie di inquilini senza arte né parte, e lei se ne andò in giro per il mondo insieme a tuo nonno Bert. Credo tu abbia ereditato dalla tua bisnonna anche la voglia di avventura. Visse in Italia per un certo periodo, poi si trasferì in Austria, in India (credo), in Egitto e in Grecia, e poi, quando Bert si sposò e tornò in Inghilterra, lei rimase diversi anni sull'isola di Malta.»

«Quindi non ha vissuto qui?» Questo spiega perché nessuno dei fantasmi ricorda questa sua dote di parlare con loro.

«Secondo tua madre, a Malta è successo qualcosa che l'ha fatta tornare a Grimwood. Tua madre e i suoi genitori la aiutarono a ristrutturare alcune stanze del piano superiore, compresa la tua vecchia camera da letto. La famiglia rimase qui perché Bert potesse aiutare a riparare i termosifoni. Sylvie racconta che durante la settimana Elsie era nervosa e continuava a trascinare la famiglia in giro per gite folli, proponendo allegre canzoncine a tutto volume a qualsiasi ora della notte.»

Probabilmente per allontanare i fantasmi. Con Edward avrà di certo funzionato.

Poi continua: «Purtroppo è morta prima di potersi trasferire qui e godersi Grimwood. A quanto pare, aveva un tumore che nessuno aveva visto, e non le era stato curato per diversi anni. E poi c'è dell'altro: una cosa stranissima. Ci metterei la mano sul fuoco: una volta Elsie venne a casa nostra, quando tu avevi solo un paio d'anni. Avevamo appena aperto il B&B ed eravamo davvero eccitati di avere il nostro primo ospite. Quando le aprii la porta, indossava un vestito rosa acceso e portava una valigia rosa, e sembrava proprio il ritratto della tua bisnonna.»

Deglutisco. Assomiglia molto alla donna in rosa dei miei sogni.

«Non poteva essere lei, visto che Elsie era morta da almeno quindici anni» dice papà. «Ma mi sono sempre chiesto se...»

«La donna in rosa» sussurra una voce alle mie spalle.

Io e mio padre ci giriamo. Ambrose è ai piedi delle scale, che stringe il suo bastone con così tanta forza che ha le nocche bianche.

«Non volevo origliare» dice. «Stavo andando a cercare di preparare la colazione a Bree, quando ti ho sentito parlare della donna in rosa.»

«E tu come fai a sapere di lei, Ambrose?» chiede mio padre.

«L'ho vista in uno dei sogni di Bree.»

Aspetta, l'ha vista*? Ma come fa a vedere, se è cieco?* «Ambrose, di cosa stai parlando?»

«Credo sia meglio che ci spieghi, ragazzo.» Mio padre posa la latta dell'olio e lancia un'occhiata in direzione della lavanderia, dove mia madre ha bloccato Edward con una lista infinita di faccende da sbrigare. «Andiamo nella sala degli ospiti, dove possiamo parlare in privato.»

Mi alzo con gambe tremanti e vado da Ambrose, prendendolo sottobraccio per aiutarlo a farsi strada tra i mobili e le pile di bottiglie vuote e pacchetti di patatine che abbiamo lasciato nella sala degli ospiti. Lo conduco al divano di fronte a mio padre e mi butto accanto a lui.

«Cosa hai sentito della nostra conversazione?» gli chiedo.

«Tuo padre sa che parli con i fantasmi» dice Ambrose. «Ma non so se ha capito chi sono, o...»

«Forse è meglio che mi aggiorni, Ambrose.»

«Sì, beh, farò del mio meglio.» Ambrose si schiarisce la gola. «Ma gran parte di questa storia non spetta a me raccontarla. Suppongo tu debba sapere, prima di tutto, che io sono un viaggiatore. Bree su questo non ha mentito. Però non vengo dal vostro tempo. Sono...»

«Tu sei Ambrose Hulme.» Mio padre si appoggia allo schienale del divano, la fronte aggrottata nell'espressione di chi inizia a capire. «Ho visto un video su di te sulla pagina della comunità di Grimdale. Sei l'avventuriero vittoriano cieco che è sepolto nel cimitero. Ma allora come fai a essere vivo, in carne e ossa, seduto sul mio pouf?»

Gli spiego tutto, il più in fretta possibile. Il racconto mi esce di getto, come se le parole fossero state lì in attesa sulla punta della lingua. Per tutta la vita ho tenuto questo segreto ai miei genitori, alla mia famiglia, agli altri bambini. Pensavo che se l'avessero saputo, mi avrebbero rinchiusa o mi avrebbero mandata da qualche strizzacervelli o... o... qualsiasi cosa, ma mai avrei sperato in una distaccata e felice accettazione dei miei poteri di Lazzaro da parte di mio padre.

«Da quando Bree è tornata a Grimdale, è come se ci fosse della magia nell'aria.» La voce di Ambrose si alza entusiasta mentre lui racconta frammenti della nostra storia. È sempre stato un meraviglioso storyteller. «Noi fantasmi abbiamo iniziato a interagire con il mondo dei Viventi, a toccare gli oggetti e a spostarli. A volte, se la tocco, vedo sprazzi dei suoi ricordi. Li *vedo* proprio... è difficile da spiegare, perché io ho smesso di vedere quando ho perso la vista, però immagino che, siccome Bree ricorda le cose visivamente, e i ricordi sono i suoi, li vivo anch'io allo stesso modo. Anche se non ho visto fisicamente la donna, so che era vestita di rosa. È come un ricordo di quando ci vedevo, solo che il ricordo non è mio.»

«E cosa è successo, in questo sogno?»

«Nel sogno io ero te, ero su una specie di tappeto, lei si è seduta accanto a me e ha iniziato a parlarmi con una vocina piacevole e rilassante» racconta Ambrose. «In quel momento non ci ho fatto caso, ma mi sembrava di averla già incontrata, anche se non ricordavo dove.»

«Tu eri presente alla famigerata partita di poker?» chiede mio padre. «Quando Elsie ha vinto Grimwood da Horace Van Wimple?»

«Mi avevi detto che era backgammon» mi intrometto io.

«Sì, era backgammon, e io in effetti ero lì» afferma Ambrose. «È stato tutto molto emozionante. Quell'Horace non ci piaceva per niente, quindi siamo stati molto contenti che se ne sia andato, ma la donna che ha vinto non era affatto come la donna in rosa. Anzi, io... in realtà io non ricordo affatto la donna che ha vinto. Non ricordo la sua voce, il suo profumo o altro. Non è strano? Eppure dovrei essere in grado di ricordare qualcuno che parla con i fantasmi. In realtà, a pensarci bene, quel giorno Pax forse ci ha detto qualcosa sul fatto che quella donna ci vedeva, ma Edward e io abbiamo pensato che avesse tenuto la testa troppo a lungo nell'armadietto dei liquori.»

Mio padre sembra confuso. «La testa nel...?»

«Non importa. È una cosa da fantasmi.» Sono troppo eccitata da quello che Ambrose sta rivelando, per soffermarmi sulla questione. «L'ho vista anche io, in sogno. Mi ha detto che aveva fatto molta strada per trovarmi e voleva vedere se avevo il dono. Ha detto che era un dono bellissimo, ma anche una maledizione, e che mi aveva lasciato tutto ciò che serve nel suo *roseto*. Ma come è possibile che me lo ricordi, se ero così piccola?»

«Il mio sogno non finisce qui» dice Ambrose. «C'è un'altra parte, ma è oscura e spaventosa.»

Sospiro. «Ovvio. Forse dovrai dirci di cosa si tratta.»

«Eri fuori nel vialetto, Bree, in sella a una biciclettina rossa con nastri argentati. Mike ti teneva il retro della sella per farti restare in equilibrio, mentre giravi intorno al mosaico con lo zodiaco. Edward e Pax ti guardavano dalla finestra del piano di sopra, e ti lanciavano grida di incoraggiamento. Io non c'ero: forse stavo guardando un programma di storia alla scatola con le immagini in movimento, insieme a Sylvie.

«Mike lascia la parte posteriore della bicicletta e tu voli! Pedali più forte che puoi, esci dal cancello e giri verso il cimitero. Mike, tu la insegui nel cimitero e le dici qualcosa come: *Attenta, dolce Bree. Non andare troppo veloce. Sveglierai i fantasmi!*»

«Lo ricordo anche io» dice mio padre, corrucciato.

«Pedali con foga e svolti un angolo, e qualcuno ti si avvicina dall'ombra. Una figura con un mantello nero e un cappuccio. Ti raggiunge, e Mike urla: «Allontanati da lei!» e tu gridi, cadi e sbatti la testa sul cemento, con uno schianto terribile.»

«Anch'io ricordo quel momento.» Almeno in parte. So che ho preso una brutta botta, e so anche che i medici hanno detto che sono morta per un paio di istanti e che probabilmente avrei rimosso il ricordo di alcuni momenti della giornata. Ricordo che andavo in bicicletta. Ricordo che mi sembrava di volare. Ricordo papà che mi prendeva in braccio e l'espressione preoccupata sul suo volto, prima che tutto diventasse nero. È l'immagine più vivida di tutte, perché non avevo mai visto mio padre così preoccupato.

Ma non rammento altro di ciò che ha descritto Ambrose. Non ricordo la figura incappucciata, né l'incidente. E nemmeno mio padre che urla.

Questo è il giorno in cui ho sempre pensato di aver iniziato a vedere i fantasmi. È quello che dicono tutte le leggende. Si ha un'esperienza di pre-morte e poi all'improvviso si iniziano a vedere i morti. Per tutta la vita ho pensato che fosse andata così... finché Edward non mi ha rivelato il contrario.

E ora vengo a sapere che il giorno dell'incidente c'era una figura vestita di nero. Non può essere una coincidenza.

«Pensi che quella figura fosse qualcuno dell'Ordine?» chiedo ad Ambrose.

«L'Ordine?» chiede mio padre.

A quel punto dobbiamo fare una pausa per spiegare a mio padre dell'Ordine e dei preti pazzi che mi danno la caccia perché ho usato i miei poteri. Gli racconto di padre Bryne, ma tralascio (con evidente sollievo di Ambrose) la parte in cui lo ha ucciso per sbaglio e poi lo abbiamo seppellito nella tomba di Ralph Sommersby.

«Hai visto se la figura con il mantello portava una croce con delle borchie?» chiede eccitato Ambrose a mio padre.

«Sinceramente, ero un po' troppo impegnato a farmi prendere dal panico per un maniaco che inseguiva mia figlia in un cimitero, per notare i gioielli che indossava.»

Ambrose scatta in piedi, e si mette ad agitare il bastone con tale entusiasmo da far cadere un paio di bottiglie di vino vuote. «Devo dirlo a Pax. E anche a Edward, quando avrà finito con gli scarichi. Vorranno saperlo subito. Non posso credere che non abbiano visto la figura incappucciata.»

Ambrose si allontana in tutta fretta, pestando pacchetti di patatine vuoti, e io mi sistemo sul divano accanto a mio padre, che mi tira a sé per abbracciarmi.

«Avrei dovuto sapere che questi tre amici erano ex fantasmi» dice. «Pax era troppo interessato ai movimenti dei druidi per essere un ragazzo moderno. E l'amico che aiuta la mamma con lo scarico in realtà è...»

«Il famigerato principe Edward, che era il proprietario di questa casa, sì.» Arrossisco. «E ieri sera mi sono precipitata fuori perché ho scoperto l'ubicazione della sua cantina segreta: la questione rimasta in sospeso che doveva risolvere per tornare in vita. Ecco il motivo di tutte quelle bottiglie di vino vuote.»

«Avevo notato che le etichette sembravano scritte a mano, ma ho pensato fossero esperimenti della madre di Dani.» Papà guarda fuori dalla finestra. «E suppongo che anche questa nuvola scura su Grimdale abbia qualcosa a che fare con i fantasmi? E la... ehm... fuga di gas al Festival degli Ortaggi Giganti?»

«Non so esattamente cosa sia successo, ma c'è questa cosa chiamata Velo. Credo sia come una barriera che separa il Regno dei Vivi, dove ci troviamo, dal Regno dei Morti. Suppongo che dall'altra parte del Velo ci sia una specie di sala d'attesa dove si aggirano le anime inquiete. E anche alcuni demoni, mangia-anime, e altre cose brutte. E c'è una specie di sistema che decide dove le anime andranno in seguito. Noi pensiamo che il mio potere mi permetta di raggiungere il Velo, ed è per questo che riesco a vedere e parlare con i fantasmi, e a volte anche a riportarli indietro. Ma, da quanto ho capito, il Velo si è assottigliato sopra Grimdale, e questo significa che quelle cose possono iniziare a uscirne.»

«Come lo ripariamo?» chiede mio padre. «Come si ripara il Velo?»

«Non lo so. Padre Maxwell, il prete che è venuto al Festival degli Ortaggi Giganti, potrebbe essere in grado di capirci qualcosa. Ma è stato gravemente ferito quando abbiamo rimandato indietro il mangia-anime, e non so nemmeno se ha ripreso coscienza. Papà, ho paura. Qui vivono tutte le persone a cui vogliamo bene. E se tornassero indietro altre cose, tipo i mangia-anime?»

«Noi li scacceremo» replica lui sfregandosi il mento. «Convinciamo quante più persone possibile a lasciare Grimdale. Se un mangia-anime si presenta e non trova anime da mangiare, magari se ne torna a casa.»

Con le tempie che mi pulsano per i postumi della sbornia, non riuscirei a farmi venire un'idea migliore. «E come facciamo?»

«Lascia fare a me.» Mio padre si sfrega le mani, tutto

eccitato. «Sono il capo della squadra di quiz da pub più brava di Grimdale. Se la gente non crede di essere in pericolo nemmeno con prove tanto lampanti, almeno si fiderà di qualcuno di autorevole. Dammi venti minuti con i più pettegoli del villaggio e trasformerò questo posto in una città fantasma, perdonami il gioco di parole.»

«Ma... e la mamma? Lei non accetterà di andarsene, con la vendita imminente della casa e...»

«Ci penso io a tua madre.»

«Non credo che cascherà di nuovo in una trovata tipo fuga romantica in giro per l'Europa. Soprattutto perché siete appena rientrati...»

«Oh, no, nessun viaggio. Forse dovrò coinvolgere tua nonna perché mi aiuti, ma in effetti mi deve un favore da quando l'anno scorso le ho riparato lo scaldabagno. Entro domani manderò via di qui tua madre, te lo prometto.»

«In che senso manderai la mamma via di qui? Tu andrai con lei.»

«Io resto con te, dolce Bree.» Mio padre mi stringe un ginocchio. I suoi occhi scuri e birbanti si accendono. «Non perderò l'occasione di aiutare mia figlia a riportare l'ordine nel mondo dei morti.»

7

BREE

Mio padre è di parola. La mattina dopo, mia nonna telefona per una situazione di caos domestico, così mia madre si fa una valigia con vestiti e prodotti industriali per la pulizia, ci scrive una lista di cose da fare, lunga quanto la Magna Carta, e si precipita su, al nord, per salvarla. Mio padre mi fa l'occhiolino mentre la salutiamo dalla porta.

Maggie viene a consegnare uno stufato per papà, *povero scapolone solitario,* e lui accenna casualmente al fatto che Sylvie ha deciso di andarsene da Grimdale perché ha paura per la fuga di gas. Le racconta di aver sentito alcuni funzionari governativi che si aggiravano per il villaggio vestiti in abiti molto formali, e che parlavano al telefono, in tono estremamente grave, di *effetti negativi sulla salute* e di *insabbiamento.*

Maggie si precipita fuori da Grimwood senza nemmeno spiegargli come fare per riscaldare lo stufato. E due ore dopo ha già contattato tutti gli abitanti del villaggio. In giro, la gente si lamenta di nausea e allucinazioni. C'è un flusso costante di auto in uscita da Grimdale, con conseguente ingorgo sulla superstrada, per la prima volta a memoria d'uomo.

Non se ne vanno tutti, ovviamente. Ma può bastare. Dovesse iniziare una *Dance Macabre* nel parco, non ci sarebbero nemmeno abbastanza persone per una conga decente.

E va bene così, visto che la nuvola nera si sta avvicinando al laghetto. Anche le anatre si sono nascoste. Non permettete mai a nessuno di dire che le anatre sono stupide.

Mio padre rientra a casa dopo aver salutato la squadra del quiz alla stazione ferroviaria. «Okay, dolce Bree, ho ripulito il villaggio come meglio ho potuto. Il resto spetta a te.»

Lo abbraccio. «Grazie, papà. Grazie per avermi creduto, per aver fatto sì che questo accadesse e per aver messo in salvo la gente. Ti prometto che non ti deluderò.»

«Non ho mai dubitato di te. Quindi hai un piano?»

«Nemmeno per sogno, ma so come trovarne uno.»

8

BREE

Mamma: tuo padre ha già dipinto la stanza dei pavoni? Ho appena trovato delle tende nuove di zecca insieme alla vecchia attrezzattura da pesca del nonno, che credo saranno abbastanza "neutre" da tranquillizzare Gwen. Puoi chiedergli di mandarmi le misure della finestra? E assicurati che sistemi le grondaie.

Maggie mi ha detto che la gente sta evacuando a causa di questa fuga di gas. Spero non dobbiate andarvene anche voi. C'è troppo da fare.

«Pronto?» Padre Maxwell tocca il microfono collegato alle sue cuffie. «Mi sentite?»

«Sì. E tu mi senti?»

Lui fa una smorfia preoccupata. Poi tocca lo schermo. «Pronto, Bree, ci sei?»

«Ci sono, padre. Hai acceso il volume? Mi senti adesso?»

«Questo mi ricorda una seduta spiritica a cui ho partecipato una volta» esclama Ambrose entusiasta. «Tutti gridavano *Mi senti?* al fantasma di un vecchio capitano di mare.»

«Ehi, il prete è sulla scatola delle immagini in movimento!» grida Pax.

«Ah, sì, certo.» Padre Maxwell tira un sospiro di sollievo. «Eccovi qui. Ciao Pax, Bree, Ambrose. E immagino che il tipo imbronciato nell'angolo sia Edward, appena risorto. Ora vi sento tutti.»

Padre Maxwell si appoggia allo schienale della sedia e congiunge la punta delle dita. Non ha l'aspetto orribile che aveva quando Björn l'ha trascinato via da Grimdale dopo che abbiamo bandito quel divoratore di anime, ma ci manca poco.

Sono felice che padre Maxwell sia di nuovo con noi, ma ha gli occhi gonfi e tormentati. Sembra faccia fatica a stare in piedi. Ma non possiamo aspettare che sia di nuovo in forma per combattere. Grimdale è in pericolo *ora*.

«Salve di nuovo, padre. Abbiamo un problema.» Giro la telecamera verso la finestra, e gli mostro la nube di oscurità che incombe sul villaggio.

Lui arriccia il naso, preoccupato. «Mi dispiace tanto, Bree. Temo di aver portato il male alla vostra porta, e in più di un modo. Ma non sapevo cos'altro fare.»

«Mi hai aiutato quando ne ho avuto bisogno e sarò felice di aiutarti a mia volta. Però adesso devo sapere la verità. Tutta. Cosa è successo il giorno del Festival degli Ortaggi Giganti? Come diavolo hai fatto a finire inseguito da un mangia-anime?»

Padre Maxwell sospira.

«È come ti ho detto: questo demone si è avvicinato a me. Quando noi Lazzari eseguiamo la nostra magia di resurrezione, attraversiamo il Velo. A differenza di quando aiutiamo le anime a passare oltre, quando riportiamo in vita qualcuno che dovrebbe essere in viaggio verso il Velo, provochiamo un danno. Più lo facciamo, più indeboliamo il Velo, quella barriera che ci circonda e separa il Regno dei Vivi da quello dei Morti. E demoni, mostri e anime corrotte... percepiscono questi punti deboli. A volte riescono a intrufolarsi e a tornare nel Regno dei Vivi. E potrebbe essere uno dei motivi per cui l'Ordine della Nobile Morte cerca di controllare la nostra magia. Non vogliono rischiare che i demoni si scatenino sulla Terra.»

Penso a Jack lo Squartatore. «Tranne quelli che controllano loro.»

«Esatto.» Scuote la testa. «Anche se nemmeno l'Ordine rischierebbe di evocare un demone come un mangia-anime. È tutta colpa mia. Sentivo che intorno a me il Velo si indeboliva e mi ero ripromesso di non usare più la mia magia di resurrezione. Ma poi un ragazzino mi ha portato la sua sorellina. Stava morendo di leucemia. Una *bambina di sei anni* stava morendo e io avevo il potere di guarirla. Come potevo rifiutare?»

Come poteva? Come potrebbe rifiutarsi, chiunque?

Un panico freddo mi attanaglia il petto e mi rendo conto di cosa significhi davvero possedere questi poteri.

Per tutta la vita continuerò a trovarmi di fronte a scelte impossibili. Se avessi saputo che riportare in vita i fantasmi avrebbe attirato sulla Terra anche mostri come il Divoratore di Anime e avrebbe messo in pericolo il villaggio, la mia famiglia, i miei amici e la povera Harriet, l'avrei fatto? Non credo, ma non posso biasimare padre Maxwell per le sue decisioni.

Cosa sarei disposta a fare per le persone che amo?

Non mi sono ancora trovata di fronte a questa scelta tremenda...

Ma so che la risposta è... *qualsiasi cosa.*

«Vuoi dire» dico lentamente, per essere sicura di aver capito, «che ogni volta che uso il mio potere di resurrezione sto potenzialmente attirando questi demoni? Non credi che avresti dovuto dirmelo fin dall'inizio?»

«Sì, avrei dovuto. Ma sono umano, Bree, e sono così... così fallibile. Ho vissuto una fase di negazione. Sapevo da tempo che il Velo era debole. Ho sentito su di me lo sguardo di quel mangia-anime, l'ho percepito avvicinarsi sempre di più, ogni volta che riportavo in vita qualcuno. Ma ho aiutato i miei parrocchiani per anni, e lui non era mai riuscito a superare il Velo prima d'ora. Pensavo di avere tempo. Pensavo che se avessi continuato a cercare, avrei trovato le risposte nei miei libri e avrei bloccato questo orrore prima che uscisse. Mi sbagliavo, e tu e il tuo povero villaggio ne avete pagato il prezzo.»

«Però non ho ancora capito perché ora Grimdale sembra la scena di un quadro di Salvador Dalì.»

Per tutta risposta, padre Maxwell gira lo schermo, mostrandomi la vista dalla sua finestra. Socchiudo gli occhi per mettere a fuoco. Fuori dalla chiesa, il cielo è della stessa cupa oscurità di quello che c'è qui. Un tuono rimbomba dall'interno della nube minacciosa e un attimo dopo un fulmine squarcia il cielo, abbattendo un albero.

Padre Maxwell riporta la telecamera sul suo volto.

«Il Velo si sta assottigliando in più punti» dice. «Qui a All Souls è così da diversi giorni, ed è il modo in cui il Divoratore di Anime è riuscito ad attraversarlo ed è venuto a cercarmi. Ma non sapevo che potesse assottigliarsi in diversi punti contemporaneamente. E sta peggiorando: ciò vuol dire che qualsiasi altra creatura da oltre il Velo potrebbe cercare di usare l'assottigliamento per saltare dentro il nostro mondo, come ha fatto questo mangia-anime.»

«E Jack lo Squartatore? Si è presentato la sera del festival e ha cercato di uccidere Edward e me.»

Maxwell fa una smorfia di dolore. «Mi dispiace di non essere stato lì ad aiutare. Ma se ora sei qui devi aver vinto tu.»

«Lo abbiamo rimandato indietro, ma non so quante volte possiamo farlo. Sono piuttosto nuova in questa storia della stregoneria. Ha ucciso una donna innocente e poi ci ha intrappolati in una cantina, e la nostra strega fantasma più anziana, Agnes, gli ha invaso il corpo, così quando lo abbiamo rimandato oltre il Velo, se l'è portata dietro.»

«E comunque, vorrei precisare che non ha cercato di uccider*ci*» interviene Edward tutto serio da dietro di me. «Ha cercato di uccidere *me,* cosa che ritengo terribilmente ingiusta visto che a quel punto ero un Vivente da appena diciassette minuti. Ha detto che intendeva usare Brianna per il suo *vero scopo.*»

Ah, quindi l'ha notato anche Edward.

«Ha idea di quale possa essere il mio vero scopo?» chiedo a padre Maxwell. «Pensavo che fosse quello di viaggiare, parlare con i fantasmi e bere tutto il caffè del mondo. Invece, a quanto pare, mi sono sbagliata.»

Il prete si strofina il viso stanco. «Da quel poco che ho potuto raccogliere dalle mie fonti, nessuno sa perché esistiamo. Le Scritture ci dicono che Gesù ha detto di essere la resurrezione e la vita, e ha risuscitato Lazzaro per dimostrarlo ai suoi discepoli. Quindi, da una prospettiva puramente biblica, noi siamo qui per glorificare Dio.»

Io incrocio le braccia. «Non me la bevo e, da come parli, non ci credi nemmeno tu.»

Padre Maxwell scuote la testa. «Esistono prove di Lazzari ben più antichi della Bibbia, e molti di coloro che sono nati con il nostro dono provengono da religioni e culture diverse. Il più delle volte siamo raffigurati come psicopompi.»

«Psico-che?»

«Gli psicopompi sono figure benevole che guidano gli spiriti dei defunti nell'aldilà. In genere, non hanno alcun controllo su come, o quando, una persona muore. Nell'arte dell'Antico Egitto sono raffigurati come servitori del dio sciacallo Anubi, e guidano le anime nel regno dei morti dove i loro cuori saranno pesati e l'unità di misura sarà la piuma della verità. Ci sono *gli shinigami* della mitologia giapponese e i *Vanth* alati nell'antica arte etrusca. Questa idea è sostenuta dagli scritti di Santa Caterina, che si definisce guardiano della morte. Lei credeva che la morte fosse solo una tappa di passaggio su un sentiero sacro che deve essere percorso da ogni anima umana, e il suo compito era quello di garantire che le anime che passavano di lì proseguissero il loro cammino lungo quel sentiero. La morte è parte vitale dell'esperienza umana: sia l'evento in sé, sia la conoscenza di esso. Se non ci fosse la morte, gli esseri umani non dovrebbero mai affrontare i limiti delle proprie capacità o le conseguenze delle proprie azioni. Non darebbero valore ai propri cari, ai propri successi o alla santità dell'anima, perché non dovrebbero mai affrontare il momento in cui tutto ciò viene perduto.»

«Non sono d'accordo» interviene Edward. «In quanto libertino, sono stato terrorizzato dalla morte, eppure mi sono sempre impegnato per sporcare la santità della mia anima.»

«Chiaro! Con la propria anima ognuno può fare ciò che desidera, Edward. Questo è il libero arbitrio di cui siamo stati dotati. Ma tu stesso riconosci che la morte doveva essere la fine della vita, il passo successivo nel cammino. Tuttavia, ci sono molti esseri umani, e anche bestie e altre creature, che desiderano saltare il passaggio della morte e sconvolgere l'ordine delle cose. Vogliono deviare dal sentiero, così Caterina reputava che il suo compito fosse quello di assicurarsi che ogni anima mortale rimanesse sulla retta via.»

«Però noi possiamo manipolare la morte.» Faccio un gesto rivolto a Edward, Pax e Ambrose. «Loro, per esempio: li ho riportati indietro, e non hanno mai percorso il sentiero. E tu: tu hai salvato tutte quelle persone...»

Padre Maxwell annuisce. «Suppongo che, in quanto esseri con un piede sul sentiero, dobbiamo avere un certo potere sulla morte, anche se non quanto le divinità che la controllano, se si crede in questo genere di cose. Ma questa è solo una delle teorie.

Altri studiosi ritengono che un Lazzaro sia maledetto, e poi ci sono quelli che dicono che siamo...»

«Quindi, in pratica, non ne hai la minima idea?» Lo fisso sollevando un sopracciglio in un modo che mi rendo conto essere tipico da Edward.

«Non ne so nulla. La mia unica certezza è che noi Lazzari possiamo vedere e manipolare i fili dell'anima degli esseri umani e aiutare le anime inquiete a passare oltre, che i fili della nostra anima sono neri, invece che d'argento. Se usiamo troppo la nostra magia creiamo dei buchi nel Velo e spesso moriamo in modi misteriosi. Santa Caterina, per esempio, è scomparsa dalla cella del suo convento nel cuore della notte e nessuno l'ha più vista.»

Abbasso lo sguardo a guardarmi il petto. Riesco a vedere i fili dell'anima dei fantasmi che ne escono, quei fili argentati che si ritorcono e si tingono di blu. Il blu deve essere il colore di un'anima risorta, perché è apparso solo dopo che li ho riportati in vita. Ma non riesco a vedere il mio filo. A pensarci bene, non l'ho mai visto.

Fili neri...

Ricordo i fili che sono usciti dalle estremità della croce dell'Ordine quando io e padre Maxwell abbiamo trascinato il Divoratore di Anime all'interno del simbolo demoniaco. Deve vedere nei miei occhi che capisco, perché dice: «Quando un nuovo Lazzaro si unisce all'Ordine della Nobile Morte, lega la sua anima alla missione dell'Ordine. E anche se il suo corpo muore, un pezzo della sua anima rimane legato a quegli amuleti. È questo che rende l'Ordine così potente e pericoloso.»

«Allora, quando mi hai detto di spezzare i fili, io ho *ucciso...*»

«No. Non li hai uccisi tu. Ricorda, i proprietari di quelle croci sono morti molto tempo fa, per mano della spada di Björn. Ma l'Ordine ha tenuto le loro anime nel limbo, e ha impedito loro di percorrere il sentiero, così da potersi servire di loro. Non lo so per certo, ma immagino che le loro anime riescano ad arrivare dall'altra parte del Velo, e possano anche essere controllate dagli alti prelati che stanno da questa parte. Quando abbiamo interrotto tale controllo, le loro anime sono tornate a casa, oltre il Velo, e hanno finalmente potuto riposare, e tale forza ha attirato il mostro insieme a loro.»

Anche nella morte, l'Ordine controlla i suoi sacerdoti da oltre il Velo? Ma perché? «Ma cosa sta cercando di fare l'Ordine?»

Lui fa spallucce. «Non sono mai stati molto schietti con me riguardo ai loro piani. L'unico modo per scoprirlo sarebbe percorrere il sentiero verso l'altro lato del Velo, ma in genere è considerato un viaggio di sola andata. Qualunque cosa l'Ordine stia facendo lì, credo sia il motivo per cui desiderano così tanto arrivare a noi. Vogliono far lavorare le nostre anime per loro.»

È troppo complicato. Non riesco nemmeno a comprendere la portata di ciò che mi sta dicendo. L'Ordine non vuole solo la mia vita, ma vuole anche la mia anima?

E Jack lo Squartatore? Lui deve sapere qualcosa dei piani dell'Ordine da quando lo controllavano. È per questo che ha parlato del mio *vero scopo*?

Perché un serial killer vittoriano sa più cose sulla mia anima di quante ne sappia io?

Stringo un pugno, e vorrei tanto sbatterlo contro il muro, il computer o la faccia dello Squartatore. Perché non riesco a trovare le risposte che cerco? Perché tutto questo deve essere così grande, spaventoso e pericoloso?

«Non userò più i miei poteri di resurrezione» dichiaro. «Non mi importa se ho fatto un patto con Abberline e le tre streghe. D'ora in poi, lascerò che il Tristo Mietitore si prenda chi vuole. E nemmeno tu potrai più usarlo.»

«Ci proverò.» Padre Maxwell sbatte le palpebre. «Ma il problema è proprio questo. Ogni volta giuro che sarà l'ultima.

Anche tu troverai ottimi motivi per usare di nuovo il tuo potere, Bree. Questa è la maledizione di un Lazzaro. Non passerà molto tempo prima che i demoni tornino a cercarti.»

Mi sfrego le tempie. «Non stiamo facendo alcun progresso. Io voglio sapere come possiamo *impedire* che il Velo si indebolisca, per riportare tutto a com'era.»

«Temo di non saperlo.» Padre Maxwell batte una mano sulla pila di libri sulla scrivania. «Ho cercato, ma tutto quello che ho trovato sembra dire che l'unico essere nell'universo in grado di riparare il Velo è il Signore della Morte.»

«E chi sarebbe?»

«Anche in questo caso, ci sono parecchie rappresentazioni diverse, nel corso della storia, ma noi lo conosciamo soprattutto come il Tristo Mietitore, con la sua falce e il mantello nero, la Corona di Ossa e compagnia bella.»

Mi accascio e poso il mento sulla scrivania. «Ottimo.»

«Continuerò a cercare» dice. «Ho i miei libri. Ho gli scritti di Santa Caterina. Troverò qualcosa che ci aiuterà a rafforzare il Velo in modo che tutto questo non si ripeta... Che cos'è?»

Alza lo sguardo verso qualcosa fuori dallo schermo e in quel momento sento un leggero rumore. È sullo sfondo e potrei anche scambiarlo per qualcuno che ascolta musica nella stanza accanto, se non sapessi che padre Maxwell è tutto solo in una chiesa con il suo vichingo da compagnia.

«Padre, parlami. È Björn?»

Ma lui continua a guardare in direzione del rumore. Sembra quasi una... cantilena.

Un canto in latino.

«Padre? Stai facendo un pigiama party di preti? Avresti potuto invitarci! Mi piace fare levitare le persone giocando a *Light As A Feather, Stiff As A Board...*»

Lui si preme un dito sulle labbra, poi si alza dalla scrivania e scompare dall'inquadratura. Mi chino in avanti, e mi stringo forte una coscia.

«Che succede?» sussurra Ambrose. «Chi è che canta?»

«Non lo so, ma padre Maxwell è andato a indagare...»

Mi si bloccano le parole quando un'ombra scura passa davanti alla finestra. Poi appare un'altra forma scura, e un'altra ancora. Il cimitero ne è pieno.

Pax afferra lo schermo e lo inclina verso di sé. «Chi sono quei nemici? Sono druidi con il mantello tinto di nero? Dov'è Björn? Perché non squarcia loro la carne con la sua ascia?»

Padre Maxwell grida.

Io mi porto le mani alla bocca per soffocare un urlo, mentre due sagome passano in volo davanti allo schermo. Si sentono rumori di lotta, poi il suono terribile di qualcosa che si spezza, e padre Maxwell che mugola.

«Cosa sta succedendo?» chiede Ambrose. «Bree?»

Io riesco appena a scorgere il bordo di una veste nera che svolazza davanti allo schermo. Una voce profonda tuona: «Ti porto un messaggio, sacerdote blasfemo. La chiesa di All Souls sarà risantificata dall'Ordine della Nobile Morte. Prostrati davanti a Dio e confessa i tuoi peccati, padre Maxwell, o affronterai la sua ira.»

Il prete dice qualcosa che non riesco a capire, ma le sue parole si trasformano subito in un urlo interrotto in modo brusco.

Qualcosa di umido e scuro schizza lo schermo.

Poi si vede una mano bianca, e lo schermo diventa nero.

9

PAX

«Non posso crederci. Grimdale è invasa da demoni provenienti da oltre il Velo, e noi stiamo andando in città per fare shopping.» Alice schiva un carro nero senza cavalli che blocca due corsie. «Guarda dove vai, idiota! Ho un paraurti, e non ho paura di usarlo!»

«Alice, tesoro mio, sei sicura di non volere che guidi io?» le chiede Dani aggrappata al finestrino.

«Stai insinuando che non sono brava a guidare in giro per Londra? Perché me la caverei benissimo se questi avanzi di seghe mentali la smettessero di ostacolarmi!» Alice fa suonare il suo corno di guerra e si sporge dal finestrino per fare un gestaccio a una signora anziana a cui ha appena tagliato la strada.

Sarebbe eccellente, alle corse delle bighe.

«Auguragli che i suoi genitori si trasformino in capre e che sua sorella diventi brutta e inchiavabile» le suggerisco. Sono molto bravo a imprecare. Ho anche vinto una medaglia, come Centurion Scout.

«Se n'è andato, Pax.»

Accanto a me, sembra che Bree stia per vomitare.

Siamo tornati a Londra, che è molto più grande e rumorosa di quanto non fosse la prima volta che ci sono venuto, quando ancora si chiamava Londinium. Puzza anche di più, il che è tutto dire, visto che all'epoca solo i romani più ricchi potevano permettersi un impianto idraulico interno e quindi la maggior parte dei residenti gettava i propri escrementi per strada. Bree dice che in altri tempi avremmo preso un treno, perché solo un pazzo può guidare per Londra, ma dobbiamo arrivare a All Souls in fretta e Alice è l'unica che possiede un carro a motore senza cavalli, ovvero un'auto.

Tecnicamente, questo carro senza cavalli, o meglio, l'*auto*, non è sua. Appartiene al museo ed è una bestia enorme (ha un'intera villa romana in miniatura montata sul retro). Come non bastasse, ha sedili reclinabili. Secondo Alice, il museo la usa per trasportare i reperti e per fare visite guidate per piccoli gruppi ai siti romani di Grimdale. A me sembra una follia, perché nelle mani del generale giusto, io e i miei soldati avremmo potuto conquistare un intero Paese con una di queste. La definisco la più straordinaria macchina d'assedio che abbia mai visto.

Mike la chiama *furgone*. Bree la chiama *trappola mortale*.

Non so perché tutti si lamentino. Io la trovo divertente. È come essere a una corsa di bighe! Spero alla fine ci sia una corona d'alloro per i vincitori, perché credo proprio che vinceremo noi. Di sicuro stiamo superando tutte le altre auto che incontriamo.

«La chiesa è poco più avanti» dico a beneficio del resto dei passeggeri, visto che al momento sono l'unico con gli occhi aperti. Bree mi stringe così forte un ginocchio che le nocche le stanno diventando bianche.

«Vuoi dire, proprio sotto quella nuvola nera minacciosa? Ma dai, sono sorpresa» dice Dani costringendosi ad aprire gli occhi.

Ha ragione. Davanti a noi l'orizzonte è offuscato da una

nuvola scura. Goccioline di inquietudine mi scorrono lungo la schiena. Cerco il peso rassicurante dell'elsa della mia spada.

Non c'è bisogno di farsi prendere dal panico. C'è Björn. È un guerriero potente e i suoi dèi della guerra proteggeranno lui e il sacerdote.

Ma mi preoccupo lo stesso.

«Fantastico, niente parcheggio.» Alice frena di colpo. L'elegante auto nera dietro di noi compie una manovra decisamente ammirevole per evitare di schiantarsi su di noi. «Non ho intenzione di muovermi per lasciare passare quella maledetta Tesla. Voi, scendete, io faccio il giro dell'isolato.»

Non ho mai visto due ex-fantasmi e una Dani uscire così in fretta da un'auto. Bree è un po' più lenta, ma solo perché le sue gambe non sembrano funzionare bene. Nel momento in cui i miei sandali toccano il marciapiede, Alice parte di corsa e mi fa cadere sull'erba. Bree mi aiuta ad alzarmi.

Io mi spolvero e raddrizzo la custodia della spada. «Se fosse stata un auriga nell'antica Roma, avrebbero costruito molte statue in onore della sua abilità.»

«Peccato che non siamo a Roma» esclama Edward indispettito. «E lei è *terribile*.»

Anche se la dea Sol è alta nel cielo, l'atmosfera è così cupa e tetra che se mi muovo le dita davanti al viso, riesco a malapena a vederle. Ci spostiamo a tentoni, assicurandoci di essere tutti qui e di avere tutti gli arti ancora attaccati.

«Da che parte è la chiesa?» chiede Dani.

«Seguitemi.» Estraggo la spada. Bree mi afferra l'altro polso e prende a braccetto Ambrose, che a sua volta tiene Edward, e la povera Dani è costretta a sopportare tutto il peso dei piagnistei del nostro principe alla fine della fila. Mi muovo con lentezza lungo il sentiero, ricostruendo ogni singolo passo che ho percorso con il mio amico Björn l'ultima volta che siamo stati qui.

Mi concentro con tutti i sensi sul mondo circostante, nel tentativo di cogliere il fruscio dei nemici nel cimitero. L'odore denso e metallico della morte mi colpisce le narici. Dalla penombra emergono le forme delle lapidi e anche... altre forme.

Corpi ammantati di vesti nere giacciono accasciati sul campo di battaglia.

Björn ha trionfato.

Ma allora perché non ci è venuto incontro?

Sono assalito dall'inquietudine mentre mi dirigo piano verso la chiesa. Le porte sono spalancate, enormi fauci nere, come quelle di una bestia pronta a inghiottirci. Allungo la mano con la spada e tocco il legno, per verificare che sia solido e reale. Le mie dita sfiorano qualcosa di appiccicoso. Le porto al naso e annuso.

Sangue. Sono ricoperte di sangue fresco.

«Non mi piace» sussurra Bree, le dita affondate nella mia carne.

«Björn? Padre Maxwell?» grido mentre trascino Bree e gli altri all'interno della chiesa. La mia voce rimbomba sulle travi in alto. Non vedo nulla, tranne due puntini chiari che brillano in lontananza: le candele accese ai due lati dell'altare.

«Forse non dovremmo fare così tanto rumore» geme Bree mentre percorriamo la navata verso l'altare.

«Se c'è qualcosa in agguato nell'oscurità, sa già che siamo qui, e inoltre un soldato romano non si nasconde nell'ombra come un codardo. Si fa sentire, in modo che i suoi nemici possano uscire ad affrontarlo.»

«O, almeno, si fa annunciare dal suo puzzo» mormora Edward dietro tutti.

Ci muoviamo tra le file di banchi. Vedo altre sagome scure sparse tra le panche di legno. Mi si stringe il cuore appena noto che tutti indossano il tipico mantello nero dell'Ordine. Se uno di questi corpi è quello di Björn, tiro fuori il Nerone che è in me e inizio a bruciare tutto.

Il mio sandalo sbatte contro un gradino di pietra. Abbiamo raggiunto l'altare. Bree si fruga in tasca. Tira fuori il suo rettangolo magico e ne accende la luce.

Il raggio si unisce alle candele ancora accese sull'altare. L'oscurità sembra allontanarsi dalla luce, a rivelare l'ampiezza dell'altare e, al di là di esso, la figura scolpita del figlio del dio cristiano inchiodato alla croce, con la bocca aperta in un urlo silenzioso e orribile...

Ehi, un attimo...

Non è una statua!

Accanto a me, Bree lascia cadere il suo rettangolo magico. «No. Ti prego, no...»

«Ma è...» La voce di Dani trema.

Mi precipito in avanti, ma è troppo tardi. Il corpo di padre Maxwell è ormai freddo. Le sue mani sono state inchiodate, ed è stato immobilizzato sulla croce di legno. Ma è il colpo alla testa che l'ha fatto fuori.

Cerco di togliergli le spine dalla pelle, e mi rendo conto che non si tratta di chiodi, ma delle croci appuntite che indossano i membri dell'Ordine della Nobile Morte. Prendo il sacerdote tra le braccia e gli poso un lieve bacio sulla fronte sporca di sangue. Il suo corpo è leggerissimo tra le mie braccia. Sarà onorato dal suo dio per tutte le cose buone che ha fatto.

La crocifissione è molto più divertente quando la si usa per i nemici, invece che per gli amici.

Bree piange piano. Edward descrive a voce bassa la macabra scena ad Ambrose, mentre io depongo il sacerdote sul suo altare. È solo a quel punto che vedo il messaggio scritto sulla pietra con quello che sembra sangue.

Un messaggio che raggela il mio cuore romano.

BREE MORTIMER, STAI LONTANA DALLA CORONA.

IO

BREE

Non può essere.

L'Ordine della Nobile Morte ha *ucciso* padre Maxwell. Hanno trovato un modo per attraversare tutte le sue protezioni, sono entrati e lo hanno legato come uno dei suoi santi.

Gli hanno infilzato mani e piedi con le loro croci. Gli hanno tolto l'anima perché io non possa raggiungerla.

Gli hanno fatto così tanto male che si è morso la lingua per il dolore.

Padre Maxwell era un brav'uomo. Ha cercato di usare i suoi poteri a fin di bene. Non era perfetto, ma non si meritava *questo*.

Era la nostra unica possibilità.

Ci aveva già dato parecchie risposte. I fili neri che escono vorticando da quelle croci sono le anime dei Lazzari dell'Ordine che si trovano dall'altra parte del Velo. *Uno, due, tre, quattro.* Allungo una mano e spezzo tutti i fili.

L'Ordine si è già preso la vita di padre Maxwell. Non si prenderanno anche la sua anima.

La bile mi sale in gola e devo allontanarmi dall'altare. Da

sotto le palpebre chiuse intravedo ancora il messaggio scritto sulla pietra, che mi è rimasto impresso sulle retine.

BREE MORTIMER, STAI LONTANA DALLA CORONA.

È un avvertimento. Una minaccia di ciò che accadrà a me e ai miei cari se non obbedisco.

Se solo avessi idea di cosa può significare.

Stai lontana dalla corona...

«Pensi che...» chiede Edward con voce incerta mentre si mette accanto a me. «Vogliono dire che devi stare lontano da me?»

Apro gli occhi di scatto. Nella penombra, riesco a malapena a distinguere i lineamenti regali di Edward. Tiene la testa alta, in quella sua posa altezzosa che dice al mondo intero di inchinarsi ai suoi piedi. Ma conosco quest'uomo da sempre. Riesco a capire quando è turbato.

Gli appoggio la testa sul petto, e ascolto il cuore che gli batte forte. È vivo, è un principe, e giorni fa il suo petto era pieno solo di stelle spente e sogni infranti. Intreccia le dita nelle mie e le stringe.

«Non credo si riferiscano a te» dico, tenendolo stretto, perché le sue braccia mi fanno sentire a casa. In questo momento sono l'unico posto al mondo che mi offre protezione. «Tecnicamente tu non hai mai indossato una corona, vero?»

«Prima che mio padre mi ripudiasse, a volte ne indossavo una alle funzioni reali.» Edward solleva il mento regale, e i suoi occhi color antracite brillano alla luce tremolante della candela. «Era terribilmente pesante e mi scompigliava i capelli in un modo che non mi si addiceva. Tuttavia, *attirava tutte le contesse nel cortile.* Quella sì, altro che *Milkshake* di Kelis...»

«Sì, grazie per questo approfondimento della tua principesca vita sessuale sotto forma di canzone hip-hop dei primi anni 2000. Credo che se l'Ordine volesse farmi stare lontano da te, non sarebbe stato così criptico. Oppure sì? Qualunque cosa sia questa corona, evidentemente presumono che io ne sia a conoscenza.»

Ma che significa? Quale corona? Perché padre Maxwell è dovuto morire per tenermici lontana?

Mi sento inghiottita da una nuova ondata di tristezza, e mi aggrappo a Edward mentre vengo invasa dal dolore, che si trasforma in calde lacrime. Padre Maxwell era l'unica persona con i miei poteri che conoscevo. Beh, no: conoscevo anche Vera, ma non sapevo che fosse come me, finché non è morta. E Quoth è in grado di vedere i fantasmi, ma non è un Lazzaro. Padre Maxwell era riuscito a rispondere a tutte le domande che mi avevano indebolita e spaventata e, a sua volta, mi aveva trasmesso un po' del suo coraggio.

Mi aveva fatto sentire come se fossi... non proprio *normale*, ma *desiderata*. Mi aveva convinta che ero parte di qualcosa di più grande di me, e che avevo dentro di me la capacità di essere molto di più di *Bree la stramba*, quella che parla con i fantasmi.

Le mie lacrime bagnano la camicia di Edward, che mi accarezza piano i capelli con le sue lunghe dita, e sussurra: «Ho letto migliaia di poesie sul dolore, ognuna di esse eloquente e profonda, ma nessuna riesce a catturare la cruda bellezza di una lacrima versata per qualcuno che ami. Mi dispiace tanto, Brianna.»

Io soffoco i singhiozzi. «Non hai nulla di cui dispiacerti. E io...»

Uno scalpicciare precipitoso lungo la navata centrale mi blocca di colpo.

Pax balza in piedi ed estrae la spada. «Chi va là? Non ti avvicinare o ti sventro e ti metto gli intestini tra le chiappe per farne un delizioso panino.»

«Ehi, calmo, ragazzone» dice la voce di Alice nella

penombra. «Sono solo io. Ho trovato un parcheggio e sono corsa qui. Dovreste vedere il massacro che hanno fatto lì fuori. Fanatici inquietanti sparsi ovunque. Ma dov'è la... oh, porca vacca!»

«Forse non dovresti dire parolacce nella casa di Dio» la ammonisce Ambrose.

«Maledettissimi pezzi di merda» impreca Alice, e poi sento il rumore di lei che vomita tutti gli spuntini che si è mangiata lungo il viaggio.

Quindi ha visto padre Maxwell.

«Beh, per quanto questa festa sia divertente» abbozza Edward mentre cerca di spostarmi verso l'uscita, «mi piacerebbe andare in un posto un po' meno deprimente e con meno adoratori morti. Se qualcuno mi vuole, sono al pub e...»

BANG.

La porta della sacrestia si apre di botto, andando a sbattere contro il muro.

Io grido.

Pax balza in avanti, con la spada sguainata. «Mostrati e combatti con me, da vero romano.»

«Solo se tu combatterai da vero vichingo» dice una voce che riconosco. «E poi ci berremo insieme l'idromele nel Valhalla.»

«Björn, sono troppo felice di vederti!» grido.

Il vichingo lascia cadere il pesante oggetto nero che ha in mano e corre da Pax. Si abbracciano e poi Björn mi strappa dalle braccia di Edward per stringermi al petto. Sa di sangue e miele.

«Sono davvero felice che tu sia viva, amica di padre Maxwell.» Björn mi lascia e inclina la testa verso Pax. «E anche tu, fratello mio.»

«Björn, ma cosa è successo? Stavamo parlando con padre Maxwell quando...»

«Il prete è andato nel Valhalla.» Björn si avvicina all'altare. In un gesto di affetto, si mette su un ginocchio e posa un bacio sulla fronte insanguinata del sacerdote. Prega sul suo corpo, invocando la vendetta dei suoi guerrieri.

Nuove lacrime mi rigano le guance.

Björn si alza di nuovo e rimette la spada nel fodero. Quando si volta per parlarmi, è tornato il guerriero di sempre. «L'Ordine della Nobile Morte ha riempito la chiesa. Quando si è indebolito il Velo, anche le difese che proteggevano questo luogo devono avere ceduto. Oppure, semplicemente, erano così numerosi da annullarle. Non ne avevo mai visti così tanti, e nemmeno sapevo che ne esistessero in tale quantità. Si sono schierati contro le nostre protezioni, e alla fine la magia non è stata più in grado di proteggerci. Ne ho uccisi quanti più ho potuto, ma mi hanno sopraffatto, hanno fatto irruzione e sono andati da padre Maxwell...»

Björn china il capo davanti al cadavere steso sull'altare.

«Dobbiamo dargli una degna sepoltura» dichiara.

«Un funerale da guerriero» concorda Pax.

«Ma prima abbiamo un altro compito da svolgere sul campo di battaglia.»

Mi preparo per qualche tradizione macabra. Ricordo che una volta Pax mi raccontò che il suo generale aveva ordinato a lui e ai suoi uomini di tagliare una mano a ciascuno dei morti, così da poter contare le fatiche della giornata. Immagino i vichinghi siano ancora peggio...

Per fortuna, Björn non estrae la spada. Trascina il pesante oggetto che stava trasportando e lo appoggia all'altare.

Io cerco intorno a me, per individuare il mio telefono a terra. Quando lo trovo, punto la torcia sull'oggetto. Ho un sussulto appena mi rendo conto che si tratta di una donna, con una tunica nera. Porta la croce con le borchie, dell'Ordine della Nobile Morte. Respira a fatica e ha il viso imbrattato di sangue secco che proviene da una ferita poco profonda sopra la tempia. Il filo nero della sua anima le esce dal petto, e vortica intorno a lei a una velocità folle mentre si dipanano gli ultimi momenti della sua vita.

Björn le dà uno schiaffo violento sul viso. «Svegliati!»

Lei tossisce. Sbatte gli occhi fino ad aprirli, e li spalanca per la paura. Pax si inginocchia dall'altra parte e le punta la lama della spada alla gola.

«Pax» gli grido. Non voglio vedere che le fa del male.

Lo sguardo della donna si sposta su di me. «Bree Mortimer.»

Pronuncia il mio nome quasi fosse una maledizione.

Ricordo che questa donna ha contribuito a uccidere padre Maxwell e, nonostante il dolore che mi occlude le vene, riesco a farle un sorriso. È un sorriso che promette vendetta. «Sì, sì, stai venendo a prendermi. Lo so. Ho ricevuto il tuo messaggio.»

Björn la prende a calci con il piede calzato in uno stivale di cuoio. «È vostra. Un regalo dal campo di battaglia, per i miei amici.»

«Oooh, che bello.» Pax sorride mentre preme più forte la lama sulla gola della donna. «Quale punizione le infliggeremo? Potremmo optare per la classica crocifissione, visto che abbiamo una croce proprio qui. Oppure potremmo mandarla a combattere all'ultimo sangue in una arena con i gladiatori, o infilarla dentro un sacco insieme a un cane, un gallo, un serpente e una scimmia, e gettare il sacco nel Tamigi.»

Björn si sfrega le mani tutto allegro. «Oppure potremmo provare una punizione tradizionale vichinga: l'aquila di sangue. Le tranciamo le costole dalla spina dorsale, gliele tiriamo verso l'esterno a formare un paio di ali e poi le togliamo i polmoni dal petto.»

«Aquila di sangue, hai detto?» La voce di Pax si fa tutta eccitata. «Mi interessa molto.»

«Aspettate.» Mi butto davanti a loro prima che possano descrivere altre orribili torture. «Non possiamo ancora ucciderla. Potrebbe essere l'unica persona in grado di darci delle risposte. Prima cercheremo di parlare con lei.»

«E *poi* potrò darla in pasto a un leone?» chiede Pax radioso.

«Gli unici leoni qui intorno sono allo zoo di Londra» interviene Dani.

«Non dargli altre idee.» Mi volto di nuovo verso la donna. «Senti, ti propongo un patto. Abbiamo un Velo che si sta assottigliando e dei mostri che mi danno la caccia. E fino a qualche mese fa pensavo di essere l'unica al mondo in grado di parlare con i fantasmi. Non ho la minima idea di quello che sto facendo, quindi puoi aiutarmi e dirmi che cazzo sta combinando l'Ordine e cos'è questa stupida corona?»

Lei mi sputa addosso. «Perché dovrei dirti qualcosa?»

«Perché ho un centurione romano che ti punta un coltello alla gola, e basterebbe una mia parola a farti sventrare come un eglefino alla fiera del fish and chips.»

«Non ho paura di morire per il mio Dio» esclama, adottando un'espressione di sfida.

«Bene, ma sei anche disposta a tornare, per lui?» Sollevo le mani. «Dimentichi cosa sono io? Ho gli stessi poteri che hai tu, solo che io non ho un fastidioso Ordine che mi dice come usarli. Posso fare in modo che tu non passi mai oltre e rimanga a vagare sulla terra come fantasma, per il resto dei tuoi giorni.»

Non ho idea se posso davvero fare ciò che ho descritto, ma non serve la sacerdotessa lo sappia. Il brivido che le attraversa il corpo mi conferma di aver centrato il bersaglio.

Mi scruta strizzando gli occhi. «Che cosa avete fatto a padre Bryne? Non abbiamo sue notizie da parecchi giorni.»

«Mi ha fatto un'offerta e io ho rifiutato. Lui l'ha presa male ed è finito a discutere con l'estremità di un'arma da fuoco.»

«È stato un incidente» si difende Ambrose, da dietro di me.

«Non avresti dovuto respingere padre Bryne» riesce a dire lei. «Erano secoli che uno dei nostri non portava la corona. Con te avremmo potuto fare grandi cose. Avremmo potuto trasformare la morte. Tu avresti dovuto diventare la punta di diamante dell'Ordine, un faro di speranza contro l'oscurità del Velo. Invece, ci hai rifiutati. Ora, non possiamo permetterti di vivere, soprattutto se minacci tutto...»

«*Io*, minaccio tutto?» intervengo con una risatina. «Non sono certo io che me ne vado in giro con il mio piccolo club a resuscitare serial killer che poi uccidono persone innocenti.»

«Sciocchezze. Lo Squartatore uccide solo i Lazzari. Siamo noi che gli diamo gli ordini...» Ma si interrompe quando si rende conto del suo errore. «Ehi, se avete ucciso padre Bryne, allora lo Squartatore non è più sotto il suo controllo.»

«Pensavo lo sapessi.»

«E noi pensavamo avesse fatto il suo dovere. Pensavamo che l'ultimo discendente della stirpe originale fosse stato spazzato via...» ribatte lei. «E ora, grazie a te, la guerra è arrivata fino al Velo.»

«La guerra?»

«Pensi di averli uccisi?» ruggisce, mentre guarda con gli occhi sgranati i cadaveri dei suoi compagni dell'Ordine. «Hai fatto loro un favore. Ognuno di loro desiderava avere la possibilità di ottenere la corona. Una volta che ci saremo liberati di te...»

«Ma di cosa sta parlando?» chiedo guardando Björn, ma lui sembra confuso quanto me.

«Il trono è vacante. E sarà nostro! Non ce lo porterete via.»

«Ma quale trono? Di che cosa stai parlando? Dicci solo come riparare il Velo!» le grido strattonandola.

Lei gira la testa di lato, e si morde il colletto. Non ho idea di cosa stia cercando di fare, ma all'improvviso riversa gli occhi nelle orbite. Emette un piccolo rumore, come di soffocamento, e si irrigidisce tra le braccia di Björn. La sua testa crolla sul coltello di Pax, e ne esce qualche goccia di sangue prima che lui lo tolga di scatto.

Pax la scuote bruscamente. «Non fare giochetti. Che razza di stregoneria è questa?»

Io le prendo il polso ma non lo sento battere.

«Eh no. Non puoi cavartela così.»

In fondo alla mia mente so che non dovrei farlo, ma siamo già sommersi dai mostri, quindi un po' di magia in più non potrà certo peggiorare le cose, no?

L'Ordine ha appena ucciso l'unico uomo che avrebbe potuto aiutarci, quindi credo sia giusto che io mi prenda la mia rivincita.

Richiamo i miei poteri e cerco il suo filo. La stanza si trasforma e i vari fili diventano visibili: quelli di Pax, Edward e Ambrose, di un blu brillante, quelli di Dani e Alice che splendono argentati, e i flebili fili neri dei membri dell'Ordine della Nobile Morte, mentre le ultime vestigia della loro vita abbandonano i loro corpi uccisi.

Mi concentro sulla sacerdotessa e il filo si dipana dal suo corpo, ma è strano, diverso. Lo afferro con le dita, e per poco non lo lascio cadere di nuovo. È diverso al tatto, come sbagliato: è ruvido e spinoso. Tenerlo tra le dita fa male, ma ho bisogno di risposte, quindi stringo i denti per vincere il dolore e tiro.

Sono investita da un ricordo.

Ora sono la sacerdotessa, solo che sono più giovane, un'accolita. L'Ordine della Nobile Morte mi ha trovata dopo che il mio ragazzo del college si è soffocato con un dildo durante la settimana del reclutamento per le confraternite e, per puro caso, io l'ho riportato in vita. Mi hanno offerto una borsa di studio completa se mi unisco a loro. E ora eccomi qui, alla mia prima missione. Sono pronta a dimostrare quanto valgo.

Non sta andando bene.

Il demone che stiamo cercando di contenere si è liberato dal suo marchio demoniaco. Colpisce il mio collega sacerdote, un uomo anziano di nome Damien con i capelli brizzolati e lo sguardo gentile, e gli strappa le budella prima che il vescovo intervenga per rispedirlo al di là del Velo.

Corro verso Damien, e cerco di afferrargli il filo, pronta a riportarlo a noi prima che inizi a percorrere il sentiero. Però il vescovo mi stringe il polso con le sue dita ossute e mi trattiene la mano.

«Ma io posso riportarlo indietro!»

Il vescovo scuote triste la testa mentre strappa la croce dal petto di Damien e se la mette in tasca. L'estremità del cordone nero svolazza in aria e poi scompare.

«Damien non vuole tornare. È ora che abbia inizio il suo vero lavoro. Il nostro sacro dovere è quello di camminare tra due mondi, Ada. Innanzitutto, dobbiamo esistere nel mondo dei vivi, dove impariamo la bellezza e il dolore della morte. Solo dopo la morte ci si apre la strada verso il mondo dei morti, nel quale assumiamo il ruolo che ci spetta in quanto guide di anime. Una volta varcato un portale, non possiamo tornare indietro, ma rimaniamo sempre connessi all'Ordine.» Sfiora la sua croce di Lazzaro. «Possiamo raggiungere Damien dall'altra parte del Velo, se ne abbiamo bisogno. Lui ci terrà al corrente di ciò che sta accadendo e cosa sta facendo il Signore della Morte, e di quando avremo la possibilità di prendere la corona. E in cambio, noi...»

Il ricordo si stinge e il volto del sacerdote si dissolve in una chiazza nera. Le mie orecchie risuonano di un ronzio forte e orribile.

C'è qualcosa che non va. Non va bene.

Credo stia usando una sorta di protezione magica contro di me.

Grido forte quando il filo mi graffia il palmo della mano, e tiro *con forza.*

Da qualche parte nell'universo si sente un *pop.* All Souls

trema dalle fondamenta, la navata centrale, sopra le nostre teste, scricchiola.

«Oh, cielo» esclama Ambrose. «Mi sa che siamo un po' in un pasticcio.»

I corpi dei membri dell'Ordine sussultano tutti insieme e si alzano con movenze rigide, come se avessero dei fili invisibili che li tirano per le spalle.

«Ehm, Brianna...» dice Edward. «Forse potresti informare anche noi comuni mortali su cosa sta succedendo?»

«Lo farei, se lo sapessi.» Mi muovo dietro Pax, che ha sguainato la spada ma si guarda intorno circospetto, non sapendo chi puntare per primo.

I sacerdoti dell'Ordine aprono la bocca tutti insieme. Il cuore mi si blocca in gola. Questo è un tipo di magia diverso: non è la magia di resurrezione che un Lazzaro ha nel Regno dei Viventi, ma è molto più oscura. E proviene da oltre il Velo.

Parlano tutti in coro.

«Il trono è vuoto. Lunga vita al Signore della Morte.»

Poi rimangono con la bocca aperta, e lasciano uscire un soffio d'aria che sembra un sospiro.

Il filo della sacerdotessa mi scivola via dalle dita.

E loro crollano di nuovo tutti, morti, silenziosi e immobili.

«Ma. Che. Cazzo?» esclama Alice senza fiato.

«La penso esattamente come te» concorda Ambrose.

Dani schiocca le dita. «Okay, non so nulla di preti marionette, ma ne so di cadaveri, quindi vediamo cosa abbiamo qui. Pax, allontana Bree da quella sacerdotessa. Fai attenzione. Non toccare la sua saliva.» Pax mi solleva dall'altare e nel frattempo Dani si china a esaminare il colletto del mantello della sacerdotessa. «Scommetto che aveva una capsula di cianuro cucita qui dentro. Ho letto di spie che lo fanno, nel caso vengano catturate e non abbiano le mani libere: mordono il tessuto e *boom*, la luce si spegne e benvenuto Triste Mietitore.»

Merda. È questo che l'Ordine fa fare ai propri sacerdoti? Li costringe a suicidarsi?

Ricordo la strana sensazione del filo di Ada tra le mie dita, e il modo in cui sono stata strappata via dal suo ricordo. Usano una magia potente per essere sicuri che nessuno come me possa vedere il loro operato.

«Cosa ne facciamo di lei?» chiede Pax a Dani, rattristato perché i suoi piani, che prevedevano la presenza di un leone, sono andati in fumo. «E gli altri? Ah, ecco! Li ammassiamo in una macabra montagna sul prato davanti a Grimwood, in modo sappiano tutti che con Bree non si scherza. Ti pare una buona idea?»

Dani alza le mani. «Perché chiedi a me?»

«Sei tu quella delle pompe funebri» sottolinea Alice con dolcezza.

Dani si massaggia una tempia e mi guarda. «Porca miseria, perché tocca sempre a me seppellire i cadaveri?»

ALLA FINE, li seppelliamo.

Scaviamo una fossa nel cimitero dietro All Souls e seppelliamo padre Maxwell. Björn gli mette la propria spada tra le mani rigide. Poi si punge un dito e con il sangue disegna una runa sulla testa del sacerdote.

«Tu eri un vero figlio di Odino» sussurra.

Gli scende una lacrima, che va a bagnare le labbra immobili del sacerdote.

Pax versa una libagione di vino da comunione ed eleva la sua preghiera a Marte, il dio della guerra. Poi pone una moneta in bocca al sacerdote (rubata dal piatto della colletta, ma non credo che al dio di padre Maxwell interessi un granché) e io butto nella tomba una Bibbia vecchia e consumata, con le orecchie alle pagine, che ho trovato sul retro di un banco.

Pax e Björn iniziano a riempire la fossa, mentre Edward recita la sua poesia più famosa, quella rubatagli da Hugh. Ambrose intona un inno solenne. Ha una voce incantevole. Mi avvicino e gli poso la testa su una spalla.

Vorrei piangere. Padre Maxwell merita le mie lacrime. Ma il dolore è troppo fresco, ancora troppo vivo. Mi guardo ancora intorno, e mi aspetterei che da un momento all'atro apparisse il prete gentile a offrirci una fetta di tronchetto al cioccolato. Invece se ne è andato.

Ripenso alle sue parole: noi Lazzari potremmo essere degli psicopompi che guidano le anime appena morte lungo il percorso al di là del Velo. Questo significa che padre Maxwell verrà accolto da un altro Lazzaro, o dovrà camminare da solo?

Mi inginocchio accanto alla sua tomba, a toccare la terra fredda. «Mi dispiace tanto, padre. Vorrei camminare con te in questo momento. Vorrei essere la tua guida.»

Nel ricordo di Ada, il vescovo ha detto che un Lazzaro nasce per imparare il dolore e la bellezza della morte. Ma io non vedo alcuna bellezza in questa... *fine*. In questa terra fredda e nella vita incompiuta. Ho il cuore che mi brucia di rabbia, ed è come se la pelle del petto mi si stesse staccando, e i miei organi nudi venissero esposti all'oscurità.

«E i corpi dei membri dell'Ordine?» chiede Dani a Björn. «Non possiamo lasciarli in giro. Se la polizia trova i corpi, nulla ti impedirà di finire in galera, nemmeno il fatto di essere un vichingo secolare e cazzuto.»

«Forse potrebbe invocare la legittima difesa?» interviene Ambrose.

«Non temere per i corpi» esclama Björn battendosi il petto. «Farò alla maniera vichinga: spoglierò i cadaveri di ogni oggetto di valore e userò il loro sangue per preparare un cocktail delizioso...»

«Già, non avrei dovuto chiederlo» esclama Dani con una smorfia. Alice si mette dietro di lei e intreccia le dita con le sue.

«Devo mostrarvi una cosa» dice Björn quando è stata buttata anche l'ultima badilata di terra.

Ci riconduce alla chiesa. Mentre ci facciamo strada tastoni in quella navata avvolta dalle tenebre, inciampando nei corpi caduti dei sacerdoti dell'Ordine della Nobile Morte, mi si rivolta lo stomaco. Rabbrividisco al pensiero che possano esserci loro, a guidare padre Maxwell.

Vorrei poter scoprire cosa succede al di là del Velo e che cosa stavano sorvegliando i membri dell'Ordine, ma non mi piace il percorso che ha fatto Padre Maxwell per ottenere le risposte che cercava.

Björn china la testa ed entra nel piccolo ufficio di padre Maxwell dietro la sacrestia. Prende un oggetto dalla scrivania e se lo stringe al petto, lasciando impronte di sangue sul cuoio che lo ricopre. «Quando sono arrivato alla sacrestia e al suo ufficio, era già stato ucciso. L'Ordine stava saccheggiando i suoi libri. Quelli che sono riusciti a fuggire hanno portato con sé molti tomi preziosi, ma non hanno preso questo.»

Björn mi mette in mano un volume polveroso che riconosco.

Il vangelo di Caterina.

«Grazie» mormoro, conoscendo i rischi corsi per farmelo avere.

«A quanto pare, padre Maxwell credeva che le risposte si trovassero in quel libro.» Björn mi chiude le dita sul tomo e me lo preme al petto, come a farmi sentire il battito vitale delle sue pagine. «Spero che le troverai tu.»

«Björn, cosa farai adesso? Voglio dire, dopo che ti sarai gustato il tuo cocktail di sangue.»

«Continuerò il lavoro di padre Maxwell, naturalmente.»

Björn si scrocchia le nocche. «I parrocchiani hanno bisogno di me. Che Odino ti benedica, Bree Mortimer. Se hai bisogno di me, io ci sarò.»

L'ultima cosa che vedo appena siamo tutti ammucchiati nel van è la sbiadita sagoma di un vichingo con un ginocchio a terra e il capo chinato verso di noi.

«Beh, cazzo» dice Dani mentre affonda sul sedile del passeggero. «Siamo venuti qui per avere delle risposte e tutto quello che abbiamo ottenuto è stato un amico morto e un inquietante avvertimento da parte di un gruppo di sacerdoti fantocci.»

«Non siamo del tutto a mani vuote.» Alice prende il libro che tenevo in grembo. «Abbiamo ricevuto questo gigantesco tomo di conoscenza, scritto in un oscuro dialetto latino.»

Io mi prendo la testa tra le mani. «Padre Maxwell ha studiato quel libro per anni e non ha trovato tutte le risposte. E noi non abbiamo nessuno dei suoi appunti o delle sue ricerche.»

«Ah, ma lui non aveva né un'archeologa di Oxford, né il fantasma di un centurione.» Alice apre il libro su una pagina a caso. «Ora decifriamo questa.»

II

BREE

«Fermati qui!» urlo, mentre Alice sterza all'improvviso a un incrocio trafficato, suscitando un coro di clacson. «Ho un'idea.»

Alice schiaccia i freni. Il furgone si ferma di botto in mezzo alla strada. I clacson sono diventati una orchestra di disappunto.

«Che succede?» chiede Dani.

«Devo vedere una persona, a proposito di un certo Squartatore.»

Salto giù dal van. Pax mi segue, prima che la portiera sbatta dietro di me, e mi carica su una spalla per trasportarmi tra le auto in corsa e depositarmi al sicuro sul marciapiede davanti alla stazione della metropolitana di Whitechapel.

«Sono perfettamente in grado di attraversare una strada da sola» gli dico stringendomi al suo braccio. «Ma grazie.»

Pax è raggiante. «Alice deve accompagnarci ovunque d'ora in poi. Il suo cuore assetato di sangue farà tremare i nostri nemici da capo a piedi, sandali compresi.»

«Ti credo.» Scruto l'area dove si aggirano tutti gli esperti dello Squartatore, i venditori di magliette e le guide turistiche. «Eccolo lì.»

Abberline sta soffiando sulla pila di opuscoli di una guida turistica, in modo da farli svolazzare via non appena lei tenta di consegnarli agli ignari turisti. Quando ci avviciniamo ci sorride. «Toh, la signora Mortimer. Ora che siete qui posso fare quello che avrei voluto fare da tutto il giorno.»

«E cioè?»

Abberline strappa una tazza da caffè da asporto dalla mano di un turista. «Ehi!» grida il turista. «Ma come fai?»

«Io non faccio niente!»

«La mia tazza sta fluttuando a mezz'aria!» grida il turista indicando la tazza. «Guardate! Non c'è nessun filo, o altro!»

Abberline solleva la tazza in alto, mentre la folla lo guarda. Poi, con un movimento del polso, versa il caffè sulla testa della guida. Lei si mette a urlare e a girare frenetica tutto intorno, mentre cerca di liberarsi del liquido caldo. I suoi opuscoli si spargono ovunque per la strada, causando una piccola catastrofe ambientale di cui, senza dubbio, pagheremo lo scotto quando il cambiamento climatico verrà a portarci via tutti.

Visti tutti i sacerdoti assassini e i mostri che arrivano da oltre il Velo, io sarei già contenta se fossimo ancora vivi, quando il cambiamento climatico arriverà.

Abberline si spolvera le mani e si risistema il bavero della giacca. «Sì, addirittura più soddisfacente di quanto avessi previsto. Buona giornata a voi, signora Mortimer, e a voi, signor Terrificante Romano. Spero che siate venuti a mantenere la vostra promessa.»

«Esatto» dico. «Per questo devi venire con noi.»

«Come, scusa?» E si fa una grassa risata densa di sarcasmo, stringendosi la pancia. «Sono più di cento anni che non riesco ad allontanarmi da Whitechapel. Anche con i tuoi poteri, non vedo proprio come potresti allontanarmi dal luogo della mia vergogna di quando ero un Vivente.»

Prendo dalla tasca una manciata di pietre di moldavite e gliele ficco sotto il naso. «Se io tengo in mano queste pietre non solo riuscirai ad allontanarti da Whitechapel, ma anche da Londra. Ti ho promesso che ti avrei restituito la vita, una volta sconfitto lo Squartatore. Beh, ora so che per riportarti tra i Viventi dobbiamo risolvere la tua questione in sospeso. E, vedi un po': a me Jack lo Squartatore serve morto, e la tua questione in sospeso è proprio quella di fermarlo prima che uccida di nuovo.»

Abberline impallidisce. «Non posso. Non posso dare la caccia allo Squartatore.»

«Certo che puoi» esclama Pax facendo un passo avanti. Con estrema disinvoltura estrae la spada dalla cintura dei pantaloni. Mi sorprende che nessuno in strada faccia commenti in merito. La lama è sporca di sangue secco. Pax sorride come un pazzo. «È semplice. Tu sali con Bree nella carrozza senza cavalli. Se non lo fai, con i tuoi tendini mi ci farò un bel portavaso in macramè.»

«Sono un fantasma. Non potete farmi del male.»

«Ah, davvero?» Pax fa un cenno alle pietre di moldavite che tengo in mano e si scrocchia di nuovo le nocche.

Se mai ciò è possibile, Abberline diventa ancora più pallido.

«Questa è la tua occasione per cambiare la tua sorte.» Faccio un cenno verso i turisti che escono dalla stazione della metropolitana e si dirigono verso le bancarelle di souvenir dello Squartatore. «Molte persone muoiono con il rimpianto nel cuore, e questo impedisce loro di passare oltre e stare con le persone che amano. Tu, invece, hai la rara opportunità di cambiare qualcosa.»

«D'accordo, d'accordo.» Si allontana dal muro. «Suppongo di non poter fare in altro modo.»

Tendo una mano e Abberline la prende. Il suo volto si

contorce in una espressione di meraviglia appena sente le mie dita tra le sue e la familiare ondata di calore del mio corpo. Ci stringiamo la mano, poi Abberline fluttua fino alla strada, verso il van, barcollando e imprecando mentre le macchine lo attraversano. Pax mi carica di nuovo in spalla e lo segue, con una mano sull'elsa della spada.

«Ragazzi, vi presento il detective Abberline» dico mentre mi siedo in macchina e indico in modo vago verso lo spazio dove si trova il fantasma del detective. «Alcuni di voi lo vedono. Altri no. Ma lui ci aiuterà a distruggere Jack lo Squartatore, una volta per tutte.»

12

PAX

Torniamo a Grimwood con le tasche piene delle croci dei sacerdoti morti, un regalo d'addio di Björn. Nessuno fa commenti sul modo di guidare di Alice. Nessuno si rivolge ad Abberline, tranne Edward, che cerca di convincerlo che deve sempre rivolgersi a lui chiamandolo *Vostra Maestà*.

Nessuno dice granché.

Bree rimane concentrata, con la fronte aggrottata. So che sta pensando a tutte le cose che le ha detto la sacerdotessa. Ma niente di ciò che ha rivelato aveva un senso. Ha parlato di una corona, e di un trono, e del fatto che ai sacerdoti dell'Ordine non dispiacerebbe di venire uccisi. Questo lo posso capire: morire sul campo di battaglia è un onore, anche se, per quanto ne so io, sul trono d'Inghilterra c'è un re che sta invecchiando, e, con grande disprezzo di molti, è molto vivo.

Nemmeno noi romani amiamo molto i re.

Quando parcheggiamo nel vialetto di Grimwood, Mike esce di corsa e ci saluta con la mano. Ha una faccia seria.

Bree salta giù prima ancora che l'auto si fermi. «Papà, che succede?»

«È meglio che tu venga a vedere di persona.»

Si fa da parte affinché entriamo, e sento delle voci in cucina. Mi porto la mano alla spada, ma non la estraggo ancora. Seguo Mike, che ci fa strada.

Il posto è più affollato di un anfiteatro romano nei giorni in cui i leoni vengono nutriti due volte al prezzo di uno. Chi è tutta questa gente? Pensavo che Mike avesse mandato via tutti da Grimdale.

Guardo le loro facce e noto una, anzi due cose strane.

In primo luogo, riconosco alcuni dei volti che si sono succeduti nei secoli. C'è quel tizio odioso che era il proprietario di questo posto prima della famiglia di Bree, e c'è l'eremita cristiano che per un breve periodo si era fatto una casa in un albero cavo vicino all'altare, prima di esserne cacciato via da un lupo.

La seconda cosa è che tutte queste persone sono... *sbagliate*.

Non riesco a spiegarlo. Quando li guardo in faccia, sembrano normalissimi esseri umani che potrei infilzare se mi venisse la voglia, ma poi, quando distolgo gli occhi, i loro contorni si fanno sfuocati e mi rendo conto di non ricordare il loro aspetto.

E sembra che non sappiano comportarsi da esseri umani. È vero che io ho dovuto prendere lezioni da Edward per sapere che devo bere il tè con il mignolo sollevato, però so bene che non devo versarmelo nell'orecchio, come sta facendo quella signora. E quell'uomo laggiù sta cercando di tagliarsi i capelli con una forchetta incurvata.

Si muovono tutti in giro per la cucina, parlando a vanvera e andando a sbattere contro le cose, con uno sguardo folle che mi ricorda i druidi quando mangiavano certi funghi.

Non mi piace. E quando una cosa non mi piace, io la infilzo fino a quando non sparisce.

«Sono davvero felice che mi abbiate portato via dall'angolo

della mia strada che conosco così bene per farmi partecipare a questa festa» dice Abberline mentre indietreggia lungo il corridoio. «Se qualcuno mi cerca, io vado a mettere la testa dentro un armadietto dei liquori.»

Mi rivolgo a Bree. Lei è il mio generale. Ho bisogno che mi dia lei l'ordine di estrarre la spada. Ma mi accorgo che si irrigidisce. «Papà, chi sono tutte queste persone?»

Non sento la risposta di Mike, perché tra la folla scorgo un volto familiare. Un volto che non dimenticherò *mai*. Un uomo con la barba ben curata dà una gomitata a una suora e si precipita verso di me. «Pax Drusus Maximus!»

«Marcus Cocceius Firmus, amico mio!» Gli butto le braccia al collo. «Cosa ci fai qui? Non ti vedo da...»

«Da quando sono morto per asfissia nel nostro accampamento dopo che quella prostituta mi si è seduta sulla faccia! Oh, per gli allegri gingilli tintinnanti di Giove, che bel modo di andarsene!» Marcus mi batte così forte sulla schiena che per poco non mi ingoio la lingua. «Pax, vecchio mio, ti trovo in una forma smagliante, per la tua età! E sei così virile! Sei qui con gli altri?»

Io mi acciglio. «Non capisco. Sono appena arrivato da Londra. Tu da dove vieni?»

«Beh, da... dall'altro posto, no?» Strizza gli occhi e arriccia il naso, come se cercasse di ricordare. «Ci hanno detto che quando saremmo arrivati qui non avremmo più ricordato niente. Non so perché: mi ricordo che non ricordo, ma non so cosa non riesco a ricordare. Ma non importa, ora sono tornato. Allora, che cosa è successo? Abbiamo battuto i Druidi? Dove sono i bagni pubblici più vicini? Hai un po' di pesce in salamoia? *Sto morendo di fame.*»

Mi volto verso Bree, che sta fissando a una a una tutte quelle persone strane, ed è pallida come uno straccio.

«Quella somiglia moltissimo a Sophie Henderson!» Bree mi

afferra una mano e la stringe. «Ma non è morta quando ero piccola?»

«Infatti!» Mike beve un sorso di tè. «E ora è nella mia cucina, e guarda che strano movimento fa con il collo. E c'è anche il mio vecchio amico Pete: sono stato al suo funerale non più tardi di due anni fa. Ma perché sbatte la testa contro il muro?»

«Vedo almeno cinque dei miei clienti» interviene Dani.

«Ma questi non sono fantasmi!» grida Bree. «Erano morti e all'improvviso sono tornati in vita. Come? E perché?»

«Non sono un esperto» scandisce Ambrose. «Ma ho la sensazione che quel buco nel Velo stia facendo uscire molto più che semplici fantasmi. Credo si tratti di anime che sono state nell'Aldilà e ora sono tornate in vita.»

13

BREE

Quando si ha una casa piena di persone appena risorte che hanno dimenticato come o perché sono tornate in vita, c'è solo una cosa da fare con loro.

Pub.

Ci trasciniamo, in un gruppo rumoroso e variopinto, fino al Cackling Goat. Pax si mette in testa a tutti, e continua a parlare con il suo compagno soldato al ritmo di un miliardo di parole al minuto. Ogni tanto interrompono la loro estenuante marcia per darsi una pacca sulla spalla a vicenda.

Abberline li segue guardingo, con gli occhi che scattano di qua e di là, la mano costantemente sul suo revolver fantasma, anche se non sarà in grado di salvarlo. Il suo istinto di poliziotto è ancora attivo e gli dice che a Grimdale c'è qualcosa che non va.

Io mi tengo in disparte, morbosamente affascinata da alcuni dei risorti che cercano di rosicchiare la corteccia di un pioppo. Ho le tasche ancora piene delle croci chiodate che abbiamo preso ai sacerdoti dell'Ordine, e deboli volute nere dei fili delle loro anime mi svolazzano intorno.

Penso che Ambrose abbia ragione: queste persone sono anime filtrate attraverso il buco nel Velo. Se quello che ha detto padre Maxwell è vero, il Velo dovrebbe essere a senso unico. A differenza di Pax, Edward e Ambrose, queste anime non sono rimaste bloccate qui come fantasmi. Loro hanno già percorso il cammino verso l'altro lato del Velo. Tornare indietro in questo modo deve essere un'esperienza che scombina parecchio.

Ambrose mi stringe forte un braccio e nelle sue tasche tintinnano altre croci. Nel frattempo, Alice cammina tutta concentrata a sfogliare il libro di Santa Caterina, e Dani la guida in modo da farle evitare gli ostacoli.

«Si chiamano ombre» mormora Alice, che si lecca la punta di un dito per girare una pagina. «Non fantasmi. Non zombie. Ombre.»

Ombre. Sembra appropriato. Non sono che simulacri della loro vita precedente, e il mondo in cui sono tornati è un miraggio, che non riconoscono.

Arriviamo e scopriamo che il pub scoppia di gente, il che non ha senso visto che papà ha mandato via tutti gli abitanti del villaggio. Anche il padrone e il suo dipendente, il signor Stibbens, hanno lasciato la città, il che è stato un bene. Ma una rapida occhiata in giro mi rivela che ognuno di questi avventori è un'ombra.

«Come fa il pub a essere aperto?» chiede Alice, sollevando lo sguardo dal libro.

Indico dietro il bancone. Una ragazza che avrà la mia età, con una camicia scollatissima da contadina, un corsetto di lana e strati su strati di gonne, sta servendo una pinta a un soldato dell'esercito dei Roundhead, che prontamente se la rovescia sui calzoni.

Lottie ci saluta dall'altra parte della folla. Lei e Mary fluttuano intorno a un tavolo vuoto nel giardino. Ci infiliamo tra la folla dei nuovi Viventi e ci accomodiamo con grazia nei posti a sedere. Le mie tasche tintinnano.

«Quella è Esmeralda» esclama Lottie salutando l'ostessa,

che però non può vederla. «Era la mia migliore amica prima che la beccassi con mio marito dietro la fucina.»

«Dovresti farle un malocchio» le sussurra allegra Mary.

«Cosa? Durante un happy hour?» Lottie sembra inorridita. «Non oserei mai.»

Abberline si mette in piedi. «Se in questo momento non avete bisogno di me per affrontare lo Squartatore, me ne vado un po' al bancone, a fare amicizia con la spina della birra di Esmeralda.»

Prima che possa fermarlo, si allontana a grandi passi, ma ulula grida di agonia appena viene attraversato da diverse ombre.

«Tutto ciò è folle.» Mi prendo la testa tra le mani. Non ho la minima idea di cosa stia succedendo.

Mio padre arriva al tavolo con Edward, ed entrambi hanno le mani cariche di bicchieri. Papà si siede al suo posto e rovescia della birra sul tavolo. «Devo dire che, sebbene Esmeralda parli come se fosse ingabbiata in un poema di Chaucer e non abbia idea di come si faccia un gin fizz, è di certo una ragazza allegra e socievole.»

«Non mettertici anche tu!» esclama Lottie con un sospiro.

Con la coda dell'occhio vedo Abberline che infila la testa sotto la spina della birra, ma dato che gli sono vicina, il liquido gli rimbalza sul mento e schizza ovunque. Esmeralda grida e gli dà uno schiaffo sulla guancia. *Forte.*

«È quasi un peccato che non ci sia Noel, per fare una bella serata quiz.» Mio padre sorseggia la sua birra, tenendo il bicchiere con la mano buona. «Con questa gente in squadra, avremmo già in tasca la vittoria per la batteria delle domande di storia.»

SBAM. Alice sbatte il libro sul tavolo e vi si nasconde dietro. Poi prende dal tavolo un drink che potrebbe essere un gin tonic. Ne beve un sorso e fa una smorfia.

Mio padre si china verso di me. «Va bene, dolce Bree, sentiamo le tue teorie. Il fatto che qui ci siano gli ex clienti di Dani vuol dire che in città c'è un altro Lazzaro?»

Io sprofondo nella mia sedia. «Non... non credo. Queste persone non sono mai state fantasmi. Per lo meno, io non li ho mai visti in giro, prima di ora. E i loro fili hanno un aspetto diverso. Hanno delle sfumature rosse, come il fumo che proviene dallo Squartatore. Credo che Ambrose abbia ragione: se dopo la loro morte le anime percorrono un sentiero verso l'altro lato del Velo, dovrebbero andare in una sola direzione. E forse è per questo che sono accompagnati da un Lazzaro, perché li aiuti a trovare la strada da seguire. Però, se il Velo si sta assottigliando per permettere a bestie come i mangia-anime di tornare nel nostro mondo, allora forse stanno tornando anche queste ombre? Hai notato che sono un po'... strane?»

«Oh, certo! Io ho notato che è piuttosto strano avere un paese pieno di persone che dovrebbero essere morte» dice Dani senza alzare lo sguardo dalla pagina che Alice sta studiando. «Nell'angolo laggiù c'è una coppia che ho imbalsamato due anni fa.»

«Cioè, a differenza dei fantasmi che ho resuscitato, queste persone erano già *oltre* il Velo.» Faccio una pausa. «Anche se non so cosa voglia dire. Immagino non lo sapremo fino a quando non moriamo, e una volta che l'avremo scoperto, non potremo più tornare indietro. Invece questi tizi sono tornati, e questo li rende così strani.» Mi sento una pietra nel ventre appena ricordo quello che è successo prima. «Quando ho cercato di resuscitare quella sacerdotessa dell'Ordine e ho vissuto il suo ricordo, tutto sembrava *sbagliato*. E poi, quando ho afferrato il suo filo, era come se avesse delle spine che mi si conficcavano nella pelle. Mi chiedo se, quando ho cercato di riprenderla, ho in qualche modo trascinato fin qui, da oltre il Velo, anche tutte queste persone.»

Un'altra cosa di cui sono responsabile.

«Non importa se l'hai fatto» mi rassicura Ambrose. «Tu non sai come controllare i tuoi poteri. Quando avremo dato a queste povere anime una buona tazza di tè e uno dei famigerati pasticci di carne di montone di Esmeralda, sono sicuro che torneranno allegri.»

«E noi potremo riprendere a occuparci seriamente della ricerca di questa corona da cui dovresti stare alla larga» aggiunge Edward. «Perché se c'è una corona in giro che nessuno usa, tanto vale che stia sulla mia testa.»

Guardo fuori dalla finestra. Il cielo si è fatto più scuro, e l'intero villaggio sembra nel bel mezzo di un filtro tetro di Instagram. Dall'altra parte della strada, nel parchetto, un gruppo di ombre ha iniziato una specie di gara di ballo, e piegano gambe e braccia ad angoli improbabili, mentre ondeggiano e ballano al ritmo di una melodia che solo loro possono sentire.

Arrivano altre ombre, che si uniscono alla danza. Quelli che non stanno ballando si riuniscono tra di loro e stanno lì, a gambe rigide e con la bocca aperta, a emettere suoni stonati. Qua e là colgo frammenti di canzoni riconoscibili, frammenti di ricordi di vite passate, ma mentre li guardo avverto la morte strisciarmi sulla pelle. Queste anime non sono come i miei fantasmi: non sono più le persone che erano in vita. La morte le ha cambiate. Ovvio. La morte *è* cambiamento. Non si può tornare indietro. Per lo meno, non si *dovrebbe* tornare indietro.

Allora intuisco qualcosa, nello stesso modo in cui ho capito alcuni dettagli sulla mia magia, su conoscenze che non sapevo di possedere. Edward, Ambrose e Pax *non sono mai morti.* Non nel vero senso del termine. Anche se i loro corpi si sono decomposti e sono andati persi nel tempo, le loro anime hanno continuato a vivere così come sono e continueranno a farlo, finché non moriranno davvero.

Questo mi *terrorizza*.

Vedendo quelle anime mutevoli, spezzate e senza speranza, il mio cuore soffre al pensiero che qualcuno che amo possa un giorno diventare come loro. Ho passato troppo tempo a pensare alla morte, a come potrebbe essere una volta che si viene inghiottiti da quella splendida luce bianca e si passa oltre. Ma se la morte ti sconvolge l'anima al punto da farti diventare qualcosa di diverso, io non la voglio.

È per questo che la religione di padre Maxwell investe così tante energie sul Paradiso che ci aspetta dopo la morte? Perché sanno che se la gente capisse cosa succede davvero, nessuno li seguirebbe. I disegni di Vera sulle bestie infernali e sui demoni ora mi sembrano più accurati.

La morte è un orrore che non può lasciare integre le nostre anime dopo che ci sono passate.

Com'è vivere un orrore del genere, e poi esservi strappati via per tornare alla propria vecchia vita? Sapere, nel profondo dell'anima, che non si dovrebbe più essere qui, che il mondo è cambiato e si è cambiati, ma non ricordare le atrocità subite dalla propria anima?

Un lampo squarcia il buio.

Un attimo dopo, i canti delle ombre si trasformano in grida.

Guardo il parco e vedo una creatura, fatta di ombra e denti, che si muove tra la folla. L'aria notturna si riempie dell'odore del sangue e del suono di ossa che scricchiolano.

Un'altra bestia ha trovato la strada per varcare il Velo.

Spingo la sedia all'indietro. Pax sta già correndo verso il parco, con la spada sguainata. Il soldato romano suo amico lo segue. La bestia si gira verso di loro e...

CRUNCH.

Pax urla mentre il suo amico viene morso dalle fauci della bestia. «Ridammelo» gli ordina, puntando la spada contro il demone. La lama fa *CLINK* quando scheggia uno dei denti della bestia, ma ciò non la rallenta minimamente.

Si sente un rumore come di schiaffi bagnati, e la creatura si muove verso un'altra ombra: è il rumore di mille lingue che sbattono sui denti.

Sono presa dal panico mentre Pax si prepara per un altro colpo e mi riporta all'orribile momento della fiera, quando è arrivato il mangia-anime e io non ho potuto fare nulla per fermarlo. Padre Maxwell avrà anche condotto il demone fino a noi, ma senza la sua conoscenza dei simboli demoniaci non l'avremmo mai scacciato.

Questa volta non conosciamo il nome del demone.

Io urlo mentre Pax colpisce di nuovo, e il mostro afferra la lama della spada tra i denti e la scaglia via. Ambrose si aggrappa a me mentre Edward tira mio padre dietro una sedia.

«Uno spettacolo eccellente!» esclama Abberline estraendo il viso da un pasticcio di montone. «Meglio di una serata al varietà. Qualcuno può passarmi il sugo?»

«Bree, presto, dobbiamo fare qualcosa!» esclama Alice strattonandomi per la manica.

«Che sfiga, ho lasciato a casa la mia attrezzatura per debellare i demoni.»

«Non tutta.» Alice solleva il libro. «Che cosa ha fatto padre Maxwell l'ultima volta per sconfiggere il demone?»

«Ha creato un simbolo demoniaco con la verdura» risponde Dani. «E questo ha messo in trappola il demone, così che ha potuto scacciarlo.»

Io spiego: «Un marchio demoniaco è un modo per scrivere il nome di un demone...»

«So cos'è un marchio demoniaco. Ho giocato a Dungeons and Dragons.» Alice sfoglia le pagine del libro di Santa Caterina. «Credo di aver visto... ah, eccolo qui. Questa immagine assomiglia al nostro amico, l'incubo della fatina dei denti.»

SNAP, SNAP, SNAP, CRUNCH.

Distolgo gli occhi dall'orrore del mostro che divora un'altra ombra, per concentrarmi sulla pagina che ci mostra Alice. «Credo di sì.»

Alice indica un simbolo nell'angolo inferiore del disegno. «Ecco il tuo marchio demoniaco.»

Non voglio farlo.

Mi sento incapace. L'ultima volta l'abbiamo fatto insieme, io e padre Maxwell, e lui mi guidava. Ogni singolo osso del mio corpo mi dice di scappare via. Ma, se non ci provo, Pax è nei guai, così come tutte le ombre, e tutti quelli che amo.

Infilo una mano in tasca e stringo le croci borchiate. «Ma non so con cosa disegnarlo.»

«Tieni.» Dani prende delle bottiglie di salsa dai tavoli vicini. Me li mette in mano. «Vai. Cercheremo di allontanare le ombre.»

Dietro di me, sento Pax gridare: è l'urlo brutale e scatenato di un soldato consapevole di combattere una battaglia persa.

«Ambrose, Edward, papà...» Ripeto i loro nomi come un mantra mentre stringo le bottiglie di salsa. Dani annuisce. «Vai!»

Non mi fermo a pensare. Corro, le bottiglie sbatacchiano tra le mie braccia.

Il cuore mi batte forte nelle orecchie.

Mi precipito verso il mostro, anche se le gambe mi diventano di gelatina, lo stomaco mi si contorce e sento in gola il sapore della bile.

Mi fermo al centro della strada e comincio a spruzzare la salsa in un enorme cerchio, poi faccio cadere le croci in punti a caso sperando, e pregando divinità in cui non credo, che questa sia la cosa giusta.

Cerco freneticamente di ricordare il disegno che mi ha mostrato Alice. Mi guardo alle spalle e vedo Dani che corre verso di me, con il marchio demoniaco scarabocchiato su un tovagliolo con della salsa di pomodoro rosso acceso.

La mia migliore amica che mi salva il culo, come sempre.

Finisco una bottiglia di salsa e la butto via, poi stappo la successiva e riprendo il lavoro. Non alzo lo sguardo, anche se nelle mie orecchie risuonano stridori e scricchiolii raccapriccianti.

Pax, ti prego, fai che vada tutto bene. Per favore...

Non appena ho finito, faccio un salto indietro, badando a non cancellare nessuna parte del cerchio. Dani mi afferra e mi trascina dietro un albero, dove si sono già nascosti Edward, Ambrose, Alice e mio padre. Edward mi prende tra le braccia e io finalmente oso guardare la carneficina.

È brutto. Il parco è disseminato di ombre, i cui corpi nuovi e mal assortiti sono stati strappati e tagliati. Gli altri sono riuniti in gruppetti, e gemono e ondeggiano, ma non provano nemmeno a nascondersi o fuggire. Pax salta tutto intorno a loro con la grazia di una ballerina, e con movimenti di una precisione mortale recide lingue, mascelle e file di denti, affilati come rasoi. Ma non appena taglia un pezzo al mostro, questo ricresce.

Il cuore mi balza in gola quando Pax si arrampica, con quella sua enorme stazza, su un palo della luce. Si mette la lama tra i denti e si aggrappa con entrambe le mani, facendo oscillare le gambe per prendere slancio. La creatura corre verso di lui, facendo quell'orribile *SLAP SLAP SLAP* delle lingue che sbattono contro i denti.

«Pax, sciocco!» urla Edward. «Il tuo principe ti ordina di smettere di ciondolare, e di venire qui.»

Se Pax lo sente, fa finta di niente. Le sue braccia muscolose si gonfiano mentre lui si sforza di resistere. Poi solleva le gambe proprio mentre il mostro sbatte i denti sotto di lui. Lui lascia la presa e vola in aria, atterrando sulla schiena della bestia.

Le lezioni di combattimento con la spada che mi ha impartito in cortile devono dare i loro frutti, perché capisco subito cosa sta cercando di fare. Il mostro ha meno bocche e denti sulla schiena, il che potrebbe significare si tratti di un suo punto debole. Pax pianta bene i piedi e, con un ruggito di sfida, affonda la spada.

SSSNNNNNAAAAAIIIIIII!

Il rumore che la creatura emette non può essere descritto come un urlo. Scuote la terra sotto i nostri piedi. Mi fa fischiare le orecchie. Accanto a me, Ambrose si accascia su se stesso, stringendosi il cranio, e i suoi bellissimi lineamenti sono contorti dal dolore.

E Pax... il mio Pax afferra l'elsa della sua spada mentre la creatura sobbalza e tenta di disarcionarlo. Da centinaia di bocche dentate sprizza un fumo rosso. Le ombre singhiozzano e si coprono le orecchie.

Il mostro sussulta di nuovo e le mani di Pax volano via dalla spada. I suoi occhi incontrano i miei e per un attimo il mondo si blocca, e tutto ciò che riesco a vedere è quel sorriso maniacale, intriso di sangue. Pax mi fa un segno di pollice alzato e mi dice qualcosa con il labiale. Non riesco a sentirlo con quel lamento che il mostro produce, ma percepisco una parola che mi trafigge il cuore.

Addio.

«No!» sussurro mentre la creatura rotola e butta a terra Pax. Lui sbatte con forza, la spada gli scivola via e la creatura gli si avventa contro per ucciderlo...

E si ferma.

E si gira.

Una bottiglia di vetro la colpisce in mezzo a tutti quegli occhi di insetto che non battono ciglio.

Poi un'altra bottiglia finisce in una delle sue bocche, e la creatura emette un grido stridulo appena i frammenti di vetro le trafiggono la lingua rossa che penzola.

«Così impari a mangiare i miei clienti!» urla Esmeralda, colpendo la creatura con altre bottiglie. Ha una mira perfetta.

Il mostro si lancia verso di lei, le fauci spalancate e i denti sporchi di sangue. Pax si inginocchia e si tuffa verso la sua spada. Esmeralda non arretra di un centimetro. Anzi, afferra una scopa e la brandisce verso la bestia che salta in strada...

... dritta al centro del mio marchio demoniaco.

«Yesss!» grido, mentre la bestia va a sbattere addosso al campo di forza creato dal marchio. Mi sottraggo alla presa di Edward e corro verso il margine del cerchio. Tocco con un dito una delle croci e rievoco i miei poteri.

Fili di anime, neri e spessi, penzolano nell'aria, come una ragnatela che trattiene al loro interno il demone.

Li spezzo.

Il terreno si spalanca e Pax mi trascina via mentre la creatura scivola in quel baratro buio e freddo, schioccando i denti e sbattendo la lingua alla ricerca di un appiglio cui aggrapparsi. Il suo grido trafigge il mondo. Ma il Velo lo rivuole, e io sono un Lazzaro. Porto con me la magia del Velo.

«Torna da dove sei venuto» urlo, e la creatura scivola via e sussulta, e mi rendo conto che è stata bombardata da corpi. Risucchia tutte le ombre e le riporta con sé oltre il Velo. I corpi scivolano sulla terra fino a precipitare oltre i propri bordi. Le loro grida sono un coro di tormento e felicità. Non vogliono tornare indietro. Desiderano tornare indietro.

Tutto ciò che avrebbero dovuto conoscere, ora appartiene al regno della morte.

Il peso delle ombre che cadono addosso al mostro spezza la sua presa. Il suo urlo si interrompe appena il vuoto si chiude dietro di lui.

Io sprofondo tra le braccia di Pax. Ce l'abbiamo fatta. Non posso crederci, ma siamo riusciti a scacciare quella bestia da soli e a rimandare indietro anche le ombre. Siamo stati fortunati che Alice abbia visto il marchio demoniaco nel libro, Dani abbia pensato alla salsa di pomodoro, Edward abbia portato tutti in salvo e che Pax abbia combattuto così valorosamente.

Guardo il parco, le bottiglie rotte e l'erba calpestata dove si trovavano centinaia di ombre.

Ora Grimdale è vuota. Nemmeno un'anatra nello stagno.

«Beh, è stato emozionante!» esclama Mary battendo le mani.

«E ti sei anche liberata di quella fastidiosissima Esmeralda» aggiunge Lottie ballando una giga.

«Però adesso, chi preparerà i pasticci di montone?» Abberline sembra terrorizzato all'idea di rimanere senza. Comincio a pensare che il nostro stimato ispettore non sia così altruista come la storia ci ha fatto credere.

Corro da Pax, e arrivo insieme a Edward, che, in un atteggiamento molto poco tipico per lui, si tiene in grembo la testa del nostro guerriero. «Sei stata davvero coraggiosa» mi sussurra. «Vorrei comporre una poesia in tuo onore. Il suo volto, bello e di marmo, cesellato dagli dèi con abile mano, i suoi occhi accesi di un fuoco, profondo e...»

«Ti prego» si lamenta Pax. «Sono appena scampato alla morte, per un pelo dei testicoli di Marte! Non torturarmi ulteriormente.»

«Non oserebbe mai.» Lo prendo tra le braccia e gli poso un bacio dopo l'altro sulla fronte insanguinata. «Vieni, ti porto a casa.»

Edward e io infiliamo le braccia sotto le spalle di Pax e lo tiriamo in piedi. Ma non appena provo a sollevarlo, cado e sbatto con violenza l'osso sacro a terra.

«Ahiaaa.» Mi strofino dove mi fa male. La testa mi gira. Ambrose si abbassa verso di me, ma quando sbatto le palpebre, vedo due Ambrose.

«Credo...» Ho un sussulto. «Credo che scacciare quel demone abbia esaurito i miei poteri di Lazzaro.»

Sopra la mia testa il cielo tuona.

Alice guarda preoccupata il libro che ha tra le mani, mentre Ambrose mi aiuta a rimettermi in piedi. «Grimwood è al sicuro, vero? Dobbiamo andare lì, subito. Ho la sensazione che il signor Alito Pestilenziale non sarà l'ultimo demone da oltre il Velo contro cui dovremo combattere.»

14

EDWARD

Brianna ci costringe ad accompagnare Dani e Alice alle loro rispettive case, così da impacchettare in fretta le loro cose. Per fortuna i loro genitori se ne sono andati con il resto del villaggio. La madre di Dani ha aiutato il padre malato di Alice a salire su un taxi per portarlo da un'infermiera ad Argleton. Meglio così, perché sono rimaste solo poche fette della torta di cioccolato e lamponi di Pax e non voglio condividerle con nessuno.

Quando torniamo a Grimwood, scopriamo che le luci non funzionano.

«Quando mi avete convinto a unirmi a voi in questo giochetto, non mi avete detto che mi sarei dovuto arrangiare al buio con un gruppo di imbranati mezzi morti» si lamenta Abberline. Io lo fulmino con lo sguardo. L'unico che può lamentarsi di questo triste stato di cose sono *io*.

«Deve essere saltata la corrente.» Brianna tira su e giù l'interruttore, ma non succede nulla. Si accascia contro il muro. Riesco a malapena a distinguerla nella penombra, ma in mezzo all'oscurità scorgo netti i suoi occhi brillanti, stanchi per tutto ciò che ha passato oggi.

«Non guardarmi.» Incrocio le braccia.

«Non oserei mai» riesce a dire con una risatina.

«Perché mai dovremmo guardare Edward?» chiede Mike.

Io gonfio il petto. «Se tu fossi un fantasma, Mike, ti mostrerei un trucchetto che ti farebbe saltare in aria il cappello.»

Ciò attira l'attenzione di Abberline. «Sono in ascolto.»

Brianna mi dà una gomitata sul fianco e si accascia sulla sedia nell'atrio. «Ti basti sapere che tutti quei problemi con l'impianto elettrico erano dovuti in realtà a un principe sessualmente frustrato.»

«Credo di aver sentito abbastanza. Vado a cercare le candele.» Mike si allontana nel corridoio buio strascicando i piedi. Un attimo dopo, finisce contro la credenza e impreca. Un'imprecazione piuttosto fantasiosa, devo dire. Prendo nota.

«Attento, papà» esclama Brianna scendendo dalla sedia. «Uff, odio sentirmi così debole. Spero passi presto. Edward, dovrai rinunciare al tuo boudoir, così Alice e Dani potranno avere la stanza per loro.»

«Come? Non si può chiedere a un principe di dormire insieme alla plebaglia.»

«Non ti sto chiedendo di dormire con la plebaglia, ti sto invitando a venire a letto con me, Pax e Ambrose.»

Io faccio un lungo sospiro, anche se al solo pensiero il mio scettro reale si mette sull'attenti. «Molto bene. Se insistete. Cercherò di sopportare questa indegnità con la mia solita nobile tolleranza.»

Anche al buio, mi accorgo che Brianna sta facendo una smorfia di chi non crede alle proprie orecchie.

Mike torna con delle candele e una grande lanterna meccanica istantanea che chiama *torcia*. «Ma non è quella che si usa per bruciare le streghe, Edward, e non dimenticarlo» mi dice, mentre mi mostra come accendere e spegnere la luce.

Un impianto elettrico portatile! Perché Brianna non me ne ha parlato prima? Mi sarei divertito molto...

Ora che abbiamo di nuovo la luce, Dani e Alice corrono al piano di sopra a mettere le loro cose nel mio boudoir, ma temo che ignorino le mie *cortesi* istruzioni che se mettono anche solo un cuscino fuori posto, saranno decapitate.

Abberline cerca di rivendicare la sala degli ospiti come suo dominio personale e tutti lo ignorano: innanzitutto perché gli umani non possono né vederlo né sentirlo, e poi perché Brianna è esausta. Inoltre, in quanto semplice funzionario pubblico, non merita la mia attenzione.

Brianna si trascina su un'altra delle sedie dell'atrio e chiama subito Mina dal suo rettangolo magico. Le chiede se anche lei e i suoi amanti hanno bisogno di rifugiarsi a Grimwood. Per fortuna la nube non ha ancora raggiunto Argleton, quindi non è necessario che condividiamo la casa con quel suo canide bavoso. Fosse per Mina, lei verrebbe di corsa, ma Brianna le dice di non muoversi. Non c'è nulla che lei e i suoi uomini di fantasia potrebbero fare da qui, e Grimwood è già piena da scoppiare.

Mike si aggira per l'atrio, a sistemare le candele sui tavoli e sul camino. Ozzy scende in picchiata dal lampadario e si posa sullo schienale della sedia di Brianna. Lei gli accarezza la testa pelosa e lui si stringe nelle ali, mentre vibra ed emette un piccolo squittio come a esprimere felicità e non stesse piuttosto tramando la nostra fine.

«È Ozzy?» chiede Mike, fissando Brianna che, immagino, accarezza il nulla.

«Sì.» Brianna si gira verso il padre. «E sul divano laggiù c'è un nuovo fantasma. Si chiama ispettore Abberline. Ha cercato di catturare Jack lo Squartatore nel 1888 ma ha fallito, quindi ora ci aiuterà. Cerca di non sederti su di lui.»

«Farò del mio meglio. È un piacere conoscerla, ispettore.»

Papà fa un cenno allo spazio accanto ad Abberline, il quale si limita a sospirare.

Brianna si strofina gli occhi. «Ehi, ma scusa: se tu non vedi Ozzy, perché è un fantasma, come hai fatto a sapere che esisteva? La mamma dice che sei stato tu a dargli questo nome.»

«Anche se non sono in grado di vedere il piccoletto, sapevamo che era in soffitta. Abbiamo sentito tutti i suoi andirivieni.» Mike si accovaccia e tende la mano verso l'ala di Ozzy. La bestia pelosa la annusa, poi accarezza il dito di Mike con i suoi piccoli ma letali artigli. «Si verificavano sempre nel cuore della notte: colpi, schianti, tonfi e batter d'ali. Syl voleva chiamare un disinfestatore, ma l'ho convinta che la soffitta apparteneva a Ozzy proprio tanto quanto la sedia vicino alla finestra appartiene a Entwhistle. Una volta mi è sembrato anche di sentire una voce che diceva: *stirpe alata di Satana*, ma devo essermelo sognato... Ehi, che solletico! Ozzy mi sta toccando la mano?»

«Certo.» Brianna si siede di nuovo sulla sedia, sorridendo mentre guarda Ozzy che danza avanti e indietro sulle dita di papà. «È un piccoletto davvero carino. Vorrei potessi vederlo. Però non saprei nemmeno immaginare quale possa essere la questione in sospeso di Ozzy. Ehi, però questo è strano, papà. Non dovresti essere in grado di sentire Ozzy quando io non sono nei paraggi. E Pax, Edward e Ambrose hanno detto che anche loro erano diventati più forti, prima del mio ritorno a Grimdale. A volte mi chiedo se tutta questa situazione non dipenda solo da me, ma se magari c'è qualcosa di un po' magico nella casa in sé.»

«Grimwood Manor è un posto speciale.» Papà allunga un dito a Ozzy, per farselo masticare. Poi fa una smorfia di dolore. «E adesso, dolce Bree?»

«Non appena riuscirò a sollevare di nuovo le mie stanche

chiappe da questa sedia, devo andare a controllare le protezioni e rinforzarle con queste.» Bree tende la mano. Le croci che le sono rimaste brillano alla luce tremolante delle candele. «E poi dobbiamo fare il punto sulle scorte. Non sappiamo per quanto tempo resteremo rintanati qui. Abbiamo bisogno di altre candele e torce, batterie, acqua, carta igienica, cibo... Se c'è abbastanza legna, possiamo accendere la cucina economica e preparare un bel tè.»

«Urrà!» grida Ambrose.

«Vi aiuto io!» esclama Pax saltando in piedi. «Vado a prendere qualcosa di dolce per tutti.»

Brianna sembra voler discutere, ma poi lascia fare al soldato. Si accascia sulla sedia. «Certo, Pax. Mi sembra un'ottima idea.»

Tutti si disperdono a caccia di provviste. Tranne me. Io so già dove si trovano i rifornimenti più importanti: le rimanenti bottiglie di vino che abbiamo recuperato dalla mia cantina sono nascoste nella buca del prete sul retro dell'armadio che Ambrose usava come camera da letto. Che si occupino gli altri delle questioni pratiche. Il mio posto è qui.

Mi avvicino a Brianna e mi inginocchio ai suoi piedi. Non hanno ancora messo un tappeto nuovo e il pavimento è duro per le mie ginocchia, ma per una volta un po' di disagio non mi dispiace. Alzo lo sguardo verso di lei: ha i lineamenti tirati, e le sue guance infossate sono accentuate dalla luce tremolante delle candele.

Le poso la testa su una coscia, le passo un braccio intorno alle gambe e allungo le dita per stringerle una mano.

Sarò anche un principe viziato, ma per la mia regina mi inginocchierò sempre.

Poi sfilo le dita dalle sue, e le accarezzo la gamba. Il respiro mi si fa affannoso mentre ammiro la squisita rotondità della sua coscia, l'angolo provocante del suo ginocchio, la curva formosa del suo polpaccio. Con amore, le prendo un piede e le sfilo i pesanti stivali che ama indossare. Finiscono a terra con un forte botto, spaventando Ozzy che si trova sullo schienale della sedia.

«Edward, sei...» Ma le sue parole si trasformano in un gemito appena le prendo il piede in mano e premo con le dita la parte morbida dell'arco plantare, per poi strofinarle e accarezzarle le dita fino a quando non si scioglie sulla sedia davanti a me.

E non si dica che io, Edward il principe poeta, non conosca ogni centimetro del corpo della mia regina.

Lottie e Mary attraversano il muro. «Oh, Breeeeee» grida Lottie, dirigendosi verso la sedia di Brianna. «Siamo venute a stare con te e con il bell'ispettore, nel caso qualcuno di questi mostri marci si metta a cacciare fantasmi. È ora che il tuo principe ci mostri il suo trucco con l'impianto elettrico...»

Ma appena vede la faccia di Brianna, Lottie afferra Mary e la trascina via, verso la cucina. Io metto giù un piede e prendo l'altro.

«Ma tu *odi* i piedi.» Brianna si sistema meglio e riversa la testa all'indietro quando le tocco un punto particolare. «Hai detto che tutto ciò che è sotto la caviglia è un affronto alla poesia.»

«Non potrei mai odiare nulla di te» dico sincero mentre lavoro con i pollici sul suo arco.

«Hai detto che le dita dei piedi nude sono porcellini che ballano dentro un trogolo, e che puzzano perfino più di loro.»

«Se avessi vissuto per cinque secoli con Pax e i suoi puzzosissimi sandali di cuoio, saresti d'accordo con me. Ma, perdonami» mi chino e le bacio le dita, sfiorandole la pelle morbida con le labbra, «sono partito con il *piede* sbagliato.»

«Edward.»

«Dovrei sapere che non hai voglia di sciocchezze. Siamo in guai seri. Tutti noi abbiamo un *piede* nella fossa.»

«Edward.»

«Forse possiamo chiedere a Pax di prepararci il mio dolce preferito.» Un lento sorriso mi si dipinge in volto. «Lo *Scarpamisù*.»

«*Edward!*»

Il sorriso di Brianna rischiara il buio. E per un attimo riesco a credere che forse non sono del tutto inutile.

«Grazie» mormora lei sempre più sciolta. «Grazie, Edward. Sono davvero stanca. Tutto questo mi sembra troppo grande, troppo impossibile. È un gran casino. E ora c'è di mezzo una corona. Quale corona? Di chi? E non mi dire la tua.»

Non avevo intenzione di farlo. Io non ci penso neanche alla corona. Sono ipnotizzato dalla semplice parola che mi ha detto.

Grazie.

Chiudo gli occhi. Sotto le palpebre chiuse quella parola brucia come il sole. *Grazie.*

Non ho mai dato nulla di importante a nessuno. Quando ero un Vivente, avevo così tanti soldi che non mi sono mai preoccupato del costo dei festini che organizzavo e dei sontuosi regali di cui li infarcivo. Le mie poesie saranno anche più brillanti di qualsiasi altra poesia composta prima o dopo di me, ma hanno mai spinto le persone ad agire? A cambiare le loro abitudini? Ad aprire i loro cuori?

La poesia è solo belle parole. Ma le mie dita sulla pelle morbida di Brianna, quel sorriso sul suo volto quando prima era triste e stanca, questo è *reale*.

Lei ha *bisogno* di me.

Penso alla gatta che è passata oltre mentre la tenevo tra le mani, e a come ha avuto l'opportunità di sperimentare un unico momento di gentilezza prima di percorrere il sentiero per arrivare oltre il Velo. Come vorrei non essere stato così egoista in vita, e averle regalato altri momenti del genere.

Mi chiedo se ora sia un'ombra, se la sua anima di gatto sia consumata dal desiderio di tornare a vivere.

Se la mia anima fosse passata oltre in quella notte in cui sono morto, al freddo, tutto solo, con un pezzo di vetro nel sedere, sarei tornato come un'ombra? Avendo fatto tutto il possibile per corrompere il mio spirito durante la mia vita, non avrei forse gradito la possibilità di farlo anche nella morte?

Se non fosse stato per la mia questione in sospeso, e per Brianna...

Anche se circondati da morte, tra le mura di Grimwood Manor siamo gloriosamente... meravigliosamente... imperfettamente vivi.

Beh, la maggior parte di noi. Poco convinto, faccio un cenno a Ozzy. *E io non sprecherò questa seconda possibilità. Vivrò ogni momento assicurandomi che Brianna sappia di essere amata.*

Le toccherò i piedi e la farò sorridere e, quando sarà il momento, morirò per lei.

15

BREE

«**S**i muove qualcosa!» annuncia Pax dalla sua postazione alla finestra del salone degli ospiti, dove siamo tutti riuniti per la serata.

«Deduzione degna di nota, Sherlock» farfuglia Abberline, estraendo la testa dal mobiletto dei liquori per guardare Pax. «Avrai visto una volpe rognosa.»

«Non parlare male delle volpettine carine e coccolose» ribatte Pax senza voltarsi. «È un atteggiamento razzista.»

La morsa che già avvertivo al petto si intensifica, e faccio fatica a respirare. *Qualsiasi cosa ci sia là fuori, non è una volpe.* «Che cos'è?»

«È girato dall'altra parte» sussurra Pax. «È distratto. Le protezioni funzionano.»

Espiro a lungo, ma questo non allenta la stretta al costato, né la tensione alle spalle. Sono passati due giorni da quando siamo tornati da Londra e abbiamo scacciato il secondo mostro. Due giorni terribili, stressanti e spaventosi, chiusi dentro Grimwood Manor mentre i mostri del Velo si aggiravano tutto intorno.

Almeno i miei poteri sembrano aver ripreso vigore. Niente rimette in sesto Bree Mortimer come ingozzarsi con i dolci preparati da Pax. Tra l'altro, lui è migliorato moltissimo, a differenza di Edward, che si è offerto di preparare di nuovo la colazione e in qualche modo è riuscito a fare delle frittelle di patate *verdi*! Io ora riesco di nuovo a vedere e a toccare i fili delle anime e non mi sento più svenire solo a sollevare la testa.

In casa siamo ancora senza corrente, ma i lampioni in strada sono stati riaccesi e i riflettori solari che mio padre ha disseminato nei giardini continuano eroici a fare luce, nonostante l'assenza di sole. «Dovrebbero funzionare anche in caso di un'apocalisse nucleare» spiega mio padre con orgoglio ogni volta che passa davanti a una finestra. Non ho il coraggio di dirgli che non è affatto rassicurante.

Le protezioni comunque reggono. Non so come né perché, ma finché non entra nulla in casa, per me la magia è riuscita.

«Sta tormentando qualcosa» esclama preoccupato Pax, a voce alta. «Moon? Entwhistle?»

«Ma sono qui» dice Alice dal divano di fronte al mio, dove sta cercando di leggere il libro di Santa Caterina, ma fatica a mettersi comoda per la mole del gatto che le sta sopra. Di fronte a lei, Dani ha sparso in giro i disegni di Vera, e ora sta inserendo i dettagli di ognuno di essi nel suo computer. Lei e Alice stanno lavorando a un catalogo di bestie infernali, un compito così in linea con il loro stile che mi scappa da ridere.

Entwhistle sbadiglia e mi guarda pigro, aprendo un occhio solo.

«E Ozzy è qui» ci rassicura Ambrose accarezzandogli la testolina pelosa. L'animaletto si accoccola sulla sua mano e lui si scioglie un po'. Poi però ricorda ciò che è successo tra loro e che non sarà mai raccontato, e si ritrae.

Porto una mano alla spada al mio fianco. Mi sono data da fare anche io: insieme a Pax abbiamo spostato il tavolo della sala da pranzo e abbiamo passato ore a esercitarci nel combattimento con la spada. Non credo che sarò in lizza per la Stella d'Oro come spadaccino ai Centurion Scout, ma sto migliorando. Mi alzo dalla sedia e raggiungo Pax davanti alla finestra, temendo per ciò che vedrò.

Socchiudo gli occhi per guardare nella penombra della strada e sussulto nello scorgere la creatura. Con i fari del giardino accesi al massimo, riusciamo appena a intravederne l'ombra che avanza a zig-zag, con andatura malferma, tra gli alberi ai margini del cimitero. Ha una forma vagamente polipoidale, ma al posto di otto tentacoli ne ha un numero infinito, ciascuno ricoperto di artigli affilati e, sulle estremità, bocche dentate. Si muove come se non rispondesse alle leggi della fisica, e forse è così. È una creatura che dovrebbe esistere solo in un incubo.

Invece è qui, a Grimwood Crescent.

La bestia infernale si ferma davanti a una quercia e abbraccia il tronco con i tentacoli. Gli aculei penetrano in profondità, incidendo la quercia che si trovava lì dai tempi di Ambrose. La scuote e, nella notte silenziosa e morta, si odono delle flebili grida.

«Su quell'albero c'è qualcuno!» esclama Pax. Punta il dito verso la finestra, e tra i rami più alti riesco a distinguere una figura che si aggrappa stretta nel tentativo di salvarsi.

«È un posto molto stupido per farsi un pisolino» interviene sollecito Edward.

«Forse stava cercando di camuffarsi da uccello» suggerisce Ambrose. «Magari funzionerebbe meglio se avesse un uovo gigante...»

Siamo rimasti chiusi in casa, al buio, per troppo tempo. «Alice, hai una inquietante bestia tentacolare da qualche parte in quel tuo database?»

«Stiamo cercando!» grida Dani. Alice scarica senza troppe

cerimonie i gatti che aveva sulle ginocchia ed Entwhistle emette miagolii di protesta.

Mi volto di nuovo verso la finestra. I tentacoli della creatura si ritraggono, come petali di un fiore che si schiude, rivelando un becco nero che si apre in una bocca rotonda, simile a un portale per l'inferno. La bocca si spalanca verso la vittima e la creatura scuote ancora una volta l'albero.

«Dobbiamo salvarlo. Abbiamo già un nome?» chiedo.

«Solo un secondo.» Dani sfoglia con foga le foto di Vera. «Ci sono un sacco di mostri qui. Questo ha i tentacoli, vero?»

«È un *trionfo* di tentacoli» dice Edward, scrutando la creatura attraverso la finestra come se stesse ammirando un quadro particolarmente kitsch.

«E ha una specie di becco? E tanti occhietti da insetto?»

«Non vedo occhi da insetto. I tentacoli hanno degli artigli e alle estremità ci sono delle bocche.»

«Non so chi abbia ideato i disegni di queste creature, ma deve essere stato qualcuno con un'immaginazione a dir poco fervida» dichiara Ambrose. «Bocche alle estremità dei tentacoli, che concetto assurdo e poco pratico...»

«Trovato!» Alice afferra un foglio dalla pila che si trova sul tavolo e me lo sbatte in faccia. «La bestia si chiama... no, in realtà non dovremmo pronunciarne il nome ad alta voce. Potrebbe evocare qualcosa di ancora peggiore. Ecco il suo sigillo. Sei sicura di non volere che io...»

«No.» Lancio uno sguardo ai miei amici e a mio padre, mi infilo la spada nella cintola e prendo i barattoli di vernice spray che Mina ha lasciato qui dopo la festa di Edward. «Questo è molto importante. Qualunque cosa accada là fuori, voi dovete rimanere tutti dietro le protezioni. Io ho i miei poteri, ma voi no, e non ho nessuna intenzione di perdere nessuno per colpa di una bestia che sembra un pessimo personaggio di D&D. Tutto chiaro?»

Mio padre sembra tutt'altro che felice, ma allunga la mano e intreccia le dita a quelle di Ambrose. «Capito, dolce Bree.»

«Andiamo.» Pax estrae la spada. «Per il pisello gocciolante di Giove, questa notte verseremo il sangue della bestia.»

Per una volta, non ho intenzione di discutere con il soldato e la sua spada. Io e Pax usciamo dalla stanza e attraversiamo la casa. I sandali del mio centurione sbatacchiano sul pavimento di legno. Arriva alla porta d'ingresso. Mi fa un cenno con il capo. Io rispondo allo stesso modo. Ci siamo esercitati su questo.

Andrà tutto bene.

Il sangue mi ronza nelle orecchie.

«Per Giove! Per Bree! Per Roma!» urla Pax mentre spalanca la porta e si lancia nell'oscurità.

La creatura si rizza, lascia la presa sull'albero e gira su se stessa per affrontare Pax. Le ci vuole un po' di tempo per farlo, poiché sembra che inviare istruzioni a centinaia di tentacoli richieda una notevole quantità di energia cerebrale. Quando inizia a trascinarsi verso Pax, con il becco che sbatte e schiocca, e le minuscole bocche sui tentacoli che fanno *GLU GLU GLU*, il mio guerriero abbassa la spada e recide l'estremità di un tentacolo.

Il cuore mi balza in gola quando la bestia emette un lamento selvaggio e si scaglia contro Pax, ma non posso rimanere a guardare. Lui lo sta facendo per guadagnare tempo e io non sprecherò un solo istante del suo sacrificio.

Mi avvio lungo il vialetto, verso la strada.

Lo sento nel momento stesso in cui attraverso le protezioni: sono bloccata da un malessere sempre più intenso a livello del ventre. Mi piego in due, poso le mani sulle ginocchia e lo stomaco mi si contorce in spasmi e conati di vomito. È ciò che fanno queste creature: risucchiano tutto il bene contenuto nell'aria.

Riesco a tenere a bada la nausea e corro in mezzo alla

strada. Sollevo la bomboletta di vernice rosa. Cerco in tasca il disegno del marchio demoniaco, e impreco perché mi taglio la pelle con il bordo della carta, e mi si apre il taglio più lungo del mondo, da cui inizia subito ad affiorare il sangue.

Potrebbe andare peggio di così?

Ignoro il pulsare del palmo, schiaccio l'ugello e inizio a spruzzare.

Per prima cosa, disegno un cerchio, abbastanza grande da intrappolare la bestia infernale con tutti i suoi tentacoli. Butto a terra le croci, tutto intorno al cerchio. Tre linee parallele qui, una mezza luna lì, una cosa che assomiglia un po' a un ragno strafatto, dei puntini che potrebbero essere una costellazione, una spirale e...

No.

Oh, cazzolina fantasmosa!

Quindi *poteva* andare peggio.

La bomboletta spray si inceppa. Non esce nulla. La sbatto a terra, ma è inutile. È finita. Chi l'avrebbe mai detto che sarebbe servita così tanta vernice per disegnare un marchio demoniaco?

Dietro di me i grugniti e le grida di Pax che combatte contro la creatura tentacolata sono sempre più vicini, e le urla incessanti di chi si nasconde su quell'albero mi rimbombano nel cranio. *Pensa, Bree, pensa.* Come posso completare il marchio in modo da intrappolare la bestia?

Mi ci vorrà un'eternità per tornare a casa a prendere un'altra bomboletta spray. Mi servirebbe solo qualcosa di liquido...

Pax esce di corsa dall'oscurità e viene verso di me: evidentemente pensa che io abbia terminato il disegno. Abbasso lo sguardo, il petto invaso dal panico, e vedo il sangue sul palmo.

Mi accovaccio e passo la mano sulla strada, trasalendo quando dei sassolini mi si infilano nel taglio. Il mio sangue forma un arco cremisi accanto al rosa fluo. È solo una striscia sottile, ma completa il segno. È sufficiente.

È più che sufficiente.

Quando il marchio demoniaco si attiva, l'aria si carica di magia. Sembra cento volte più potente del marchio che avevo creato con padre Maxwell. Il che non ha senso, perché due Lazzari dovrebbero essere più potenti di uno.

Il mio corpo ronza e sfrigola mentre la magia si accumula nell'aria. Mantenere il contatto con il cerchio è più facile. Mi concentro ed evoco i miei poteri finché non appaiono i fili neri delle croci dell'Ordine. Poi corro e mi piazzo dietro le protezioni, proprio mentre Pax entra nel cerchio.

PLOP PLOP PLOP. I tentacoli lo seguono. Uno gli afferra la caviglia, ma Pax lo strappa via con un urlo di trionfo mentre l'intera bestia entra nel cerchio strisciando e traballando. Poi io lacero i fili e al contempo Pax salta fuori.

Come se nella mia vita non avessi fatto altro che intrappolare demoni, il terreno si spalanca in una voragine nera, simile a una bocca affamata, e la creatura vi precipita dentro. Quando la terra si richiude, dal buco fuoriesce una nebbia rossa e la risata dello Squartatore riecheggia lungo Grimwood Crescent.

Pax corre verso di me e mi prende tra le braccia. Mi afferra il viso tra le mani e mi bacia. Non è un bacio: è un fuoco d'artificio che mi esplode in bocca. Pulsa per il calore, per la luce e la sete di battaglia che brucia nelle vene di Pax.

«Sei stata fantastica» mugola mentre mangia il mio fiato. Mi tira più vicino a sé e continua a baciarmi con un fervore così devastante che le ginocchia mi tremano come quelle di un'eroina di un romanzo gotico.

«*Tu* lo sei stato» riesco a dire. «Non sapevo che i soldati romani fossero addestrati a combattere Cthulhu...»

«*Gesundheit!*» esclama Pax usando una parola che ha imparato dalla scatola delle immagini in movimento.

Io faccio un sospiro. «Non era uno sternuto. Stavo solo scherzando. Ti spiego tutto quando saremo tornati dentro. O forse chiederò a Dani di spiegartelo. Lei adora le sfide. È stato tutto così strano... Creare quel cerchio è stato facile. Ho solo aggiunto un po' del mio sangue e...»

«Aiuto, aiuto!»

Ci sciogliamo dall'abbraccio, entrambi con il fiatone. Nella nostra eccitazione per avere scacciato il mostro tentacolare, ci siamo dimenticati della persona ancora bloccata sull'albero.

Pax mi prende per mano e sguainiamo le spade mentre attraversiamo di corsa la strada e ci piazziamo sotto la quercia. Scruto tra i rami e rimango a bocca aperta.

In cima all'albero c'è... Kelly Kingston.

«Kelly? Cosa ci fai qui?» Kelly vive dall'altra parte del villaggio, nella lussuosa casa a schiera di Riley Jenson, quella che gli hanno regalato i suoi genitori. «Perché non hai lasciato il villaggio, come tutti gli altri?»

«Riley sosteneva che la storia della fuga di gas era una stupidaggine» spiega tra i singhiozzi, aggrappandosi più stretta al tronco.

In effetti... non era molto convincente. «Dov'è Riley adesso?»

«È...» Il corpo di Kelly è scosso dalle convulsioni. Poi punta un dito tremante verso la strada, dove pochi istanti fa abbiamo fatto sparire la bestia infernale. «L'ha preso la creatura. L'ha fatto a pezzi. Non credo...»

«Tranquilla.» Una parola che mi sembra tristemente inadeguata, ma è l'unica che riesco a dire in questo momento. «Ora Pax sale da te e ti farà scendere.»

Pax sembra confuso. «Ma quella è Kelly, la tua nemica. È bloccata su un albero. Perché mai dovrei salvarla?»

«Perché...» Cerco di pensare a una spiegazione che lui possa capire, ma non mi viene in mente nulla. «Senti, ma tu metti sempre in discussione gli ordini del tuo generale?»

Pax afferra il ramo più basso e inizia a salire. È una visione di pura bellezza: i suoi muscoli si tendono sotto la maglietta attillata mentre salta senza sforzo da un ramo all'altro. Per essere un muro inamovibile di pura forza, danza sull'albero con la grazia di una ballerina. Cerco di concentrarmi sulla strada, in cerca di altri mostri, con la spada sguainata, ma quando Pax si carica sulle spalle Kelly che frigna, e torna giù in tutta agilità, mi ritrovo a sbavare per lui.

Parecchio.

Poi la scarica ai miei piedi senza tante cerimonie. «Eccola qui. Ora posso decapitarla?»

«Nessuna decapitazione.»

«Bene, bene.» Pax si sfrega le mani. «Sono d'accordo, la decapitazione è troppo bella per lei. Finirebbe troppo in fretta. Vado a prendere il sacco, anche se non so dove possiamo trovare un serpente e una scimmia...»

«Bree... che... che cosa succede? Di cosa sta parlando?» La voce stridula di Kelly riecheggia nella strada deserta.

«Ignoralo. Sta dicendo cose senza senso. Riesci a camminare? Dobbiamo portarti via dalla strada. Appoggiati alla spalla di Pax.»

Kelly fissa la spalla di Pax come se da un momento all'altro ne potesse uscire una spada che la faccia a pezzi, cosa che, onestamente, trattandosi di Pax è del tutto possibile. Ma poi le mancano le gambe, così si aggrappa a lui e si fa aiutare per andare, tutta zoppicante, verso la casa. «Dove mi stai portando?»

«Un posto sicuro?» Non riesco a fare in modo che suoni come una affermazione. Spero davvero che lo sia, un posto sicuro.

Apro la porta di Grimwood e Pax trascina Kelly su per i gradini del portico. Alla luce delle candele tremolanti che papà ha piazzato in tutto l'atrio, riesco a scorgere Dani che si dirige verso la cucina.

«Ehi, Bree, Pax, avete fatto un bel lavoro con il mostro. Immagino non vi siate fermati a comprare del latte mentre eravate fuori, vero? Perché abbiamo finito quello in polvere e Alice ne vuole un po' nel tè...» Dani si blocca appena vede chi abbiamo con noi. «Kelly?»

«Tieni aperta la porta» dico. «Pesa.»

Abberline ci passa davanti. «Ma sì, certo! Fate pure entrare un'altra persona che si è persa! Come non fossimo già pieni all'inverosimile.»

A volte, ispettore, vorrei averti lasciato a Londra.

Io e Pax trasciniamo il corpo di Kelly, semicosciente, dentro dalla porta d'ingresso. Lei spalanca gli occhi e osserva l'imponente atrio con l'ampia scala intagliata, i lampadari carichi di ragnatele e le macchie di sangue che non abbiamo ancora lavato via dal pavimento.

«Sì, sì, so cosa stai pensando. Sì, vivo nella casa della Famiglia Addams» esclamo. Ma ora non ho tempo per queste cose. Sto ancora cercando di capire perché l'aggiunta di quel pizzico di sangue al marchio demoniaco lo abbia reso così potente. «Solo che ora la porta non la apre più Lurch. È scappato, ci ha piantati in asso. Ah, ah.»

«È... enorme» mormora.

«Sì. È per questo che questa casa è famosa. Per le sue dimensioni.»

«È tornata Bree? Ha preso il latte?» Mio padre spunta da dietro Dani. Dà un'occhiata a Kelly e si allontana subito. «Vado a prendere la cassetta del pronto soccorso» dice. «Portatela in sala.»

«Io prendo la torta!» Pax mi mette Kelly tra le braccia e

scappa via anche lui.

Dani mi guarda negli occhi e io annuisco. Lei mi fa un sorriso lento e triste che mi ricorda da dove abbiamo iniziato il nostro viaggio insieme e quanta strada abbiamo fatto.

Con l'aiuto di Dani, trascino il peso morto di Kelly nel salone. In qualche modo riusciamo a depositarla sul divano. Lei si gira su se stessa e si mette a sedere, guardandomi con quei suoi occhi crudeli, anche se in questo momento non ha l'aria terrificante che ricordavo. Sembra spaventata. Non credo di aver mai visto Kelly spaventata prima d'ora. Alla fine, è meno divertente di quanto credessi.

Sento un ticchettio alle mie spalle: è Ambrose che arriva, con il suo bastone.

«Bree, la situazione del latte è un po' seria. Che ne pensi di mandare Ozzy a vedere se riesce a prendere una bottiglia al negozio all'angolo? Potremmo mandarlo con un paio di sterline per pagare, così non sarebbe un vero e proprio furto. L'unica incognita è che non so fino a che punto la sua fantasmaticità gli permetterà di trasportarla...» Poi si blocca. «C'è qualcun altro qui? L'atmosfera sembra insolitamente tesa.»

«Ambrose, vorrei presentarti la mia nemesi, Kelly Kingston» dico. «Kelly, ti presento Ambrose Hulme, il fantasma di un famoso esploratore vittoriano che ho appena riportato in vita con i miei poteri, nonché uno dei miei fidanzati.»

«Un tuo *cosa?*» esclama Kelly senza fiato.

Il mio spensierato avventuriero si acciglia e riesce ad apparire un po' terrificante. «Perché è qui?»

«Sinceramente, non lo so.» Mi butto sul divano di fronte a Kelly, e faccio sedere Ambrose accanto a me. Ho bisogno di averlo vicino. Ambrose è quello che riesce a rendere più facili conversazioni come questa. Guardo Kelly che sta dall'altra parte del tavolo e mi rivolgo ad Ambrose. «L'abbiamo salvata da quella bestia che la voleva divorare. Ma non so cosa ci facesse per strada, minacciata da quella creatura maligna.»

«Ho avuto paura, okay! Quando ho visto quella creatura mangiare Riley, ho capito che la fuga di gas non c'entrava niente. È stato...» Il volto le si incupisce mentre cerca una parola.

«Inquietante» conclude Ambrose al posto suo.

«Giusto. Inquietante. *Soprannaturale.* E ho pensato che la ragazza stramba che parla con i fantasmi potesse essere in grado di aiutarmi. Così sono venuta qui, però poi mi ha seguita e io mi sono persa nel buio mentre cercavo la casa. Non credevo fosse in grado di arrampicarsi su un albero.» Rabbrividisce. «Che cosa mi avrebbe fatto?»

«Forse è meglio che tu non sappia la risposta» dico. «Perché pensavi ti avrei aiutata? Sei stata orribile con me, per tutta la mia vita, e da quando sono tornata nemmeno io sono stata il massimo della cortesia con te.»

Kelly si stringe nelle spalle. «Sapevo che Alice era qui. Ho pensato che forse ti avrebbe convinta. Lei riesce a convincere chiunque a fare qualsiasi cosa.»

«Non è vero.»

Ci giriamo tutti. Alice è appoggiata allo stipite della porta, e nei suoi occhi scuri si riflette il bagliore tremulo della fiamma della candela. Sembra stanca.

«Non sono riuscita a farti essere meno orribile con Bree e Dani. Né quando eravamo a scuola, né ora.» Alice si stringe nelle spalle, come se ciò non avesse nessuna importanza. «Ho passato troppi anni ad avere paura di te e di quello che avresti potuto farmi se avessi osato mostrarmi per quello che sono. Ma ora non ho più paura, Kel. Io sono fatta così: prendere o lasciare. Però non devi fare del male alle persone a cui tengo.»

Kelly frigna. «Hai intenzione di mandarmi via di qui? Ci sono delle cose *inquietanti* là fuori.»

Alice fa di nuovo spallucce. «Dipende da Bree. Questa è casa sua.»

Kelly si gira verso di me, sul volto un'espressione di ansia. Ambrose mi stringe la mano. Io fisso Kelly. Non posso farci niente. Avrò anche deciso di non lasciarla lì, sopra un albero con una bestia infernale che la voleva divorare, ma non la voglio in casa mia.

«Perché sei venuta qui?» le chiedo di nuovo. «Questa volta dicci la verità.»

«Forse sentivo la mancanza di Alice, okay?» urla lei. «Forse pensavo che tu fossi più gentile di me. Forse non so nemmeno perché sono stata cattiva con te. Forse ero gelosa o qualcosa del genere?»

«Tu, gelosa?» le chiedo soffocando una risatina. Alice mi guarda dall'altra parte della stanza, e nelle sue pupille tremolanti vedo riflessi gli anni della sua amicizia con Kelly e tutto il senso di precarietà e di insicurezza che deve avere provato. Stringo la mano di Ambrose e all'improvviso vorrei Dani accanto a me. Ma capisco Dani e capisco anche che non può essere qui ora.

Questa è vera amicizia.

«Non esattamente. Forse. Non lo so.» Kelly si accascia sul divano e incrocia le braccia. Sembra stia per mettersi a piangere. «Senti, se hai intenzione di cacciarmi, sbrigati a farlo. Non mi serve nessuna predica...»

No, ma fa sul serio? Guardo Alice incredula, e lei mi ricambia con un'occhiata da *cosa-ti-aspettavi.*

Sospiro. «Il fatto è questo. Tu sei stata orribile con me per tutta la vita. Non è che non sapessi che le tue parole avevano un certo effetto sui nostri amici a scuola. Hai fatto sì che tutti mi odiassero. Avevano troppa paura di te per comportarsi in modo diverso. Tutti quegli incontri che i miei genitori hanno avuto con gli insegnanti, con tua madre, con te che promettevi di smettere di essere orribile con noi, e poi, non appena si giravano dall'altra parte, diventavi ancora più perfida. E ora vuoi che ti accolga nella casa che hai irriso, pretendi mi fidi di te e ti confidi segreti da usarmi contro alla prima occasione? Non posso... non fino a quando non capisco.»

«Capire cosa?»

«Perché l'hai fatto? Perché hai odiato tanto me e Dani? Che cosa c'è in me di così...» La mia voce si incrina. «Di così antipatico?»

«Oh, Bree.» Ambrose appoggia la testa sulla mia spalla.

Kelly sospira. «D'accordo. Come vuoi tu. Vuoi sapere la verità? Alle elementari siamo state amiche per un po'.»

«Non è vero. Me lo ricorderei.»

«*Invece sì*. Andavamo a casa l'una dell'altra, a giocare. Ti ascoltavo che blateravi con i tuoi amici invisibili. Pensavo fossi triste, ma la tua casa era fighissima, e poi tuo padre ci aiutava con spassosissimi progetti artistici, quindi mi sembravi una buona scelta come amica. Non posso credere che tu non ti ricordi.»

Sembra offesa, come se la sua cosiddetta amicizia fosse talmente memorabile che è impossibile che io l'abbia rimossa.

«A quell'età ho avuto un incidente che mi ha incasinato la memoria» dico. «Quindi, se eravamo amiche, poi cosa è successo?»

Kelly sprimaccia i cuscini dietro di sé. «Saltavamo la corda insieme al parco giochi. Tu facevi schifo, e io mi facevo lo sgambetto da sola per non farti sentire in colpa per essere così imbranata. Poi un giorno mi hai detto che mia nonna voleva che io trovassi i suoi orecchini di diamanti. Mia nonna era morta cinque anni prima. Da allora, mia madre aveva continuato a cercare i suoi orecchini. Erano preziosi, e lei voleva venderli per fare un po' di soldi per poter lasciare mio padre. Tu mi dicesti che mia nonna aveva detto che gli orecchini erano in un vecchio barattolo di biscotti che tenevamo nell'armadietto delle cianfrusaglie. Pensavo che fosse solo una delle tue stupide storie, però sono andata a casa e ho preso di nascosto il barattolo dall'armadietto, ci ho guardato dentro e ho trovato gli orecchini.» Strizza gli occhi. «È bizzarro, vero? Ma è anche una figata. È stato allora che ho capito che tutte le sciocchezze che dicevi sul fatto di parlare con i fantasmi erano vere. Credo... beh, io non avevo dei poteri così magici, e pensavo che quando la gente l'avrebbe scoperto, avrebbe apprezzato te, e non me. Non volevo che tu mi rubassi tutti gli amici e diventassi quella ammirata e voluta da tutti.»

Non so se voglio prenderla a schiaffi o abbracciarla. «Fammi capire, mi hai tormentata per anni perché pensavi che fossi una... una minaccia?»

«Immagino di sì. Se la gente avesse scoperto che tu potevi parlare con i loro parenti morti e cose del genere, io avrei perso dei punti.» Kelly lancia un'occhiata ad Alice e, dal fondo della casa, sento Dani ridere per qualche frase detta da mio padre. «È così, no?»

Alice non dice nulla.

«Se all'epoca in cui frequentavi questa casa io fossi stato vivo, sarei stato tuo amico» interviene Ambrose.

Kelly si schermisce. «Non penso proprio. Non dopo il modo in cui ho trattato la tua ragazza. Immagino ti abbia raccontato di quando ho distrutto il suo lavoro per la fiera della scienza e di quando al campo scuola le ho messo del miele nel flacone dello shampoo.»

«Non ha avuto bisogno di dirmi niente. Sapevo tutto» dice Ambrose. «Sono stato io quello sulla cui spalla ha pianto quando è rientrata nell'ambiente protetto di Grimwood. Beh, una spalla metaforica, ovvio. Non ero affatto corporeo come ora.»

«Cosa... cosa significa?» Kelly guarda Ambrose, alla ricerca di una spiegazione. Ma lui non si accorge dei suoi timori e prosegue.

«E magari mi sono anche divertito, quando abbiamo cercato di vendicarci, ma avrei voluto essere lo stesso tuo amico, Kelly. Sarei stato un vero amico per te. Ti avrei detto quando ti comportavi in modo crudele con Bree, perché non credo che tu sia davvero la persona crudele che vuoi far credere. Secondo me tu invidi lo spirito avventuroso di Bree. Se non avessi così tanto timore di non piacere alla gente, penso potresti vivere più avventure per conto tuo.»

Oh, Ambrose. Tu sei troppo buono per questo mondo.

«È facile per te dirlo. Tu sei...»

«Un ex fantasma? Un cieco?» Ambrose ride. «Sì, per me è molto facile dire queste cose. Sarebbe più difficile metterle in pratica. Essere coraggiosi è sempre più difficile. Ma è anche la strada più piena di gioie.»

«Forse... forse ho esagerato un po'.» Kelly si fissa le mani. «Ma... aspetta un attimo, sei tu che hai fatto in modo che i tuoi amici fantasmi mi riempissero di zucchero filato?»

«E ti hanno anche terrorizzata a casa di Riley.» Sorrido. «E *forse* Pax ti ha spinta nel laghetto. Quindi adesso siamo pari?»

La mia mano si muove da sola e si sporge sul tavolo, sospesa a mezz'aria.

Kelly la fissa a lungo. L'orologio a pendolo nell'angolo ticchetta minaccioso. Sto per ritirare la mano quando lei la afferra e la stringe con foga.

Poi fa un sospiro. «Bene.»

«Mi fa piacere che sia tutto risolto.» Con un cenno del braccio indico la stanza. «Benvenuta a Grimwood Manor. Se vuoi seguirmi, posso sistemarti nella stanza degli ospiti e poi Pax, il guerriero romano risorto, ti servirà tè e biscottini. Però temo che abbiamo finito il latte.»

«Sono così felice di averti qui.» Pax si tuffa su Kelly e la stringe in uno dei suoi famosi abbracci, finché lei non cede e ricambia la stretta. «Ma sappi che se farai del male a Bree, ti sventrerò, ridurrò i tuoi organi in una densa poltiglia e me la spalmerò sulle focaccine insieme a una bella cucchiaiata di panna.»

Kelly segue me e Ambrose nel corridoio, e credo di sentirla mormorare: «Che cosa ho fatto?»

16

AMBROSE

Dopo tre fette della torta al limone di Pax, paradisiaca, Kelly comincia a calmarsi.

Se solo si calmassero *tutti*.

Edward è di sopra e declama a squarciagola i versi di una poesia sull'inganno. Alice non si è mossa dalla porta e mi sembra di sentire il calore del suo sguardo oltrepassare la pelle di Kelly. Pax va avanti e indietro con passi pesanti lungo il corridoio esterno, borbottando qualcosa sul fatto di dare torte ai nemici.

Abberline è ubriaco... beh, quanto può esserlo un fantasma. E ora che è vicino a Bree e può toccare, annusare e assaggiare più di prima, sta facendo indigestione di tutte le esperienze sensoriali di cui è stato privato negli ultimi cento anni. È comprensibile – io stesso ho avuto qualche giorno di indulgenza quando sono tornato a vivere – ma ora, con tutti i problemi che abbiamo, è un tantino fastidioso.

Il frastuono innervosisce Bree, che rimane seduta con Kelly finché non è pronta per andare a letto nella stanza degli ospiti al piano di sopra. Questa sera Bree ha già scacciato un mostro, e non ha bisogno di altre emozioni. Intuisco che avere messo in atto quell'incantesimo le ha prosciugato le energie e vorrebbe andare a letto, ma Kelly sembra contenta di continuare a stare lì, a raccontarle della sua straziante giornata.

«...e così ho detto a Riley che dovevamo andarcene anche noi, insieme a tutti gli altri, ma lui non mi ascolta mai. Deve essere bello avere dei poteri magici. Se i tuoi ragazzi non fanno quello che dici, puoi minacciare di farli tornare fantasmi.»

«Non credo che minacciare di togliere la vita alle persone sia il modo migliore per far fare loro quello che si vuole» commenta Bree esasperata, mentre Alice urla che Pax le ha pestato un piede. «Per esempio. Ambrose, potresti restare tu qui con Kelly mentre io vado a fare una chiacchierata con Pax?»

«Ma certo!»

Il divano scricchiola quando Bree si alza. Poi lei va a trascinare via dalla porta Pax e Alice. La sento parlare di sangue. Valuto se mettermi a sedere accanto a Kelly, ma ora che sa che ero un fantasma, non voglio dare per scontato che vorrà sedersi accanto a me. Cerco di pensare a qualcosa da dirle per coprire la rumorosa conversazione che si sta svolgendo nel corridoio.

«Che tempaccio, eh?» dico in tono cordiale. «È cupo quasi quanto l'inverno che ho trascorso al Circolo Polare Artico. Sei mesi senza luce e con un freddo pungente, ma le aringhe in salamoia erano *divine*.»

«Le hai salvato la vita» dice Bree a Pax.

«Bene.» Batte un pugno contro qualcosa. «Quindi ora posso decidere di ucciderla.»

Kelly mugola.

«No, Pax.»

«Lei è la tua nemica. Se tu fossi un soldato romano, tu...»

«...la getterei nello stagno, chiusa in un sacco con un serpente, un gallo e una scimmia, lo so, lo so. Ma non siamo più nella Britannia romana, no? Siamo ad Argleton, nel ventunesimo secolo e dovremmo cercare di perdonare i nostri nemici. So di non aver dato un buon esempio da quando sono tornata, e sì, la tua vendetta finora è stata piuttosto soddisfacente. Però adesso Kelly è qui, e ha bisogno di noi. E se devo essere sincera...» Sento Bree sospirare. «Sono in parte colpevole di aver risvegliato queste vecchie ostilità tra noi. Devo pormi una domanda difficile: perché mi interessa ancora così tanto quello che pensa Kelly? Non sono più una ragazzina. Ho ventitré anni. Perché voglio mi consideri migliore di quella stramba sfigata che ero ai tempi della scuola?»

«*Non sei* una sfigata.»

«Ho passato cinque anni della mia vita a scappare dai miei problemi e non ho risolto nulla. È esattamente la definizione da dizionario di sfigato.»

«Io lo infilzo, quel dizionario!» ruggisce Pax. «Come osa definirti altro, che non sia una dea perfetta? Io lo bruciacchio e ci scarabocchio tanti piccoli cazzettini su tutti i bordi. Userò le sue pagine per pulire le natiche di Zeus...»

«È sempre così?» mi chiede Kelly con un filo di voce.

«Più o meno.» Mi sporgo verso di lei. «Ti andrebbe una partita a carte? Potrebbe distrarti un po'.»

«Ma non sei cieco? Come fai a giocare a carte?»

Estraggo il mazzo di carte dal cassetto dei giochi sotto il tavolo e le faccio vedere la prima carta. «Hanno scritte in Braille agli angoli, vedi?»

«Ah.» Kelly non si muove, ma poi la sento allungare una mano e spostare dal tavolo il suo piattino con la torta. «Allora certo. Giochiamo a carte.»

Faccio la mano per una partita a ramino. Per qualche minuto l'unico suono udibile siamo noi due che ci sistemiamo le carte in mano, mentre Bree e Pax discutono fuori. Kelly dice che dovrei iniziare io, e così faccio, mettendo giù una coppia di due e scartando un cinque che non mi serve. Ma mentre Kelly pensa alla sua mossa, se ne esce con un: «Quindi tu sei il... ragazzo di Bree?»

«Certo!» A quella parola mi illumino. Non posso ancora credere di essere il ragazzo di Bree. È un onore e una gioia, e ogni giorno vorrei darmi un pizzicotto per essere sicuro che è tutto vero e lei è davvero mia. C'è voluto un sacco di tempo prima che Bree si decidesse a usare quella parola per noi, per indicare ciò che siamo per lei, e sono più orgoglioso di essere il suo ragazzo che di qualsiasi altra cosa nella mia vita, compreso il mio manoscritto.

«Ma... e gli altri due? Quello grande e grosso e quello imbronciato con i bei capelli?»

«Anche loro sono i suoi ragazzi.»

Mi aspetto che Kelly dica qualcosa di sgarbato, invece mi chiede: «Come funziona?»

Non capisco la domanda. «Funziona perché amiamo Bree.»

Sento un tonfo quando Kelly si butta all'indietro sui cuscini. «Non capisco perché mi faccia stare qui. Mi odiate tutti. Tutti mi odiano. Non sono mai stata gentile con lei.»

«In effetti...» Scarto. «Tocca a te.»

«Prima non mentivo. Non so perché me la sono presa con lei e Dani.» Kelly butta giù delle carte. «Tre jack. A casa, mio padre era molto severo. Aveva regole per tutto e io mi sentivo sempre di dover stare super attenta a tutto quello che facevo o dicevo, altrimenti lui si arrabbiava. Poi però, a scuola, gli altri bambini mi ascoltavano. Mi piaceva comandare, fare in modo che accadessero le cose, invece di subirle. Potevo decidere io chi poteva restare e chi no. Non dovevo avere paura di niente, come succedeva quando ero a casa.»

Annuisco. Conosco fin troppo bene questa paura. Nemmeno mio padre era una persona affettuosa. Per lui ero una delusione, un ragazzo debole con la testa piena di sogni stupidi, cosa che mi ricordava di frequente. Quando beveva, poi, la sua rabbia beffarda diventava violenza, ma almeno non l'ho mai visto alzare un dito contro mia madre. Non appena fui abbastanza grande, mi arruolai in Marina. Lui disapprovava, ovviamente: si aspettava che avrei rilevato il suo negozio. Quando partii per il mio primo incarico mi derise. «Non durerai un giorno, là fuori.»

Ma ero così abituato ad avere paura di quando sarebbe arrivato il colpo successivo, che in realtà apprezzai la struttura della Marina. Imparai le regole e le seguii. Non vivevo nella paura. Mi piaceva essere in mare aperto, diretto alla prossima, emozionante avventura: lontana, molto lontana da mio padre. Poi mi ammalai, persi la vista e mi rimandarono indietro. Ma lui non volle riprendermi. Non mi diede nemmeno un centesimo per le spese mediche. E così mi ritrovai completamente cieco e solo, senza soldi, senza amici e con pochissimi lavori che avrei potuto fare. Fu il periodo più buio della mia vita: addirittura più buio di quando fui preso prigioniero in Siberia perché sospettato di essere una spia.

Di solito non mi piace rivangare il passato, perché è successo molto tempo fa e da allora ho incontrato tanti amici meravigliosi, però lo racconto a Kelly. Voglio che capisca. «Il comportamento e le parole di mio padre mi hanno segnato, proprio come è successo a te con ciò che ti ha detto tuo padre. Questi segni possono non essere visibili, ma sono sempre con noi.»

«Immagino di sì.»

«Sono amico di Bree e Dani da molto» le dico. «Le cose che tu hai fatto loro hanno lasciato un segno, proprio come tuo padre ha lasciato un segno su di te. È questo che volevi?»

«No.» Kelly tira su con il naso. «Sono stata stupida. Riley è morto, vero?»

«L'hai visto ridotto a pezzi, quindi... sì?»

«Moriremo tutti.»

«*No*. Bree chiuderà tutti i buchi nel Velo e ogni cosa tornerà a posto.» *Spero.* «E qui a Grimwood sei al sicuro. Però devi fidarti di Bree, anche quando accadono cose strane che non capisci. In questa casa i nostri bagagli li lasciamo sulla porta d'ingresso, okay?»

«Non ho mai incontrato nessuno così assurdamente ottimista come te.» Rumore di carte mentre Kelly posa la sua mano. «Scala reale. Ho vinto. Vuoi fare un'altra partita?»

Con le porte del maniero ben chiuse, le protezioni ben salde al loro posto e rafforzate dalla magia di Lottie e Mary, e ogni superficie illuminata dalla fiamma tremolante delle candele, Grimwood si erge come un faro splendente in mezzo all'oscurità del villaggio.

Almeno, presumo sia un faro splendente, considerato che mi è impossibile vederne l'effetto.

Per quanto ne sappiamo, siamo l'unica casa del villaggio abitata da persone ancora in vita, ma non osiamo avventurarci al di là delle protezioni per averne conferma.

Ogni giorno studiamo con cura il diario di Santa Caterina e gli altri testi occulti che Mina ha dato a Bree, alla ricerca di qualsiasi dettaglio possa riguardare una corona, o di qualche spunto su come riparare un buco nel Velo. Ogni notte creature immonde scuotono le finestre e ululano nel nulla, ma non riescono a penetrare le mura di Grimwood. Pax rimane sveglio, a fare da sentinella accanto alle finestre o in giro per la casa con la spada sguainata. Noialtri mangiamo i dolci di Pax e giochiamo a *I coloni di Catan* in salotto. Un gioco molto interessante, quando si gioca con un nobile che continua a chiedere a tutti di versargli un obolo per il semplice fatto di esistere. Bree mi aiuta ad aggiungere etichette in Braille alle carte, per fare giocare anche me.

Sarebbe una bella vita, non fosse per tutta la morte che ci circonda e si avvicina sempre di più.

A ogni ora trascorsa senza avere trovato una soluzione, Bree diventa sempre più silenziosa. Sente gravare sulle proprie spalle la colpa di tutte le morti. Odio sentirmi così impotente. Non posso aiutarla a decifrare i libri, anche se sto diventando abbastanza bravo a cercare le cose sul rettangolo magico di Bree... ehm... sul suo cellulare con software di voiceover. Internet contiene la conoscenza di tutto ciò che è stato, è, e potrebbe essere in futuro. Sicuramente ci darà una risposta.

È la terza sera da quando Kelly si è trasferita qui con noi, e ora è con Edward nell'atrio. Sono tutti coinvolti in una discussione su chi si aggiudicherà l'ultimo pezzo di torta al lampone e cioccolato. Pax è sotto la doccia e canta canzoni romane da osteria, facendo pernacchie con le ascelle. Bree è seduta in fondo al letto insieme a me, e il peso di tutto il suo dolore mi porta via il respiro.

Devo fare qualcosa.

La prendo per mano e la tiro in piedi. «Vieni con me.»

«Io... io non posso.» La sua voce è incerta. «Questa casa è piena di gente, e tutti si aspettano che io risolva questo problema. Non riesco ad avere un solo momento per me stessa, e in qualche modo dovrei combattere contro la morte in persona...»

«Lo so. Vieni con me.»

Il tono della mia voce la smuove. Rilascia il fiato tutto in uno sbuffo e quando le sue dita trovano le mie, mi sfiora con un tocco pieno di meraviglia, come se mi sfiorasse per la prima volta.

Io prendo il mio bastone e, con qualche colpettino sul pavimento per orientarmi, la conduco lungo i corridoi tortuosi, fino all'ala dove vivono i suoi genitori, l'ala che è off-limits per gli ospiti del B&B. Mi fermo davanti a una porta polverosa e cerco la maniglia con le dita.

«Ambrose, che ci facciamo qui?»

Apro la porta ed entriamo. Con il bastone urto una pila di barattoli di vernice vuoti. Svolto a sinistra e faccio passare Bree tra due imponenti pile di tovaglie di scorta e barattoli di fagioli, grandi come la mia testa.

«Ambrose, cosa vuoi mostrarmi nel magazzino?»

«Questo.» La tiro dietro di me, tra le varie scatole. Bree trattiene il fiato.

«Oh, mi ero dimenticata di questo posto.»

«Lo so.» Sorrido. Respiro l'aria familiare e polverosa e mi si riaccendono ricordi. Presto ascolto all'ampio spazio.

La sala da ballo.

Agghindato con il mio frac più bello, ho partecipato a molte splendide serate di gala ospitate da Cuthbert in questa sala da ballo. Le signore risplendevano nei loro abiti tempestati di pietre preziose che brillavano sotto la luce tremolante di mille candele. Era un'atmosfera così scintillante che i miei occhi, abituati a vedere solo i contorni sbiaditi degli oggetti e pallidi riquadri di luce, si beavano di quello spettacolo. Mi godevo il rumore, le sbrilluccicanti macchie di luce, le piacevoli conversazioni, la musica che mi risollevava l'anima.

Ai miei tempi ero un ottimo ballerino. Stupivo gli amici di Cuthbert: nessuno si aspetta che un cieco riesca a ballare, ma io avevo memorizzato i passi, e la musica mi dava tutti i suggerimenti necessari per posizionare i piedi al punto giusto e far volteggiare le mie compagne. Quando la casa andò ai discendenti di Cuthbert, i balli passarono di moda e la sala rimase chiusa. Mike e Sylvie avevano grandi progetti per ristrutturarla e usarla per matrimoni ed eventi, ma poi ricordo che chiesero un preventivo per far riparare il tetto e la voce di

Sylvie si alzò di tre ottave quando gridò: «Quanto vogliono???» E così ora è un ripostiglio.

I passi di Bree risuonano sul pavimento di marmo. L'aria si sposta mentre lei sfiora anni di polvere. «Ti ricordi quando ci divertivamo qui dentro? Giocavamo a nascondino tra le provviste, e pattinavamo usando i calzini come pattini da ghiaccio sul pavimento di marmo, e poi quando mi furono regalati dei veri pattini a rotelle per Natale, ricordo che insieme a Edward cercasti di insegnarmi a ballare.» Ride, con una voce più leggera di quella che le ho sentito negli ultimi giorni. «Per fortuna Edward non ha mai provato a ballare con me come ha fatto alla festa di Alice.»

Al ricordo di noi tre che danziamo alla festa di Alice, il mio corpo ha una reazione molto diversa. Mi sento avvampare e mi avvicino d'istinto a lei, battendo il bastone sul pavimento di marmo. Non l'ho certo portata qui per saltarle addosso, ma faccio fatica a frenare i pensieri lascivi nei confronti di questa ragazza.

«Eccolo!» La voce di Bree risuona dall'angolo più remoto della stanza. «Ti ricordi quando stavo pattinando ed è venuto giù quel pezzo di intonaco! È stato allora che mia madre mi ha proibito di venire a giocare da sola. Come se fossi mai stata sola. C'è ancora il buco. Ora sarà più grande. È tutto buio e... occhio, Ambrose, non vorrei inciampassi nei calcinacci.»

Infila le dita tra le mie e quel tocco mi fa nascere un desiderio nel petto che mi rende audace. La faccio ruotare, mettendole una mano sulla parte inferiore della schiena, e la faccio scivolare sul pavimento. So quanti passi posso fare prima di andare a sbattere contro il muro, e l'eco dei nostri passi mi dice dove mi trovo nello spazio. A parte quel punto preciso, in questa stanza non c'è nulla in cui possa inciampare. La libertà e la gioia di tutto ciò mi riempiono le vene, e io mi faccio passare Bree sotto il braccio, deliziandomi della sua risata quando la riprendo al volo e la faccio scendere in un casquè.

«Sei fantastico» mormora appena la riporto in piedi. Mi cinge con le braccia, che non è una mossa del tutto convenzionale. Poi, però, posa la testa su una mia spalla e sento il suo cuore battere forte contro il mio petto e non mi importa un fico secco di ciò che è convenzionale o non lo è.

«Tu, sei fantastica.» Le accarezzo i capelli, e vorrei poterla tenere così per sempre; vorrei non dovessimo più uscire da questa sala da ballo per tornare nel regno dei mostri; vorrei che la morte non la perseguitasse. In questo ampio spazio vuoto, in cui siamo solo noi due, la mia speranza è che lei riesca a riprendere fiato e ritrovare la strada verso di me. «Troveremo una soluzione. Vedrai. Andrà tutto bene.»

«Oh, Ambrose.» Mi passa le dita lungo la schiena. «Non so cosa fare. Là fuori, quando ho creato quel cerchio demoniaco, ho finito la vernice spray, così ho usato il mio sangue per completare il cerchio, e questo ha reso la magia super potente. Non è servito che provassi, come avevo fatto con il mangia-anime. Quindi, sarà il sangue dei Lazzari che cattura i demoni? Ma anche padre Maxwell aveva usato il suo sangue sull'altro segno demoniaco, quindi forse non ha senso. E a lui non possiamo chiederlo. Padre Maxwell era la mia ultima speranza. Ora siamo intrappolati in questa casa e se non capiamo come chiudere il Velo, o cosa intendeva l'Ordine con questa maledetta assurdità della corona, alla fine le creature sfonderanno le protezioni e...»

«Parli come se fosse già tutto scritto. Abbiamo ancora speranze.» Le bacio la sommità del capo, perché non voglio che completi il suo pensiero. Cerco di mantenere un tono brillante, ma anche io mi sento sopraffatto dal compito che ci attende. «Abbiamo gli scritti di Santa Caterina. E padre Maxwell non può essere l'unico che sapeva. In fondo, l'Ordine della Nobile

Morte esiste da secoli e i Lazzari da ancora prima. Di certo, in tutto questo tempo, qualcuno avrà abusato del proprio potere e infranto il Velo, eppure il mondo ha continuato a funzionare come sempre. Il che significa che ci deve essere un modo per metter fine a tutto questo.»

«È solo che capisco così poco della mia magia e ancora meno del Velo. Padre Maxwell ha detto che i Lazzari potrebbero essere psicopompi, ma non so come questo possa aiutarci.»

«Beh, un aspetto dei tuoi poteri lo conosci bene: parli con i fantasmi, no?» osservo. «Se nessuno dei vivi ti può aiutare, trova qualcuno di morto.» Mi viene un'idea. «Come la tua bisnonna, Elsie. Lei non è un fantasma? È così che è riuscita a venirti a trovare quando eri piccola, quando era già morta.»

«Ma mio padre l'ha *vista*» mi ricorda Bree. «E lui non li vede, i fantasmi. Quindi non può essere un fantasma.»

«Però lei non può essere nemmeno un Lazzaro, giusto? Perché il portale è a senso unico, e nemmeno un Lazzaro può tornare indietro, una volta che l'ha varcato. Quindi magari è un misto tra Lazzaro e qualcos'altro, tipo un revenant o un'ombra? La storia di Lazzaro non è che lui è diventato immortale dopo che Gesù lo ha riportato indietro? Per questo la gente continua a vederlo ovunque. Non sappiamo cosa sia Elsie, però potrebbe sapere cosa sta succedendo. D'altronde, si è presa la briga di venirti a trovare quando eri più giovane. Forse è per un motivo importante.»

«Non lo so.» Bree si lascia cullare dolcemente da me. «Ma hai ragione. Vale la pena di provare. Grazie. Ne avevo bisogno.»

La stringo a me. «Possiamo restare qui ancora un po'.»

«Mi piacerebbe.»

Dondoliamo piano, stretti l'uno all'altra, muovendo i piedi sul pavimento di marmo. Mi godo il suo profumo di pera e mandorla e so che, anche se non riusciremo a trovare una soluzione, anche se questa fosse la fine per tutti noi, finirò nella tomba felice perché amo e sono stato amato da Bree Mortimer.

Dall'angolo in cui il tetto perde ci arriva una folata d'aria fredda, e le braccia di Bree si riempiono di pelle d'oca. La tiro più vicino, poi la faccio girare, cercando di tenerla al caldo. Le finestre lungo due delle pareti di solito lasciano filtrare la luce, ma con il buio che c'è fuori, l'oscurità è implacabile.

«Ambrose» mormora Bree posata alla mia spalla. «Se mai dovessimo uscire vivi da questa situazione, cosa pensi ci succederà?»

«Vivremo per sempre felici e contenti fino alla fine dei nostri giorni» dico con sicurezza. «Come in tutte quelle storie che chiedevi a me e Edward di inventare per te quando eri piccola. Se le nostre storie non finivano con un *vissero felici e contenti*, ti arrabbiavi.»

«Sì, ma... come potremo tornare indietro da tutto *questo?*» La voce di Bree si alza di un tono. «Sono morte delle persone, e c'è chi ha visto amici e parenti morti risorgere dalla tomba. Anche se riuscissi a sistemare le cose, i miei poteri sono pericolosi. E poi c'è la questione di cosa farete tu, Edward e Pax. Non potete continuare a cincischiare qui a Grimwood senza un lavoro, un conto in banca o uno straccio di certificato di nascita. Dobbiamo costruirvi una vita.»

«Risolveremo tutto insieme. Come sempre.»

Si tira indietro per guardarmi in faccia, le labbra a pochi centimetri dalle mie. Ho una stretta al petto per quanto la bramo e desideri questa vita insieme a lei, che Bree ritiene così impossibile. «Non ce la faccio più, Ambrose. Mi sento schiacciata dalla preoccupazione. Ti prego, baciami e fammi smettere di pensare.»

«Sono sempre più che felice di accontentare la mia signora.» Le accarezzo la guancia con il pollice e mi avvicino per catturarle le labbra con le mie. Appena la mia lingua si avventura nelle dolci profondità della sua bocca, capisco l'insaziabile bisogno che ha Edward di trasformare tutto in poesia, e la compulsione di Cuthbert di raccogliere e studiare tutti i misteri della storia umana. Vorrei catturare questo momento, le sensazioni, l'alchimia di lei, per sempre.

Lei si lascia andare e le sue labbra premono sulle mie con crescente intensità. Io ingoio la sua paura, togliendole il peso che non dovrebbe portare.

La stendo su una pila di asciugamani per gli ospiti, le spalanco le gambe e la lambisco fino a farla contorcere, mugolare e implorare. Spero sappia che, qualunque cosa accada, la amerò finché le stelle non si spegneranno e l'oceano non si prosciugherà, e forse anche oltre.

Non posso dare a Bree le risposte che cerca, ma posso farla godere, e regalarle un momento di distensione. Posso ricordarle per cosa stiamo combattendo.

E forse, quando sarò chiamato in prima linea nella battaglia, le regalerò la vita che mi ronza nelle vene.

17

BREE

«Ehi, streghe!» Sbatto un cucchiaio di legno sul fondo della padella di ghisa di mia madre. «Dove siete? Ho bisogno di parlarvi.»

Kelly alza lo sguardo dal suo caffè e arriccia il volto nell'espressione di chi sta succhiando un limone, ma io ho smesso di nascondermi per compiacerla.

Dani mi sorride da dietro la sua montagna di paxcake. I paxcake sono frittelle ricoperte di banane caramellate, pezzetti di pancetta e un filo di sciroppo di limone. Pax ha passato le ultime due settimane a perfezionare la ricetta, ed è un bene, perché il suo primo tentativo, quando aveva condito dei deliziosi e morbidi pan con una salsa di pesce tradizionale romana, ha mandato al bagno la maggior parte di noi.

«Hai chiamato?» Mary attraversa il muro fluttuando; fa uno sbadiglio e si rilassa. Lottie entra dal salotto.

«Sarà meglio sia importante. Stavo guardando *Supernatural*, e Sam e Dean sono sul punto di scoprire che Madison è davvero il lupo mannaro...»

«Ehm, scusa tanto!» grida Edward dall'altra stanza. «No spoiler, please!»

«È molto importante.» Tamburello con le unghie sulla padella. «Supponiamo che io voglia trovare qualcuno, ma non so dove sia, o se sia ancora in vita. La vostra magia potrebbe aiutarmi?»

Mary si scrocchia le nocche. «Ma questa è una bazzecola! Dacci qualcosa di difficile, come lanciare una maledizione al salame di un marito traditore e farglielo diventare blu. Anzi, sai cosa? Facciamolo: io adoro le maledizioni ai salami dei mariti.»

«Non c'è nessun salame che ha bisogno di alcun sortilegio» dichiaro con fermezza. Kelly sgrana gli occhi e fissa il punto in cui si trovano Lottie e Mary. So che ai suoi occhi si presenta una scena di me che parlo di salami, rivolta al nulla. Però non scappa via, né dice cose sgradevoli, e questo lo considero un progresso. «Tu dimmi come fare a trovare qualcuno usando la magia.»

«Facile: lanciamo un incantesimo di divinazione» spiega Lottie. «È una specie di magia allo specchio. Attraverso lo specchio è possibile guardare in un altro luogo, in un altro posto, a volte anche in un altro tempo. Non si ottiene una posizione su una mappa, ma si vede la persona nel luogo in cui si trova, ed è possibile parlarle. Il paesaggio circostante potrebbe fornirti qualche indizio.»

«Una volta stavamo cercando il marito di Lottie» racconta Mary. «E lo trovammo in una posizione piuttosto compromettente nelle stalle insieme a...»

«Sì, grazie, Mary.» Lottie lancia un'occhiataccia all'amica che farebbe raggelare le ossa a chiunque le abbia ancora. «Però, in effetti, Mary ha sollevato un punto importante. Bisogna stare molto attenti con la divinazione. È un tipo di magia che non va presa alla leggera.»

«Perché? Non è una specie di telefono delle streghe?»

«La magia allo specchio rivela verità. Ma questo vale in

entrambi i sensi. Quando guardi nello specchio, non sai chi ti potrebbe guardare dall'altra parte, né cosa potrebbe vedere.»

Annuisco. «Capito. Allora, se voglio creare questa divinazione, cosa devo fare?»

Mary affonda la testa nella montagna di paxcake di Dani. «Beh, per prima cosa devi essere iniziata alla nostra congrega.»

Non credo alle mie orecchie. «Non puoi dire sul serio. Abbiamo dei mostri veri e propri appena fuori dalla porta: ti sembra il momento di fare rituali inutili?»

«Il rito di iniziazione è tutt'altro che inutile, signorina!» Lottie mi fa un gesto di ammonizione con il dito. Decido di non dirle quanto assomigli ad Agnes. «Si tratta di un rito che lega la nostra magia a uno scopo unico.»

«Non puoi solo spiegarmi come si fa questa divinazione? Sono brava a seguire le istruzioni.»

«No, e basta!» si sente la voce attutita di Mary dall'interno della pila di morbida bontà. «Per riuscire a compiere la divinazione ci vogliono tre streghe.»

«Ma non possiamo limitarci a...» Un rumore all'esterno mi fa perdere il filo del discorso. Corro alla finestra, ma non vedo altro che il buio del Velo.

Tendo le orecchie e mi sembra di sentire qualcosa che incombe nell'oscurità, e che ruggisce sempre più forte man mano che si avvicina a Grimwood.

Sembra una cantilena.

Pax si gira dalla sua postazione ai fornelli: il cappello da cuoco che ha realizzato gli cade giù da un orecchio e lui cerca tastoni il portacoltelli, dove aveva infilato la spada. Edward arriva dalla sala, il suo sorriso sardonico un po' meno baldanzoso del solito, e negli occhi una tempesta di emozioni che mostra tutta la sua paura.

Si appoggia allo stipite della porta e si passa le dita tra i capelli scuri scompigliati. «Cos'è questo rumore infernale?»

chiede. «Dani, se ti sei improvvisamente appassionata a insipidi canti gregoriani, potresti tenerteli per te? Alcuni di noi stanno cercando di guardare il loro programma preferito e di perdersi nelle fantasie di Winchester.»

«Non sono io...»

BANG BANG BANG.

Ci blocchiamo tutti. Il cucchiaio mi cade dalla mano. Edward fa un salto di circa un metro e mezzo e si tuffa dietro Pax.

«Che cos'è stato?» chiede mio padre, la tazza di caffè che gli trema tra le dita.

«Se dovessi tirare a indovinare, direi che è l'Ordine della Nobile Morte, arrivato per dare inizio alla festa.» Mi sorreggo al bordo del bancone e Pax si dirige verso la porta d'ingresso, da dove provengono i colpi.

BANG BANG!

Tutta la casa trema.

«Non credevo si potessero avvicinare così tanto alla porta d'ingresso» sussurra Dani mentre ci spostiamo in punta di piedi nell'atrio. Dai pannelli di vetro colorato ai lati della porta intravedo delle sagome che si muovono. Pax si fa da parte, la spada pronta e la mascella serrata.

BANG BANG BANG!

I cardini della porta sobbalzano.

«Nemmeno io» rispondo sottovoce. «Forse hanno ancora una certa dose di potere sulle croci di un Lazzaro. Ma abbiamo messo una difesa anche sulla porta, e le streghe mi hanno aiutato a creare degli incantesimi di protezione, quindi speriamo...»

«Sappiamo che sei qui, Bree Mortimer» dice una voce che mi fa balzare il cuore in gola. «Se togli le protezioni e ci lasci entrare, ti promettiamo che risparmieremo te e i tuoi amici.»

«Nello stesso modo in cui avete risparmiato padre

Maxwell?» rispondo urlando. Davvero, che razza di faccia tosta! «Non credo proprio. Non mi fido più dei preti. Andatevene, tutti quanti.»

«Lascia fare a me» dichiara furioso Pax. «Con gli umori dei loro occhi mi ci faccio dell'acqua santa.»

«Per quanto sia una prospettiva allettante» dice mio padre, «credo sia meglio ignorarli e tornare alla questione della divinazione.»

«Possiamo aiutarvi» dice un'altra voce dall'altra parte, femminile e decisamente più dolce e gentile del suo collega prete. «Il buco che hai creato nel Velo, i mostri che stanno facendo del male alle persone che ami... noi possiamo far sparire tutto. Devi solo diventare una sacerdotessa del nostro Ordine. Vedrai che in realtà siamo noi i buoni. Ti insegneremo a controllare i tuoi poteri in modo che ciò non si ripeta. È il nostro unico scopo: aiutarti a fermare tutto questo.»

Io lascio il braccio di Dani e mi dirigo verso la porta. Edward mi si para davanti, gli occhi velati per la disperazione.

«Brianna, non andare da loro.»

«Sarai anche un principe, ma non mi dai ordini.»

«Stanno mentendo. Sono assassini.»

«Loro sanno come fare per fermare questo orrore» sussurro, mentre vengo presa dal timore che possa avere ragione, e mi blocco. «Che altre opzioni ho?»

Lui mi supplica con uno sguardo insondabile. «Hai ragione: sanno come risolvere la situazione. Peccato non l'abbiano fatto. Lasciano morire persone innocenti perché a loro non importa dei mostri, o della gente di Grimdale. Loro vogliono solo *te*. Forse vogliono ucciderti, come hanno ucciso padre Maxwell, ma credo ti vogliano per lo stesso oscuro scopo per cui ti ha messo gli occhi addosso anche Jack lo Squartatore. Se stanno dicendo la verità allora tutto questo *può essere fermato*.» Edward si allontana di un passo e fa un cenno alle streghe.

«Forza, fate l'incantesimo di divinazione. E speriamo che funzioni.»

Guardo di nuovo verso le finestre e le sagome scure che si muovono nell'oscurità. Stanno circondando Grimwood, proprio come hanno fatto con All Souls. Penso a ciò che ho visto nei ricordi della sacerdotessa. Credo che Edward abbia ragione: non vogliono uccidermi solo perché sono un Lazzaro ribelle. Loro vogliono qualcosa di più.

Qualcosa che solo io posso dare loro.

Qualcosa che ha a che fare con questa famosa corona.

Ma finché non mi diranno la verità, sono l'unica speranza per questo villaggio.

Mi rivolgo a Mary.

«Ho bisogno di essere iniziata il prima possibile. Cosa dobbiamo fare?»

«Dobbiamo andare al vecchio altare di pietra nella foresta, che è sacro a...» Si fa subito cupa appena osserva le figure fuori dalla finestra. «Ah. Vero, è un problema. Non possiamo andare nel luogo sacro perché dovremmo uscire dalle protezioni.»

«Io potrei essere in grado di aiutarvi» interviene mio padre. «Nei sotterranei, sotto il pavimento della sala da ballo, ci sono alcune pietre che si dice siano i resti di un antico cerchio magico. Chi ha costruito la casa ha progettato la sala da ballo intorno a tali pietre, tanto che il disegno rotondo sul pavimento di marmo corrisponde alla circonferenza del cerchio di pietra originario.»

«No, aspetta, questa casa ha una sala da ballo?» esclama Alice. «Forte!»

«Il soffitto della sala da ballo perde, quindi non possiamo far entrare gli ospiti. La usiamo come magazzino. Alice, una volta tuo padre ha esaminato le pietre per noi, quando io e Sylvie eravamo giovani e ingenui, e pensavamo di poter ristrutturare la sala. Disse che facevano parte di una struttura del tardo Neolitico, più antica di Stonehenge. Possiamo accedere ai sotterranei da una botola che si trova all'interno dell'armadio della biancheria, al piano terra. È un po' umido e malridotto.»

«E pieno di ragni?» chiedo rabbrividendo.

«Ma è perfetto!» grida Mary.

«Beh, i ragni non sono l'ideale» esclama Lottie con una smorfia. «Ma il cerchio di pietre sarà il luogo perfetto per i nostri rituali. Ho sempre avvertito un'attrazione magica esercitata da questo luogo, e ora capisco perché.»

Lancio un'occhiata a mio padre. «Abbiamo un cerchio di pietre sotto casa, un vero cerchio magico, e non me l'hai mai detto?»

Lui sfiora con tenerezza i pannelli di mogano alle pareti. «Tu non hai idea di quanti segreti nasconda questa casa. Non mi sorprenderebbe se le pareti stesse fossero un portale verso il regno della Morte. Vieni, prendi una lampada e ti faccio vedere.»

18

BREE

«N on posso credere di non avere mai saputo della sua esistenza» dico, chinandomi nel cupo sotterraneo per osservare il cerchio di grosse pietre ricoperte di muschio ed erbacce, proprio al centro dello spazio abbandonato e così basso che non ci si può nemmeno stare in piedi.

«Probabilmente non te lo ricordi. In realtà quando eri piccola ti ho portato qui un paio di volte, ma lo odiavi.» Mi passa il cestino che abbiamo portato con noi. «Mi dicevi ci viveva una strega cattiva che ti urlava contro. Pensavo avessi solo paura del buio, invece era un fantasma, vero?»

«Esatto.» Ora lo ricordo. «Era tutta storta, e orribile. Come Agnes quando assume cristalli tossici!» Do un'occhiata in giro per la stanza, ma non vedo la vecchia strega cattiva da nessuna parte. Comincio a prendere le candele e ad accenderle.

«Intendi Black Annie? È passata oltre qualche anno fa» interviene Lottie. «Si è scoperto che la sua questione in sospeso era quella di far piangere Agnes. E alla fine ci è riuscita facendole...»

«Shhhh!» Mary si porta un dito alla punta del naso.

«Abbiamo promesso ad Agnes che non l'avremmo mai detto a nessuno.»

«Nemmeno ai membri della congrega?» chiedo con uno sguardo provocante.

«Finché non avremo completato il rituale, tu non sei un membro della congrega.»

«Bene.» Con un'espressione spazientita, posiziono le ultime candele. Poi inizio a tirare fuori il materiale che Lottie mi ha fatto portare. «Dimmi solo cosa devo fare per diventare una strega. E sbrigati.»

«Vi lascio ai vostri bagordi, signore.» Mio padre strizza l'occhio in direzione di Lottie e risale la stretta scala. Edward, Ambrose e Pax indugiano, e quest'ultimo fa una smorfia mentre si abbassa per evitare di sbattere la testa su una delle travi.

Lottie mi ordina di mettermi dietro una delle pietre. Poi lei e Mary si allontanano, in modo che ognuna di noi sia alla stessa distanza dall'altra, sul perimetro del cerchio. «Di solito, fare un cerchio funziona meglio se si è in quattro: i quattro elementi, i quattro punti della bussola. Ma anche tre è un numero potente in magia, quindi andrà bene. Per prima cosa, alza le braccia al cielo e concentrati sulla tua energia, immaginando un muro protettivo che si inalza da terra e ci circonda.»

Sollevo le mani, ma sbatto un polso su un vecchio tubo di piombo e le abbasso leggermente. Mary fa altrettanto, e Lottie si mette a camminare intorno al cerchio, cantando in una lingua che non capisco e muovendo le mani in modo strano mentre cosparge il terreno di sale.

«Bene, il cerchio è tracciato» dichiara Lottie dalla sua posizione iniziale dietro la pietra più grande. «Ora, via tutto.»

«Come, scusa?»

Mary si sta già spogliando. «L'iniziazione va fatta *nature*, cioè vestite solo di natura. Quindi togliti i vestiti.»

Pax si sfrega le mani. «Mi piace questo rituale.»

«Oh, no, non ci pensare.» Mary lo scaccia via. «Solo streghe. Tu vai a cucinarci delle uova, o qualcosa del genere.»

«Esatto, Pax!» Edward gli indica la scala. «Esci da qui. Le tue spalle imponenti ci ostacolano la visuale.»

«Oh, te ne vai anche tu, principe.» Lottie gli mette le mani sul petto. Data la mia vicinanza, riesce a spingerlo un po'. «E portate con voi anche quest'altro signore.»

«Ma io sono il vostro principe!» Edward si pianta le mani sui fianchi. «E resterò, se lo desidero. E io lo desidero *molto*...»

«Non costringermi a possedere il tuo corpo.» Mary gli si avvicina minacciosa. «Lo farò. Mi impadronirò delle tue membra e ti costringerò a tagliarti il pisello se non...»

I ragazzi fuggono al piano di sopra lasciandosi dietro una nuvola di polvere e sbattendo la botola. Mary avvicina i piedi a terra, sfregandosi le mani compiaciuta. «Ora che è tutto sistemato, *nature*.»

«Come facciamo a metterci nature, se qui non siamo in mezzo alla natura?»

«Usa la tua immaginazione.» Lottie si leva il grembiule e lo lancia via, nei recessi bui.

«Non posso usare la mia immaginazione giusto per far finta che siamo nude?»

«No» dicono con fermezza Mary e Lottie.

Con un sospiro, mi tolgo i vestiti e li ripiego in bell'ordine in fondo alla scala. Mi auguro non ci si infili dentro nessun ragno. Incrocio le braccia a coprirmi le tette, e mi si riempiono di pelle d'oca.

I vestiti di Lottie e Mary scompaiono quando li lanciano via: un effetto collaterale dell'essere fantasmi. La pelle di Mary è ricoperta da una deliziosa spolverata di lentiggini. Entrambe hanno dei lividi intorno al collo, dove sono state impiccate in quanto streghe.

Mi concentro su una ragnatela tra le travi del soffitto.

«Dato che Agnes non è qui, sono io la più anziana» dice Lottie. «Eseguirò io la cerimonia. Forza, entrate nel cerchio.»

Obbedisco. Lottie indica il ferma-tenda dorato che mi ha fatto portare qui. «Temo che dovrai legarti i polsi da sola. Queste vecchie mani spettrali non ce la fanno.»

Faccio un nodo alla corda mentre Lottie mormora qualcosa sulla fedeltà alla congrega. Infilo le mani nel cordone. Poi Lottie mi costringe a sporcarmi le guance con un po' di terra, disgustoso, e a bere da un calice di vino... meno disgustoso, ma difficile da fare quando si hanno le mani legate da un cordone per tende. Avremmo dovuto iniziare dal vino!

BANG!

La botola scuote con un rumore sinistro.

La paura mi fa balzare il cuore in gola. *L'Ordine è riuscito a entrare...*

«Brianna è nuda» grida Edward. «E, in quanto principe d'Inghilterra, esigo mi si faccia entrare!»

«Ha detto che è una cosa per sole streghe» ribatte Ambrose. «Quindi dobbiamo restare quassù da bravi fantasmi finché non avranno finito.»

«Io sono d'accordo con Edward» ringhia Pax. «Voglio Bree nuda. Inoltre, potrebbe aver bisogno della mia spada e...»

«Mi vengono in mente alcuni usi per la tua spada, soldato!» Lottie agita il bacino in modo osceno.

«Andate via!» Grido verso la botola. «Siamo impegnate!»

Sento diversi borbottii e poi il silenzio.

Mi volto verso Lottie e Mary. «Sono una strega adesso?»

«Non lo so...» Lottie guarda il contenitore di cibo che spunta dal mio cestino. «Che tipo di cupcake hai portato?»

«Red velvet. I tuoi preferiti. Pax sta diventando piuttosto bravo a cucinare.»

Lottie si lascia cadere accanto al cestino. «Allora ti dichiaro ufficialmente una vera strega. Estrai le dolci prelibatezze e facci banchettare.»

«Non state dimenticando qualcosa? Non dobbiamo cercare la bisnonna Elsie?»

Mary sospira in modo teatrale. «Va bene. Ma prima ho bisogno di dare una sniffatina a un cupcake. Lo zucchero aguzza la vista.»

«Oh, ne sono certa.» Apro il contenitore e le lascio infilare la testa, poi preparo la ciotola e le candele al centro del cerchio, secondo precise indicazioni di Lottie. Le correnti d'aria che arrivano dagli angoli più remoti del seminterrato continuano a spegnere le candele, ma secondo Lottie servono solo per la scenografia.

Metto la targhetta rosa della valigia della mia bisnonna nella ciotola di acqua. Siamo stati fortunati che mio padre l'abbia conservata dopo che Elsie se n'è andata da qui, e ancora più fortunati che si sia ricordato in quale scatola della mia vecchia camera da letto l'aveva infilata. In più, mia madre non aveva ancora deciso di fargli sgomberare quella stanza.

L'etichetta va a fondo più in fretta di quanto mi sarei aspettata, essendo un riquadro di pelle sottile. L'acqua si accende di una tenue tonalità rosa. Lottie e Mary allungano le mani e io le stringo tra le mie, anche se le mie dita le trapassano un po'.

Mi ci vuole qualche istante per scacciare le immagini dei loro ricordi, sprazzi delle loro vite di secoli fa: erano vite dure, in cui si accontentavano di qualsiasi piccola indulgenza per procurarsi un po' di gioia, e per questo venivano impiccate come streghe. Quando torno nella stanza, le streghe stanno canticchiando in quella loro strana lingua antica. Le acque brillano e si agitano.

Non conosco le parole, ma poco importa. Mi rifugio nel mio luogo di pace ed evoco i miei poteri. I fili d'argento di Lottie e

Mary brillano e si avvolgono intorno al cerchio, illuminando il nostro rituale al posto delle candele, che mi hanno abbandonata.

«Concentrati su Elsie» mi istruisce Lottie. «Cerca di raggiungerla con la mente. Che cosa vedi?»

Scruto la ciotola.

Vedo solo l'acqua vorticare sopra un'etichetta da bagaglio rosa.

«Niente. Evidentemente sto sbagliando. Prova tu» dico.

«La divinazione non funziona così» dice Lottie. «Deve guardare nell'acqua la persona che è alla ricerca.»

«Ma cosa dovrei vedere? Devo fare qualcosa o...»

«E smettila di essere così impaziente.» Mary interrompe il canto per annusare di nuovo i cupcake. «La magia non avviene a comando. Bisogna guardare con il cuore, oltre che con gli occhi.»

Cazzolina fantasmosa! Ma che informazione super utile. E come si fa?

Guardo l'acqua e ripeto ciò che faccio sempre per evocare i miei poteri: richiamo il ricordo di me e mio padre che dipingiamo la nostra macchinina in garage. Mi concentro sui dettagli del ricordo: la voce bassa e tuonante di papà che canta, il passaggio deciso del pennello intriso di vernice sul legno, e la soddisfazione nel mio cuore. Il ricordo apre una porta dentro di me e quando scruto le acque vorticose, vedo una forma che prima non c'era.

È un volto.

Il respiro mi si blocca in gola. Mi chino in avanti, a osservare l'immagine che brilla e muta nei tratti. Occhi, naso e mento si mettono a fuoco, così come un grazioso cappellino rosa un po' antiquato, ma piuttosto elegante.

La mia bisnonna Elsie.

La sorpresa di vederla lì nell'acqua quasi mi fa allontanare, ma non voglio interrompere il contatto. Non ora, con la magia che sale dall'acqua e attira il mio viso verso di lei.

L'ho vista solo in fotografia, appesa alla parete. Però ricordo la sua voce, il suo profumo e il suo tocco, dai miei sogni del giorno in cui è venuta a trovarmi. So che il cervello non può ricordare i volti dai sogni, quindi non posso dire di averla veramente *vista*, quella volta, ma osservare il suo riflesso nella superficie increspata dell'acqua è una sensazione diversa, aliena e familiare allo stesso tempo, come guardare il mio riflesso nello specchio di un luna park.

Abbiamo gli stessi zigomi e lo stesso naso, leggermente all'insù.

«Elsie?» sussurro. Mi sembra strano usare il suo nome di battesimo, ma non so come dovrei chiamarla. *Nonna* è un po' troppo intimo, dato che non ci siamo mai parlate quando ero grande.

Ma c'è qualcosa di strano.

Elsie fissa lo specchio, con occhi vitrei, immobili. I suoi lineamenti sono rilassati. È pallida, e non è il pallore di una normale carnagione bianca britannica, ma di un pallore malaticcio che potrebbe essere...

No.

Oh no.

Elsie è *morta*.

19

BREE

Le lacrime mi scendono dagli angoli degli occhi. Dopo tutti questi sforzi, abbiamo trovato la mia bisnonna, ma lei non può aiutarci...

La bocca di Elsie si apre.

Prima che io riesca a urlare, dalle labbra le escono dei petali di rosa. E le cadono sul davanti del vestito rosa, macchiandolo ovunque lo tocchino.

Tra le mie dita, le mani di Mary e Lottie emettono una vibrazione bassa e costante.

«L'ho trovata.» Mi trema la voce. Piango. «È morta. Morta da poco. Ma come può essere morta da poco? Lei è morta decenni fa per un tumore. Non può morire due volte, non è giusto!»

«Non lo so, tesoro. Nel vostro mondo, la morte non è sempre la fine» dice Mary. «Cos'altro vedi?»

«Niente. Non c'è niente. Beh, dalla sua bocca escono petali di rosa. E...» Strizzo gli occhi e scruto l'acqua. «Sembra sdraiata su una pietra... no, è marmo. Un bel pavimento di marmo, come quello della sala da ballo, ma non così polveroso. E ha un oggetto accanto alla testa. Ha delle punte bianche, come ossa...»

Un'ombra nera cade sull'immagine, e oscura la mia bisnonna. Sussulto.

Un paio di occhi rossi e luminosi mi fissano.

Quando si divina, non si sa chi potrebbe esserci dall'altra parte, che ci guarda.

«Ciao, Bree!» esclama lo Squartatore con voce roca.

20

BREE

Mi si gela il sangue. Cosa ci fa lo Squartatore con la mia bisnonna? L'abbiamo rimandato oltre il Velo... come ha fatto a trovarla se lei nel Regno dei Vivi è morta?

O lui è già tornato oppure... oppure... la bisnonna Elsie non è nel Regno dei Vivi.

Ma se è oltre il Velo, nel Regno dei Morti...

Come fa a morire se è al di là del Velo?

Lo Squartatore fa un passo indietro. Sorride, intuendo che ho capito. «Rispondi a questa domanda, piccolo Lazzaro, dove finisce un Lazzaro quando la sua anima viene distrutta?»

Elsie, no. Mi dispiace tanto, tanto.

«Perché l'hai uccisa?» chiedo. «*Come* l'hai uccisa?»

«Sapevo che sareste venuti a prenderla.» Elude la mia domanda. «Ma non mi aspettavo di trovarti dall'altra parte di uno specchio. Che vigliacca. Dovresti varcare l'ingresso e affrontarmi di persona.»

Allunga un dito e dà un colpetto. La superficie dell'acqua si increspa e devo metterci tutta la mia forza per non indietreggiare con orrore. Mi aspetto che il suo dito buchi la superficie e si avvicini per cavarmi gli occhi, invece non succede.

«Sai dove sono, Lazzaro» ringhia. «Vieni a prendermi. Vieni a prendere ciò che ti spetta di diritto... non permettergli di prendere la corona, Bree Mortimer!»

Lo Squartatore si dà uno schiaffo sulla guancia. «Esci di qui, donna ripugnante, mi hai sentito? Ho detto di stare alla larga dalla corona.»

«Agnes?»

«Sì, certo che sono io» dice lo Squartatore. «Chi ti aspettavi, il postino?»

«Scusa, ma non capita tutti i giorni che il fantasma di una strega mi parli attraverso le labbra di un serial killer vittoriano» rispondo pronta.

«Non abbiamo molto tempo prima che riprenda il controllo. Ascoltami, e ascolta bene» dice lei di getto. «Lui vuole la corona, ma tu non puoi permettergli di prenderla. Devi guardare nei miei ricordi.»

«Ma come faccio a...»

«Entra, e sbrigati.» Lo Squartatore alza una mano tremante verso la superficie dell'acqua. Ai margini delle sue dita, vedo Agnes. È un luccichio argenteo.

«Bree, cosa stai facendo?» grida Lottie. «Non toccare l'acqua.»

Io la ignoro, allungo una mano e sfioro la superficie con il palmo. L'acqua è strana, pesante. La mia vista annega e poi mi ritrovo nei ricordi di Agnes.

Deve aver scelto un ricordo specifico, perché mi vedo come una bambina grassoccia di cinque anni, che traballo sulla mia bicicletta mentre attraverso il cimitero, con mio padre che mi insegue. Osservo da un punto tra i cespugli.

E non sono sola.

«Non posso credere che tu mi abbia convinto a

nascondermi tra i cespugli come un guardone» borbotta Vera mentre apre la borsa e ne estrae un grosso brownie avvolto in carta oleata. «Non verranno a cercare una bambina.»

«Sì, invece» dico con fermezza. «Li ho visti.»

Vera si gusta il suo brownie. «Hai mai pensato che quello che hai visto potrebbe essere il risultato di quando hai infilato la testa nella mia teglia?»

«No. Ho avuto queste visioni per tutta la vita e poi anche nell'aldilà, e si sono sempre avverate. L'Ordine sarà qui... Vera, guarda.»

«Porca miseria» impreca Vera, e scappa via dai cespugli lasciando cadere a terra il brownie.

Mi giro e vedo... me stessa, la piccola Bree, sfrecciare verso una figura con una tonaca nera. In una mano la figura tiene una Croce di Lazzaro, e solleva l'altra in aria. Non so cosa stia facendo, ma la magia che ronza nell'aria mi sembra sbagliata. Pericolosa.

«Allontanati da lei!» urla mio padre.

Il prete non si allontana.

Bree urla. I suoi piedi scivolano dai pedali. Vera corre più che può, ma scivola sul sentiero bagnato. La bicicletta di Bree urta una lapide e lei cade in avanti, oltre il manubrio, e va a battere la testa con uno schianto.

Finisce a terra.

Non si muove.

Non posso fare altro che guardare con orrore il sacerdote dell'Ordine chinarsi sul corpo prono di Bree, *il mio corpo*, e far volteggiare le mani in aria. Come Agnes, non riesco a vedere i fili dell'anima, ma so cosa sta facendo il sacerdote. Sta cercando di spezzare il mio filo e di togliermi la vita.

Mio padre raggiunge il mio corpo e spinge via il prete. Mi prende tra le braccia, sussurrando il mio nome. Mi controlla il polso ed è sempre più agitato. Il prete abbassa lo sguardo e annuisce, soddisfatto di aver fatto ciò che era venuto a fare. Come Agnes, sento un forte impulso ad andare da lui e attraversarlo, ma fargli prendere un colpo di freddo non mi sembra una punizione sufficiente per aver ucciso una bambina.

Vera passa lo sguardo tra il prete che si sta allontanando, e il mio corpo. Corre e si accovaccia accanto a mio padre.

«Ha battuto la testa» grida mio padre, nel panico. «Non respira. Non sento il polso. Non... non so cosa fare.»

«Togliti di mezzo» sbotta Vera. Lui si accovaccia, con l'aria scioccata. Sembra stia per svenire.

Vera muove le mani su di me, poi chiude di scatto le dita e, sebbene non riesca a vedere i fili con gli occhi di Agnes, so esattamente cosa sta facendo.

Quel giorno non sono *quasi* morta.

Sono morta *davvero*.

Vera mi ha riportata in vita.

Osservo Vera che mi soffia dentro il mio filo e mi accarezza una spalla mentre io riprendo fiato e sputacchio. «Ora respira» dice Vera. «Chiama l'ambulanza e falla controllare. Sembra una brutta botta in testa. Ma qualunque cosa tu faccia, non dire a nessuno di avermi vista qui.»

Mio padre è troppo impegnato ad abbracciarmi per rispondere. Vera fa un cenno brusco con il capo, poi si allontana verso le tombe. Nei panni di Agnes, mi lancio per raggiungerla fuori dai cancelli del cimitero.

«Il prete ti ha vista?» chiede Agnes, con parole che escono dalla mia bocca.

«Credono che sia morta. Smetteranno di darle la caccia» dice Vera.

«Bah. Ora è tornata viva, e nel momento in cui inizierà a eseguire la magia di resurrezione, se ne accorgeranno. Sapranno che Bree Mortimer esiste ancora e che la linea di sangue non è estinta. E lei sarà sempre una minaccia per loro.»

«E allora io sarò qui a proteggerla e guidarla» afferma Vera. «E tu mi aiuterai, con le tue visioni. Abbiamo promesso a Elsie...»

Il ricordo tremola e si affievolisce, e mi ritrovo di nuovo a fissare la ciotola d'acqua. Lo Squartatore mi fissa, con un'inclinazione del mento decisamente *agnesiana*.

Non riesco a credere a ciò che ho appena visto. «Tu... conoscevi la mia bisnonna? Tu sapevi dell'Ordine della Nobile Morte e del fatto che io sono un Lazzaro? Perché non mi hai mai detto nulla?»

«La tua bisnonna ha lasciato istruzioni chiare a me e a Vera» ribatte Agnes. «Se ti avessi parlato dei tuoi poteri, avresti potuto cercare di usarli, soprattutto quando ti sei avvicinata a quei tre fantasmi. E avevo ragione, no? Nel momento in cui hai capito cosa potevi fare, hai iniziato a resuscitare persone a destra e a manca. Questo ha attirato l'attenzione dell'Ordine della Nobile Morte. Hanno capito che eri ancora viva.»

«Ma perché hanno cercato di uccidermi quando ero piccola? Padre Bryne ha detto che volevano che mi unissi a loro. A cinque anni non avrei nemmeno capito cosa mi stavano chiedendo.»

«Perché? Perché non sei un Lazzaro qualsiasi, no?» sbotta lo Squartatore. «Tu sei l'erede della Corona di Ossa.»

«Io sono cosa*?*»

«Perché pensi che il tuo sangue possa completare un marchio demoniaco e tenere sotto protezione un maniero per giorni e giorni? Ora che Elsie se n'è andata, sei tu l'unica erede vivente.»

Cosa? «Ma è assurdo. Io non sono erede di un bel nulla, se non di un vecchio maniero fatiscente...»

Lo Squartatore si fa una risatina. «Certo, e allora perché Elsie ha fatto di tutto per assicurarsi che Grimwood rimanesse di proprietà della vostra famiglia? Perché è tornata a controllarti e a verificare se avevi davvero i suoi poteri? Perché sapeva che un giorno si sarebbe arrivati a questo. Avresti avuto bisogno del portale. Il Velo si sta rompendo e lo Squartatore sta creando scompiglio. Non puoi fermarlo da lassù. Troverai tutto ciò che ti serve nel roseto.»

«Agnes, smettila di darmi indizi criptici: non sono Sherlock Holmes. Dimmi solo cosa sta succedendo...»

«Cosa sta succedendo?» ringhia lo Squartatore e si scaglia di nuovo contro la superficie liquida.

Questa volta l'acqua schizza dalla ciotola. Io faccio un balzo indietro, e interrompo il contatto con Lottie e Mary. L'immagine nella ciotola scompare e l'acqua torna a essere calma e limpida.

Mi appoggio al muro di pietra del seminterrato, con il cuore in gola. «Che cos'è stato? Che cosa è successo?»

Lottie e Mary si abbracciano, tremanti. «Ha cercato di raggiungerci» dice Lottie. «Ci sarebbe riuscito se tu non avessi interrotto il collegamento. È troppo potente. Sta strappando il Velo. Dobbiamo chiudere lo squarcio.»

«Ma cosa hai visto?» chiede Mary. «Hai trovato Elsie?»

«Sì, ma è morta.» Deglutisco. «Credo... credo di averla trovata nel mondo dei Morti, il che significa che in qualche modo lo Squartatore l'ha uccisa lì. Non ci capisco nulla. Ho parlato con Agnes dentro lo Squartatore, prima che riuscisse a sopprimerla, e ha detto un sacco di cose che non hanno nessun senso. Ad esempio, pare che Elsie abbia chiesto a lei e a Vera di vegliare su di me.»

«Ci credo» annuisce Lottie. «Loro due confabulavano sempre. E Agnes ti controllava sempre. Io pensavo fosse il suo istinto di nonna che finalmente si faceva sentire.»

«Ha detto che sono l'erede della Corona di Ossa.» Normalmente mi terrei alla larga da tutto ciò che sembra un romantasy scritto male, ma ora non abbiamo altre scelte. Qualcuno di voi sa cosa significa?»

Le due streghe scuotono la testa.

«Lo immaginavo. Poiché l'Ordine non vuole che io trovi questa corona, cosa in qualche modo collegata all'interesse dello Squartatore nei miei confronti, immagino dovremo trovarla noi per prime. Il che significa andare nel Regno dei Morti.»

Cerco di non pensare a quanto tutto ciò mi spaventi.

«Agnes dice che nel roseto troverò tutto ciò di cui ho bisogno. Elsie ha detto qualcosa di simile, in uno dei miei sogni. Immagino sia lì che finirà tutto.»

Troveremo il roseto, troveremo la Corona di Ossa – qualunque cosa essa sia – e troveremo il modo per porre fine al regno del terrore dello Squartatore, una volta per tutte.

Spero.

21

BREE

«Il fatto è che Grimwood non ha un roseto.» Mio padre cerca di mescolare il tè, ma la sua mano non collabora. Alla fine prende il cucchiaino e lo butta a terra, prima di portarsi la tazza alle labbra con mano malferma. «Il terreno di Grimwood è troppo argilloso per coltivare rose. Avevo provato a piantarne alcune davanti a casa quando eri piccola, ricordi? Ma il risultato fu così disastroso che le tolsi, e al loro posto misi dei cespugli di ortensie. Credo di avere ancora una cicatrice sul dito a causa delle spine.»

«Inoltre, se Elsie non è mai vissuta a Grimwood, quando avrebbe avuto il tempo di curare un roseto?» aggiunge Ambrose.

Papà gli punta un dito contro. «Ottima osservazione!»

«Forse hai capito male?» suggerisce Edward. «Forse ti ha detto che si trovano nel suo *naseto* o nel suo *eros segreto*, il che suona decisamente *intrigante*...»

Scuoto la testa, anche se poi ricordo che Ambrose non può vedermi. «Prima di tutto, non ha nessun senso. In secondo luogo, nei miei ricordi Ambrose ha sentito Elsie che nominava il roseto quando è venuta a trovarmi, e io l'ho sentita quando ho fatto la divinazione. Non possiamo avere sentito male entrambi.»

«Forse *un tempo* c'era un roseto, e quando vi siete trasferiti qui non c'era più?» chiede Dani a mio padre. Lui si illumina.

«Dani potrebbe avere ragione. Grimwood è cambiata così tanto nel corso dei secoli, che a un certo punto potrebbe esserci stato un roseto.» Papà passa lo sguardo tra i miei tre ragazzi. «Voi avete una conoscenza diretta della storia di questa casa. Vi si accende qualche ricordo?»

Edward incrocia le braccia. «Sono un principe. Non è certo compito mio conoscere i nomi dei fiori.»

«Ehi, ma le rose non sono un simbolo della vostra famiglia?»

Edward si schernisce. «Ho cercato di avere il meno possibile a che fare con la mia famiglia. Se Grimwood aveva delle rose quando l'ho acquistata, immagino che le avrò fatte estirpare.»

«Ho camminato nei giardini molte volte quando vivevo qui» interviene Ambrose. «Non ricordo nessun profumo di rose.»

«Se non è un luogo in cui i druidi si possono nascondere, o qualcosa con cui ci si può ubriacare, è difficile che io le abbia notate» interviene Pax. Poi fa uno sbadiglio sonoro.

Il mio povero centurione. Ha un'aria stanca, le spalle ingobbite e gli occhi iniettati di sangue. Si sta distruggendo, nel tentativo di rimanere sveglio per pattugliare la casa. Abberline ha accettato con poco entusiasmo di fare il prossimo turno di guardia in modo che lui possa dormire, ma Pax non si fida che l'ispettore non si ubriachi, in verità, nemmeno io, quindi è ancora sveglio.

Agnes dice che ci sono io, e quindi le protezioni funzionano, ma poiché non capisco come, non posso dire a Pax di ritirarsi.

«Senza offesa, ma nella remota possibilità che i vostri ricordi non siano perfetti, ho un'idea» dice mio padre. «Ho conservato alcune planimetrie della vecchia casa, dipinti e schizzi dell'epoca di Elsie e dei Van Wimple prima di lei. Sylvie continuava a volere che li buttassi via, ma io ero convinto che un giorno sarebbero stati utili. Naturalmente, pensavo al caso in cui avessimo avuto bisogno di localizzare un vecchio tubo, o qualcosa del genere. Beh... un precedente inquilino potrebbe avere segnato il roseto su uno di essi.»

«Ma è splendido! Dove sono?»

«Nell'armadio della tua vecchia stanza.»

Mio padre rimane al piano di sotto a far bollire una pentola di tè – siamo ancora senza latte, quindi è tutta una farsa – mentre noi saliamo le scale fino alla mia vecchia camera da letto. Spingo la porta, incerta. Non entro in questa stanza dalla notte in cui io e Pax abbiamo profanato il letto della mia infanzia e abbiamo conosciuto un corvo mutaforma.

Ora oltre le scatole ci sono anche detriti, per i lavori di ristrutturazione. Pile di tegole sono accatastate sotto la finestra dove prima c'era la mia casa delle bambole, e ai piedi del mio letto c'è una piccola fortificazione fatta con barattoli di vernice.

Kelly si guarda intorno e prende in mano i miei vecchi peluche. Mi irrigidisco. Non mi piace che stia qui, a frugare nello spazio che una volta era il posto dove io fuggivo da lei. Si sofferma sulle vecchie fotografie appese alla mia bacheca, mentre Dani e Alice tirano fuori dall'armadio scatole da archivio.

Ne spargono il contenuto in giro per la stanza e iniziamo a cercare. Ambrose sale accanto a me sul letto. Ci metto un sacco di tempo a passare in rassegna i fogli che ho preso io perché vuole che glieli descriva uno per uno, soprattutto quando arrivo a diversi schizzi fatti dal suo amico Cuthbert.

«Qui non c'è niente.» Dani chiude il coperchio di una delle sue scatole. «Non vedo nulla che possa collegarsi a un roseto.»

«Scusate, ma siete sicuri che dovremmo guardare questa roba?» chiede Kelly imbronciata. Ha trovato da qualche parte una limetta per unghie e ora si sta facendo la manicure. «No grazie, io non tocco vecchi documenti schifosi. Potrei prendermi una malattia.»

«Come abbiamo fatto a essere amiche?» Alice scuote la testa.

«È inutile.» Mi butto all'indietro sul mio vecchio letto, sollevando una nuvola di polvere. «Non c'è nessun roseto qui. Ma allora, cosa voleva dire Elsie? Non mi avrebbe dato questo indizio se non avesse significato qualcosa, e Agnes sembrava pensare che fosse importante.»

«Ehm... Bree?»

«Ambrose, cosa c'è?»

Sta facendo scorrere le dita sul punto in cui ho inciso le nostre iniziali nella modanatura in gesso.

$$B + P + E + A = 4EVA$$

«Bree, guarda!» Ha un'espressione estasiata, ma non abbiamo tempo di perderci nei ricordi.

«Ricordo di averlo scritto, ma ora non è importante...»

«Sì, invece. Guarda! Le rose.»

Socchiudo gli occhi sulle sue dita. Il cuore mi batte forte. Come ho fatto a non accorgermene prima? I profili in gesso della mia camera da letto sono decorati con delle *rose*!

«Oh, cavoli!» esclama Dani. «Non ci avevo nemmeno pensato.»

«Aspetta, aspetta. Ho visto qualcosa.» Alice fruga tra i fogli sparsi sul pavimento. Ne tira fuori uno e me lo porge. «Idee di design d'interni. Le avevo saltate perché pensavo stessimo cercando un giardino vero. Tieni.»

Abbasso lo sguardo sul foglio. È una serie di schizzi della stanza in cui ci troviamo. Alcuni mostrano come era prima: una sala da biliardo per gentiluomini, scura e rivestita di legno, mentre altri mostrano progetti per uno spazio più leggero e femminile. Accanto a questi schizzi c'è un elenco di modifiche, annotate con una calligrafia obliqua e svolazzante. L'elenco è firmato solo con una iniziale, *E*, ed è datato con l'anno in cui Elsie prese possesso della casa.

«Sembrano lavori di ristrutturazione che ha fatto la tua bisnonna quando aveva intenzione di venire a vivere qui» commenta Alice. «Da quello che so sulle case vittoriane, la sala da biliardo era il luogo in cui l'uomo di casa si recava la sera per bere e fumare il sigaro. Ci intratteneva gli amici. Però Elsie non si era sposata. Proprio il mio tipo di ragazza.»

«E così l'ha trasformato nel suo roseto personale» conclude Dani.

A tutti viene in mente la stessa idea, nello stesso momento. Io e Ambrose iniziamo a premere sulla modanatura sopra il letto, mentre Alice si arrampica sulle spalle di Dani per controllare sopra le finestre. Anche Kelly prende una scaletta e inizia a tastare la modanatura vicino all'armadio.

Grimwood è una casa di segreti. Era prevedibile che la mia bisnonna Elsie ne lasciasse uno.

«Ho trovato qualcosa!» grida Kelly.

Ci precipitiamo tutti da lei. Ambrose sbatte la gamba sul letto e mi cade addosso, ma è troppo eccitato per gridare. Io salgo sulla scaletta di fronte a Kelly e scruto il muro.

«Guarda, questa si gira.» Kelly fa ruotare una rosa tra le dita. Polvere di gesso ci cade addosso. «Però non succede niente.»

«Qui ce n'è un'altra» dice Alice.

Il mio cuore ha un sussulto. «Magari se le giriamo insieme?»

Kelly e Alice devono fare un paio di tentativi per coordinarsi, ma poi entrambe girano le rose a sinistra, di scatto, nello stesso momento. Si sente uno scricchiolio meccanico e un pannello si stacca dalla parete sotto di loro, rivelando un buco squadrato e nero.

Sul legno sotto il buco, in quella che sembra la calligrafia di Elsie, sono incise le parole:

SOLO I MORTI POSSONO PASSARE

«Non riesco a credere di aver dormito in questa stanza per anni e di non averne mai saputo nulla.» Accendo la torcia del mio telefono e la punto sul muro. La luce non sembra arrivare a illuminare tutto lo spazio. «Ma che cos'è?»

Mi avvicino. Una mano invisibile esce dal buco e con dita calde mi stringe il cuore e mi tira a sé. Guardo in giù, e per la prima volta vedo il mio filo nero che mi esce dal petto, va verso il buco e poi scompare oltre il bordo.

Una voce soave pronuncia il mio nome. *Bree... non aver paura...*

In effetti, non ne ho. A differenza del buio inquietante di fuori, l'oscurità di questo buco mi sembra accogliente. Familiare. Come se lo conoscessi da sempre.

E forse, in un certo senso, è così.

«Che cos'è?» chiede Edward indietreggiando. «Non mi piace. Brianna, fallo sparire.»

«Le voci non sembrano maligne» dice Dani. «Mi stanno dicendo che sono... ehm, *orgogliosi* di me, perché mi occupo dei morti e somministro la medicina del dolore a chi è rimasto.»

«Anch'io sento delle voci» dice Ambrose. «Mi chiamano, mi

dicono che avrei dovuto percorrere il sentiero molte lune fa, ma capiscono che ora c'è bisogno di me qui.»

Edward ha un'espressione stranamente serena. «A me dicono che il figlio non deve seguire le orme del padre, e che mi è stata data una seconda possibilità di lasciare un'eredità di cui sarò orgoglioso.»

«La mia voce dice che ho ucciso molti nemici e sarò molto ben ricompensato ai piedi del trono di Plutone, ma che la mia battaglia più grande deve ancora venire» dichiara Pax. «E mi hanno anche rivelato chi vincerà la prossima stagione di *Bake-Off*. È una voce saggia e onnisciente.»

«A me non piace.» Kelly si mette le mani sulle orecchie. «È orribile. Fatela smettere!»

Esce di corsa dalla stanza.

Guardo i miei amici. Hanno tutti una strana espressione sul volto mentre ascoltano quelle voci, ognuna destinata a ciascuno di loro. La voce nelle mie orecchie sussurra ancora una volta il mio nome.

Bree, la corona ti sta aspettando.

«Brianna, non andare.» Edward fa per prendermi, ma io lo spingo via e mi avvicino al bordo del buco.

So.

So cose che non dovrei sapere.

So cos'è questo buco.

Ci infilo dentro la testa.

Una corrente d'aria calda mi investe: dita invisibili, come una carezza d'amore. *Bree, la corona ti sta aspettando. Il sentiero è aperto. C'è bisogno di te per ristabilire l'equilibrio.*

Mi inclino in avanti mentre il mio filo nero scende a spirale verso il nulla. Mi aggrappo al bordo del buco per evitare di caderci dentro.

Non ci sono bordi, nulla di ciò che si dovrebbe trovare

dentro le pareti di una casa. Non c'è altro che un vuoto profondo, buio e impossibile.

Delle mani mi afferrano e mi tirano indietro. Edward mi stringe tra le braccia, i suoi lineamenti principeschi contorti dalla paura. «Brianna, stavi per cadere. Quel passaggio segreto sta cercando di attirarti...»

Deglutisco. «Non è un passaggio segreto. È un portale nel Velo, che conduce al mondo dei Morti, e devo attraversarlo.»

22

BREE

«Una volta sono stata negli inferi, credo» mi dice Mina al telefono mentre ci sistemiamo tutti in salotto per decidere il da farsi. «Non ne sono ancora del tutto sicura. Ma ho dovuto annegare per arrivarci. E ho dovuto portare una bottiglia di vino per Dante. È lui che gestisce il posto.»

«Dante, il poeta?» Edward sembra interessato.

«Sì.»

«Non puoi aver parlato con il sovrano del Velo» dice Lottie. «Solo le persone come Bree, che con i loro poteri toccano la morte, vedono la realtà del luogo. Un visitatore come te, che si bagna nelle acque del Meles, vede solo ciò che vuole vedere.»

«Quindi, in pratica, non sono d'aiuto?» chiede Mina con un sospiro.

«In pratica.» Lottie incrocia le mani sul grembo.

«Sembra abbastanza ovvio» dico. «C'è un buco nel Velo. L'unico modo per ripararlo è farlo dall'interno. La mia bisnonna ha lasciato una strada nella nostra casa per consentirci di arrivarci, quindi io scendo e lo aggiusto: una sciocchezza.»

«Proprio una sciocchezza: il tuo piano ha più buchi di un

tortino di mirtilli» esclama Mary tutta accigliata. «Non si può scendere lì e aspettarsi di finire nell'aldilà. È di questo che parla Mina. Lei è annegata. Ci deve essere un sacrificio. Solo i morti possono passare. Tu devi morire.»

Un sacrificio.

Mi manca il respiro man mano che comprendo.

Un sacrificio.

Una parte di me sapeva si sarebbe arrivati a questo.

Ho corso per tutta la vita. Sono scappata via dai miei poteri. Dalle persone che amo di più. Da questo posto, dalla mia casa. Sono scappata perché il mio cuore sapeva che se fossi rimasta, se mi fossi avvicinata troppo, se avessi abbracciato la mia vera essenza, se mi fossi innamorata di tre uomini bellissimi e impossibili, allora avrei dovuto dire loro addio, e mi avrebbe spezzato il cuore.

Ma ora capisco che ho sbagliato a scappare. Non avrei mai dovuto aver paura di innamorarmi. Perché anche se la missione fallisse e li perdessi per sempre, non avrei perso: ho amato e sono stata ricambiata.

Per me, il luogo che si decide di chiamare casa è sacro: può essere un edificio, una spiaggia, una stanza dove nessuno può toccarti, né ti può accadere niente di male. Ho cercato in giro per tutto il mondo, ma quel posto non l'ho mai trovato. Ora mi rendo conto che casa è qualcuno che ti abbraccia forte quando sei al tuo peggio.

E io, tra le mura di Grimwood sono stata la versione peggiore e più egoista di me stessa, e Pax, Edward e Ambrose mi hanno sorretta mentre mi ritrovavo. Ora ho l'opportunità di essere al meglio.

Non ho intenzione di scappare. Questa volta non ho paura di restare e di combattere. Ora capisco quanto sia prezioso il dono per cui sto lottando.

Non ho paura di quello che c'è dall'altra parte di quel buco nel muro.

Non ho nemmeno paura di perderli.

Si può perdere una persona solo se si ha avuto la fortuna di esserne stati amati. E io sono stata così fortunata che perderò tutti i presenti in questa stanza. Non solo i fantasmi, ma anche papà, Dani, Alice, Mina che sta al telefono, e persino la maledetta Kelly Kingston. Tuttavia, anche se li perderò, rispetto all'altra parte del Velo, porterò per sempre nel mio cuore un pezzo delle loro anime.

Deglutisco. «Sono pronta a sacrificarmi.»

«Ma stai scherzando?» dice mio padre. «Dolce Bree, stai parlando di *morire*.»

«Non devo morire. Sono già morta una volta, no?» Fisso mio padre con lo sguardo di chi sa. «Quando sono caduta dalla bicicletta, a cinque anni.»

Lui apre e richiude la bocca, e sgrana gli occhi.

«Tranquillo, papà, so che deve essere stato terribile per te. Ma è la verità, no? Sono morta e Vera mi ha riportato in vita. Ora posso attraversare il portale. È quello che Elsie e Agnes hanno cercato di dirmi.»

«Bree potrebbe avere ragione. Io sono tornata!» grida Mina.

Mi padre fissa il telefono. «Solo perché... boh, perché lo impone la trama? La magia della Nevermore è diversa da quella di mia figlia. Non possiamo garantire che si ripeta. Non lascerò che Bree si uccida per salvare l'aldilà. Non tocca a lei.»

«In realtà, in quanto erede di San Lazzaro, credo proprio che tocchi a me» dico, consapevole che Edward e Pax mi stanno fulminando con lo sguardo. «Se devo andare dall'altra parte del Velo per risolvere la questione, lo farò.»

«Bree, non puoi.» Lacrime rigano le guance di Ambrose. Si precipita su di me, e mi stringe forte, come se potesse in qualche modo intrappolarmi tra le sue braccia. Non riesco a guardarlo.

Non l'ho mai visto piangere, né ho mai sentito nella sua voce la disperazione che c'è ora. «Ti prego. Non lasciarci.»

«Non piangere, Ambrose. Non sarà Bree che si sacrifica. Se gli dèi vogliono un sacrificio, andrò io al suo posto.» Pax tocca l'elsa della spada e serra la mascella in una espressione decisa. «Anch'io sono morto. E quindi ho anche io il mio valore. È deciso.»

«Non è affatto deciso. Pax, tu devi rimanere qui. Sono io il Lazzaro. Io posso tornare. Tu, non so. Inoltre, qui fuori ci sono mostri e l'Ordine della Nobile Morte. Nel momento in cui me ne andrò, le protezioni crolleranno. Tu sei la nostra ultima linea di difesa contro di loro. Non puoi permettere che entrino a Grimwood mentre io sono via.»

«Ma...» Il mento di Pax tremola. Lo guardo negli occhi azzurri e rimango scioccata dalla paura che vi trovo. Pax non sa come gestire la paura. È una cosa nuova per lui. Per il grande Pax Drusus Maximus qualsiasi problema si risolve a colpi di lama. È sempre stato forte e coraggioso per me, così non ho dovuto essere coraggiosa io.

Ma non è una battaglia che può combattere. Abbassa lo sguardo. Il mio cuore ha un sussulto quando mi guarda, scrutandomi come farebbe un generale che passa in rassegna le truppe. Mi posa una mano tremante su una spalla e i suoi occhi sono pieni di orgoglio nel momento in cui incrociano di nuovo i miei. «Porterai con te la tua spada.»

«Ovvio!»

«Colpirai chiunque si metta sulla tua strada.»

Un nodo mi si forma in gola. «Mi hai insegnato bene.»

Prende un laccio di cuoio che porta al collo e me lo fa passare sopra la testa. Io mi abbasso e sfioro con le dita la piccola moneta romana legata al cordoncino. La moneta che i soldati di Pax avevano sepolto insieme al suo corpo, per pagare il traghettatore.

«Vai, con la benedizione di Bellona, dea della battaglia e del sangue.» Pax mi strappa dalla stretta di Ambrose e mi avvolge con le sue enormi braccia, schiacciandomi a sé, quasi volesse nascondermi sotto la sua pelle, affinché il mio destino non possa trovarmi.

Le sue labbra si impossessano delle mie e il suo bacio è selvaggio, brutale e dolce, come un guerriero assetato di sangue.

Riesco a sfilarmi, con le costole un po' ammaccate, e gli poso un bacio sulla fronte. «Ti renderò orgoglioso, te lo prometto.»

«Stai ancora parlando come se dovessi andare davvero, ma non andrai» dice mio padre.

Per una volta, lo ignoro.

Mi sposto verso Edward, che è appoggiato al camino, nella sua solita posa: nobile, remota e inaccessibile.

«Nemmeno tu vieni» gli dico.

Per tutta risposta, mi mette un dito sotto il mento e inclina la mia testa verso la sua in modo che il suo respiro si mescoli al mio. I suoi occhi color antracite mi scrutano con stupore, luminosi e accesi. L'umore cupo che l'ha abitato nelle ultime settimane svanisce quando solleva un angolo della bocca in un classico sorriso alla Edward.

«Perché non sei triste?» gli chiedo.

«Sono *profondamente* triste.» Mi sfiora una guancia con il dito. «Ma so che hai girato il mondo in cerca del tuo scopo, che hai provato a scoprire il motivo per cui ti è stato dato questo potere, e ora l'hai trovato. Anche io ho cercato, come te, per molti più secoli di quanto tu sia stata su questa terra. E credo di averlo trovato a mia volta.»

Manco a dirlo, trattandosi di Edward, ora la cosa riguarda se stesso. «E cosa sarebbe?»

«Amarti» mi dice con semplicità e i suoi occhi si riempiono di luce.

Io rimango senza fiato.

Mi passa un dito sul labbro, l'angolo della sua bocca sempre più sollevato, in un modo che richiama al pericolo. «Non posso dirlo in maniera più poetica. Io ti amo, Brianna, con ogni battito del mio cuore oscuro e bramoso. Ti amo più di tutte le belle parole che i poeti hanno usato per l'amore. Ti amo così tanto da ammutolire. Quando sono vicino a te, non ho rime per come mi fai sentire. Nessun distico cattura l'intensità del tuo spirito. Io mi perdo, nel desiderio di vederti forte, coraggiosa, gentile e meravigliosa, e tutte le altre cose che sei. Quindi, anche se non sopporto l'idea di lasciarti andare di nuovo, anche se sento che potrei morire dal dolore, so che tu hai il tuo scopo e io ho il mio. Ti terremo aperta la strada, affinché tu possa tornare da noi.»

Il mio cuore si gonfia e si libra in volo, come foglie spazzate dal vento, e mi abbandono a Edward. Poi le mie labbra trovano le sue per dargli l'addio che lui capisce. Lo bacio con possesso, rivendicandolo come lui ha rivendicato me, questo poeta dal cuore intrattabile e dalla mente malvagia, colui che vede dentro le mie paure più oscure come nessun altro può fare.

Purtroppo, Edward interrompe il bacio. Si stacca e con un dito mi traccia i contorni della bocca, studiandomi come se stesse cercando di memorizzarmi. «Farai meglio a tornare da noi» sussurra, infilandomi una ciocca di capelli dietro l'orecchio. «Altrimenti la mia poesia diventerà davvero insopportabile.»

Annuisco e deglutisco, vicina alle lacrime. Quando poi mi volto verso Ambrose e gli permetto di abbracciarmi di nuovo, le lacrime mi scendono libere, mescolandosi alle sue, e diventano un fiume salato. Ambrose affonda il viso tra i miei capelli e io mi appoggio alla sua spalla, respirandolo a fondo nella speranza di riuscire a portare con me il suo cuore.

«Sei troppo coraggiosa e testarda.» Tira su con il naso e

arretra. Poi mi traccia il viso con le dita: sono più dolci e morbide di quelle di Edward, ma non meno possessive.

«È merito tuo se sono coraggiosa.»

«Voglio venire con te. Sarà la nostra ultima grande avventura insieme.»

«Ambrose, *no*. Hanno bisogno di te qui. *Io* ho bisogno che tu stia qui. Io... devo farlo da sola.»

«Non sarai mai sola, Bree. Non quando il nostro amore è più forte della morte stessa.» Mi bacia ancora, in modo così doloroso e tenero da farmi quasi crollare. Non posso sopportare di lasciare un uomo che con la sua immensa voglia di vivere è sempre stato vivo per me, credendomi migliore di quanto sia in realtà.

Cazzolina fantasmosa: sono pronta a dimostrargli che ha ragione.

Interrompo il suo dolce bacio, mi asciugo gli occhi e mi allontano da tutti e tre. Se indugio ancora un attimo nel loro amore, non riuscirò mai ad andare avanti. Vedo la mia migliore amica, la mia roccia, e cerco i suoi occhi. «Dani, se muoio, assicurati che i miei desideri vengano eseguiti. Voglio essere sepolta a Grimdale, in un mausoleo all'altezza di quello di Edward, in un sarcofago d'oro, con indosso la mia felpa preferita dei Blood Lust e in mano un piatto di paxcake.»

«Perché io?» Dani si stringe la cinghia della tuta con gli scheletrini disegnati. «Perché sono sempre io a dovermi occupare dei cadaveri?»

«È il tuo lavoro» interviene Alice.

Dani rivolge un'espressione insofferente alla sua ragazza. «Non ti ci mettere anche tu» sbotta.

«Avevamo detto che ci saremmo coperte le spalle, ricordi?» Alzo il dito mignolo.

«Sì, ma quando ho fatto quello stupido giuramento, non

avevo capito che avrei dovuto coprire *te* fino alle spalle, e anche oltre.»

«Non è importante, Dani, perché tanto lei non fa un bel niente.» Mio padre incrocia le braccia e mi guarda. «Dolce Bree, non sono mai stato uno che dà ultimatum come fanno i genitori, ma tu *non andrai* nel Regno dei Morti. Te lo proibisco.»

«Non me ne vado per sempre.» *Spero.* «I miei poteri mi permettono di andare e venire.» *Immagino.* «E se non dovesse funzionare, mi riporterà indietro Dani.»

«Non darmi questa responsabilità. Non la voglio.» Dani scuote la testa con così tanta foga che i suoi orecchini a forma di scheletro fanno una piccola danza. «Sei tu quella con i poteri magici di resurrezione, non io.»

«Noi potremmo essere d'aiuto» interviene Lottie. «Come ormai sapete, Agnes ha visioni del futuro. A volte intuisce che qualcuno potrebbe avere bisogno di qualcosa e, anche se non ne conosce il motivo, fa in modo che l'ottenga.»

Come la scatola di cose varie che mi ha lasciato Vera. Deve averle detto Agnes cosa metterci.

Anche se sarebbe stato più facile se Agnes mi avesse spiegato tutto.

Ma forse Agnes non sapeva se sarebbe stata ancora un fantasma. È possibile che prevedesse che sarebbe finita dentro lo Squartatore, anche se non sapeva quando.

Lottie annuisce. «I poteri di Agnes sono notevoli. È per questo che è stata impiccata come strega. Ha visioni di ogni tipo, ma di solito non sa quando accadranno, né come. E se ha un'idea strampalata, tocca seguirla. Sai com'è: farfalle che sbattono le ali dall'altra parte del mondo... e tutta quella roba lì. Alcuni anni fa, Agnes ci ha detto che si sarebbe trovata in una grande sala del trono e che una porta si sarebbe aperta, oltre la quale avrebbe potuto vedere i nostri *brutti musi*. E avrebbe spinto qualcuno attraverso quella soglia. Credo sia la via di ritorno dal Velo. Quindi Bree ha una strada per tornare a casa. Un altro portale.»

«Visto?» Mi sforzo di sorridere mentre guardo i loro volti terrorizzati. «Andrà tutto bene.»

«Non mi piace» dice mio padre.

«Nemmeno a me.» Edward mi cinge con le braccia. Ambrose appoggia una guancia contro la mia, e subito gli scendono altre lacrime.

«Nemmeno a me.» Soffoco la paura che mi ribolle dentro. «Ma è il nostro unico piano.»

«Voglio sia messo a verbale che sono contrario» dice mio padre mentre entra nella mia vecchia camera da letto e si accascia su una scatola di riviste musicali.

Pax gli tende la spada. «Vuoi infilzare qualcosa? Aiuta.»

«Grazie, Pax. Potresti avere un futuro come terapeuta.» Mio padre trasalisce al rumore inquietante che proviene dalla porta d'ingresso, da dove i canti dell'Ordine della Nobile Morte salgono di tono e di fervore. «Tuttavia, non ti priverò della tua spada. Ho la sensazione che ne avrai presto bisogno.»

Io mi corico sul letto della mia infanzia, e fisso l'incisione sul soffitto. B + P + E + A = 4EVA. Ma 4EVA significa dopo la morte? Cosa troverò oltre il Velo?

Pax si china su di me e richiude le dita della mia mano destra sull'elsa della mia spada. Poi mi bacia le nocche. Le sue labbra lasciano un formicolio caldo sulla mia pelle. Il mio cuore perde un colpo. Lui fa un passo indietro e mi fa un cenno con il capo.

Intuisco che ogni fibra del suo essere è contraria a lasciarmi andare in battaglia senza di lui al mio fianco. Ma è un compito che posso svolgere solo io. Lui deve stare qui.

Deglutisco con forza e mi avvicino al buco nel muro.

Faccio scorrere le dita sulle parole di Elsie. SOLO I MORTI POSSONO PASSARE.

Bree... non avere paura...

Spero tanto di avere ragione.

«Non posso permetterlo.» Mio padre scatta in piedi e si precipita verso di me con la velocità consentitagli dal Parkinson. Però io mi sottraggo alla sua mano e, prima che possa fermarmi, mi tuffo nel buco.

Per un attimo rimango sospesa nel nulla. Riesco a vedere di nuovo il mio filo nero, circondato da una pallida luce bianca. Mi esce dal petto a una velocità allarmante. Questo spiega la sensazione di vertigine nello stomaco, come se avessi delle cuciture che mi vengono strappate dall'interno. Cerco di allungare la mano per afferrare il filo, ma il mio braccio è di piombo. Non riesco a muovermi. Non posso fare altro che stringere la spada tra le dita intorpidite e guardare la mia vita che mi si srotola davanti.

«Bree?» grida mio padre, da qualche parte dietro di me. O almeno credo stia gridando. Sembra così lontano, come se mi stesse chiamando da sott'acqua.

«No!» grida Ambrose. «Non avremmo dovuto farlo. Riportatela indietro. Riportatela indietro!»

«Brianna?» Gli occhi insondabili di Edward mi perforano la schiena. Non riesco a vederlo, ma è tutto intorno a me, nuota con paura e incertezza.

Da qualche parte, in lontananza, riecheggia il rumore di legno che si spezza.

Non riesco a comprendere nulla di tutto ciò. Cado nel vuoto, e un bagliore bianco esplode tutto intorno a me. È così caldo e bello che ci sprofondo dentro, lasciandomi trascinare fino a quando Grimdale e tutti i miei cari scompaiono dai pensieri e dal tempo, e ci siamo solo io e la luce...

23

BREE

L a luce è me e io sono la luce.

Il calore mi assale e la mia testa si riempie di ricordi. È come se stessi rivivendo tutti i momenti più felici della mia vita in una volta sola. Sono così felice che potrei esplodere.

Vedo mio padre che mi regala una bicicletta rossa per il mio compleanno; me e Dani che ci incontriamo per la prima volta; le risate incontenibili per le buffonate di Pax; mia madre che mi porta a fare shopping per i bei voti presi a scuola. Rivivo le storie raccontatemi da Ambrose, capaci di farmi credere che il mondo è grande e meraviglioso e aspetta solo di essere esplorato. E poi Edward, che mi aiuta a scrivere un discorso sulla sua vita per la lezione di storia.

Piccoli momenti di perfezione, che non significano nulla e significano tutto.

E poi, proprio mentre inizio a piangere, la luce si affievolisce ai margini del mio campo visivo e i colori si spostano verso l'interno, rivelando la sagoma nebulosa della mia vecchia camera da letto.

Eh?

Sono ancora a Grimwood Manor.

Cazzolina fantasmosa. Ma cosa c'è di sbagliato *ora?*

Tutto è uguale, ma diverso. Guardo il mondo attraverso una pellicola di nebbia color seppia. Nella foschia, riesco a distinguere le sagome dei ragazzi, di mio padre, delle mie amiche, di Kelly. Sono accalcati intorno al letto, dove hanno trascinato e disteso il mio corpo privo di vita. Le loro labbra si muovono, ma percepisco solo qualche debole sussurro. I loro fili d'argento sono ancora più evidenti ora, e si snodano nell'aria intorno a me. Ma quando allungo una mano per toccarli, le mie dita li attraversano. Non sento nulla.

Allungo una mano e tocco il tavolo. O almeno, cerco di toccarlo. Le mie dita trapassano il legno, provocandomi una scossa di dolore lungo il braccio.

Uff. Sgradevole.

«Benvenuta da questa parte, insieme ai fantasmi.» Lottie appare al mio fianco. Mi abbraccia. Per la prima volta, i suoi arti non mi attraversano. Possiamo toccarci.

È forte e solida, l'unico dettaglio reale rimasto nella stanza.

No, non è l'unico dettaglio. Vedo i lineamenti preoccupati di Ambrose, il viso sconvolto di Edward. La bocca di Dani serrata in una linea ferma, decisa.

Il loro amore è reale.

«Dove mi trovo?»

«Immagino sia la prima prova, per assicurarsi che tu sia pronta a percorrere la strada» mi spiega Lottie. «È la parte in cui scegliamo se rimanere indietro come fantasmi o andare avanti. È meglio se ora non li guardi, cara.»

Lottie cerca di allontanarmi.

«Non ho mai voluto che accadesse, però è bello incontrarti come si deve.» Mary scansa Lottie con una gomitata e mi abbraccia. Il suo vestito è ruvido, la sua pelle profuma di fiori di campo. La sento più viva di qualsiasi altra presenza, il che può significare solo...

...che ce l'ho fatta.

Sono un fantasma.

Urrà.

Fluttuo in giro per la stanza, cercando di abituarmi a questo modo di muovermi. I miei piedi continuano a infilarsi nel pavimento, un vero supplizio per le mie povere caviglie. Mary e Lottie cercano di convincermi a spostarmi in corridoio, ma io mi ritrovo a fluttuare verso il divano, nel tentativo di entrare nel cerchio dei miei amici e di vedere...

...me stessa.

Eccomi. Sono sdraiata, una mano che cade verso il basso e l'altra abbandonata tra le lunghe dita di Edward. I miei occhi sono aperti ma vitrei, la mia espressione è sorprendentemente serena.

Non mi muovo.

La mia gola di fantasma si serra.

Ambrose si sdraia accanto al mio corpo disteso, mi tira al suo petto e mi stringe tra le braccia. Lacrime gli rigano le guance. Allungo la mano per asciugargliele, ma Kelly muove la sua enorme testa e mi attraversa il braccio. Io grido e barcollo all'indietro.

Ambrose sussurra qualcosa all'orecchio del mio corpo. Non riesco a sentire le parole, ma giurerei di percepire il soffio del suo respiro sul lobo, anche se sto fluttuando su di lui.

Non riesco a smettere di guardare le sue lacrime. Mai e poi mai avrei voluto far piangere Ambrose.

Edward si mette a camminare su e giù dietro il letto, torcendosi le mani, muovendo le labbra, senza dubbio per comporre qualche ridicola poesia. Ogni traccia di arroganza è scomparsa dal suo volto, e nei suoi occhi scuri è rimasta una ferita aperta.

Mio padre è seduto sulla sua scatola di riviste, di un pallore malaticcio. Non riesco a sentire nulla di ciò che dicono o fanno.

Sento invece i colpi e le grida da fuori, nell'atrio, mentre Pax tenta valorosamente di arginare l'avanzata dell'Ordine.

Devo sbrigarmi, ho poco tempo prima che l'Ordine arrivi qui di sopra e invada la stanza. Se arrivano al mio corpo prima che io riesca a raggiungere l'altro varco, sarò spacciata. Ma soprattutto, devo evitare che scoprano il portale segreto di Elsie. Però, per quanto ci provi, non riesco a muovermi più in fretta, né ad allontanarmi da loro che mi stanno vegliando, accanto al letto. Voglio rimanere qui a guardare. Sono attratta dall'espressione serena del mio viso, dall'amore della mia famiglia.

Non è un modo terribile di morire, circondata dalle persone che mi amano, mentre faccio di tutto per tenerle al sicuro.

Qualcosa mi colpisce il viso. Mi giro e Lottie mi guarda strofinandosi una mano.

Io mi tocco la guancia. «Perché mi hai dato uno schiaffo?»

«Non puoi distrarti.» Lottie si mette le mani sui fianchi. «È difficile quando si inizia a fare il fantasma. Ci si aggrappa a quei legami umani che ci ancorano al mondo dei vivi. Fidati di una vecchia fantasma: puoi sprecare anche centinaia di anni, attaccata a questo preciso momento. Ma non hai tempo per queste sciocchezze, hai delle cose da fare. Devi passare oltre.»

Annuisco, ma non riesco a impedire che il mio sguardo venga richiamato al letto, per osservare il mio corpo floscio mentre Ambrose mi accarezza i capelli. La mia pelle di fantasma arrossisce per il suo amore. Edward si china a baciarmi la fronte e sento le sue labbra su di me, ma quando mi sfioro con le dita, non tocco nulla.

«Devi smetterla» mi dice Mary strattonandomi un braccio. «Le ore, i giorni e le settimane spariranno in un batter d'occhio.»

È stato così che Pax ha trascorso tanti anni a caccia di druidi invisibili nel bosco di Grimdale. È stato così che Edward ha fatto festa per secoli. Hanno desiderato con una tale forza la loro vecchia vita che essa ha rubato loro l'unica cosa rimasta... il tempo.

Improvvisamente non sono più in camera da letto. Sono nel corridoio e guardo in basso, verso lo scalone d'onore. Pax è in piedi sul pianerottolo, che guarda l'atrio. La porta d'ingresso di Grimwood è spalancata, un enorme sbadiglio nel buio, mentre sacerdoti e sacerdotesse in tonaca nera entrano in casa.

Ai piedi di Pax, una gran quantità di sacerdoti morti e in punto di morte forma un muro che blocca la scala. Lui li calcia giù con i suoi sandali di cuoio, e intanto ne abbatte un altro.

«Questo è per Bree!» grida, mentre la sua lama fende l'aria, e poi di nuovo. Il sangue disegna archi color cremisi sulle pareti appena ridipinte.

Tutto questo sangue... per me.

I muscoli di Pax guizzano mentre colpisce con la spada quasi fosse un martello di giustizia. Sono affascinata dalla sua forza bruta, dal modo in cui le sue labbra si atteggiano a un ghigno selvaggio mentre lui attacca e fende. Si muove con la grazia di un ballerino, e i suoi nemici cadono intorno a lui.

«Bree...»

Serro le palpebre e mi volto piano verso le streghe. Solo quando sono certa di dare le spalle a Pax, riapro gli occhi. Mary e Lottie mi guardano preoccupate, mentre Abberline tira fuori la testa dall'armadietto dei liquori al piano di sopra e mi rivolge un triste sorriso.

«Devo sbrigarmi.» Deglutisco. «Devo uscire da questa casa.»

«Lo sappiamo.»

Vedo la mano di Lottie volare verso di me, ma questa volta riesco a scansarmi, prima di ricevere un altro schiaffo fantasma.

«Mi copriresti gli occhi? Dobbiamo passare oltre Pax e non credo di poter resistere a vederlo così.»

«A dire il vero, con tanta virilità nella stanza, credo che siamo tutte spacciate» dichiara Lottie con un sorriso. «Ma non serve che gli giriamo intorno per arrivare al corridoio. Prendiamo la scorciatoia.»

«Quale scorciatoia-aaahhh!»

Lottie mi strattona un braccio e salta in aria, sfrecciando verso la parete che separa la camera da letto dal pianerottolo. I miei piedi si sollevano da terra e non ho il tempo di capire che sto fluttuando. Mi preparo al dolore che proverò quando ci sbatteremo contro. Ma attraversare un muro solido con un corpo spettrale è un inferno.

Vedo l'interno del corpo di Grimwood: costole di legno antico, strati isolanti come fasci di muscoli, arterie metalliche che tengono in vita la casa. Un topo mi sfreccia davanti alla faccia.

Lottie mi lascia la mano e io crollo dall'altra parte del muro, nella mia vecchia camera. Riesco a fermarmi prima di inciampare nel letto. Rimango in volo, tutta tremolante, sopra il tappeto logoro.

Ozzy alza lo sguardo da dove è appeso in un angolo della stanza, mi saluta scuotendo un'ala, poi torna a dormire.

«Questo... questo...» Mi stringo il busto con le braccia. «Mi ha fatto un male boia!»

«Immagino sia niente rispetto al male che proverai quando entrerai lì.» Lottie rabbrividisce guardando il buco di Elsie nel muro.

Mi avvicino e scruto il vuoto. Questa volta riesco a vedere un groviglio di fili, tutti ammucchiati davanti all'ingresso. Sono color argento, nero, rosso, e argento sfumato di blu, e tutti finiscono nel vuoto.

Bree, vieni con me dice una voce dal basso.

Non posso credere di doverlo fare di nuovo.

Le mie dita sfiorano il buco, proprio sopra il messaggio scarabocchiato da Elsie. Riesco a toccare il bordo. Non voglio entrare lì!

Bree, dobbiamo camminare insieme.

Un secondo fantasma spunta dalla parete accanto a me. Abberline rabbrividisce e si stringe nel mantello.

«Sono qui per accompagnarti.» Il volto di Abberline è pallido. «È giusto che io affronti i miei più grandi nemici, nelle viscere stesse degli inferi.»

«E noi stiamo qui, pronte a tirarti indietro.» Lottie stringe il mio filo nero e lo strattona. Io sussulto quando mi stringe il cuore. Lo sentirò di sicuro. «Se succede qualcosa, tira tre volte il filo, e noi ti isseremo fin qua. Non tornerai a casa, ma potrebbe bastare.»

«Crediamo in te.» Mary mi dà una pacca sulla spalla.

Abberline mi prende la mano, intrecciando le sue dita spettrali alle mie. Mi sorride e, per la prima volta da quando lo conosco, il suo è un sorriso autentico.

Traggo un respiro profondo e, ancora una volta, mi infilo oltre il bordo del buco.

24

EDWARD

Il volto di Brianna è privo di vita, come una bambola o un dipinto di Vermeer. Ecco, l'ho detto. Beccati questo, razza di babbeo olandese che vive nelle paludi, e che ha definito la mia poesia una *funzione corporea letteraria!*

Guardare Brianna mi fa male al petto, ma mi rifiuto di distogliere lo sguardo. Ambrose la tiene tra le braccia e so che gli si spezza il cuore, mentre le bagna di lacrime le guance fredde.

Se sta davvero morendo, allora suppongo che ora sia un fantasma, bloccato in quel luogo di mezzo in cui dovrebbe decidere se rimanere o proseguire. Non guardo perché so che se la vedessi come ero io prima, dall'altra parte di un abisso che non so come attraversare, crollerei.

È tutto parte del piano. Ma far diventare Brianna un fantasma non mi sembra un piano particolarmente buono. Anzi, mi sembra pessimo!

Deve tornare da noi. *Deve.*

Se c'è qualcuno in grado di fermare tutta questa follia, è proprio lei. Brianna è coraggiosa, forte, inarrestabile.

Ci credo.

Devo crederci.

Con la coda dell'occhio percepisco un movimento che mi distrae per un attimo. Dani ha sistemato la tavola per le sedute spiritiche sul tavolo e la planchette sta svolazzando all'impazzata. Kelly si è rannicchiata dietro il divano.

«Non è certo la cosa più folle che hai visto in questa casa» sbotta Alice. «Calmati.»

«Scommetto che sono Mary e Lottie» piagnucola Ambrose. «Hanno detto che avrebbero badato loro a lei.»

«Ma tu non le senti?»

«Non dal luogo in cui si trovano adesso. Tu riesci a leggere?»

«Scrive E D E N T R O» dice Mike. «Edentro? Ah, *è dentro* Certo. Bree ha oltrepassato il Velo.»

Il padre di Brianna si abbandona sulla sedia, la mano stretta al petto. Dal suo viso traspaiono la speranza e l'impotenza che provo io. Ho mandato la mia amata a combattere questa battaglia da sola. A cosa servono il mio titolo nobiliare, tutta la mia istruzione e il mio corpo da dio greco se non posso fare nulla, proprio quando c'è più bisogno di me?

SBAM.

Kelly urla quando qualcosa sbatte contro il muro esterno, facendo cadere a terra diversi piatti decorativi e un ritratto di Entwhistle vestito da cavaliere. Pax grida una frase in latino e si sente un altro *SBAM* e poi un *CRASH*.

Alice si aggrappa al ginocchio di Dani. «Siamo stati attaccati da Batman?»

«È l'Ordine della Nobile Morte. Devono essere entrati!»

Distolgo lo sguardo da Brianna, anche se farlo mi procura un dolore fisico. Prendo una spada dall'appendiabiti nell'angolo. In una casa come Grimwood c'è sempre un'arma appuntita in giro.

Non mi è piaciuto quando ho detto a Brianna che il mio

scopo nella vita era amarla. Amarla significa lottare per lei e sacrificarsi per loro. Come vivente, ho ben poco da offrire a Brianna. Però ho una cosa che posso sacrificare.

La mia vita.

Dani mi chiama mentre mi avvio verso la porta. «Edward, dove stai andando?»

«Pax sta tenendo a bada quei sacerdoti da solo.» Provo la spada che ho in mano, dando qualche affondo veloce. Ricordo ancora i fondamenti delle lezioni di scherma, anche se sono un po' arrugginito, dato che non mi esercito da parecchi secoli. E poi è da un bel po' che faccio finta di ascoltare le lezioni di Pax sulla corretta arte della spada romana. Quindi, di sicuro ne so abbastanza per abbattere un paio di fastidiosi sacerdoti.

Ormai è solo questione di momenti.

Ambrose porta lo sguardo su di me: i suoi occhi di solito brillanti sono pieni di paura. «Edward, non sei obbligato.»

Afferro la maniglia della porta. «Invece sì.»

La manopola gira, sotto le mie dita tremanti.

Esco nel corridoio.

Brianna, ti amo.

Un'ombra scura mi salta addosso, la luce delle candele illumina una lama. Io sollevo la spada e mi tuffo verso il mio destino.

25

BREE

Questa volta cado.

Cado finché cadere non ha più senso. Il mio filo si dipana tutto intorno a me, srotolandosi nell'aria. La vita viene risucchiata da me.

Cado.

E poi smetto di cadere.

Atterro con forza sulla mia spalla.

Ahia.

Ahi, ahi, *ahi*.

Ma l'aldilà fa *male*?

Mi sembra di aver ingoiato un mattone. Immagino sia così che ci si sente quando si rimane senza aria, malgrado non abbia davvero bisogno di respirare. Cerco di muovere gli arti, ma sono bloccati in una sorta di posizione yoga agonizzante, in cima a un cumulo irregolare di rocce. La mia vista si perde, incapace di mettere a fuoco e...

«Vattene. Mi sto già pentendo di questa bravata.»

Il bitorzoluto mucchietto di rocce mi lancia un'occhiata di disappunto e mi spinge via. Riesco a mettermi in ginocchio mentre Abberline si gira e si raddrizza il cappello.

245

«Beh, non è proprio quello che mi aspettavo.»

Non so *cosa* mi aspettassi, ma parlando con Mina, avevo capito che l'aldilà è solo un deserto infinito popolato da poeti. Invece non vedo né sabbia né zolfo.

Sono nel cimitero di Grimdale.

I miei piedi posano sull'erba soffice ai margini del Viale dei Poeti. Il sentiero di cemento è stato ripulito dalle foglie cadute, e le tombe sono tutte belle dritte, come sull'attenti, ognuna pulita e addobbata con fiori dai colori così vivaci che gli occhi mi fanno male a guardarli.

La tomba di Ambrose è alla mia destra, la pietra appena visibile sotto un mucchio di fiori colorati, con foglie i cui bordi brillano d'argento. Il mausoleo di Edward incombe su di me, i cherubini ancora più realistici sotto lo strano cielo notturno senza stelle. A sinistra, dove dovrebbe trovarsi il Monumento alle Streghe, c'è l'antico altare di pietra che segnava la tomba di Pax, accanto al quale si trova un'urna funeraria romana, decorata con scene di battaglie trionfali.

«Bree Mortimer.»

Il mio nome risuona nell'aria. Mi giro di scatto e per la prima volta noto la figura in piedi davanti alle porte del mausoleo, con una mano tesa verso di me.

Vera.

Stringe in mano il mio filo nero, come se all'altro capo fosse strattonato da un cane che fa i capricci.

«Sono qui per percorrere il sentiero con te» mi dice.

Fisso la sua mano, le dita rugose di una donna che ho conosciuto solo di sfuggita e ha vegliato su di me per tutta la vita.

Non sono un'idiota. La prendo per mano.

Lei lascia il mio filo, e questo si srotola davanti a noi mentre percorriamo il sentiero. I miei stivali si appoggiano leggeri sul cemento. Vera è minuta, ma forte, e mi tira un po' per costringermi a camminare al suo ritmo. Abberline ci segue, borbottando sottovoce cose che non mi interessa sentire.

Le tombe incombono su di noi da entrambi i lati del sentiero. Gli angeli di pietra dispiegano le loro ali verso di me e i gargoyle mi osservano con occhi mostruosi e penetranti. Dovrei avere paura, ma nel cimitero di Grimdale non posso. Ho passato momenti davvero felici qui.

Con le dita di Vera che mi stringono, sono in pace.

«Mi è permesso fare domande?» chiedo mentre giriamo l'angolo su un altro identico sentiero fiancheggiato da tombe.

«Immagino di sì. Basta che tu non sia troppo insistente.»

«Dove siamo? Dove stiamo andando? Che è successo a Elsie? Cos'è questa corona che provoca tanto trambusto? Come può...»

Vera sospira. «Vedi, questo è ciò che io chiamo *essere insistenti.*»

«Sì, scusami. È solo che non ho ancora avuto risposte concrete. Sono un po' terrorizzata dal fatto di aver lasciato la mia famiglia ad affrontare un gran casino senza di me, e di non poter tornare indietro.»

Un verso di disapprovazione risuona nella gola di Vera. «Volevo dirti tutto, ma Elsie si è rifiutata. Ha detto che meritavi di avere una vita normale, prima di essere esposta al tuo diritto di nascita. Non voleva tu fossi gravata dalle responsabilità della tua eredità, fino a quando non fossi stata più grande. Dato che l'Ordine ti pensava morta, credeva saresti stata libera finché lei non ti avesse chiamata. Invece ha aspettato troppo e lo Squartatore l'ha raggiunta. Ora qui è tutto sottosopra, e lo Squartatore e l'Ordine stanno cercando di distruggere tutto ciò che abbiamo, a meno che tu non indossi la corona.»

«Ma cos'è questa corona?»

Vera alza una mano. «Oh, buona dea! Sei proprio fastidiosa. Questa dovrebbe essere una peregrinazione sacra e cupa, in cui uno psicopompo accompagna un Lazzaro lungo il sentiero, e tu la stai rovinando con le tue chiacchiere.»

«Quindi questo è *il sentiero*? Ma perché è il cimitero di Grimdale? E se tu sei uno psicopompo, allora perché...»

«Hai ragione, sai. È proprio fastidiosa» interviene Abberline. «Che ne dici se la lasciamo qui, Vera, e io e te andiamo a farci una birretta da qualche parte?»

Vera si gira e lo fulmina con lo sguardo. È l'occhiata che ormai ha perfezionato con centinaia di clienti scomodi e fastidiosi, che costringe Abberline a nascondersi dietro di me. Vera sospira e mi guarda.

«Ora sai che sono come te. Da Vivente ero un Lazzaro, e ora ho un nuovo lavoro.» Mi dà una gomitata a indicarmi il sentiero davanti a noi. «In pratica, un Lazzaro è uno psicopompo in formazione. Nasciamo sulla Terra, impariamo a conoscere il dolore e la sofferenza, il lutto, l'amore e la paura, poi moriamo, e solo allora siamo pronti per il nostro ruolo. Gli esseri umani reagiscono in molti modi diversi alla propria mortalità. Il nostro compito è quello di mantenerli sul sentiero, con grazia.»

Tengo a freno la lingua per evitare di dire che forse un po' più di *formazione* non le farebbe male.

«Il percorso è diverso per ogni anima. Spesso conduce attraverso un giardino tranquillo fino alla porta d'ingresso della casa della loro infanzia, oppure attraverso i corridoi di una prigione, o giù per la tromba di un ascensore. Una volta mi è capitato fosse sott'acqua, e l'anima non sapeva nuotare. Il percorso non lo scelgo io: l'anima forma un'immagine di riflesso. Io sono qui solo per portarti dove devi andare.»

«E cioè?»

«Alla barca.» Vera mi strattona fino a svoltare un angolo. «Purtroppo, il tempo in cui eri normale è finito. Perché io non sono per niente come te, Bree Mortimer. Nessuno lo è. Tu sei l'ultima della tua stirpe. E hai un lavoro tutto tuo da fare. Proprio qui.»

Sussulto nell'accorgermi che il sentiero di cemento termina in modo brusco. Le tombe, gli alberi e i cherubini non ci sono più. Davanti a noi c'è solo sabbia, sabbia e ancora sabbia.

«Avrei dovuto portare con me il mio cappello di Panama» commenta Abberline.

Io annuso. L'aria sa di acqua, zolfo e disperazione. Sollevo il capo a guardare il cielo, o quello che penso sia un cielo. La bella notte senza stelle del cimitero non c'è più. Il cielo è tutto sbagliato: un caos irregolare di nuvole grigie e viola che, invece di fluttuare libere, sembrano pendere da un soffitto invisibile, con intrecci di striature ardenti come fiamme.

All'orizzonte, un vuoto nero.

Il buco nel Velo.

«Maledetto Squartatore, deve fare buchi ovunque vada.» Vera fa un suono che esprime tutta la sua impazienza e mi spinge verso il buco. Abberline sospira, ma si mette al mio fianco.

Non so per quanto tempo camminiamo, sollevando nuvole di sabbia. Le mie orecchie non si sono ancora abituate al modo in cui qui i suoni rimangono sospesi nell'aria, e a un certo punto mi rendo conto che l'orizzonte non è più solo sabbia e vuoto. Davanti a noi c'è un fiume ampio e impetuoso. Le rive sono affollate di persone, che si accalcano per avvicinarsi a quello che sembra un terminal di traghetti.

Vera mi grida qualcosa, ma io le lascio la mano e mi metto a correre. Abberline mi segue sbuffando. Corriamo sulla sabbia mentre sempre più persone emergono dal deserto, tutte in corsa verso il terminal dei traghetti.

No, non sono persone. Sono *anime*.

Le loro sagome brillano dell'argento che conduce ai fili delle loro anime e la parte di me che non è solo umana li riconosce come coloro che sono morti e hanno percorso il loro cammino con un Lazzaro al loro fianco. Però non sembrano essere dall'altra parte di qualcosa. Non sono in un *luogo migliore*. Stanno correndo verso il traghetto, aggrappati alla disperazione come Edward, quando l'unica parola che gli viene in mente per far rima con *arrapato* è *isolato*.

Riesco ad arrivare in fondo alla folla proprio quando arriva una barchettina di legno. È minuscola in modo assurdo, rispetto al numero di anime che vorrebbero salirvi a bordo, e si fanno tutti avanti mentre si accalcano sulla passerella. Una donna finisce in acqua, dove viene trascinata via dalla corrente.

«Non tutti insieme. Mettetevi in fila, in ordine!» Un tizio dall'aria trafelata cerca di governare la folla mentre lega la barca.

«Che succede?» chiedo all'anima di una donna che mi passa accanto di corsa.

«Beh, mica sarai morta ieri?» mi chiede scontrosa.

«A dire il vero, più o meno cinque minuti fa.»

Però era già la mia seconda volta.

«Ah, d'accordo.» Indica con un dito il terrificante squarcio nel Velo. «Qualche pazzo ha fatto quel buco e, in assenza di un Signore della Morte che ci impedisca di farlo, ce ne torniamo tutti indietro, finché ne abbiamo la possibilità. Voglio rivedere i miei nipoti. Saranno già diventati nonni, ma sono sicura che saranno felici di rivedere la loro nonna.»

Non contarci. Penso a tutte le anime distrutte e terrificanti che sono tornate a Grimdale. Dev'essere così che hanno fatto. E ne stanno arrivando altre.

Ma almeno ora so di essere la causa del rientro di quelle ombre attraverso il Velo. Anche se non direttamente.

«Voglio solo rivedere la mia casa» dice un signore anziano mentre scaraventa a terra un ragazzo e lo scavalca. «Ho vissuto lì per cinquantatré anni e voglio sapere se i nuovi proprietari se ne stanno prendendo cura come si deve. Se hanno tolto le mie pluripremiate petunie, li punirò infestando la casa.»

«E io voglio mangiare un pezzo di pizza» esclama una ragazzina mentre dà una gomitata al vecchio. «Con doppio formaggio e tutti i condimenti possibili. Il cibo qui sotto è terribile, praticamente un purgatorio.»

La folla si spinge in avanti, mentre le anime sgomitano per salire sulla passerella e poi a bordo. Cerco di farmi strada, ma è come un *mosh pit*, che si agita in continuazione. Perdo di vista Vera. Io e Abberline siamo trasportati dalla folla. Tutti i fili argentei si intrecciano intorno a me. Abberline mi afferra per un braccio e mi tira in piedi, prima che mi calpestino.

«Grazie.»

«Qualsiasi cosa, pur di andare via di qui.» Abberline guarda la barca oltre la folla che non accenna a diminuire, e stringe in mano il cappello per non perderlo. «Se si fa così a passare oltre, rimarrò volentieri un fantasma, grazie tante.»

«Non credo sia questo il modo in cui dovrebbe funzionare.» Scruto lo squarcio nel cielo e attraverso l'oscurità vorticosa mi sembra di scorgere la guglia della chiesa e il laghetto. Grimdale è dall'altra parte. «Ricorda che stiamo cercando di concludere la tua questione in sospeso per farti tornare in vita.»

Abberline sorride. «Ovvio. Però sono sicuro che nessuno di noi due uscirà da qui.»

«Potresti avere ragione.»

Mi giro di scatto. Il volto rugoso di Vera mi guarda.

Serro il pugno intorno al filo nero che sporge dal mio petto, proprio sotto la moneta che mi ha dato Pax. «Io ho un modo per tornare indietro. Agnes ha visto una porta...»

«Ma che bello, cara!» La voce di Vera gronda di sarcasmo. «Peccato tu abbia un regno da salvare, ricordi? Se tutti scappassimo dalla morte come fai tu, non si farebbe mai nulla da queste parti. Sali sulla prossima barca, forza.»

«Perché? Dove va?»

Vera punta il dito contro le anime ammassate sul traghetto. «Quella lì porta dritta dentro il buco nel Velo che tu hai opportunamente aiutato Jack lo Squartatore a fare, fino al Regno dei Vivi. Il prossimo traghetto, invece, ci porterà al Palazzo delle Ossa. Sarà meglio tu ti sia portata dietro di che pagare, perché queste vecchie anche non possono camminare a lungo.»

«Tu vieni con noi?»

«È mio compito percorrere il sentiero con te, e il tuo sentiero non finisce sulle rive del fiume dei lamenti» replica Vera con uno sbuffo. «Inoltre, se si vuole che una cosa venga fatta bene, è meglio non delegare.»

Per quanto non gradisca questo suo atteggiamento negativo, mi dà sollievo vederla accanto a me.

La folla indietreggia con un moto di disappunto quando il traghettatore tira su la rampa e allontana la barca dalla riva. I ponti straripano di persone. Ce ne sono alcune perfino nell'acqua, aggrappate ai bordi dello scafo, mentre il traghettatore dirige l'imbarcazione attraverso le acque turbolente. Il battello si allontana, e poi viene inghiottito dalla nebbia.

La folla di anime lancia grida di angoscia e frustrazione. La mano di Vera sulla mia rimane salda.

Un attimo dopo, un'altra barca, vuota, si accosta al molo.

Un traghettatore identico scende e allontana le anime per attraccare. «Salite!» ci chiama. «La prossima barca per il Regno dei Vivi parte tra otto minuti.»

«È meglio che vi muoviate» ci suggerisce Vera a denti stretti.

Io tiro fuori la metallara che c'è in me, al ricordo di Dani la volta in cui andammo a vedere il suo gruppo preferito, i Blood Lust, e lei voleva così tanto arrivare davanti al palco che si fece strada a gomitate oltre il banco mixer, e così per sbaglio tolse la corrente. Sollevo i gomiti fino al viso e mi piego in avanti, facendo forza tra le persone (e dentro le persone) per arrivare alla prima fila. Mi trattengo dall'impulso di scusarmi quando un ragazzo cade dal bordo della passerella.

Queste persone sono già morte. Non è che le possa ferire.

Mi aggrappo all'estremità della passerella. Le anime mi si accalcano addosso, cercando di costringermi a salire sulla barca. Io alzo lo sguardo verso il traghettatore, il cui volto è nascosto da un cappuccio blu intenso. «Voglio parlare con la persona al comando.»

«Sarei io.»

«Voglio dire, il responsabile del Velo. Il Signore della Morte, è così che si chiama, giusto? Mi porteresti da lui? Posso pagarti.»

Mi tolgo la moneta di Pax dal collo. È ancora calda tra le dita. Non voglio separarmene, è l'ultimo pezzo di Pax che conservo, ma gliela porgo.

Il traghettatore la fissa. Annuisce e la prende, poi se la mette in tasca.

«Posso portarti dal Signore della Morte, ma se riuscirai a parlare con lui, è tutto da vedere.»

Si fa da parte e mi fa cenno di salire sulla barca. Salgo a bordo e Vera mi segue, trascinandosi dietro Abberline che protesta.

«Tienimi un posto, cara!» La nonna cerca di seguirmi, ma il traghettatore la spinge indietro. Lei cade in acqua, e agita le braccia mentre viene sballottata dalle onde impazzite.

«Brutta stronza ingrata!» mi urla. «Dovresti rispettare le persone anziane.»

Guardo Vera. «È una tua amica?»

«Ma ti prego. Le mie amiche hanno tutte maniere

impeccabili e acconciature migliori.» Tutta allegra, Vera saluta la donna che viene trascinata via dalla corrente.

Il traghettatore inizia a ritirare la passerella. Le anime si spingono in avanti: alcune cercano di aggrapparsi all'estremità dell'asse, altre si lanciano contro le fiancate della barca. Il traghettatore le allontana con un remo. «Questa barca non è per voi» urla alla folla. «Tra poco ne arriverà un'altra.»

Con mio grande sollievo, si allontana e prende posto a prua, guidando l'imbarcazione attraverso le acque agitate. Io mi siedo su una fredda panca di legno e guardo l'acqua sotto di noi. Dalle profondità, volti contorti dall'agonia mi fissano attraverso occhi privi di vista.

Veniamo avvolti dalla nebbia.

Guardo a valle, verso il buco nel cielo. In esso vedo delle forme muoversi: anime e mostri del Velo che tornano al Mondo dei Viventi.

Edward, Pax, Ambrose: qualsiasi cosa stia succedendo a Grimdale, mi auguro voi stiate bene.

«...così forte, Bree. So che puoi farcela...»

La voce di Ambrose mi risuona in testa. Mi tocco un orecchio.

Com'è possibile che riesca a *sentirlo*?

Sfrego le dita nel punto in cui me le stringe. Mi accorgo di sentire il peso del suo braccio intorno a me. Inspiro a fondo e sono invasa dal suo profumo, che mi dà forza. In qualche modo, il suo amore mi sta raggiungendo attraverso il Velo.

Sono qui, Ambrose. Lo faccio per te, per noi.

Abberline cammina avanti e indietro sul ponte. Vera gli sferra calci alle caviglie. «Smettila. Mi fai venire il mal di mare.»

«No, è questa barca abbandonata da Dio che ti fa venire il mal di mare» borbotta lui.

Il traghettatore percorre il fiume fino a raggiungere un altro molo. Si rivela deserto e sul pontile c'è un cartello che dice:

«VIETATO L'INGRESSO. NIENTE OMBRE OLTRE QUESTO PUNTO.»

Deve essere il posto giusto.

Il traghettatore abbassa la passerella e io, Vera e Abberline corriamo giù. Mi volto per chiedere al barcaiolo se può tornare a prenderci, ma il molo è vuoto. È come se la barca non fosse mai stata lì.

Abberline fissa il buco nel Velo. «È una mia impressione o è diventato ancora più grande?»

Vera sbuffa e si avvia lungo il molo. «Suppongo non ci sia altro da fare che andare dal mio capo.»

La seguo: qui non c'è nessuno. Abberline cammina ciabattando dietro di noi. Tutto intorno a me, le sabbie del deserto si alzano in mulinelli, mentre in cielo risuonano tuoni. Mi prude la pelle e ho la sensazione che qualcuno ci stia osservando dall'oscurità.

Un debole bagliore argenteo brilla all'orizzonte. Vera si dirige verso di esso, seguendo un sentiero tortuoso che brilla di luce argentata. Il bagliore mi ricorda i fili delle anime, solo che è molto più ampio e luminoso.

Quando ci avviciniamo, mi rendo conto che sono proprio quei fili. Sono migliaia. *Milioni* di fili di anime, e formano un castello tanto bello quanto impossibile.

Rimango a bocca aperta di fronte all'assoluta maestosità delle imponenti pareti di archi gotici scintillanti. L'edificio è all'apparenza simmetrico rispetto al centro: ogni metà è lo specchio dell'altra, solo che l'ala orientale è molto più lunga di quella occidentale e l'architettura è più frastagliata e ultraterrena. Un'infinità di fili d'argento si diparte dalle punte delle torrette e scorre sotto ogni finestra del castello, rendendo l'edificio così luminoso che non riesco a fissarlo. Posso guardarlo solo un pezzo alla volta.

Mentre osservo, un fulmine colpisce una delle torri più a

sud e fili d'argento si staccano dall'edificio. Solo allora mi rendo conto che in realtà la mancanza di simmetria era solo apparente: l'ala orientale si estende in lontananza, mentre l'intera ala occidentale ora è stata inghiottita dal vuoto e ne rimane solo una struttura scheletrica, tenuta insieme da viticci neri.

Neri, come il filo della mia anima.

Vera mi guarda e annuisce. «Senza nessuno sul trono, il regno del Signore della Morte si sta sgretolando. Presto sarà così debole che qualsiasi poco di buono potrà reclamare la corona. Un sovrano inefficace è sempre meglio di nessun sovrano.»

Metto il piede sul primo gradino e sussulto quando le corde d'argento ronzano sotto di me. I pilastri, le pareti, le porte incredibilmente grandi: sono tutti fatti di fili d'argento. Questo palazzo è stato costruito dalle anime. E loro lo tengono in vita.

Ma qualcosa lo sta divorando.

Sulla porta, due falci incrociate.

«Cos'è questo posto?» sussurro. «Chi ci vive, qui?»

«Dovresti essere tu quella sveglia.» Vera batte il suo piccolo pugno contro la porta. Io deglutisco a fatica.

Le porte si aprono, rivelando una lunga sala di colonne imponenti, tutte scintillanti di fili argentei. Ogni colonna è decorata con parole e simboli. Una colonna credo sia scritta in geroglifici, un'altra in tedesco, un'altra ancora in cirillico, ma ci sono dei segni che non riconosco come lingue.

Alice impazzirebbe per questo posto.

Scruto oltre le doppie porte, ma non c'è nessun maggiordomo né meccanismo che le abbia fatte aprire automaticamente. «E queste, come si sono aperte?»

«Oh, buona Dea, non sarà mica importante!» Vera è già chilometri avanti a me. Le corro dietro, passando tra le colonne.

«Io aspetto qui» dichiara Abberline dall'ingresso. «Faccio la guardia alla via di fuga.»

«Coniglio!» gli dice Vera da lontano.

«Non sono un coniglio.»

«Gnè-gnè-gnè!»

Pochi istanti dopo, Abberline è di nuovo al mio fianco, terrorizzato. Ha la pistola in mano e la punta dietro ogni colonna. Non ho il coraggio di dirgli che probabilmente i proiettili fantasma qui sono inutili.

Alla fine del colonnato, si aprono altre porte d'argento. Un suono sferragliante mi giunge alle orecchie. È un suono al contempo estraneo e familiare in un modo inquietante, come se l'avessi già sentito nei miei sogni. Entro.

Rimango a bocca aperta di fronte alla grotta cavernosa che si estende in tutte le direzioni, così grande da impedirmi di vederne le estremità, e così alta che il soffitto è tutto al buio. Sparsi in giro per tutto questo spazio ci sono telai imponenti, centinaia, *migliaia*, e ogni telaio sbatacchia e fa rumore mentre fili d'argento passano attraverso l'ordito e vengono avvolti sui fusi. Enormi arazzi di luce argentata e brillante scendono dalle estremità dei telai e si accumulano a terra.

«Che cos'è questo?» sussurro.

«È il lavoro. Il destino, la vita, come vuoi chiamarlo» spiega Vera stringendosi nelle spalle. «Le anime non sono mai sole. Siamo tutti intrecciati.»

Guardo i telai sferraglianti e mi blocco di nuovo. Qualcosa di questa stanza vive dentro di me, un seme piantato dalla mia bisnonna prima ancora che nascessi. Il mio destino è sempre stato quello di essere qui. Di capire.

So che sto assistendo alla tessitura di anime, anime che nascono, vivono e muoiono in una magnifica danza mentre diventano parte del tessuto dell'universo. Anime intrecciate tra di loro dall'amore e dalle circostanze, e ognuna segna coloro che tocca in modi che hanno senso solo quando si guarda da lontano e si vede l'insieme. E io lo vedo ora: galassie e nebulose sparse sugli arazzi, simboli più antichi del tempo e più belli di quanto si possa descrivere a parole.

Questa non è una fabbrica di vita, una catena di montaggio per diventare umani.

È tutto molto più *divino* di così.

«Ho bisogno di bere» dice Abberline. «La mia testa non è adatta a questa roba.»

«Che cosa è successo qui?» Indico l'arazzo che sta uscendo dal telaio più vicino. Enormi macchie di nebbia rossa deturpano il disegno etereo. I bordi intorno alla nebbia rossa sono irregolari, frastagliati. L'arazzo emana un odore lievemente marcescente.

«È *successo* lo Squartatore.» Vera si allontana a grandi passi, passando tra i telai. Con riluttanza, la seguo. Mentre ci avviciniamo a una grande porta sul lato opposto della stanza, noto sempre più buchi rossi che intaccano l'arazzo.

Seguo Vera attraverso una serie di porte intagliate con disegni di altre falci, fino a un'ampia sala per ricevimenti. Entro, le scarpe che risuonano sul pavimento lucido. Il mio sguardo è attratto dal soffitto scintillante pieno di cristalli, dagli arazzi scenografici che adornano ogni parete e poi da una pedana al centro della stanza, rivolta verso di me. In cima alla pedana si trova un trono fatto di ossa e teschi d'argento.

Il trono è vuoto.

«Guarda giù» dice Abberline, con una voce che mi suggerisce che non dovrei.

Abbasso lo sguardo.

Alla base della predella giace un corpo accartocciato. Entriamo nella stanza, ma non si muove.

Indossa un abito rosa.

La bisnonna Elsie.

No.

La faccio rotolare e la giro. Il suo viso mi fissa, perfettamente immobile e sereno. Stringe un fuso sotto il braccio, ma è vuoto, con l'asta spezzata in due. Non le trovo il polso, ma non so se quaggiù questo sia importante.

«Cosa significa? Chi è che lascia in giro attrezzi da giardino?» Abberline dà un calcio a un oggetto che giace accanto a Elsie. Io lo guardo e il mio cuore batte forte.

È una falce.

«Ci sono altri corpi» dice Abberline. «Guarda.»

Guardo.

Vorrei non averlo fatto. Nella sala del trono sono disseminate figure ammantate di nero, con gli arti piegati ad angoli impossibili, i cappucci tirati indietro a rivelare volti contorti dall'agonia.

Sacerdoti dell'Ordine della Nobile Morte.

«Dove siamo?» farfuglio. So di sembrare un'idiota, ma non mi fido dei miei occhi, del mio istinto. Ho bisogno che me lo dica qualcun altro.

Vera è fin troppo felice di accontentarmi. «Sei nella sala del trono del Signore della Morte.»

«Bene, quindi...»

Dov'è questo Signore?

Tutti insieme ci voltiamo verso il trono che si trova sulla pedana d'argento. Il trono brilla di una trama impalpabile di migliaia di fili che si intrecciano a formare intricati disegni sullo schienale e sui braccioli. Sopra di esso si trova un cuscino di velluto nero.

Il trono è vuoto.

Non c'è nessuno qui.

26

PAX

«Per il pisello ammuffito di Marte, imparerete mai voi sacerdoti?» Brandisco la spada e nel trafiggere il ventre di un altro sacerdote faccio fuori una delle amate statuette di Sylvie sul tavolino. Un coniglietto. Cade a terra, con le budella sparse in giro come una ciotola di spaghetti rovesciata. Il prete, intendo. Il coniglio, invece, rimbalza contro il mio sandalo e rotola via.

Mi chino e lo raccolgo. È in due pezzi. Le orecchie si sono staccate. L'ennesima vittima di questa guerra stupida. Mi volto verso il prossimo sacerdote, che sta scavalcando in qualche modo l'imponente fortezza che ho costruito con i cadaveri dei suoi fratelli e delle sue sorelle.

Schiaccio con il piede le orecchie rotte della statuetta. «Mi avete fatto rompere il coniglio preferito di Sylvie. Quello che aveva in mano un cestino di fragole. Ora sono davvero stufo.»

Il prete sgrana gli occhi. «Credo che dovremmo fare una ritirata tattica» urla ai suoi compagni dall'altra parte del mio muro di corpi. «È terrificante...»

Non riesce a finire la frase. Lo travolgo, gli ficco il sedere del coniglio in bocca e lo scaravento oltre la mia fortificazione, fino alle scale sottostanti. Quando atterra sopra i suoi compagni sento un gratificante tonfo, seguito da grida.

Sta andando tutto bene, non fosse che oltre la camera da letto sulla sinistra del corridoio scorgo la finestra, da dove tre preti stanno scalando il muro esterno. Uno di loro si aggrappa al cornicione di pietra e colpisce il vetro con un piede...

CRASH.

La finestra va in frantumi. Il sacerdote si lancia all'interno e si gira per aiutare i suoi due amici. Hanno delle grandi spade a due mani, mentre il primo sacerdote ha una specie di mazza chiodata di cui mi piacerebbe impossessarmi. Sembra perfetta per fracassare crani.

Riesco a evitare i fendenti delle spade e a schivare il primo colpo della palla chiodata. Mi passa sopra la testa e si schianta contro il ritratto di Edward alla parete, squarciando la tela e mandando in frantumi la cornice.

Da un momento all'altro la mia testa farà la stessa fine.

Il mio braccio è stanco. Non riesco a muovermi abbastanza in fretta. È stato divertente mutilare sacerdoti, ma non potrò resistere ancora a lungo. Ogni prezioso secondo in cui sono ancora vivo dà a Bree più tempo per richiudere quello squarcio nel Velo. Così alzo di nuovo la spada e mi volto verso il sacerdote infuriato.

Lui abbatte su di me la palla chiodata che aveva sollevato sopra la testa e...

...lancia un grido di terrore quando il suo braccio viene tranciato. La mano che regge la palla chiodata vola in aria e colpisce alla testa una sacerdotessa, facendola crollare a terra.

La bocca del sacerdote si spalanca sul moncone insanguinato del suo braccio, ma il grido si interrompe all'improvviso perché il prete viene trafitto da una spada.

«Questo è per aver rovinato il mio ritratto» dichiara una voce scanzonata accanto a me.

Edward.

Ma non può essere lui. Ha il volto schizzato di sangue. Si abbatte su un altro sacerdote urlando come un soldato romano che marcia in battaglia e lo demolisce con un bel fendente.

E invece è proprio Edward, con la spada in mano, che infila e para, con un movimento di piedi che sembra una danza maestosa.

Il modo in cui si muove è quasi... poetico.

Affetta altri due sacerdoti e poi mi raggiunge al centro del pianerottolo, la schiena contro la mia. Lui è rivolto verso la finestra in frantumi della camera da letto, e io fisso il mucchio di cadaveri che bloccano la scala.

«Credevo avessi detto che non ci sapevi fare, con la spada» dico.

«Non sono niente in confronto a te, soldato.» Edward serra la mascella e si prepara per l'ondata successiva. «Le uniche mosse che so fare sono state affinate durante i dibattiti filosofici con il mio buon amico Hugh. Quella volta che abbiamo discusso i meriti dello stoicismo rispetto agli epicurei, le cose si sono fatte un po' cruente.»

«Sei davvero notevole, principe.»

Lo raggiungo, tirandolo vicino a me, e premo le labbra sulle sue. Sa di sangue e di battaglia. Le mie due cose preferite.

Lui spalanca gli occhi, ma ricambia il bacio. Alle sue spalle, altri sacerdoti si arrampicano sul lato della casa.

Quando ci stacchiamo, sorridiamo entrambi.

«Che ne dici, soldato?» Il volto di Edward erompe in un sorriso malizioso. «Libereremo questa casa da tutti questi sacerdoti fastidiosi, così la nostra Brianna potrà trionfare.»

«Per Bree.» Bacio l'elsa della mia spada.

«Per Brianna.» Edward si passa una ciocca di capelli scuri dietro l'orecchio.

Ci voltiamo verso l'orda e alziamo le spade per l'ultima volta.

«Hai detto che saremmo andate a trovare il Signore della Morte. Ma dov'è?» chiedo a Vera.

«Il Signore della Morte è proprio qui.» Lei incrocia le braccia e mi fissa con uno sguardo che potrebbe congelare un vulcano. «Lo fai apposta a essere così ottusa? Te l'ho detto, ma tu non vuoi crederci.»

«Credere a cosa?»

«Bree, guarda.» Abberline indica gli arazzi che adornano le pareti. Le scene sono animate da colori vivaci e luminosi, e brillano d'argento grazie ai fili delle anime. Un pannello mostra il traghettatore che trasporta le anime oltre un fiume, e poi deposita i nuovi morti nei rispettivi luoghi dell'aldilà. Sopra di lui, una donna presiede a tutto il rito. Indossa un abito bianco e una corona fatta di ossa, e dal suo petto si snodano fili d'argento che si estendono a tutte le anime appena passate oltre, come un dipinto. Al centro c'è un unico, solitario filo nero.

Non è un Signore *della Morte.*

È una Signora *della morte.*

Un Lazzaro.

Con il cuore in gola, passo a un altro pannello. Sulla parete successiva, dipinti realizzati in uno stile molto diverso mostrano la figura della Morte ammantata di nero che cavalca un cavallo bianco. Ha la falce alzata e combatte contro un'orda di bestie infernali. Dalle sue maniche fluenti e dalle orbite oculari si snodano fili d'argento, mentre il suo filo nero si avvolge intorno all'arma, a proteggerla.

In un altro pannello, una vecchia raggrinzita si china su un uomo disteso nel suo letto. Fuori dalla stanza la famiglia dell'uomo è radunata in cerchio, il capo chino in preghiera. L'anziana donna brandisce un martello di metallo, sollevato oltre la spalla dell'uomo. L'uomo ha gli occhi chiusi. Sembra sereno. L'estremità del filo d'argento che gli esce dal petto si dirige verso la donna, la quale lo cattura con il suo filo nero.

Mi metto a girare in tondo in preda al panico, osservando le immagini. Ci sono centinaia di arazzi appesi nella vasta sala, ognuno dei quali mostra una versione diversa della Morte. Un mietitore. Un guerriero. Un violinista. Una vecchia. Un angelo. Tutti con fili neri.

Ogni versione della Morte raffigurata su queste pareti è un Lazzaro.

Ha un senso tutto suo: folle ma logico! Un Lazzaro ha il controllo sulla vita e sulla morte. Possiamo toccare le anime di coloro che passano oltre, facilitare il loro viaggio, guidarli dove devono andare, e riportarli indietro se non era ancora il loro momento. Credo siano le qualifiche per poter fare questo lavoro.

Mi viene in mente una cosa che mi ha detto padre Bryne, cioè che numerose persone hanno riferito di aver visto San Lazzaro nel corso degli anni: una figura bianca che veglia sui campi di battaglia o sul letto di un parente malato. Ma ci sono stati anche altri avvistamenti: il teschio sorridente del Tristo Mietitore che se ne va in giro con la sua falce, la Valchiria alata che trasporta i guerrieri nel salone del Valhalla, il cane fedele di guardia al corpo del suo padrone, o lo stiloso vestito rosa, con tanto di valigia abbinata, della mia bisnonna. Il Signore, o Signora, della Morte si rendono visibili quando è necessario. Si assicurano che la loro eredità venga tramandata e che il loro lavoro non passi inosservato.

«Io... io... io pensavo che fossimo degli psicopompi» riesco a dire.

«Questo è il ruolo di un Lazzaro oltre il Velo, sì. Ma coloro che hanno il sangue del Primo Lazzaro hanno un lavoro diverso. La morte è un grande business, forse il più grande business che esista» dice Vera con fermezza. «Qualsiasi azienda ha bisogno di un amministratore delegato. E un Lazzaro è particolarmente qualificato per tale posizione. Ecco perché la Corona di Ossa viene sempre tramandata agli eredi di sangue del Primo Lazzaro. Solo coloro che hanno il suo sangue e i suoi poteri possono indossarla.»

«Mi stai dicendo che...»

«Devo per forza scriverti tutto, come se fossi all'asilo?» sbotta Vera. «Sei tu, Bree. Tu sei l'ultima discendente della stirpe di San Lazzaro. Puoi indossare la corona.»

Il panico mi stringe la gola e corro verso la mia bisnonna. La giro, e quasi mi si ripresenta tutto il pranzo alla visione delle ferite brutali che le squarciano il corpo, la testa appesa al corpo solo per un brandello di pelle. Le scosto dal viso i capelli insanguinati. Le mie dita si impigliano nel suo piccolo diadema. Con mani tremanti, glielo tolgo dalla testa e lo tengo alla luce.

È una corona fatta di ossa.

«Elsie era il Signore della Morte» sussurro.

«E tu sei il suo successore» dice Vera. «Agnes le ha detto che saresti stata una buona scelta. Non deluderla.»

Merda.

Merda su una tavola spiritica.

Fisso la corona che ho tra le mani, e tante cose vanno al loro posto. È come se io avessi già saputo le risposte, ma fossero rimaste ben chiuse in un luogo segreto della mia memoria.

Quando Elsie venne a trovarmi a casa mia dopo la sua morte, era la Signora della Morte. Voleva vedere se avevo i suoi poteri, perché voleva che le succedessi. Ecco perché l'Ordine della Nobile Morte mi ha cercata, quando avevo cinque anni. Volevano sbarazzarsi dell'erede di Elsie per indebolire la magia e impossessarsi della Corona di Ossa.

Invece Elsie ha tenuto ben stretta la sua corona e mi ha tenuta nascosta, fino a ora.

L'Ordine non sapeva che un'erede della stirpe di Lazzaro era sopravvissuta, finché non sono tornata dai miei viaggi e ho iniziato a usare i miei poteri per resuscitare i miei fidanzati. E quando hanno resuscitato Jack lo Squartatore per uccidermi e io l'ho liberato dai loro legami...

Ma chi è che ha ucciso Elsie? È stato l'Ordine della Nobile Morte? E allora perché i loro cadaveri sono disseminati nella sala del trono? Perché il trono non l'ha preso uno di loro?

«Ciao, piccolo Lazzaro» dice una roca voce familiare alle mie spalle.

28

BREE

Ah, ma certo.

Mi giro. Lo Squartatore è in piedi all'ingresso della sala del trono, circondato da volute di nebbia rossa.

Sorride.

«Agnes?» Il mio cuore si riempie di speranza. «Sei lì dentro? Riesci a sentirmi?»

«La mia piccola strega interiore è rimasta beatamente in silenzio dal giorno in cui mi hai visto negli specchi.» Jack lo Squartatore fa un cenno al soffitto di specchi. «Lo sforzo che ha compiuto per trasmetterti il suo inefficace messaggio l'ha indebolita. Credo non abbia più potuto reggere la mia mente depravata.»

Agnes, no.

Lo Squartatore mi ha già portato via troppo. Non può prendere anche lei.

«Hai ucciso la mia bisnonna.» Ripenso agli squarci sul suo petto. Al modo feroce in cui è stata aggredita. «Lei è la tua Mary Kelly.»

Lo Squartatore inclina la testa di lato e passa la lingua sul filo della lama. «Sei davvero sveglia! Esatto, questa volta per Mary non ho seguito la sequenza. Dovrebbe essere stata l'ultima, ma non appena sarò re, non avrò mai più un'ultima vittima. Oh, ciao, Frederick, sei stato molto gentile a venire anche tu.»

«Succhiami il cazzo, Jacky» risponde Abberline, ma il tremolio nella sua voce tradisce la sua paura.

Lo Squartatore ridacchia. «Sei contento, Freddy? Mi hai catturato. E ammetto anche di aver ucciso io tutte quelle donne, e mi *è piaciuto molto*. Ho indossato le loro interiora come fossero cravatte, ho mangiato pezzi dei loro cuori spalmati su cracker e ho trasformato lembi della loro pelle in graziosi foulard. Ora, cosa penseresti di fare con me?»

PAM, PAM, PAM.

Salto in aria quando Abberline spara con la sua pistola nel petto dello Squartatore.

Jack riversa la testa all'indietro e ride mentre i proiettili escono dai fori nel suo gilet e finiscono a terra. «Le armi umane non funzionano con me, Freddy. Non sono più fatto di quella sostanza, e presto sarò il Signore della Morte in persona.»

«Allora perché non lo sei già?» chiede Abberline. «Perché ce ne stiamo tutti qui, intorno a un trono vuoto, se sei così potente?»

«Perché il suo cervello è grande quanto il suo cazzo» interviene Vera. «E non pensa né con l'uno né con l'altro.»

Fisso la corona che ho in mano, poi di nuovo lo Squartatore e capisco perché il trono è ancora vuoto. «Perché *non puoi* essere il Signore dell'Inferno. Tu non sei un Lazzaro. Quando hai ucciso Elsie non sapevi che non potevi indossare questa corona.»

«Ah, sì, Elsie l'aveva detto che sei una in gamba.» Lo sguardo fiammeggiante dello Squartatore torna su di me, poi si concentra sulla corona che ho in mano. «Qui sta il nocciolo della questione, piccolo Lazzaro. Da quando sono morto, ho resistito in questo deserto abbandonato, oltre il Velo. Quando sono arrivato, il deserto era vuoto. Le anime vengono qui solo quando i loro psicopompi non sanno cosa farne di loro, perché non sanno a quale regno oltre la morte appartengono. Noi, povere anime rifiutate, dobbiamo rimanere qui in attesa del giudizio, invece di stare in un luogo in cui tutte le anime tornano a essere uguali. Come può essere un sistema equo, dico io?»

Guardo il corpo maciullato della mia bisnonna. «A me pare fin troppo bello per te, a dire il vero.»

«È buffo, Elsie mi ha detto la stessa cosa quando mi ha accompagnato qui» esclama con un sorriso.

Un sorriso che riduce in cenere le mie ossa di fantasma.

«Proprio così, piccolo Lazzaro. Quando il cancro ha fatto ciò che il qui presente Freddy non è riuscito a fare e mi ha abbattuto alla matura età di ottantaquattro anni, la tua bisnonna mi ha fatto da guida negli inferi. Abbiamo passeggiato amabilmente per le strade di Londra mentre mi raccontava che il Signore della Morte in carica l'aveva convinta a prepararsi per il grande lavoro, e che lei si era già assicurata la sua successione e aveva fatto in modo che il suo nuovo erede vivesse la sua vita, prima di scoprire i propri poteri, e bla, bla, bla. Poi, passando vicino a una giovane e graziosa ragazza, le faccio un piccolo taglietto, ed Elsie perde la testa e mi pianta qui, in questo deserto derelitto. Mi dice che non potrò andare oltre finché non sarò stato dimenticato dalla storia. La nostra Elsie aveva un talento teatrale.» Lo Squartatore ridacchia. «Come se io potessi mai essere dimenticato! E così, da allora ho sempre vissuto qui, in attesa di poter attraversare il fiume verso la parte successiva del mio viaggio, ma il traghettatore rifiuta il mio pagamento, e le altre anime non vogliono viaggiare con me. Inoltre, quelli dell'Ordine della Nobile Morte continuano a strapparmi via di qui, mi costringono a danzare per il loro divertimento e poi mi rispediscono indietro. È un'esistenza davvero meschina, e così mi sono ritrovato in compagnia di quelle povere anime costrette a dimorare in questo luogo di mezzo: anime ritenute troppo pericolose per continuare il loro viaggio finché non avranno imparato qualche lezione perversa. Molte di queste anime sono rimaste qui così a lungo da essere diventate ciò che i nostri giudici ci accusano di essere.»

«Dei mostri» sussurro, tremando per l'orrore. Quegli orribili demoni che abbiamo rispedito qui erano davvero umani un tempo? *Com'è possibile?*

«Oh sì, quelle che tu pensavi fossero creature provenienti dalle profondità degli inferi, in realtà erano povere anime umane, corrotte dalla crudeltà del regime del Signore.» Lo Squartatore fissa la corona che ho tra le mani e schiocca le labbra come se si trattasse di una delizia di cui intende fare uno spuntino. «E abbiamo pianificato e complottato insieme proprio per avere un'opportunità come quella che ci hai offerto tu. Vedi, quando un umano toglie la vita a qualcuno, perde un pezzetto della propria anima. E tu hai ucciso *me*, Bree Mortimer. Hai aspettato che diventassi mortale e poi mi hai conficcato il mio stesso coltello nel petto. E così, quando mi hai rispedito in questo luogo infelice, sono riuscito a portare con me un minuscolo frammento della tua anima. Ho trovato il modo di entrare nella sala del trono e, inserendo quel pezzetto di te nella mia lama, ho ottenuto un'arma in grado di uccidere *qualsiasi* Lazzaro, compresa la Signora della Morte in carica.»

Barcollo all'indietro, sconvolta dalle sue parole.

Sono stata io.

È tutta colpa mia.

Non mi sono mai pentita di aver ucciso lo Squartatore. Aveva ucciso Pax. Aveva Edward dentro di sé. Avrebbe ucciso tutti quelli che amavo, se non lo avessi fermato. Ma sollevando io stessa il coltello contro di lui, gli ho consegnato il pezzo della mia anima che ha usato per uccidere Elsie e lasciare vacante il trono.

E senza una Signora della Morte...

«Sssssì, piccolo Lazzaro» sibila lo Squartatore. «Ora capisci. Per tutto questo tempo la Corona di Ossa è stata disponibile: avrebbe potuto prenderla chiunque. Però io non posso toccarla e non permetterò all'Ordine della Nobile Morte di avvicinarvisi. Senza un sovrano, le terre del Velo sono andate fuori controllo. Il Velo si sta consumando da solo, ha più buchi di una fetta di formaggio svizzero io e i miei amici abbiamo potuto tornare liberamente nel vostro mondo. E non appena l'Ordine ha saputo dalle sue spie psicopompe che la corona era disponibile, ha iniziato a mandare qui i suoi scagnozzi per reclamarla.» Con un gesto del braccio indica la stanza intorno a sé e tutti i corpi distrutti. «Poveri sacerdoti smarriti: si gettavano dagli edifici e bevevano veleno per poter arrivare qui e avere la possibilità di prendere la corona. Ma con la mia lama infusa dalla tua anima, ho fatto in modo che capissero di non essere i benvenuti. La Corona di Ossa è mia, e solo mia.»

L'orrore di ciò che mi sta dicendo mi colpisce in pieno. I sacerdoti dell'Ordine si stanno suicidando per passare dall'altra parte del Velo e cercare di mettere le mani sulla corona. Ricordo la sacerdotessa che mi urlava: «Pensi di averli uccisi? Hai fatto loro un favore. Ognuno di loro desiderava avere la possibilità di ottenere la corona.»

Come sarebbe ora il percorso per oltrepassare il Velo se l'Ordine della Nobile Morte fosse al comando? Non posso nemmeno pensarci.

Ma l'alternativa potrebbe essere ancora peggiore. Fisso lo sguardo su Jack lo Squartatore. La corona che tengo tra le dita vibra.

«Perché vuoi questa corona?» chiedo, cercando un modo

per uscire da questa situazione. «Non comporta una quantità di lavori noiosi di cui non hai bisogno? Il Signore della Morte è vincolato a regole e doveri. Non interferirà con tutto il tuo caos e la tua confusione?»

Vale la pena tentare, no?

Lo Squartatore si limita a ridere. «Oh, ma io ho in programma un sacco di caos e di confusione, per quando sarò il Signore della Morte. Si dice che solo un Lazzaro che ha vissuto una vita mortale può sapere come onorare veramente i morti. I miei mostri non sono d'accordo. Il Velo dovrebbe essere governato da coloro che sono considerati troppo mostruosi per passare a una vita ultraterrena adeguata, coloro che sono stati messi da parte. Sei d'accordo, vero, piccolo Lazzaro? D'altronde, tutta la tua vita è stata vissuta lontana dal resto del mondo. Tu sei stata evitata perché sei diversa, come me.»

La corona mi trema tra le dita. «Io non sono affatto come te.»

«Ah, no?» Inclina la testa di lato. «Suppongo sia vero. Tu hai ucciso Jack lo Squartatore a sangue freddo. Nemmeno io posso vantare una simile impresa. Beh, non importa. Presto diventeremo molto intimi, piccolo Lazzaro.»

Si avvicina a me, gli occhi che gli brillano e un sorriso sadico sulle labbra. Abberline gli si para davanti. «Non avvicinarti di un passo, Jacky.»

Lo Squartatore si muove così rapido che nemmeno lo vedo. Prima mi spinge addosso Abberline, costringendomi a indietreggiare. Poi, un attimo dopo, è a terra, che si contorce in agonia, con un profondo taglio sull'addome da cui esce sangue. Dai bordi del taglio si producono volute di fumo rosso.

Ma i fantasmi sanguinano?

Come fa a sanguinare nel Regno dei Morti?

È il coltello. Il coltello con un frammento della mia anima.

Oh, cazzolina fantasmosa al quadrato!

Lo Squartatore soffia sulla sua lama, poi si volta verso di me, facendomi cenno con un dito. «Io e te saremo una squadra meravigliosa. La legge divina stabilisce che solo la stirpe di San Lazzaro può brandire la falce e indossare la corona, ma quando il tuo ragazzo fantasma ha fatto la sua bravata al cimitero, ho capito che c'era una scappatoia.»

Oh. Oh, *diavolo,* no.

Capisco benissimo le intenzioni dello Squartatore. Me l'ha detto nella cantina di Edward, quando ha detto di volermi *consumare.*

Pensavo intendesse uccidermi, invece il suo è un piano molto più oscuro.

Crede che se la mia anima sarà dentro di lui, come ci sono stati Edward e Agnes, allora potrà usare i miei poteri come fossero i suoi.

Soffoco una risatina. «Forse non ci hai pensato bene. Agnes e Edward hanno dovuto lottare per rimanere dentro di te perché *volevano* esserci. Non riuscirai mai a tenermi dentro di te contro la mia volontà, per usare i miei poteri. Non te lo lascerò fare.»

«Non avrai scelta» ringhia lo Squartatore. «Se ti opporrai, le mie bestie distruggeranno tutti quelli che ami. Tu stai facendo un lavoro ammirevole per tenere a freno l'Ordine, ma loro sono un branco di dilettanti, rispetto agli orrori che posso farvi subire io. Hanno mandato a morte centinaia di loro sacerdoti solo per avere la possibilità di impadronirsi del trono, anche dopo aver saputo che tu eri ancora viva. Non sapevano che sarebbero andati incontro a una ribellione. Li abbiamo eliminati prima che potessero capire come prendere la corona, perché stavamo aspettando te, l'unico Lazzaro abbastanza debole da controllare.»

Io serro i pugni. «Non sono affatto debole. Ti ho mandato qui già tre volte.»

«L'amore rende deboli. Perché pensi che tutte quelle

ombre giù al porto chiedano a gran voce di tornare sulla Terra? Per amore. Quando muoiono, si separano da tanto di ciò che amano, ma non riescono a lasciarlo andare del tutto, anche se dall'altra parte del fiume c'è il paradiso che li aspetta. Perché pensi che i tuoi tre fidanzati siano rimasti intrappolati per secoli in una casa isolata? Per amore. Un amore inutile e sciocco. E tu, mia cara, dolce Lazzaro, hai attraversato il Velo per amore. Ma sembri non capire di aver comprato un biglietto di sola andata. Sei già morta. Entra in me e sarai immortale.»

«Non desidero affatto l'immortalità» dichiaro. «Voglio solo salvare il mondo da te. Lo so, è chiedere molto, ma dato che stai facendo il soliloquio del supercattivo tipo "lascia che ti racconti la storia della mia vita prima di ucciderti", se potessi farmi sapere come sconfiggerti, sarebbe fantastico.»

«E privarmi del gusto di spezzarti?» dice. «Così sarà molto più divertente.»

Alza un braccio sopra la testa. I cristalli a specchio sul soffitto si frantumano con un rumore di tuono. Sono gli stessi specchi che abbiamo usato per fare la divinazione fino a qui: la loro superficie si fa liquida, e gorgogliano e tremolano mentre si appiattiscono sul soffitto e sulla loro superficie irregolare appare un'immagine.

Grido nel riconoscere Grimdale. Il villaggio è deserto e avvolto da una nebbia nera, con molti edifici danneggiati o in fiamme. Lo stagno gorgoglia ed emette un vapore ripugnante. E proprio ai margini del bosco, un'unica casa è illuminata come un albero di Natale e brilla che sembra un faro di speranza.

Grimwood Manor.

Cerco di trattenere le emozioni mentre lo Squartatore zooma, e ridacchiando mi mostra le bestie che escono strisciando dal buco nel Velo per circondare la mia casa. Un mostro tentacolare solleva la cassetta delle lettere intagliata a mano da mio padre. Un altro sputa nel giardino di Maggie, e tutte le piante avvizziscono all'istante e muoiono.

«Per prima cosa, faranno a pezzi la tua preziosa casa e tutti coloro che ospita. Si divertiranno a spezzare le ossa del soldato romano a una a una, e poi prenderanno il bel principe e gli succhieranno il midollo dalle narici come fosse uno spaghetto ben cotto. L'avventuriero cieco lo appiattiranno come una frittella, lo condiranno con dello sciroppo, lo arrotoleranno e se lo mangeranno. E poi si infiltreranno dappertutto, prendendosi i piaceri sadici che sono stati loro negati per tanto tempo. Faranno scempio dell'umanità e al Signore dell'Inferno non resterà più nessuno da governare.»

«E allora, a cosa serve?» grido di rimando. Mi abbasso in uno squat accanto al corpo prono della mia bisnonna e colpisco con il ginocchio la falce che ancora stringe in mano. «Se entro in te e ti permetto di governare attraverso di me, farai comunque la stessa cosa.»

«Oh, piccolo Lazzaro, se non te ne fossi fuggita in giro per il mondo e avessi seguito le lezioni, ora sapresti già tutto. Il Signore della Morte ha dei doveri» mi tende la mano. «L'arazzo deve venire tessuto. Le anime devono essere scortate. Il mondo dei Morti deve essere in pace. Quale persona migliore di un maestro dell'omicidio per adempiere a questi doveri? Perché, alla fine, la morte non è forse un omicidio? Non è forse un crudele scherzo del destino prendere qualcuno prima che sia giunta la sua ora? Io sarò un ottimo Signore della Morte. Ho molte idee per migliorare. Voglio rendere questo luogo migliore per tutte le anime, non solo per quelle che sono considerate *buone* secondo standard arbitrari. Io voglio solo fare ciò che so fare bene. Tu puoi anche aver rinnegato il tuo diritto di nascita e rifiutato il trono, ma io e te insieme, Lazzaro, domineremo la Morte stessa. Non è questo che vuoi? Tu che hai così tanta paura del dolore da legare a te uomini che dovrebbero essere già trapassati da tempo. Come Signore della Morte, non dovrai mai più soffrire. Ma se mi rinneghi, allora il tuo mondo brucerà. Il mondo dei morti invaderà quello dei viventi. Il trono rimarrà vuoto, e io sarò libero.»

«Non sotto il mio controllo.»

Serro le dita intorno all'asta della falce. La sollevo da terra.

Le venature del legno del manico si illuminano di un bagliore argentato. È come se la mia mano fosse quella di Edward e l'avessi infilata in una presa della corrente. Ma non lascio. La corona nella mia altra mano vibra più forte.

Lo Squartatore sorride. «Cosa pensi di fare con quella, ragazzina? Non puoi brandirla se non sei il Signore della Morte, e la corona non è più tua. È *mia*.»

Avanza verso di me. Io mi allontano, sfuggendo alle sue dita che tentano di afferrarmi. Barcollo all'indietro su per i gradini mentre lotto per mantenere la presa della falce con una sola mano. La corona continua a ronzare e vibrare.

Il retro delle mie ginocchia tocca il trono.

Bree, la voce di Ambrose sussurra il mio nome. *Io credo in te.*

Mi siedo.

Mi poso la Corona di Ossa sui capelli.

Impugno la falce con due mani e sorrido a Jack.

«Se vuoi questo trono, Squartatore, dovrai passare attraverso la nuova Signora della Morte.» E brandisco la falce.

29

AMBROSE

Il corpo di Bree sussulta tra le mie braccia. Un lieve alito di fiato le sfugge dalle labbra.

«Che succede?» grido. «È ancora morta? Si sta svegliando?»

«Non lo so. Non ho mai mandato un'amica oltre il Velo prima d'ora» sbotta Dani. «La planchette si sta muovendo. Ha appena scritto PERICOLO FILI.»

«Che cosa significa?» grida Alice.

«Non mi piace. Voglio che si fermi» mugola Kelly.

«Beh, forse dovete fare pensieri felici» suggerisco. «Arcobaleni. Girasoli. Un'orgia di unicorni e orsetti del cuore.»

«Davvero?»

«No» dicono Dani e Alice in coro.

Stringo forte Bree mentre il suo corpo lotta. Non so cosa stia succedendo, ma so che ora è strana, ha le membra tese, il corpo rigido ma caldo. Cerco la sua mano e intreccio le dita con le sue. Quando i palmi delle nostre mani si toccano, nella sua pelle sento un lieve ronzio.

Bree. Non so cosa tu stia facendo laggiù, ma credo in te.
Torna da me.

279

Ho sempre pensato che l'amore sarebbe stato come una luce nell'oscurità con cui ho vissuto per così tanto tempo. Pensavo che l'amore significasse avere qualcuno in grado di vedere ciò che io non vedevo, e di illuminarmi la strada per ritrovarmi. Invece, gli occhi sono solo occhi. Ciò che conta è l'anima, e l'anima di Bree e la mia sono sempre state in grado di trovarsi, nell'oscurità.

«Ambrose» la voce di Dani si incrina. «C'è un rumore terribile fuori. Credo...»

Poi non la sento più.

Ora tengo Bree, non solo tra le mie braccia, ma anche nel mio cuore. Non so come lasciarla andare. Ma ovunque sia, qualunque cosa stia combattendo, lei sa che io sono al suo fianco e che nessun nemico potrà mai separare le nostre anime.

Premo la bocca sulla sua e le bacio le labbra immobili come la luna bacia il mare, la mia pallida luce contro la sua tempesta. E, mentre la bacio, desidero con tutta l'anima poter essere la sua luce, che le indichi la strada di casa perché possa tornare da noi.

30

BREE

Nel momento in cui le mie natiche toccano quel cuscino di velluto, so di aver fatto qualcosa da cui non posso tornare indietro.

La mia testa si fa calda sotto la corona ronzante. E poi, *SBAM*. La magia mi colpisce come un treno in corsa, facendomi quasi cadere dal trono. È come se ogni mio atomo fosse stato riempito di eroina.

Mentre il fuoco nelle mie vene si ritira un po', *vedo* i fili. Non con gli occhi. Non sono nemmeno aperti, e comunque li vedevo già, ma ora li *conosco* con un altro senso, un potere a lungo trattenuto dentro di me che riconosce il mio compito.

E, oltre a vedere i fili che si snodano lungo le varie vite, vedo anche dove iniziano. E dove finiscono.

Sento il suono delle anime mentre i fili si dipanano in ogni vita, e si intrecciano in uno stupendo arazzo di legami, amore, amicizia e dolore. So quando ognuna di queste anime compirà i prossimi passi lungo il proprio percorso. C'è una sorta di ordine, come l'orario di un affollato aeroporto internazionale. Anime che vanno e anime che vengono. E io sono il controllore del traffico aereo, che si occupa di tutto questo.

Io sono la Signora della Morte.

Beh... *cazzo*.

Stringo la falce e, allungando una mano, penso ai miei amori. *Li chiamo a me*. Le loro anime volano nell'aria e all'improvviso ho in mano i loro tre fili. Capisco subito che quello spesso e pesante appartiene a Pax, quello elegante e liscio a Edward e quello vibrante che sembra pulsare leggermente tra le mie dita è di Ambrose.

Sono ancora qui. La loro fine non è ancora arrivata.

So, senza saperlo, in quello strano modo che mi succede da quando sono tornata a Grimdale, che se dovessi sollevare la falce sui loro fili e reciderli, allora sarebbero morti. Questa volta per davvero. Il solo pensiero mi spinge ad aprire la mano e a rilasciare le loro anime nell'etere, prima di poterne vedere le estremità.

In questo momento sono vivi e aspettano che torni da loro. Ma qui c'è ancora bisogno di me.

Apro gli occhi. Osservo l'espressione infastidita di Jack lo Squartatore, la nebbia rossa che gli esce dagli occhi, il filo rosso tutto bitorzoluto che si dipana dal suo petto. E questa volta vedo che è quasi esaurito. Sta per finire.

Noto un nuovo dettaglio: due flebili fili argentei, avvolti intorno al filo rosso.

Due?

Ah. Certo.

La mia falce calza perfettamente nella mia mano. Come fosse stata fatta per me. Il sangue mi risuona nelle orecchie.

«Pensi di aver vinto, vero, piccolo Lazzaro?» Jack ride con la sua risata malvagia. «Ho già ucciso la Signora della Morte una volta. La ucciderò di nuovo. E mentre tu te ne stai seduta per qualche minuto su questo trono abbandonato, le bestie escono dal buco nel Velo. Potrai regnare per poco sul regno della morte, e presto questo posto sarà... Ehi, smettila!»

Una delle sue mani schizza via e gli schiaffeggia una guancia, dove qualcosa di minuscolo spinge dall'interno contro la sua pelle. Uno dei fili d'argento dà uno strattone, e gli allontana il filo rosso dal petto, avvicinandolo alla sua fine.

«Non mordere quel… AHIA!» Lo Squartatore si stringe l'orecchio mentre uno sbuffo di nebbia rossa gli sfugge tra le dita. Saltella su un piede e il fondo del mantello inizia a disfarsi e dal fondo dei pantaloni spunta una zampetta nera, a giocare con il filo.

«Walpurgis!»

«Miao!» La zampetta scompare di nuovo all'interno dei pantaloni e un piccolo rigonfiamento risale la gamba dello Squartatore fino al suo torso.

La testa dello Squartatore ha uno scatto e, quando lui torna a fissarmi, il suo volto è un po' sbilenco. «Bree, sono qui» esclama gracchiando. «Ma è troppo potente. Ne ha uccisi troppi. Non puoi lasciare che colpisca. Quella lama può ucciderti, anche qui. Ma io non riesco a…»

«Agnes?»

«Tiralo fuori!» Lo Squartatore si preme lo stomaco. Ovviamente, Walpurgis pensa sia un gioco fantastico. Rido mentre con le sue zampette spettrali colpisce lo Squartatore dall'interno. Il filo rosso, ormai vicino alla fine, gli esce in una spirale dal petto ma non so come sconfiggerlo.

Lo Squartatore si porta una mano ai bottoni del panciotto, affondandola nella nebbia rossa di cui è fatto il suo corpo. La sua bocca si contorce per l'agonia, ma lui riesce a tirare fuori Walpurgis per la collottola. Il gatto sibila contro il volto dello Squartatore, il quale, con una mossa del polso, lo scaraventa in un angolo della stanza.

«Miaooo…»

Il grido di Walpurgis si interrompe con un brusco colpo.

Lo Squartatore si volta verso di me, le labbra arricciate in un ringhio e le dita strette intorno al coltello. Nell'elsa un gioiello brilla di un nero profondo e vellutato. È il pezzo della mia anima.

Se quella lama mi penetra la carne, mi ucciderà, anche se ho questa corona in testa.

Lo Squartatore si lancia verso di me e io lo schivo, ma mentre sto per brandire la falce, ho un'altra visione. Il luogo in cui andrà, alla fine della sua vita. Pensava che rimanere per sempre in questo deserto fosse la punizione per i suoi crimini, invece ora vedo l'orrore che lo attende nella sua prossima destinazione lungo il sentiero.

Solo che non posso mandarcelo mentre Agnes è ancora dentro di lui, altrimenti soffrirà anche lei.

«Vedi?» ringhia lo Squartatore, tornando a girarsi mentre io fermo la mano. «L'amore è debolezza. Non mi manderai sul mio sentiero, Signora, perché perderesti la strega che vive dentro di me. Ovunque io vada, andrà anche lei.»

«No, non è vero.»

Con un balzo, Abberline mi si piazza davanti, con il suo filo argenteo tutto luccicante. «Io e te abbiamo un conto in sospeso, Jacky.»

Lo Squartatore colpisce con il suo coltello, e io sussulto quando vedo un taglio lungo e profondo sulla guancia di Abberline. Il detective indietreggia, ma non rallenta.

«Oh, buona dea!» sospira Vera. «Ora diventerà un eroe, vero?»

Abberline giunge le mani, simile a un tuffatore pronto per un carpiato, e con un lungo urlo si immerge nello Squartatore. Il suo corpo sussulta e una nebbia rossa gli esce dalla bocca e dalle orbite. Le sue membra si contorcono e si agitano, e lui si piega in due per il dolore, mentre un fantasma rinsecchito gli esce dallo stomaco tossendo, e si mette a strisciare sul pavimento.

«Agnes.»

«Quello stupido poliziotto mi ha buttata fuori» rantola. «Dov'è Walpurgis...»

Lo Squartatore urla. Io mi volto e vedo il filo d'argento di Abberline che, sfolgorante, avvolge quello rosso, e insieme danzano sul pavimento della sala del trono mentre lottano per prendere il controllo del corpo. Il coltello sferza l'aria e io devo abbassarmi per evitare di essere colpita.

«Fallo.» Lo Squartatore si immobilizza quando Abberline prende il controllo. «Non ho molto tempo.»

Le mie dita sfrigolano sulla falce. «Ma ucciderà anche te.»

«Avevo un solo compito: liberare il mondo da Jack lo Squartatore. Ora, fallo!»

Un singhiozzo mi sfugge dalla gola, mentre tiro indietro la falce.

E la faccio scendere.

Fendendo l'aria, la falce taglia sia lo spazio che il tempo, e io non avverto nulla quando recide di netto il filo dello Squartatore e quello di Abberline.

Si sente un urlo, e non so di chi dei due sia, ma è terribile. La sala del trono trema. I telai sbatacchiano sulle enormi strutture.

Lascio cadere la falce.

I vestiti dello Squartatore crollano a terra.

Dentro non c'è nulla. Agnes corre a prenderli a calci, ma sono solo stracci. Un mantello nero, un cappello a cilindro elegante, un bel panciotto e, in mezzo a loro, un cappotto grigio sbiadito e un revolver da poliziotto.

Il coltello è sparito.

«È finita» dice Vera.

Mi accascio contro il trono, la corona pesante sulla testa. Agnes si avvicina con cautela, tenendo Walpurgis tra le braccia.

«Ecco, sei soddisfatta?» chiede. «Ora sei la Signora della Morte.»

«Tu non sei mai contenta, vero?» le chiedo scuotendo il capo. «E un bel *Grazie, Bree, per aver salvato il mondo?*»

«Puah.» Agnes fa un cenno di saluto a Vera. «Immagino di essere felice di rivederti. Ci hai messo un bel po' a portarla qui.»

Sospiro. «Voi due vi meritate proprio. Ora, se volete scusarmi, me ne torno nel Mondo dei Viventi.»

Faccio per prendere il mio filo nero, ma una mano spettrale si allunga e mi afferra il polso.

«Dove credi di andare?» ringhia Agnes. «Ora sei la Signora della Morte. Hai dei doveri.»

«Non ho nessuna intenzione di rimanere qui.» Faccio un gesto verso il mio filo. «Devo portare via tutti quei mostri da Grimdale, e poi tornerò.»

Agnes fa come se volesse lanciarmi addosso Walpurgis. Mi preparo a parare la bestia dagli artigli sfoderati. «Io ti conosco. Dopotutto, hai lo stesso sangue di Elsie. Tu ti sottrarrai ai tuoi doveri, solo perché vuoi tornare da quei tre ex fantasmi.»

«Ho *promesso* loro che sarei tornata. Li ho già abbandonati una volta. Non posso farlo di nuovo.»

«Alla corona non interessa la tua promessa» dice Vera. «Il Regno dei Morti ha bisogno di un sovrano che metta le cose a posto, e quel sovrano ora sei tu.»

«Beh, è carino, però io volevo solo riparare il buco nel Velo. Ho salvato il mondo. Non è abbastanza? E poi, prima devo morire, no?»

Guardo Vera, che annuisce lentamente. «Sì, ma tu sei già morta. Anzi, sei morta due volte, per essere precisi. Sei morta quando avevi cinque anni e poi in questo momento sulla Terra sei morta. Questo è ciò che dice la porta. SOLO I MORTI POSSONO PASSARE.»

No.

Penso ai ragazzi, a mio padre, a Dani, tutti accalcati intorno al mio corpo senza vita, che sperano, desiderano e pregano che io torni.

«Ma non sono qualificata per questo lavoro. Non so come si fa la Signora della Morte. Forse c'è qualcun altro che potrebbe sostituirmi mentre io vado a godermi il resto della mia vita con i miei fidanzati non più fantasmi.»

Vera si rivolge ad Agnes. «Non capisce. La immaginavo più sveglia. Ha davvero tanto da imparare e, a differenza di Elsie e di tutti gli altri Signori, o Signore che l'hanno preceduta, non ha un monarca in carica che le possa insegnare. Ha solo noi. In pratica, deve cominciare da *ieri*.»

«Ora indossi la corona, Bree» spiega Agnes. «E la falce ti appartiene. È una magia antica, più antica della magia stessa. Non puoi semplicemente rifiutare il lavoro e tornare nel Regno dei Viventi.»

«Ah, no?» Indico gli arazzi che adornano le pareti. «Altri Signori e Signore lo hanno fatto. Ecco perché ci sono così tanti avvistamenti di Lazzaro e del Tristo Mietitore nel corso della storia.»

Vera sospira. «Sì, ma quelli sono per motivi cerimoniali. Apparizioni su campi di battaglia famosi, all'inaugurazione di supermercati... roba del genere. Si devono sempre fare un po' di pubbliche relazioni per mantenere vivo il marchio.»

«Ed Elsie che torna a trovarmi?»

«Sì, quello è stato per garantire la linea di successione.» Vera aggrotta le sopracciglia. «Ora si scopre che la sua pronipote è esattamente come lei. Altrettanto testarda e inquieta.»

«Non sono inquieta. Sto solo tornando nel luogo a cui appartengo. A casa mia.»

«Ma non puoi più vivere tra gli umani. Non sei una di loro. Il potere della corona sarà ancora con te nel regno dei viventi. Quel potere non è destinato a una persona viva. Ti distruggerà.»

I fili mi strattonano, il loro amore mi richiama.

«Io torno indietro» dico con fermezza. «Vi occuperete voi di questo posto in mia assenza?»

«Non è così che funziona...»

«Sono io che comando, giusto? E allora decido io come funziona.»

Vera ha un sussulto quando tendo una mano verso la corona e ne stacco due lunghi pezzi di osso sbiancato. Sono caldi e leggeri nella mia mano, e vibrano di una magia più antica del tempo. Lancio un osso ad Agnes, che riesce a salvarlo da Walpurgis, e porgo l'altro a Vera.

«Congratulazioni. Ora siete ufficialmente le mie reggenti. Torno sulla Terra per avere una *vita*. Mi occuperò delle mie cose finché non verrò investita da un autobus. Nel frattempo, ho appena sconfitto il serial killer più imprendibile del mondo e ora torno a casa da Pax, Edward e Ambrose.»

Vera mi strappa l'osso di mano. «Non sappiamo nemmeno se funzionerà.»

«Chiamatemi se ci sono problemi. Ora, come faccio a tornare?»

Agnes si sistema di nuovo sul trono. Walpurgis le si accoccola in grembo e si addormenta, e il suo corpicino vibra ed emette un rumore che sembra una sega elettrica. Agnes mi fa un raro sorriso e agita una mano. Gli arazzi sulla parete si aprono, a rivelare un'altra porta nascosta, circondata da ossa sbiancate. L'iscrizione sopra di essa recita:

SOLO I VIVI POSSONO PASSARE

«Non hai valutato bene le cose» dice Vera. «Se torni indietro, sarai sempre la Signora della Morte, e avrai ancora tutti quei poteri. E sai perché nessun Signore o Signora è rimasto a lungo nel Regno dei Vivi? Perché sarai in grado di vedere quando morirà ogni persona che ami.»

Mi si blocca il cuore. «Cosa?»

«Nel momento in cui toccherai i tre uomini che ti hanno rubato il cuore, vedrai la loro morte. Non sarai più in grado di dimenticarla. La morte non è fatta per essere conosciuta dai vivi. La tua stessa magia ti distruggerà.»

«È vero che non è mai stato fatto prima, ma forse vale la pena di provare.» Agnes fissa il pezzo d'osso che ha in mano. «Bree ha fatto esercizio di magia. Forse riuscirà a tenere lontane le visioni di morte.»

Vera sbuffa.

«Non è solo questo. La situazione quaggiù è ancora instabile e lei non è più un Lazzaro qualunque. Se usasse i suoi poteri anche solo una volta, potrebbe squarciare di nuovo il Velo.»

«Non mi interessa quello che pensi.» Afferro il mio cordone con entrambe le mani e gli do tre strattoni. «Non userò i miei poteri, perché ho già riportato indietro i miei tre uomini, quindi non mi servono più. Ora, se volete scusarmi, ho promesso loro che sarei tornata, e nella mia vita ho già infranto abbastanza promesse. Io vado a casa.»

«È questa la tua casa ora!» mi urla Vera mentre mi avvicino alla porta. «La tua bisnonna ha vissuto in quel modo perché sapeva che una Signora della Morte deve essere sola. Non è morta perché tu te ne tornassi nel Mondo dei Viventi e lasciassi sguarnito il Velo.»

«Non è sguarnito. Ci siete tu e Agnes al comando, e io mi fido ciecamente di voi due. Sono sicura che avrete dei miglioramenti da apportare all'intera faccenda degli psicopompi. Magari delle ferie annuali, o una bella macchina da caffè nella sala relax.» Le saluto con la mano e il mio filo inizia a trascinarmi verso l'ingresso. «Sottoponete le vostre idee alla direzione e sono sicura che troveremo una soluzione. Ma la falce me la tengo io. Cia-ciao!»

Mi metto in spalla lo strumento dalla lucida lama ricurva e varco l'ingresso. Mentre mi volto per salutarle, alzo lo sguardo verso il soffitto, dove c'è ancora lo specchio per la divinazione. E da lì vedo la scena che si svolge in casa mia. Edward e Pax stanchi morti per la lotta con l'Ordine della Nobile Morte, papà che mi stringe il viso e mi bagna di lacrime la maglietta. E Ambrose che mi sussurra qualcosa.

Bree, torna da noi. Torna a casa.

«Sto arrivando!» Volo attraverso la porta. Il cimitero di Grimdale mi sfreccia sotto, sfocato, mentre io volo in alto sopra il sentiero, verso il buco sempre più piccolo nel Velo. Mi aggrappo al bordo e, con il filo nero che mi esce dal ventre, lo attraverso e me lo chiudo dietro.

Mentre l'ultimo punto del filo nero della mia anima si tende, sigillando il buco nel Velo, sono immersa nell'oscurità, trascinata dalla magia che mi tira in due direzioni diverse. La mia mente si blocca e io soccombo...

31
BREE

Apro gli occhi.

«Bree?» Le labbra di Ambrose sono sulle mie, calde, disperate e *vive*.

Prima che io riesca a respirare, e prima ancora di riuscire a dare un po' di forza alle mie difese magiche, il suo bacio mi afferra il cuore e lo torce, e la sua morte mi appare in una visione. Inciampa su una roccia di una spiaggia lontana, cade e batte la testa. Un grande avventuriero abbattuto da un piede messo in fallo. Il suo volto si rilassa sereno mentre fissa il cielo senza vederlo, ed è giovane, molto, troppo giovane...

Ambrose, no.

Ansimo e lo spingo via, ritraendomi dall'acuto dolore che mi ha provocato. Ho bisogno di spazio. Devo richiamare la mia magia e...

«Pensavamo di averti persa» dice morbida una voce pericolosa, e poi le labbra di Edward sono sulle mie, le sue dita si infilano tra i miei capelli, e anche la sua morte è nel mio cuore.

No, no, non guardare. Per favore, non guardare...

Ma non posso distogliere il mio cuore. Edward giace, a

faccia in giù, su uno dei tappeti sbiaditi di Grimwood, con una pozza di vomito intorno alla bocca. È circondato da bottiglie vuote e libri di poesia aperti. Una terribile solitudine emana dalla sua forma priva di vita.

«Tocca a me, tocca a me! Abbiamo solo pochi secondi prima che arrivino qui.»

«Non toccarmi» grido, ma è troppo tardi. Pax mi prende tra le braccia, e mi stringe tanto da togliermi il fiato mentre sussurra preghiere di ringraziamento ai suoi dèi. E mi arriva anche la sua morte, veloce e violenta. Il fendente di una lama che gli affonda nel petto. La sua figura possente crolla in avanti, su una spada.

No, no, non puoi andartene così. Non puoi lasciarmi. Ti prego, Pax, ti prego...

«Perché hai un attrezzo da giardinaggio?» Pax guarda con disapprovazione la falce che è rotolata a terra. «Come arma sarebbe inutile nei corridoi. Non c'è abbastanza spazio per maneggiarla.»

«State tutti indietro» la voce di Dani penetra nel mio dolore. «Lasciatele un po' di spazio per respirare.»

Con riluttanza, mi lasciano e quelle immagini scompaiono dalla mia coscienza. Ma sono impresse nella mia memoria. Vera aveva ragione: non riuscirò mai a dimenticarle.

Questo è un errore.

Ma non posso farlo capire loro, non ora che mi fissano tutti, così pieni di speranza e felicità. Come ha detto Pax, mancano pochi istanti prima che l'Ordine e gli ultimi mostri dello Squartatore facciano irruzione dalla porta. Scendo dal letto e prendo la falce. Il manico di legno vibra tra le mie dita.

La porta si apre di scatto.

«State indietro!» grido.

Colpisco.

Pax ha ragione. Non c'è molto spazio. Devo frenare

l'oscillazione per non abbattere per sbaglio uno dei miei amici. Ma questa non è una falce normale e io non sono più una ragazza normale.

Una brillante luce bianca mi acceca. La lama risuona mentre taglia lo spazio e il tempo, e ogni singolo sacerdote, sacerdotessa e mostro che combatte nel corridoio scompare.

Andati.

Obliterati.

La luce bianca svanisce e i nemici di Grimwood scompaiono. Così.

Wow.

«Bree, ce l'hai fatta!» Pax corre verso di me con un enorme sorriso sul volto. Non sa che c'è qualcosa che non va, che se lo tocco vedrò di nuovo la sua morte.

Così faccio quello che avrei dovuto fare nel momento in cui sono tornata nel mio corpo: richiamo il mio potere e mi rifugio in un luogo di quiete. Innalzo i miei scudi magici e ordino che non entrino altre morti.

Non guardare.

Mi costringo a sorridere mentre Pax mi abbraccia. Questa volta non vedo la spada che gli esce dal petto. Ma è troppo tardi. Non posso dimenticarla.

«Sei qui!» Dani mi abbraccia. Le mie difese reggono. Non vedo la sua morte. «Sei tornata da noi.»

«Certo che sì.» Mi metto a sedere, cercando di costringere il mio cuore a tornare a un battito normale mentre mi sforzo di trovare le parole giuste. «Edward, hai una spada? E sei coperto di sangue? Stai bene? Hai ancora tutti gli arti?»

«Ha combattuto valorosamente» esclama Pax con un sorriso, e dà una pacca sulla spalla a Edward. Questa volta lui non gli risponde male. Al contrario, sorride con aria stordita. E io so che non potrò mai raccontargli della sua morte.

«Che cosa è successo laggiù?» chiede mio padre. «Perché hai una falce magica?»

«Allora...» Mi butto sul divano, all'improvviso stanca all'inverosimile. Non riesco a trovare le parole per raccontare tutto, così mi accontento di un pezzo di verità. *Non guardare.* «Ho ucciso Jack lo Squartatore. Beh, è stato Abberline. E a quanto pare ora sono la Signora della Morte. Ma ho lasciato Agnes e Vera sul mio trono a fare da reggenti, e ho ricucito il buco nel Velo. Se mi comporterò come un'umana normale e non userò mai più i miei poteri di Lazzaro, le bestie infernali resteranno dall'altra parte del Velo, al loro posto.»

«Wow, è un bel sollievo!» Mio padre si china e mi bacia la sommità del capo. Sento lo sfrigolio della corona, anche se non l'ho portata con me. «Sapevo che ce l'avresti fatta, dolce Bree.»

Non guardare, non guardare.

Mi rilasso sul divano. «È stato un lavoro di squadra.»

«Questo richiede una celebrazione.» Edward raddrizza la schiena. «Vado a prendere un'altra bottiglia nella mia cantina?»

«Non possiamo bere tutta la tua questione in sospeso» dico. «Dovresti tenerne un po' da vendere, in modo da ricavarne soldi per vivere, per fare le cose che vuoi fare.»

Per non finire a terra a faccia in giù, soffocato dal...

No, basta.

Ecco cosa intendeva Vera. A prescindere da ciò che vedi, non puoi interferire mentre sei nel Regno dei Vivi. Non puoi riportarli indietro, altrimenti rischi di aprire di nuovo il Velo e di far uscire qualcosa di peggio di Jack lo Squartatore. Devi solo accettare che moriranno in modi orribili e solitari e che ti mancheranno oltre misura. L'amore può essere eterno, ma il dolore dura a lungo e...

«Non credo sia stata la cantina a riportarmi indietro» replica Edward.

Io sbatto le palpebre, risvegliandomi dai miei pensieri. «Ah, no?»

«Credo sia stato quando ho capito che potevo usare la cantina per qualcosa di buono, di altruistico.» Edward sorride. «Possiamo vendere le bottiglie e usare i soldi per riparare Grimwood Manor in modo che i tuoi genitori non debbano venderla. È questo che vuoi, no? Non ho mai fatto nulla di altruistico prima d'ora, ma mi piace l'idea. È una bella sensazione.»

Mi guardo intorno e vedo i volti di mio padre, dei miei amanti, delle mie amiche (e di Kelly). Alzo lo sguardo verso le pareti macchiate di sangue. Chiudo gli occhi e vedo tre morti orribili.

Sono tornata per loro.

Non posso abbandonarli di nuovo.

Devo *provarci*.

Per loro.

Grimwood Manor ha rappresentato molto per me: un rifugio, una prigione, il luogo in cui ho ritrovato me stessa. Ed è stata tanto anche per le persone che mi hanno preceduto. Per Pax un campo di battaglia. Per Edward un rifugio. Per Ambrose un focolare. Per Elsie un portale verso la sua sala del trono.

Forse è giunto il momento che Grimwood diventi ciò per cui era stata costruita: una casa.

32

BREE

La mattina dopo mi sveglio da un incubo di morte solitaria, al profumo di pancetta e al suono di mio padre che canticchia.

Non guardare. Non guardare.

Erigo le mie barriere difensive, poi sbadiglio e rotolo fino alle braccia di Edward che mi aspetta. «Non osare pensare di lasciare questo letto» mi rimprovera tra un bacio e l'altro. «Non lasciarmi nella desolazione.»

«Per quanto mi dispiaccia farlo...» Riesco, con grande autocontrollo, a districarmi da lui. «Ho bisogno di un caffè.»

Mi alzo e noto che siamo gli unici due occupanti del letto. Edward approfitta della mia distrazione per tirarmi di nuovo giù, le sue labbra calde sulle mie, le sue mani che vagano sul mio corpo nudo finché non ansimo.

Ebbene sì: dormo ancora nuda. Perché non farlo se si è circondati da tre ex fantasmi sexy da morire?

Tutti i pensieri sul caffè spariscono dalla mia mente appena lui sale su di me, e con il ginocchio mi allarga le gambe. Mi fa uno dei suoi sorrisi diabolici e si infila sotto le coperte, lasciandomi una scia di fuoco sui seni e sull'addome prima di affondare quella lingua birichina tra le mie cosce.

Inarco la schiena appena mi passa la lingua sul bocciolo sensibile. I miei muscoli si contraggono con violenza e mi aggrappo alle lenzuola, desiderosa e affamata di lui.

Edward sa benissimo l'effetto che ha su di me. Trascina la lingua con una lentezza che mi manda in delirio, facendomi percepire ogni istante, costringendomi ad abbandonare ogni altro pensiero che non sia lui. Danza pigro sul mio clitoride in modo che il mio piacere salga come un'anestesia a lenta goccia, depositandosi nelle ossa e nei muscoli fino a quando non sono alla sua mercé.

«È molto più soddisfacente del caffè» mormora, mentre affonda la lingua.

Ora inizia a devastarmi il clitoride e tutto il resto con impeto, e i suoi occhi scuri e insondabili mi guardano da sotto le lenzuola, mentre io godo.

Mi sfugge un singhiozzo, la tensione si intensifica, il mio ventre si contrae, e il mio cuore batte forte. Oscillo il bacino per strusciarmi sulla sua faccia, lui emette quei suoni più da bestia che da uomo, e io mi perdo. Il piacere mi rapisce, e io quasi dimentico di aver visto la sua morte.

Quasi.

Quando mi riprendo, è sdraiato accanto a me, le gambe aggrovigliate alle mie, le labbra premute alla mia fronte. «Ogni centimetro di te è prezioso per me, Brianna. Potrei passare una vita intera tra queste tue gambe senza stancarmi mai.»

«Oh, principe poeta, scommetto che lo dici a tutte le ragazze.»

«No.» I suoi occhi brillano mentre mi bacia di nuovo e io assaporo il mio piacere sulle sue labbra. «Solo alla ragazza che amo.»

Amo.

La parola che una volta mi faceva scoppiare l'orticaria ora ha un nuovo anatema, perché Vera ha ragione. Ho visto come morirà: solo, e a faccia in giù su un tappeto, in una pozza del suo vomito. Non posso salvarlo; posso solo tenerlo stretto mentre il tempo ci accompagna verso quella tragica fine.

Odio tutto questo.

«Dove sono gli altri?» chiedo.

«Pax sta preparando la colazione e Ambrose aveva voglia di fare una passeggiata al cimitero sotto il sole.» Gli occhi di Edward si accendono di una luce maliziosa. «Hanno lasciato a letto questi due pigri fannulloni, per i nostri piaceri carnali.»

«Perché, mio principe, tu che cosa avevi in mente?»

Edward mi fa un sorrisone e mi blocca i polsi con una mano. Poi strofina il suo sesso, duro e bramoso, contro la mia coscia. Porta l'altra mano tra le mie gambe, dritta a quel punto che ha reso così sensibile e lo accarezza con delicatezza.

«Hai salvato il mondo» sussurra. «Hai salvato me, che pensavo di non poter essere salvato. Sei straordinaria.»

Non ti ho salvato. Non posso farlo. E passerò il resto dell'eternità a piangerti.

Ma non posso sopportare che scopra quanto si sta agitando il mio cuore. Voglio fargli credere che vada tutto bene, che abbiamo vinto.

«Beh, grazie. Ma non ho fatto tutto da sola. Tu e Pax siete una bella coppia» sussurro mentre mi fa rotolare su un fianco e mi apre le gambe per penetrarmi.

«Ho scoperto che quando le persone a cui tengo sono in difficoltà, so essere abile con la spada. E ora te lo dimostrerò.»

PER LA SECONDA volta questa mattina, cerco di alzarmi dal letto. Edward è tornato a russare accanto a me. Mi sfilo da sotto il suo braccio e cerco a tastoni i vestiti.

Le tende sono ancora aperte e rivelano una luminosa giornata estiva. Non c'è traccia di nessun varco nel Velo. Un paio di bambini passano davanti a casa in bicicletta e Maggie è fuori in giardino a risistemare le sue aiuole rovinate. Da qualche angolo della casa sento mio padre canticchiare con la radio.

È finita. Tutto è tornato alla normalità. Il sole splende. Pax non deve più fare la guardia ai mostri.

Se mantengo le mie difese, non vedrò altre morti finché non sarò pronta a riprendere la corona.

Allora perché sono nervosa, come se avessi bevuto troppo caffè? Non ne ho ancora bevuto nemmeno una goccia.

Perché questa pace sembra così precaria, come se fossimo a un passo dal baratro?

Non guardare.

Non sto nemmeno indossando la Corona di Ossa, eppure me la sento pesare sul collo.

Mi volto verso il letto. Edward dorme profondamente, le mani intrecciate dietro la testa. Quando dorme ha un'aria innocente, da cherubino. Il suo filo d'argento gli esce dal petto e danza nell'aria.

Ripenso a quando ho tenuto la falce tra le mani, a come quella magia mi vibrasse dentro, a come con un solo colpo di lama avrei potuto stroncare una vita.

Ricordo la morte di Edward.

Tutti i Lazzari vedono la morte troppo presto. Siamo immersi nel dolore del mondo fin dalla più tenera età. Gli esseri umani dovrebbero temere la morte. Dovrebbe essere la grande incognita. La paura della morte è ciò che rende la nostra vita degna di essere vissuta. Non sappiamo mai quando il nostro filo si esaurirà.

Per me, invece, è diverso. Io dovrei dominarla, la morte. Dovrei essere al di sopra del dolore, al di sopra dei sentimenti umani. Invece so che se guarderò di nuovo, vedrò la fine di tutte le persone che amo: i miei amici, i miei genitori. Scoprirò la data e l'ora esatta in cui dovrò accompagnarli lungo il sentiero.

Non voglio avere tale conoscenza. Tutto ciò che ho già visto mi sta facendo a pezzi.

Come farò a trattenermi dal cercare di salvarli? Come potrò non togliere le bottiglie di vino dalle mani di Edward, o non nascondere la spada di Pax, o non condurre Ambrose lontano da spiagge rocciose?

Sarò mai pronta a dire loro addio?

Ma se non resisto, tutto questo potrebbe accadere di nuovo.

Posso farcela. Posso stare lontana dai miei poteri. D'altronde, ho ancora del tempo da passare con tutti loro. Non ho visto con chiarezza i loro volti. Non ho una data precisa. Potremmo goderci il tempo che abbiamo insieme.

Sì, posso farlo. Devo solo non guardare.

Indosso una maglietta dei Blood Lust e un paio di pantaloncini neri a vita alta e mi avvicino all'ingresso. Dalla cucina proviene un profumo delizioso e sento Pax che canta a squarciagola una canzone romana da osteria mentre sbatte pentole e padelle.

«Buongiorno, dolce Bree!»

Sollevo lo sguardo. C'è mio padre, inginocchiato sopra un telo protettivo sul pianerottolo del primo piano, che spennella vernice sulla balaustra intagliata. Mi saluta con una mano mentre con l'altra si riempie il davanti della tuta di schizzi di colore.

Non guardare.

Io sbatto le palpebre. «No, ma sul serio stai verniciando la balaustra il giorno dopo che abbiamo salvato il mondo?»

Lui fa spallucce. «Tua madre ha chiamato stamattina. Sta

tornando a casa. È meglio che finisca questo lavoro o mi scuoierà vivo. Pax sta preparando la colazione.»

«Yuuu-huuuu.» La porta d'ingresso si apre di botto e mia madre irrompe, avvolta in una nuvola di profumo. È appesantita da diverse borse da shopping. «Sono a casa! E ho dei nuovi soprammobili che credo piaceranno a Gwen. Bree, aiutami con queste borse. Mike, come viene il lavoro?»

«Eccellente, mia cara.» Mio padre pulisce il pennello e si alza in piedi. «Vengo ad aiutarti.»

«Ci penso io, papà.» Prendo in mano sei borse.

«No, no, conosco bene la passione di tua madre per lo shopping. Ce ne saranno altre dieci nel bagagliaio.» Mio padre inizia a scendere le scale.

«Mike, attento...»

Succede tutto al rallentatore. Papà scivola dal bordo del gradino, e perde l'equilibrio. La sua bocca si spalanca in un'espressione di sgomento, mentre si aggrappa alla balaustra, ma è la mano che non gli funziona, e il legno è scivoloso per la vernice fresca, così lui cade.

Il battito del cuore mi rimbomba nelle orecchie, così forte che il grido di mio padre è solo un debole squittio che si interrompe con un nauseante *CRUNCH* quando atterra in un mucchietto in fondo alle scale.

Non si muove.

33

PAX

Quando Sylvie inizia a urlare, abbandono la mia perfetta omelette spagnola – strano, quando ho attraversato in marcia la Spagna, o Hispania, come la conosciamo noi romani, non ricordavo che la colazione fosse così deliziosa – raccolgo la spada che avevo posato sul bancone della colazione e mi precipito nell'atrio.

All'inizio sono confuso. Non vedo nessun nemico da uccidere, nessuna bestia infernale che mi implora di staccarle la testa dal corpo. Ci sono solo Bree e sua madre in fondo alle scale.

E poi lo vedo.

Mike giace immobile ai loro piedi. La sua gamba è piegata in un modo in cui nessuna gamba dovrebbe piegarsi.

Bree è inginocchiata in una pozza di sangue e agita le mani in aria mentre la desolazione nei suoi occhi mi fa perdere la testa.

È distrutta da quando è tornata da oltre il Velo. Non vuole dirci perché, ma glielo vedo negli occhi. Non sarò sensibile come

Edward e Ambrose, ma so cosa succede quando un guerriero ha visto sul campo di battaglia cose che il suo cuore non può perdonare.

Raramente ho conosciuto la paura in vita mia, ma ho il terrore che questo possa distruggerla completamente.

Mi precipito al fianco di Mike, ma Sylvie mi trattiene. «Non puoi toccarlo» mi rimprovera. «È pericoloso muovere qualcuno che è caduto.»

Una caduta. Sembra tutto fuori posto. Un grande uomo come Mike non dovrebbe essere abbattuto da una cosa così sciocca come una caduta. «E cosa dovrei fare?»

«Conforta Bree. Io chiamo un'ambulanza.» Sylvie preme il suo rettangolo magico sull'orecchio.

Bree. Mi giro appena in tempo per vederla che si getta sul padre. La afferro e cerco di tirarla tra le mie braccia, ma lei si aggrappa a lui con una forza che non sapevo possedesse.

«Sì, vorrei segnalare un incidente. Mio marito è caduto dalle scale e abbiamo bisogno di un'ambulanza a Grimwood Manor...»

Bree scalcia e si dimena tra le mie braccia. Io la stringo forte al petto. «Andrà tutto bene. Ora arrivano i medici. Lo faranno stare meglio.»

«No, Pax, non capisci» singhiozza. «Il filo. Il suo filo sta scappando via.»

Oh no.

No.

Non può essere.

Non possiamo perdere Mike. Io non do il permesso a questo soldato di lasciare la battaglia.

Guardo Sylvie. Stringe il telefono, muove le labbra ma non esce alcun suono. Il suo viso è pallido. E allora capisco che Bree dice la verità.

La lascio andare.

«Posso farlo. Posso salvarlo.» Bree afferra qualcosa di invisibile nell'aria. Si morde le labbra e muove le mani sopra il corpo di Mike. «Papà, ti prego. Papà...»

34

BREE

Non so per quanto tempo rimango sdraiata accanto a mio padre, con le dita strette nelle sue, osservando il suo petto che si alza e si abbassa piano, prima che arrivi l'ambulanza e lo porti via.

«Avete fatto un ottimo lavoro» dice il paramedico che chiude le porte dell'ambulanza. «Avete agito in fretta e siete rimasti calmi. Hai salvato la vita di tuo padre, Bree.»

Sì, l'ho salvato.

Ho strappato il suo filo dall'aria e gliel'ho infilato dentro di nuovo.

Ho fatto l'unica cosa che avevo promesso di non fare mai più.

Non sono nel mondo nemmeno da un giorno e già ho usato i miei poteri. Ho già indebolito il Velo.

Al momento sembra reggere, ma cosa succederà la prossima volta?

Non ho nemmeno pensato a quello che sarebbe potuto accadere. Quando ho visto il filo staccarsi dal petto di papà, ho *agito*.

Dovrei essere la Signora della Morte. Dovrei rispondere a forze più alte del mio egoistico dolore.

Non posso comportarmi così.

Mentre l'ambulanza si allontana con dentro mamma e papà, fisso il cielo, cercando con gli occhi, e con la vista che mi è stata concessa in quanto Signora dell'Inferno, qualsiasi segno di indebolimento del Velo. Ma vedo solo un brillante e infinito azzurro.

Chiudo gli occhi e vedo vomito, spade e rocce sporche di sangue.

Pax mi prende tra le braccia. «Va tutto bene. Andrà tutto bene. I guaritori lo rimetteranno a posto.»

«Certo: un ciclo di sanguisughe lo rimetterà in sesto.» Edward mi dà dei colpetti sulle spalle. Ma mentre mi guarda, tende le labbra. Edward riesce sempre a vedere nel profondo della mia anima, in tutte le cose oscure che non riesco a pronunciare ad alta voce.

Non voglio che veda. Non questa volta.

Mi allontano da loro ed entro in casa.

«...ᴇ ora ho questa cicatrice bitorzoluta. Vuoi vedere?» Papà afferra il fondo del suo camice d'ospedale.

«Sì!» esclama Pax.

«No!» grido io.

Sono passati tre giorni dall'incidente e vorrei radere al suolo l'ospedale per non vederlo mai più. Io e la mamma non abbiamo lasciato il fianco di papà da quando l'hanno portato qui. Si è rotto una gamba, tre costole, ha una lieve frattura al cranio, fortunatamente senza danni al cervello, e un'altra frattura al braccio. Ma l'hanno fasciato come una mummia egizia e stiamo aspettando che un medico venga a dare il via libera per riportarlo a casa.

Edward, Pax e Ambrose sono stati fantastici, e ci hanno portato cibo, libri e coperte. Edward e Pax hanno fatto una rievocazione della loro battaglia contro le bestie infernali, ma mio padre ha dovuto interromperli perché stava ridendo così tanto che temeva si strappassero i punti.

Ogni cosa gentile che fanno rende più difficile la mia decisione.

Il medico ci ha detto che le cadute sono comuni per le persone con Parkinson. «È la causa più frequente di morte. Mike è stato fortunato questa volta, ma con l'avanzare delle sue condizioni, potreste prendere in considerazione alcune modifiche alla casa, in modo che non debba fare le scale.»

«Buone notizie, Mike, sei libero.» Il dottor Bakir scrive qualcosa sulla cartella clinica di papà. Scambiano qualche parola su un microbirrificio locale che papà ha consigliato al dottore di provare, poi arriva un'infermiera con una sedia a rotelle. Mia madre si alza per aiutarla a metterlo seduto, ma Pax la batte sul tempo e lo sposta come fosse una piuma.

«Con tutti questi assistenti, starai alla grande» lo rassicura il dottor Bakir.

Portiamo papà a casa e, mentre lo conduciamo lungo il vialetto, insiste perché facciamo una deviazione per ammirare le nuove aiuole che Maggie ha piantato dopo che i mostri hanno distrutto le sue. Edward raccoglie un paio di fiori per sentirne il profumo e poi me li infila tra i capelli.

«Ti ho ordinato un montascale» gli dice la mamma mentre Pax lo porta su per i gradini del portico. «Doveva arrivare oggi, ma il corriere non è ancora passato, quindi credo che dovrai stare al piano inferiore finché non arriva.»

«Ci abbiamo pensato noi.» Ambrose fa un bel sorriso. «Seguitemi.»

Scambio uno sguardo con mia madre. Non ne avevamo mai parlato. Seguiamo Ambrose fino alla fine del corridoio dell'ala che usiamo per gli ospiti. La stanza qui era un disastro, e tutta spoglia da quando Gwen ha dichiarato che dovevamo modernizzarci.

Ora, invece, è una camera perfetta, ed è bellissima. Il letto ha una nuova testata, dipinta di un azzurro chiaro, con un tenue disegno di nuvole e uccelli negli angoli. Il letto è ricoperto da lenzuola bianche e blu. I miei piedi affondano in un morbido tappeto di pelle di pecora, e sotto la finestra, con vista sul giardino e sul cimitero, ci sono due vecchie poltroncine che si trovavano nel boudoir di Edward e adesso sono state rivestite di tessuto a strisce bianche e blu.

«Il letto l'ha fatto Pax» dice Edward, con una punta di ammirazione nella voce. «Ha tolto le estremità di quello vecchio e ha costruito una nuova struttura con un disegno che aveva visto su una delle riviste di Sylvie.»

«L'ha dipinto Edward» precisa Pax.

«E io ho fatto i lavori di cucito» aggiunge Ambrose con orgoglio, indicando una fila di tende allegramente disallineate e, sul letto, dei cuscini di un colore che cozza.

«Non volevamo che ti preoccupassi delle scale per un po'» spiega Pax a Mike. «Se devi andare da qualche parte, posso portarti io. Una volta ho portato in spalla un cavallo per tutta la Gallia, per sfida. Pesi di sicuro meno di un cavallo e forse hai anche un odore migliore.»

«Forse?» Papà lo guarda sorpreso, ma sorride. Poi il suo sguardo coglie qualcosa. «Cos'è questo?»

Indica la parete dietro di noi. Mi giro e rimango sbalordita di fronte al bellissimo murale di un paesaggio rurale del sud della

Francia. Mi ricorda un po' una delle immagini che ho visto nelle foto delle vacanze di mamma e papà.

Ma chi l'ha fatto? Deve essere costato una fortuna assumere un artista con così poco preavviso.

«L'ho dipinto io» dice timidamente Edward. Si guarda alle spalle, fuori dalla finestra, e dal davanzale un grosso corvo ci osserva con gentili occhi arancioni. «Beh, mi ha aiutato un amico. Ho sentito dire che vi piacciono i murales, così ho pensato di provarci. È un po' rudimentale, ma...»

«È bellissimo, Edward» dice mio padre, la voce un po' roca. «È tutto davvero gentile da parte tua. Grazie.»

Un enorme groppo mi si forma in gola. Mi volto e cerco di asciugarmi le lacrime senza che nessuno se ne accorga.

«È molto bello da parte vostra, ragazzi» dice pronta mia madre, spingendo mio padre fuori dalla stanza. È il suo modo di dimostrare che è molto colpita da ciò che hanno fatto. «Ora, Mike, credo che la prima cosa da fare sia sistemarti nel salottino, con un bell'audiolibro e...»

«No, no.» Lui raddrizza la schiena. «Porto tutti al pub.»

«Oh, Mike, non essere ridicolo.»

«Sono stato rinchiuso in ospedale per tre giorni, Syl, ho bisogno di aria fresca. Inoltre, è la serata quiz e finalmente siamo abbastanza per formare una squadra di famiglia, e voglio mostrare a tutti la mia cicatrice.» Si dirige verso la porta. «Forza. Pax, aiutami a scendere questi gradini!»

«Sono qui!» Pax gli corre dietro.

«Il pub sembra un'idea eccellente» dice Edward. «Pensate che il quiz avrà un giro di domande su di me? Sono un argomento piuttosto interessante.»

Ambrose lo cerca con le dita. «Penso che sarà meraviglioso. Abbiamo davvero tanto da festeggiare.»

«Voi andate pure.» Mi stringo nelle spalle e mi allontano da Ambrose prima che possa toccarmi, nell'estremo tentativo di non scoppiare a piangere. «Vi raggiungo dopo. Prima devo fare una cosa.»

Ambrose mi guarda preoccupato. «Ci metti molto? Possiamo aspettarti.»

«Non c'è bisogno. Voglio solo fare una piccola cosa per il signor Pitts, che ho dimenticato, poi vi raggiungo. Iniziate pure senza di me. Il primo round di solito è quello sullo sport: in quel caso sarei comunque inutile.»

«Okay. Ci vediamo dopo!» Pax mi si avvicina e finge di sussurrare: «Il sesso post-vittoria sarà intenso stasera.»

Gli sorrido e lui è così felice che non si accorge che in realtà è un sorriso triste. «Ci credo.»

Vorrei troppo baciarli, ma resisto. Se li bacio, non potrò andare avanti.

Mi affaccio alla finestra della mia camera e li guardo avviarsi lungo il vialetto. Mia madre e Ambrose camminano a braccetto, mentre Edward spinge papà e proclama a gran voce che tutti dovranno spostarsi per lasciarli passare, e Pax salta davanti a tutti, raccogliendo altri fiori da far annusare a mio padre. All'angolo di Grimwood Crescent, ci sono Dani e Alice con un ampio sorriso e le dita intrecciate.

Il mio cuore si spezza in silenzio.

Nel momento in cui la mia famiglia svolta l'angolo, tiro fuori la valigia da sotto il letto e la apro.

Spalanco le porte dell'armadio. Non c'è tempo per fare i bagagli. Semplicemente, butto in valigia tutto quello che ho, interrompendomi giusto il tempo di infilare nella tasca esterna l'adattatore internazionale e un cuscino da viaggio. Mi siedo sul coperchio e schiaccio finché non riesco a chiudere, poi controllo di avere il passaporto e la carta di credito nel portafogli, mi carico la borsa a tracolla e tiro fuori il telefono per dare un'occhiata all'orario dei treni. Se mi sbrigo, posso prendere il prossimo prima che Pax abbia preso il primo giro di drink.

Mi fermo sulla soglia, e lancio ancora un'occhiata alla camera da letto che è stata mia da quando sono tornata a Grimwood. I miei occhi si spostano dalla finestra dove Pax mi ha vegliata ogni notte, anche molte notti in cui era umano e avrebbe avuto bisogno di dormire, alla chaise lounge dove Edward ha istruito Ambrose e Pax su come fare per regalarmi il miglior sesso della mia vita, al letto, sul quale ho perso il mio cuore per poi ritrovarlo dentro il loro petto.

So che spezzerò di nuovo i loro cuori.

Avevo promesso che sarei tornata a casa.

Ma *non posso*.

Se resto qui, moriranno come ho visto nella mia visione. Se rimango vicina a loro, finirò per usare i miei poteri per salvarli. Invece, se me ne vado, forse il futuro cambierà. Potrebbe cambiare il modo in cui moriranno. Forse avranno la vita, e la morte, che meritano.

Non posso stare con loro e indossare la Corona di Ossa. Pensavo fosse possibile, invece non posso vivere con questa consapevolezza. Li amo troppo per perderli di nuovo. Non posso sapere che moriranno, ed evitare di intervenire.

La mia bisnonna aveva ragione. La Signora della Morte deve essere sola.

Penso di attraversare di nuovo il portale. Ma non sono ancora pronta. C'è una cosa che devo fare prima.

La mia valigia è pesantissima, e la trascino a fatica lungo il corridoio e poi fuori, nel portico. Lancio un'ultima occhiata alla casa che mi ha protetta e ospitata, e mi ha resa ciò che sono. Ozzy è appeso al lampadario dell'ingresso. Solleva un'ala, come a salutarmi.

Mi sbatto la porta alle spalle.

35

EDWARD

«Non posso credere che abbiamo perso» esclama Mike imbronciato mentre Pax lo aiuta a salire i gradini del portico. «Avremmo dovuto asfaltarli. Avevo tutti gli esperti in ogni materia, nella mia squadra.»

«Chi l'avrebbe mai detto che Edward avrebbe sbagliato il giro di domande sui *Grandi Poeti Britannici*?» dice Ambrose con un sorriso mentre cammina barcollando, appoggiato pesantemente al bastone per tutte le pinte di sidro che ha bevuto. Ambrose ubriaco ha la lingua molto più libera del solito, e non so se mi piace.

«Nessuna delle domande riguardava me!» brontolo. «Sono io l'unico poeta che vale la pena conoscere.»

Gli altri ridono, cosa che non era affatto nelle mie intenzioni. Mike apre la porta. Corro dentro, per la fretta di vedere Brianna. Aveva detto che ci avrebbe raggiunti al pub, ma sospetto si sia coricata a letto e si sia addormentata subito.

«Brianna?» la chiamo, dirigendomi verso il suo boudoir. «Siamo a casa. Devi dire due parole all'organizzatrice del quiz in merito alla sua scarsa conoscenza della poesia britannica... Brianna?»

Mi fermo sulla soglia della porta. Il copriletto è appallottolato in fondo al letto, esattamente come l'abbiamo lasciato. I suoi vestiti sono sparsi a terra: non è una cosa insolita, ma sembra che ce ne siano meno di questa mattina. Le porte dell'armadio sono spalancate.

Un nodo mi sale in gola.

Da quando è tornata, ho percepito una certa oscurità in lei, un abisso che non posso sperare di attraversare. Custodisce un segreto che la sta divorando, e io sto per vederne le terribili conseguenze.

Controllo il bagno. I grandi flaconi profumati sono ancora accanto alla vasca da bagno, ma tutte le minuscole bottigliette di elisir di bellezza che Brianna teneva accanto al lavandino sono sparite.

«Brianna?»

«Che succede?» Pax entra nella stanza con la spada sguainata. Appena nota l'armadio, i cassetti in giro per la camera e i vestiti sparsi, spalanca le labbra a scoprire i denti serrati. «Qualcuno ha rapito Bree.»

Una palla di pelo impazzita sfreccia attraverso la porta e passa sopra la testa di Pax. Ozzy atterra sul letto e inizia a ballare freneticamente.

«Cosa c'è, piccoletto?» Pax si china, studiando i movimenti di Ozzy mentre lui mima l'atto di aprire una specie di scatola e di gettarvi dentro degli oggetti. «Hanno rapito Bree mettendola in una specie di sarcofago? Cercheranno di trasformarla nella loro Cleopatra? Ma lei ha un naso troppo piccolo...»

Io scuoto la testa. «Non ci siamo nemmeno vicini, soldato.»

Noto qualcosa di bianco sul cuscino di Brianna. Lo raccolgo, ben attento a ignorare la nuvola del suo profumo di mandorle e pere che mi raggiunge le narici. Dispiego il foglio. Le mie dita tremano mentre traccio le parole man mano che le leggo.

Edward, Pax e Ambrose.

Mi dispiace.

Non ce la faccio. Vi amo troppo.

Mi dispiace di non avervelo potuto dire in faccia. Quando ho indossato la Corona di Ossa, ho ottenuto un nuovo potere. Vedo la morte delle persone. Credo che sapere queste cose faccia parte del mio lavoro di Signora della Morte. Solo che io non sono come le altre Signore della Morte. Io sono tornata da voi, ma è stato un errore.

Ogni volta che vi guardo, vedo la vostra fine. Non sono morti nobili. Sono orribili, crudeli e ingiuste, e non riesco a sopportarle. Ma se tali morti sono dovute a me, allora forse la mia partenza le cambierà. Voglio che abbiate la vita che meritate, quella che vi è stata rubata l'altra volta.

Ho tanta paura. Non riuscirei a stare nemmeno un giorno senza usare i miei poteri, se si trattasse di riportare indietro qualcuno che amo. Non potrei stare con voi. Starvi vicino metterebbe in pericolo tutti gli abitanti di Grimdale, tutti gli abitanti del mondo.

C'è un motivo per cui la Signora della Morte deve essere sola.

Ora me ne torno oltre il Velo per indossare la mia corona. Questo non è un addio per sempre. Sarò lì ad accompagnarvi lungo il sentiero quando arriverà il vostro momento. Ma prima di farlo, c'è una cosa che devo fare nel Regno dei Viventi. Una cosa che devo capire.

Sappiate che vi amo e che non avete fatto nulla di male.

Non cercatemi.

Bree

36

BREE

«Scusa? Ehilà?» Una mano mi passa davanti al viso. «Lo sai che il tuo telefono sta squillando?»

Poco convinta, distolgo lo sguardo dal finestrino che sbatacchia, oltre il quale il panorama è la periferia industriale di Londra, e guardo il ragazzo con il cappellino del Chelsea di fronte a me. Sta picchiettando sul mio telefono, che vibra così forte da spostarsi sopra il ripiano del tavolino che ci separa.

Il ragazzo lo afferra al volo un istante prima che cada giù dal bordo, e me lo mette in mano. «Scusami, non volevo disturbarti, ma ho pensato ti avrebbe fatto piacere sapere che stava scappando via.»

«Grazie» borbotto.

La testa mi pulsa.

Fisso lo schermo. Appare la foto di mia madre. Rifiuto la chiamata. Lo schermo si riempie di messaggi. Li passo rapida: vengono tutti dal telefono di mia madre e di Dani, ma riconosco le parole, il timbro, il panico. Non sono mai riuscita a procurare a nessuno dei fantasmi un telefono, o un «rettangolo magico» come preferiscono chiamarlo loro.

Non posso piangere. Se mi abbandono alle lacrime, appena scenderò da questo treno a Parigi mi girerò indietro e tornerò da loro. Che poi, è l'unica cosa che vorrei fare. Ma quanto ci vorrà prima che Pax dica la frase sbagliata alla persona sbagliata al pub e tiri fuori la spada? Quanto ci vorrà prima che Edward diventi di umore nero e io lo trovi a faccia in giù sul tappeto?

E Ambrose... il suo era l'unico volto che ho visto, e sembrava così giovane, così simile a come è adesso. E io dovrei starmene qui mentre mi viene portato via?

Non sono giusta per loro. La loro morte me ne ha dato la prova.

E quanto ci vorrà prima che io usi i miei poteri per salvarli? Quanto tempo ci vorrà prima che decida di riportarli a me, e scatenare l'inferno sulla Terra?

Chiudo gli occhi e ripenso ai telai. Il leggero sibilo e il fruscio della trama e dell'ordito mi risuonano nelle orecchie. Tutte le persone che amo sono un singolo filo d'argento di quegli arazzi. Verranno recisi. Li perderò, e più sono vicina a loro, più farà male.

Sento la Corona di Ossa sulla testa. Anche se in realtà non c'è, la porto da quando sono tornata. Oggi è incredibilmente pesante, ma devo portarla. Devo.

Vera aveva ragione. Nessuno dovrebbe avere questo potere nel Regno dei Viventi.

Ancora una cosa. E poi potrò tornare sul trono.

Mi arriva un altro messaggio da un numero sconosciuto. Non riesco a trattenermi e ci clicco sopra.

Edward: Bree, sono Edward. Ci siamo appena procurati un rettangolo magico e Dani mi ha mostrato come usarlo. Devi tornare. Possiamo trovare una soluzione. Possiamo trovare un modo per non farti usare i tuoi poteri.

Chiudo gli occhi. Non dovrei rispondere. Se rispondo, anche solo per dire quello che devo dire, gli do una speranza. Devono sapere che questo è un addio. Devono andare avanti, devono farsi una bella vita con qualcuno che li ami nel modo in cui dovrebbero essere amati. Qualcuno che non li conduca a quelle morti orribili e solitarie.

Spengo il telefono.

MI ADDORMENTO SULL'EUROSTAR, ma per fortuna mi sveglio prima di arrivare a Parigi. Scendo dal treno e vago per la città in stato confusionale.

Le coppiette che si scattano foto da piccioncini davanti alla Torre Eiffel mi fanno rivoltare lo stomaco. Trovo una bettola piena di rumorosi studenti universitari che fumano senza sosta e cantano canzoni pop francesi. Tracanno un bicchiere dopo l'altro di vino scadente e intanto passo in rassegna i voli in partenza da Parigi, alla ricerca dell'offerta più economica per Malta.

La bisnonna Elsie sfuggì dalle responsabilità connesse al suo ruolo di promessa Signora della Morte e passò la maggior parte della sua vita su quell'isola. Ma qualcosa a Malta la spinse a tornare a Grimdale e a creare il portale. Qualcosa le fece desiderare di indossare la corona.

Devo sapere cos'è.

Prenoto il primo volo, alle 6:45 del mattino. Rimango sveglia a lungo in un letto con le molle rotte nel dormitorio di un ostello, con l'alcol che mi ribolle nella pancia e il cuore a pezzi. Voglio tornare a casa.

Ma mi stavo solo illudendo che Grimwood Manor fosse la

mia casa. Quel posto è molte cose: un portale tra il mondo dei vivi e quello dei morti, il luogo in cui mi sono innamorata di tre uomini bellissimi e impossibili, una maledizione che mi perseguiterà per il resto della mia vita.

Ma non può essere la mia casa. Non finché sarò la Signora della Morte.

LA MATTINA DOPO, di buon'ora, mi trascino all'aeroporto per prendere il mio volo. Per fortuna ho una fila tutta per me: l'aereo è piuttosto vuoto, se non si conta il fantasma di una donna in tailleur anni Ottanta che si aggira tra i corridoi con una mano sul cuore mentre chiede se c'è un medico a bordo.

Sono così stanca che tutte le mie difese crollano, e vedo morte ovunque. Vedo il pilota che ha un infarto nella sala d'aspetto di un aeroporto, l'assistente di volo tutta sorridente travolta da un pirata della strada e la donna seduta dall'altra parte del corridoio in un letto d'ospedale mentre il suo cuore cede.

Il peso della loro morte mi trasforma le ossa in piombo.

Tre ore dopo atterro a Malta. Il mio tassista mi porta in un ostello a La Valletta, la capitale barocca situata tra i porti di Marsamxett e Grand Harbour. Mi concedo una stanza privata che si affaccia sulle imponenti fortificazioni del porto.

Di solito, quando atterro in un posto nuovo, non vedo l'ora di uscire a esplorarlo. Questa volta mi siedo alla finestra a guardare le strade affollate di turisti e venditori ambulanti che convergono verso la magnifica Concattedrale di San Giovanni, anche se in realtà l'unico posto in cui vorrei essere io è molto,

molto lontano: davanti al caminetto nella sala degli ospiti di Grimwood, mentre cerco di impedire a Pax di lanciare popcorn a Edward durante la sua lettura di poesie.

37

BREE

I giorni diventano settimane e le settimane diventano mesi.

La mia missione non porta a nulla. Scopro che trovare qualcuno che voleva stare da solo in un paese straniero è più difficile di quanto pensassi. Chiedo in giro se qualcuno si ricorda di Elsie. Cerco nei vecchi archivi. Mi reco nei luoghi che ritengo possano essere stati frequentati da lei e cerco di percepire la sua essenza. Chiedo persino ad alcuni fantasmi se ricordano una donna che amava il rosa e che li vedeva. Ma non riesco a trovare nessuno, né vivo né morto, che la ricordi. Non trovo il suo nome in nessun documento ufficiale.

Elsie aveva la guida del Signore della Morte in carica prima di lei, ma io non posso contare su tale aiuto. Me l'ha portato via Jack lo Squartatore. Ma qualcosa di lei deve essere rimasto sulla Terra. Non può essere stata cancellata, così.

Il peso della Corona di Ossa è costantemente presente: a volte mi procura perfino dolori lancinanti al collo, che mi richiamano al mio ruolo di servo della morte e alla necessità di tornare al mio lavoro.

Ho migliorato la mia capacità di escludere le visioni di

morte. Nella maggior parte dei giorni riesco a non averle, però quando sono stanca, oppure ho i postumi di una sbornia, o sono malata, le mie difese si abbassano e le visioni ricompaiono. Incidenti d'auto. Malattie. Omicidi. Suicidi. Ognuna di esse è orribile, solitaria e davvero ingiusta.

Ogni giorno penso di lasciare Malta, ma so che se metto piede in aeroporto, mi ritroverò su un volo di ritorno per l'Inghilterra.

Quindi rimango.

Cerco risposte.

Trovo un lavoro alla biglietteria della Concattedrale di San Giovanni, e distribuisco sciarpe di materiale sintetico da usare come coprispalle per le donne che si presentano a spalle nude. Mi trovo un misero appartamento in una stradina secondaria di La Valletta, di fronte a un antico convento di suore.

La sera mangio da sola in qualche ristorante locale. Non riesco ad assaggiare i deliziosi frutti di mare locali senza pensare a Pax, e i ristoranti di lusso per turisti britannici mi fanno pensare a Edward. Quindi, per lo più, scelgo mediocri insalate. Un gruppo di viaggiatori che ho conosciuto all'ostello mi chiede spesso di andare con loro quando vanno a ballare o a visitare una delle meravigliose spiagge che punteggiano la costa di Malta. A volte accetto.

A volte mi sorprendo a ridere, a divertirmi, ma poi ripenso ai miei tre amori che ho lasciato, e torno triste.

Mi trovo in un vero e proprio paradiso e riesco a pensare solo a un tetro e oscuro maniero in rovina, a tre uomini impossibili e alla loro morte, che arriverà troppo presto.

Non mi aiuta essere perseguitata quotidianamente dalle immagini di ciò che sono. Malta, come cultura, è molto legata alla morte. I turisti fanno la fila per visitare le catacombe e comprare sculture pacchiane di santi morenti. Ogni volta che cammino nella cattedrale, i miei stivali calpestano le tombe di quattrocento cavalieri. Immagini di scheletri danzanti e *memento mori* si prendono gioco di me, ricordandomi che sono io la responsabile di tutto questo. Il mio tempo sulla Terra è solo un'*attesa*, fino a quando non inizierò il mio nuovo lavoro come Signora della Morte.

Ma io non voglio andarmene. Quello che volevo io era una vita con *loro*.

Mi aspettavo che il dolore per la loro assenza si attenuasse, invece non succede.

Edward continua a mandarmi messaggi. Non dice mai molto: invia frammenti di poesie e si lamenta di Pax. Tengo il telefono spento e chiuso in un cassetto, ma a volte, quando è notte fonda, il mio cuore soffre e sono terribilmente giù, lo tiro fuori, lo accendo e leggo i suoi ultimi aggiornamenti.

> Edward: Ora il soldato ha costruito un minuscolo carro per Ozzy e l'ha legato a Entwhistle perché gli faccia da nobile destriero.

> Edward: Entwhistle si rifiuta di tirare il carro. Si sta leccando il buco del culo. Il soldato non è divertito.

> Edward: Ti bramo ogni notte. Desidero il calore del tuo corpo. La tua mente scintillante. I tuoi bellissimi occhi sotto di me.

> Edward: Torna a casa, o ti manderò cento distici in rima sulle flatulenze di Pax.

> Edward: Aggiornamento sul carro: Pax ha reclutato Moon come nobile destriero. Moon è partita a razzo e ora non riusciamo a localizzare né il carro né l'animale.

A volte, il telefono lo prendono Ambrose o Pax e mi inviano i loro messaggi. Ambrose mi parla di tutte le innovazioni che ha apportato ai tour del cimitero di Grimdale e mi manda i link agli articoli che ha trovato online sui luoghi che vuole visitare. Pax invia foto sfocate delle anatre e dei suoi ultimi successi al forno. Dice che sta seguendo un corso di cucina all'istituto tecnico di Crookshollow.

I loro messaggi mi convincono di aver preso la decisione giusta.

Si sono fatti una vita a Grimdale. Hanno messo su casa.

Senza di me.

È proprio quello che volevo per loro, ma vederlo scritto nero su bianco mi fa piangere così tanto che non riesco nemmeno a respirare.

Però non possono essere miei. Io devo essere sola.

Devo trovare le risposte che cerco. Devo capire qual è il mio posto nel mondo. Senza di loro.

Non rispondo mai ai messaggi. A volte passo giorni o settimane senza guardare il telefono. Ma è sempre lì: le ultime vestigia della vita che non posso avere, il mio amore per loro che si rifiuta di morire.

Se su questo stupido pianeta altre cose non resistono, perché deve resistere l'amore? Perché fare la cosa giusta deve essere così doloroso?

UN GIORNO, dopo l'orario di chiusura della cattedrale, la mia capa annuncia che gli addetti alle pulizie sono bloccati nella vicina città di Rabat a causa di un ingorgo e mi chiedono se potrei rimanere un po' di più per aiutarla a pulire.

Lei si occupa della biglietteria, mentre io inizio il laborioso compito di pulire la navata della chiesa. È uno spazio enorme pieno di oggetti preziosi e, nonostante l'impegno delle guardie e delle guide, i turisti continuano a gettare rifiuti dappertutto, attaccano gomme da masticare sui banchi e fanno gocciolare gelati sulle reliquie. Prendo un sacchetto per la spazzatura e comincio dalla galleria laterale, dove sono appesi due dipinti di Caravaggio.

Mentre pulisco, Jessica, il fantasma della chiesa, salta fuori dal suo solito nascondiglio dentro il vecchio confessionale e mi si avvicina. Durante il giorno sta quasi sempre nascosta, e non la biasimo. La chiesa è una delle attrazioni turistiche più popolari di La Valletta ed è così piena di gente che, se non si nasconde, ogni cinque minuti c'è qualcuno che la attraversa.

Quando non sta nel confessionale, fa scherzetti ai turisti: scioglie loro i gelati con le mani, oppure strappa via i loro cappelli. Credo sia contenta della mia presenza, perché così può combinare altri guai.

L'ho vista in giro diverse volte e l'ho anche cercata su Google. Vent'anni fa, scesa da una nave da crociera, qualcuno l'ha uccisa e ha lasciato il suo corpo dentro la cattedrale. La polizia ha sospettato del suo compagno, ma non sono mai riusciti ad arrestarlo.

Jessica scruta da dietro di me, mentre io raccolgo un cono gelato abbandonato. «Boo» mi sussurra.

«Boo anche a te» le dico, guardandola negli occhi.

Lei fa un balzo per la sorpresa. «Tu mi vedi?»

Annuisco.

L'ultima volta che sono stata in viaggio, ho passato le giornate evitando accuratamente i fantasmi. Ma qualcosa è cambiato. Ora mi ritrovo a cercarli. Hanno delle vite interessanti e, da quando sono arrivata a Malta, ne ho aiutati quanti più possibile a passare oltre. Ora capisco che questo fa parte della mia preparazione per diventare Signora della Morte e, in qualche modo, mi fa sentire più vicina a Pax, Edward e Ambrose.

«Perché non hai detto niente?» Jessica assottiglia gli occhi e immagino stia ripensando a tutte le sciocchezze che ha fatto. «Quindi mi hai vista fare twerking davanti al Papa quando è venuto in visita?»

Annuisco.

«E sei tu il motivo per cui adesso riesco a toccare i cappelli delle persone?»

Estraggo dalla tasca una pietra di moldavite e gliela porgo. «Sì, e anche il motivo per cui sei riuscita a far svolazzare la tonaca di quel prete fino a mettergli in mostra le mutande a pois. È stato davvero esilarante.»

Lei sorride, poi si china a studiare la pietra.

«Sei una di loro, vero? Un Lazzaro?»

Mi appoggio alla scopa, scrutandola alla ricerca di qualche segno di nebbia rossa. Ma no, è solo un fantasma normale. «Come fai a saperlo?»

«C'è stata una riunione in chiesa qualche anno fa. Un sacco di persone presuntuose che si aggiravano in lunghi abiti neri. Si definivano sacerdoti e sacerdotesse, ma io non ne avevo mai visti così, prima. Parlavano di quelli come te, di quanto siete pericolosi, di come dovevano trovare tutti i Lazzari che non facevano parte del loro ordine, prima che riportassero in vita altre persone.»

«Non lo faccio più.»

O almeno, sto cercando di non farlo.

Jessica fa un cenno con la mano. «Naaa. Non ti preoccupare. Non avevo nessuna intenzione di chiederti di restituirmi il mio involucro di pelle. Come se potesse interessarmi tornare a fidanzati stronzi, bollette da pagare e formaggi di scarsa qualità. Sono più interessata a quello che c'è dall'altra parte. Puoi aiutarmi in questo?»

«Forse.»

Quando le spiego la storia delle questioni in sospeso, il suo volto si illumina. «Credo di sapere qual è la mia questione.»

«Davvero? Risolvere il tuo omicidio?»

Jessica ride scuotendo la testa. «Oh no, io so chi mi ha ucciso. È stato quello stronzo del mio fidanzato. No, ma c'è dell'altro. Quando sono morta, ho visto una luce e, mentre andavo verso di essa, qualcosa mi ha stretto il petto e mi ha trascinata qui. Fissavo il cielo e sopra di me c'era una donna. Assomigliava un po' a te e indossava un fantastico abito rosa acceso. Disse che ero stata scelta per consegnare un messaggio. Io le ho detto che non ero un messaggero, ma lei ha insistito molto.»

Il cuore mi martella nel petto. *Elsie.* «Qual era il messaggio?»

«*Dille che mi sbagliavo. Dille che non deve fare tutto da sola. Sono venuta a Malta perché mio figlio meritava una vita normale. Ho ignorato il richiamo della corona e il modo in cui i miei poteri crescevano e cambiavano. E poi, nonostante la mia prudenza, mi sono innamorata. E quando il mio amore è morto e il Signore della Morte è venuto a prenderlo, mostrandosi di nuovo a me nel mio dolore, mi ha ricordato che quando la corona si fosse posata sul mio capo, non avrei più temuto la morte o il dolore. Ecco perché torno a Grimwood. Sto creando un portale per lei, perché lei merita di avere tutto: l'amore, il dolore, la speranza e l'eternità...* Ehi!*»* Il fantasma si fissa le mani, mentre sono illuminate da un caldo bagliore. «Ce l'hai fatta! Sta funzionando!»

«Non ho fatto nulla.» Il mio petto si stringe mentre il filo si avvolge e l'estremità mi scivola tra le dita. Un bagliore bianco circonda Jessica. Il suo volto si illumina e lei si gira verso di me sprigionando luce. Poi *diventa* luce.

«Grazie.»

Jessica non c'è più.

Scosto il cartello con la scritta *VIETATO SEDERSI* e mi accascio sul banco intagliato.

Forse la bisnonna Elsie non ha lasciato alcuna traccia della sua vita da vivente, ma come Signora della Morte mi ha lasciato questo messaggio poco dopo essere venuta a trovarmi quando ero piccola. Con ogni probabilità, si è fatta dire da Agnes che sarei finita qui in futuro, e si è assicurata che io ora sentissi le sue parole.

Dille che mi sbagliavo. Dille che non deve fare tutto da sola.
Ma cosa significa?

38

BREE

Durante il fine settimana continuo a pensare al messaggio della mia bisnonna. Il telefono nel mio cassetto vibra. Edward sta inviando decine di messaggi. Ma non sono in grado di guardarlo, con la testa così scombussolata.

Devo uscire.

Vicino al centro dell'isola si trova un sito archeologico chiamato Mnajdra. Si tratta di un complesso, composto da tre templi circolari di antiche pietre megalitiche che si suppone siano più antiche di Stonehenge. Non sono ancora andata a visitarlo, quindi decido che oggi è il giorno giusto.

Non c'è niente di meglio di un po' di vecchie pietre per distrarsi da un messaggio della propria bisnonna, la defunta Signora della Morte.

Apro la bici che ho legato in strada fuori dal mio appartamento e pedalo per le strade di La Valletta. È ancora mattina presto, quindi le navi da crociera non hanno ancora riversato le loro orde di turisti sulla città. Mi fermo per un caffè e un *pastizz* e poi mi dirigo dall'altra parte dell'isola.

Arrivo ai templi poco dopo l'apertura. Pago il biglietto e mi aggiro per il museo, senza nemmeno guardare quello che c'è scritto sugli antichi popoli che hanno costruito i megaliti e sul loro possibile utilizzo.

Va bene così. Dovrei uscire più spesso.

Quando mi avvio verso il primo megalite circolare, fa già caldo. Ce ne sono due ai piedi della collina del museo, ognuno dei quali è riparato dalle intemperie da grandi tende. È un sollievo uscire dal sole. Attraverso un grande foro scavato in un pezzo di calcare verticale, esploro le stanze circolari con gradini che compongono la struttura, e intanto cerco di decifrare il messaggio di Elsie.

Intendeva che dovrei tornare dai ragazzi? Oppure di non preoccuparmi delle cose della vita, e di tornare invece a sedermi su quel trono?

Perché deve essere stata così criptica, maledizione?

Voci di turisti vicini si intromettono nei miei pensieri. Alcune in particolare.

«Non capisco questo posto. Lo chiamano tempio! E dove sono le colonne? Dove sono le statue di Giove? Dove sono le prostitute che dovrebbero vendere i loro servizi all'ingresso?»

«Qui mi piace molto. Mi lasciano toccare le rocce e... ahi! Ho sbattuto la testa.»

«Devo ammettere che lo trovo anche piuttosto piacevole alla vista.»

«Componi una poesia, se ti piace così tanto.»

«Bene, lo farò! *Ogni pietra, un titano fiero,*
Che sfiora il cielo con slancio sincero.
Con circonferenza sì larga e imponente,
Come fallo di gigante, forte e possente.»

«Oh, cielo. Non puoi farlo smettere?»

«Mi hanno ritirato la spada all'ingresso, non ricordi?»

«*I contadini restano a bocca aperta*

A questa forma antica, maestosa e certa.
Pur se pare un cumulo di rocce sparso,
È segno potente di un fallo e del suo sfarzo...»
Il cuore mi rimbomba nel petto.
Non può essere...
È possibile?
Il cuore mi batte a mille. Io giro l'angolo, ed eccoli lì.

Tutto felice, Ambrose passa le mani su una pietra, mentre Pax si mangia un enorme *pastizz*. Edward, invece, in piedi sulla pietra più alta con il braccio teso in una posizione declamatoria, si lancia in un'altra strofa sulla natura fallica dei megaliti.

Mi strofino gli occhi. Deve essere il caldo che mi fa avere le allucinazioni. Perché è impossibile che mi abbiano trovata. Non hanno nemmeno il passaporto...

Le lacrime mi riempiono gli occhi e mi scendono sulle guance prima che riesca a fermarle.

«Bree!»

Pax mi vede per primo, ma tutti e tre si voltano verso di me. I tratti ironici di Edward si aprono in un sorriso così puro da far impallidire il sole. Pax indica ad Ambrose la direzione giusta, e lui afferra il bastone e inizia a camminare verso di me.

Mi blocco. Ogni parte di me mi dice di scappare. Ma non posso. Non ora che Pax sta scavalcando le enormi pietre per raggiungermi per primo. Poi mi stringe forte e mi lascia senza fiato.

«È Bree, è Bree.»

«Fatti da parte, soldato, facci spazio.» Edward dà una gomitata a Pax nelle costole e lui allenta a malincuore la presa.

«Cosa state...» Non riesco a trovare le parole, e non solo perché Pax mi sta schiacciando i polmoni. «Come avete...»

«Sei sorpresa?» Il sorriso giulivo di Ambrose mi fa scendere una nuova ondata di lacrime. «Ti abbiamo sorpresa?»

Faccio fatica a respirare. «Ma... perché siete qui?»

Edward incrocia le braccia. «Pensavo fosse ovvio.»

«No, per niente. Dovreste tornare a Grimwood. È la vostra casa ora.»

«Perché dovremmo, quando sei *tu* la nostra casa?» Ambrose mi posa la testa sulla spalla.

Non guardare. Non guardare.

Ma ho già visto.

«Prima di conoscerti, Grimwood era la nostra *prigione*» dice Edward. «Tu l'hai resa una casa, Brianna. Tu con i tuoi stupidi giochi e la tua terribile musica *visigota* e i tuoi tentativi di insegnarci la vita moderna e il femminismo. Tu, con il tuo bel sorriso e quel culo che porta gli uomini alla rovina.»

«Vi avevo detto di non cercarmi.»

«Vero, ma non puoi essere l'unica a dare ordini qui.» Pax stringe i pugni. «Sei già scappata una volta. Non ci hai dato la possibilità di infilzare i tuoi problemi. Beh, ora siamo qui per tentare di farli a fette.»

«In senso letterale, intende» dice Ambrose. «Ha portato la spada.»

«Come avete fatto a portare una spada in aereo?»

Pax apre la bocca, ma Edward si preme un dito sulle labbra. «Questo è un racconto degno del più grande poeta, ma Brianna potrà sentirlo solo se accetterà di ascoltarci.»

Tre volti mi guardano, in attesa, speranzosi.

Il mio povero cuore non può sopportare tanto. La mia determinazione, che era già in equilibrio precario su un filo di una lama, si sgretola.

Dille che non deve farlo da sola.

«Non posso, qui.» Deglutisco. «Vi va di guardare le rovine insieme a me?»

PERCORRIAMO un lungo sentiero sotto il sole, fino alla seconda serie di rovine. Siamo circondati di persone e saliamo nelle camere di pietra, e con il cellulare io scatto foto ad Ambrose in posa con un piede sulle pietre e una mano che stringe l'estremità del suo bastone, come avesse conquistato un'alta vetta. Sui suoi bei lineamenti un'espressione trionfante. In posa per un'altra foto, Pax mi abbraccia per un selfie, e ha un profumo incredibile.

Anche Edward è commosso da questo posto. Legge ad alta voce dai cartelli, e la sua poesia successiva è meno falli e più stupore.

Intorno a noi, i turisti scattano le foto e studiano gli opuscoli. Nessuno ci guarda strano. Siamo solo un gruppo di ragazzi in vacanza, che ridono, scherzano e si divertono. Siamo normali.

Non mi ero resa conto di quanto potesse essere bella questa sensazione.

È tutto ciò che ho sempre desiderato.

È tutto ciò che non potrò avere.

Il tappeto. La spiaggia. La spada.

Quando la temperatura diventa eccessiva, Pax inizia a chiedere un gelato, così decidiamo di tornare a La Valletta. Avevano preso un taxi per venire fin qui, quindi ne chiamo un altro che ci riporti al mio appartamento. Per fortuna ne hanno uno con un portabiciclette.

Mi tremano le mani mentre apro la porta del mio piccolo appartamento. Presentandosi qui mi hanno scossa. Devo provarci tre volte, prima di riuscire a girare la chiave nella serratura.

«No!» protesta Edward appena lo invito a entrare. «No, e poi no.»

«Come, scusa?» Incrocio le braccia e fisso il minuscolo letto e la sedia sbiadita incastrata sotto la finestra, e l'ancor più minuscolo angolo cottura incassato sotto il soffitto tutto storto.

Edward si sdraia sul letto stretto e trasalisce. «Io sono un principe. Sono abituato a un certo livello di comfort. Questo letto scomodo non è affatto adatto alle mie regali terga. Quella sedia sbrindellata laggiù non può andare bene per i miei pensieri grandiosi e signorili...»

«Okay, okay, ho capito. Questo posto è una discarica. Ma cosa ti aspetti? È quello che posso permettermi finché non mi arriva lo stipendio da Signora della Morte.»

Edward apre il portafoglio e tira fuori una carta di credito nera. «Pagherò io, affinché la mia ragazza abbia una sistemazione da regina qual è. Chiama l'hotel più lussuoso dell'isola. Un albergo adatto a un nobile. Chiedi le camere più belle, per noi quattro.»

«Non sono la tua ragazza.» Fisso la carta. Millemila domande mi frullano in testa, ma mi accontento di una. «E poi... ma come fai ad avere quella?»

«Mi hanno aiutato Mina e Morrie. Lo sapevi che le scartoffie sono un nuovo inferno, inventato da banchieri sadici? Se dovessi essere torturato dai soldati di mio padre, preferirei viti a testa zigrinata piuttosto che scartoffie bancarie.»

Io mi calmo un po'. «Ti rendi conto che non puoi andare in giro a sventolare la carta come fossi Morrie, e aspettarti che la gente ti dia quello che vuoi? Devi avere un conto in banca con dei soldi, e un conto in banca richiede un documento di identità...»

Edward sembra offeso. «Sarò anche un principe, ma non sono nato ieri. Morrie ci ha procurato i passaporti e mi ha aiutato a vendere la mia collezione di vini. Ha amici altolocati che non si fanno problemi a pagare fior di quattrini per mantenere riservati i loro acquisti. Avevi ragione, Brianna. Il mio vino, in effetti, è piuttosto prezioso. Non mi sorprende, perché a giudicare dal piscio che tu bevi di solito, dubito che qualcuno in questo secolo abbia mai assaggiato del vino come si deve.»

«Anch'io ho un conto corrente.» Ambrose apre il portafoglio e mi mostra la sua carta di credito. Questa non è nera, ma ha una foto sfocata di lui in piedi davanti a Stonehenge, che sorride eccitato.

«Quello nell'angolo è il mio pollice» dice Pax con orgoglio.

«Ho messo da parte i soldi che ho guadagnato lavorando al cimitero» mi spiega Ambrose. «Paghiamo l'affitto ai tuoi.»

«Aspetta, vivete ancora a Grimwood?»

«Certo. E non ce ne andremmo. Metti che poi tu torni a casa e noi non ci siamo?»

Casa. Un nodo mi sale in gola.

«Ma che ne sarà della vendita?»

«Sottovaluti quanto gli amici di Morrie apprezzino il mio vino» dice Edward tutto serio. «Le riparazioni sono state pagate tutte.»

Mi lascio cadere sulla poltroncina. Ho una morsa al petto: penso stia per venirmi un infarto. «Cioè, tu hai venduto il tuo vino per pagare le riparazioni di Grimwood?»

«Ovvio!»

«Abbiamo aiutato tutti» interviene Pax. «Io ho sollevato le cose pesanti!»

«Io tenevo in mano gli attrezzi e inciampavo nelle cose» aggiunge Ambrose.

È troppo. Li immagino mentre tutti insieme aiutano a riparare il tetto. Edward che fa finta di essere il capo mentre Pax aiuta mio padre e i muratori a fare il lavoro vero e proprio. Ambrose che corre avanti e indietro, entusiasta di essere coinvolto e di portare a tutti una tazza di tè.

Avrei voluto essere lì.

Mi rivolgo a Pax, sperando in una distrazione. «E tu? Hai un lavoro?»

«Ho qualcosa di meglio di un lavoro» sorride. «Un pezzo di carta!»

Avvertendo la mia confusione, Ambrose aggiunge: «Intende un pezzo di carta speciale che attesti il suo diploma in pasticceria.»

«Dopo la cerimonia di laurea, si è fatto chiamare *professore* per una settimana» brontola Edward. «Ho cercato di spiegargli che non basta un diploma di pasticcere per vantare il titolo di professore, ma lui ha una spada, quindi...»

«Ho lavorato al Cackling Goat per un po'» racconta Pax. «Ma mi hanno licenziato perché non erano d'accordo con la mia politica di gestione dei reclami da parte dei clienti.»

«Fammi indovinare, c'erano di mezzo un sacco, un gallo, un serpente, una scimmia e un fiume?»

«Il capo ha detto che era la soluzione più creativa che avesse mai sentito» racconta sorridente Pax. «Mi ha scritto una lettera di referenze per dirmi che so risolvere i problemi in modi decisamente creativi e che faccio le migliori focaccine ai datteri di tutta l'Inghilterra. In questo periodo sto aiutando Mike a sistemare le cose in casa. Con l'aumento dei turisti che vengono a visitare il cimitero, abbiamo avuto molto da fare.»

«Ma basta parlare di noi» dice Edward. «Tu cosa hai fatto, a parte ignorare i miei messaggi e vivere nello squallore?»

Ho sognato che sareste venuti.

Ho rivisto le vostre morti più e più volte.

Mi siete mancati.

«Io...»

Edward alza una mano. «No. Non una parola di più finché non ti avremo fatto uscire da questa catapecchia e sistemata in un ambiente che si addice a una signora.»

39

BREE

Ma per quanto io protesti, le loro forti personalità hanno la meglio. Mi ritrovo a chiamare l'hotel più elegante dell'isola e a prenotare la suite più bella che hanno. Chiamo un altro taxi, questa volta uno abbastanza grande da contenere tutti i bagagli di Edward – li aveva stipati alla biglietteria, cosa che non ha affatto divertito il personale –, e ci stringiamo a bordo.

La nostra camera si trova all'interno delle mura dell'antica cittadella della vecchia capitale di M'dina, nel centro dell'isola. All'interno delle mura di M'dina le auto non possono entrare, ma c'è un carretto trainato da un cavallo, che porta i turisti in giro per la città antica. Dal nostro letto super king, che ha abbastanza cuscini da costruirci un piccolo forte romano, vediamo la città sottostante e, oltre le mura, le dolci colline e l'oceano.

«Voglio vedere l'Ipogeo» dice Ambrose ascoltando l'applicazione di lettura del telefono. «E Forte Sant'Angelo, e le catacombe, e il museo dei Cavalieri di Malta, e i vecchi tunnel di guerra sotto i Giardini Upper Barrakka…»

«Che ne dite di una nuotata?»

Le parole mi escono senza pensarci. So che abbiamo molto di cui parlare, ma non voglio farlo qui, in un palazzo che non merito.

Voglio farlo vicino all'acqua che mi ricorda gli occhi di Ambrose, in un luogo dove mi rifugio sempre, per pensare a loro.

Edward chiama la reception e poco dopo arriva il servizio in camera, con un enorme cestino da picnic pieno di affettati, formaggi, pasticcini e champagne, oltre a una quantità di morbidi asciugamani sufficiente per avvolgerci diverse mummie egizie. Pax si carica in spalla il cestino e una piccola borsa impermeabile. Incuriosita, allungo una mano verso la borsa, ma lui me la scosta con uno schiaffo.

Prendiamo un altro taxi e dico al tassista di portarci in un posto che conoscono solo i locali, una piccola insenatura privata che mi hanno mostrato i miei amici. Sono stata qui così tante volte da orientarmi a occhi chiusi, ma dobbiamo andare piano, per evitare che Ambrose inciampi.

Scendiamo i gradini incavati nella pietra fino alla piccola striscia di sabbia tra le rocce frastagliate, a picco sul mare. Poso l'asciugamano e corro subito nell'acqua azzurra.

Siamo riusciti ad arrivare fin qui senza parlare delle grandi questioni incombenti, ma con i piedi a mollo nell'acqua fresca non riesco a resistere un momento di più. Mi giro e li affronto. «Che cosa è successo a Grimwood?»

Ambrose e Pax interrompono la costruzione della loro scultura di sassi e si bloccano.

Il mare mi romba nelle orecchie.

«Dopo l'incidente di tuo padre, la vendita è stata sospesa» dice Edward togliendosi le scarpe per raggiungermi. «Li ho aiutati io, per quanto possibile. Loro si rifiutano di accettare denaro da me, quindi devo continuare ad assumere persone senza il permesso di tua madre. Non sono la sua persona preferita, per usare un eufemismo, ma almeno il tetto non perde più.»

Deglutisco. «E papà come sta?»

Edward aggrotta la fronte.

«Ti prego, dimmelo.»

I suoi occhi scuri si velano di tristezza. «È in difficoltà da quando è caduto. Non riesce più a salire le scale e parla biascicando. Insiste ancora nel voler fare tutto lui in casa, ma se non c'è uno di noi con lui, spesso si fa male o rompe qualcosa.»

«Ogni mattina io e Mike facciamo il giro del villaggio in sella ai nostri carri senza cavalli» dice Pax con affetto. «Ma lui è un po' insicuro. Devo aiutarlo a salire e scendere, per evitare che cada.»

«Gli manchi» dice Ambrose. «E manchi anche a tua madre.»

«*Ci* manchi.» Edward mi fissa.

Mi guardo le mani. Se apro la bocca, scoppio in lacrime. Così rimango ostinatamente in silenzio.

«Non siamo venuti qui per farti sentire in colpa per essertene andata» mi rassicura Edward. «Ti capiamo.»

«Davvero?»

«No» dice Ambrose a bassa voce. «Non possiamo capire. Non abbiamo viaggiato nel Regno dei Morti con te. Non sappiamo cosa significhi indossare la Corona di Ossa. E non abbiamo mai avuto la premonizione della morte di una persona. Siamo solo tre ex fantasmi, innamorati persi di te.»

«Però dimentichi che siamo con te da quando eri una bambina che ci faceva giocare ai suoi giochi» aggiunge Pax.

«Ti conosciamo meglio di quanto ti conosca tu stessa» aggiunge Ambrose.

«Hai paura, e quando hai paura scappi. Questa volta non avevi paura di amarci. Avevi paura di quello che avresti potuto fare *perché* ci ami.»

Io tiro su con il naso.

«I poeti fanno sembrare l'amore una cosa facile» dice Edward. «Come se fosse una forza della natura, come l'oceano che si infrange incessante contro le rocce. È qualcosa che ti accade e ti consuma l'anima finché non sai più dove inizia l'oceano e dove finisci tu. Un tempo credevo in questo tipo di amore, e per certi versi ci credo ancora, perché quando ti guardo mi sembra di venire spazzato via dal mare.

«Però il vero amore non è solo una forza. È anche una scelta. Si sceglie di essere vulnerabili quando si sa che la persona che si ama può essere diabolicamente bella e con una lingua malvagia» mi dice Edward con un ghigno. «Ma anche profondamente imperfetta, a volte fastidiosa, e fatta di polvere di stelle, proprio come te. Alla fine, torniamo tutti polvere.»

«Te ne sei andata perché non volevi riportare indietro i mostri» aggiunge Ambrose mentre entra anche lui in acqua, e i pantaloni bagnati gli si incollano alle gambe.

Pax arriva a passo deciso, spruzzando dappertutto. Ha ancora la piccola borsa sulla spalla. «Siamo venuti a dirti che un po' di *mostritudine* è uno scambio equo, per una vita intera con te.»

Le onde si abbattono su di me, incuranti del dolore che mi spezza il respiro. Guardarli è come versare sangue dagli occhi. «Non mi importa quello che dite: io ho deciso. Non può funzionare. Non sono abbastanza forte. Vi ho visti *morire*. Non posso passare il resto della mia vita con voi sapendo che vi perderò.»

Tremante, mi allontano da loro.

«Ci avresti persi lo stesso, Bree» grida Ambrose al di sopra del rombo del mare. «E anche noi ti perderemo. Ecco cos'è l'amore: essere così fortunati da avere nella propria vita qualcuno che si ha paura di perdere.»

«Ma io so esattamente *come* vi perderò, e quando! E potrei impedirlo, ma non lo devo fare.»

Per molto tempo rimaniamo in silenzio. Guardo le barche al largo, le scogliere frastagliate ai nostri lati. Vorrei tanto voltarmi, ma so che se lo facessi crollerei.

Con la coda dell'occhio percepisco qualcosa che si muove. È Edward. Mi passa davanti, i suoi abiti firmati tutti appiccicati al corpo perfetto. Si gira e mi afferra per le spalle, sfidandomi a guardarlo negli occhi.

Non sono più insondabili. Quegli occhi scuri sono impregnati di una sorta di cupa comprensione che mi terrorizza. Edward è sempre stato in grado di vedere nelle parti più oscure di me, e ora temo abbia visto troppo.

«È davvero così brutto?» mi sussurra, disegnandomi cerchi sulla pelle con le dita. «Hai visto le nostre morti e ti hanno spaventato. Tu, mia Brianna, hai già visto tanta morte, e sai che quello è solo il primo passo di un percorso. Hai davvero visto cose così terribili da farti pensare che il modo per salvarci sia fuggire da noi?»

Trattengo le lacrime. «Hai fatto tanta strada, Edward. Non sei più un depresso sprecone alla disperata ricerca di affetto. Vederti così, solo, abbandonato, mentre affoghi nel dolore... non posso...»

Edward mi tende la mano. «Credo che dovresti dare un'altra occhiata.»

Io rabbrividisco all'idea della sua richiesta, ma la disperazione nei suoi occhi è impossibile da ignorare. Con dita tremanti, sollevo una mano e premo il palmo contro il suo. La testa mi fa male per il peso della mia corona invisibile.

Ho abbassato le mie difese magiche.

La sua morte mi inonda.

Lo vedo di nuovo a faccia in giù sul tappeto, circondato dai resti della sua desolazione. Ma questa volta non fuggo dall'orrore.

Assorbo la sua morte.

Ingrandisco l'immagine. Vedo me e Pax, molto più vecchi, con i capelli grigi e le spalle curve, inginocchiati accanto a lui, che ci stringiamo l'uno all'altra. Siamo nel salone da ballo di Grimwood Manor, solo che non è la sala che ricordavo. Questa è luminosa e piena di ciò che resta di una festa scatenata.

«È esattamente il modo in cui voleva andarsene» dice Pax malinconico. «Prima che il cancro gli togliesse gli ultimi piaceri.»

Porto lo sguardo a Pax e sorrido. È un sorriso intriso di grande tristezza, ma non avrei mai pensato di avere l'occasione di sorridere per la morte di Edward. «Si è divertito davvero tanto ieri sera, circondato da tutti i suoi amici. Abbiamo bevuto tutto quello che aveva in cantina, fino all'ultima bottiglia. Mi ha salutata un centinaio di volte, e poi a letto ancora altre cento volte, con la lingua.»

«Devi andare ora?» chiede timido Pax, e mi abbraccia più forte. «Ti starà aspettando, per accompagnarlo lungo il sentiero.»

Lo bacio su una guancia. «Posso tenerti ancora un po', mio soldato. Edward ci ha sempre fatto aspettare, questa volta può aspettare un po' lui, fino a quando saremo pronti.»

Io faccio un sobbalzo, per la sorpresa, e apro gli occhi a guardare quelli di Edward, di liquida oscurità. «Ebbene?» inarca le labbra in quel suo mezzo sorriso arrogante. «Ero solo? Ero infelice?»

Mi sgorgano le lacrime.

«No» sussurro. «Eri magnifico.»

«Il prossimo sono io!» grida Pax, facendoci quasi cadere con lo tsunami che provoca nella foga mentre si avvicina. Prima che io possa protestare, sbatte la sua mano sulla mia e mi trasporta nella sua orribile morte di spada.

Solo che quando arrivo Pax è ancora vivo. È seduto sul bordo di un letto nella stanza principale di Grimwood. E la persona distesa...

...sono io.

Sono sdraiata sulla schiena, il busto sorretto da una montagna di cuscini. Sono una donna anziana, i capelli completamente grigi e un paio di orecchini pendenti molto chic, a forma di pipistrello. Ho le guance infossate e credo di essere molto malata. Ho gli occhi chiusi e quando respiro il mio petto praticamente non si muove nemmeno.

Sto sorridendo.

Anche se Pax ha i capelli grigi, è ancora un uomo gigantesco, con muscoli ben modellati, e tiene la mia piccola mano tra le sue e mi bacia le dita. Lacrime gli rigano le guance.

Con un gesto di affetto, mi posa una mano sul seno. Slaccia la cintura di cuoio della spada, afferra l'elsa e sfila la lama. La tiene sopra la sua testa e sussurra una preghiera ai suoi dèi, poi si china e mi posa un piccolo, perfetto bacio sulla fronte.

«Ho giurato a Giove che ti proteggerò sempre, amore mio. E ora, mentre percorri il tuo cammino per assumere la tua Corona di Ossa, io sarò lì a uccidere i tuoi nemici e a inginocchiarmi ai tuoi piedi. Questo non è un addio, perché sarò sempre con te.»

Sorride mentre stringe la spada tra le sue enormi e amorevoli mani. Il respiro gli esce dalla gola con un sospiro, mentre si accascia sulla lama. Il suo corpo crolla in avanti, in modo che siamo pelle contro pelle, mentre ce ne andiamo insieme...

L'immagine si confonde e sfuma, ed ecco Pax che saltella nell'acqua con un'espressione di attesa.

«Allora?» chiede. «Come muoio?»

«Morirai con onore» gli sussurro. «Morirai tra le mie braccia.»

«Sì!» Pax dà un pugno all'aria.

Ambrose appare accanto a Pax. Ha i capelli appiccicati al viso e la bocca che gli trema. Ha le ciglia piene di cristalli di sale. Alza una mano e fa per parlare, ma le parole non arrivano.

Non importa. So già cosa mi sta chiedendo.

Sfioro il suo palmo con il mio.

Lui serra le dita nelle mie.

E poi, all'improvviso, mi trovo su una spiaggia diversa. Il mare è scuro come cobalto, agitato e pericoloso. Intorno a noi si ergono scogliere rocciose. Fanno apparire la spiaggia in cui li ho portati come un litorale piatto della Nuova Zelanda.

Io e lui stiamo filmando qualcosa con un telefono. Io sono stracarica di ogni tipo di attrezzature di lusso. Cerco di capire quanti anni abbiamo, in base ai nostri volti. Io sono decisamente più vecchia, ho delle rughe agli angoli degli occhi, ma Ambrose sembra giovane e vivace come sempre. Probabilmente dipende dal suo sorriso radioso e dall'eccitazione che gli brilla negli occhi.

Tocca il microfono che ha sul bavero e inizia a parlare dell'isola remota che stiamo visitando per il nostro ultimo documentario di viaggio. Un vento pungente soffia attraverso le strette scogliere e lui fa un passo indietro per non perdere l'equilibrio.

Ma scivola.

Io grido mentre lui cade all'indietro, le braccia spalancate per cercare un appiglio a cui aggrapparsi. Ma ci sono solo sale e aria. Cade sulle rocce e la sua testa rimbalza con un tremendo *CRACK*.

Torno di colpo al presente, assaporando il sapore dell'acqua salata mentre barcollo in avanti tra le onde. Delle mani mi afferrano e mi tirano fuori. Edward, Pax e Ambrose mi tengono fuori dall'acqua, e io boccheggio e sputacchio.

Ambrose mi tocca la guancia con la mano e quando sente le grosse lacrime che mi scendono, cerca di asciugarmele. «La mia morte ti rende triste» dice.

«Sei così giovane» sbotto. «C'è un terribile incidente. Non è giusto. Non è *giusto*.»

«Ma sono con te?»

Annuisco, mentre le lacrime mi scendono a fiotti.

Ambrose mi prende tra le braccia, e mi stringe mentre io sono scossa dai singhiozzi. «Allora non sono solo. Né abbandonato. Sono felice. Il mio unico desiderio è quello di morire tra le tue braccia, con la consapevolezza di essere completamente e irrimediabilmente amato da te. Non conta il numero di anni, Bree, ma solo come li passi. E se potrò trascorrerli con te, allora, in qualunque modo e in qualunque momento io muoia, lo farò con un sorriso.»

«Oh, Ambrose.» Lo stringo tra le braccia. È così bello. Li guardo a turno. «Come facevate a saperlo? Come avete visto la vostra morte?»

«Non l'abbiamo vista.» Gli occhi di Edward sono due buchi neri. «Solo la Signora della Morte ha questo potere.»

Pax si batte un pugno sul cuore. «Sappiamo solo che se potessimo passare la nostra vita con te, moriremmo felici.»

Edward e Pax si uniscono al nostro abbraccio. Tutti e tre mi sostengono mentre io singhiozzo, piango e urlo. Urlo la mia rabbia contro il mare, e i miei tre amanti mi tengono la testa fuori dall'acqua quando vorrei poter affogare.

Alla fine sono esausta, il mio corpo è straziato dal pianto, il mio cuore è a pezzi. Edward mi bacia la sommità della testa. «Dimmi: quando ci hai lasciati per venire in questa bella isola, sei riuscita a chiudere il tuo amore, come faresti con un rubinetto?»

Devo trattenere i singhiozzi per riuscire a rispondere.

«No.»

«Allora, cosa hai intenzione di fare?»

Tiro su con il naso.

«Non lo so.»

«Bene, questione risolta» dice Edward con il suo solito aplomb. «Sono felice di aver fatto questo viaggio. Mi sento così in pace con il mondo.»

Singhiozzo, stringendoli più forte mentre cerco di parlare. «Mi sono raccontata... hic... un sacco di bugie sul perché a diciotto anni sono scappata: perché volevo essere normale, perché ero stufa di vivere in una città dove tutti mi conoscevano per nome. Ma... hic... la verità è che stavo fuggendo dall'amore, perché ne avevo una paura mortale. Ma poi sono tornata, e voi tre eravate così... eravate perfetti. E prima ancora di capire cosa fosse successo, il mio cuore si è aperto e mi sono innamorata di voi. E hai ragione, cercare di smettere di amarvi è come voler chiudere un rubinetto per cercare di prosciugare l'oceano. Non riesco a smettere. Penso a voi tutto il tempo. Sono infelice, ma questo non cambia il fatto che quando siamo insieme succedono cose brutte. Capisco cosa state cercando di mostrarmi con la vostra morte, ma vi amo così tanto che non riesco a controllare i miei poteri con voi. Sarà più sicuro per tutti, per il mondo intero, se non stiamo insieme.»

Ambrose si volta verso di me, gli occhi dello stesso blu del mare. «Hai già imparato a controllarti. Siamo stati con te tutto il giorno e non hai visto la nostra morte fino a quando non ci hai toccato. E ora che sai la *verità*, sicuramente crederai che insieme possiamo risolvere qualsiasi problema ci troveremo davanti, compresa la morte.»

E non ho ancora una risposta da dargli. Così gli prendo una mano e lo tiro nell'acqua più profonda. Ambrose ha imparato a nuotare quando era in Marina ed è bravissimo. Nuota con grazia e naturalezza, mentre si tiene alla mia mano e mi permette di tirarlo verso le rocce. «Venite anche voi.»

«Brianna, hai intenzione di annegarci? Perché devo avvertirti che è un piano insensato. Io sono molto importante. La gente ci cercherà. Beh, magari non loro due, ma le autorità non baderanno a spese per trovare il mio assassino.» Edward si agita che sembra un pollo, nel tentativo di raggiungerci. «Brianna, il tuo principe non ha mai imparato a nuotare!»

«L'ho preso!» Pax passa un braccio intorno al petto di Edward e nuota a cagnolino verso di me. Edward protesta, ma smette di agitarsi così tanto.

Con la mano di Ambrose ancora salda nella mia, nuoto intorno alla cala, fino a raggiungere un piccolo crepaccio tra le rocce. L'ingresso di una grotta. Tiro Ambrose vicino a me. «L'ingresso è stretto, quindi attaccati ai miei fianchi. Tienimi stretta.»

Il suo ampio sorriso potrebbe arrivare a fare luce fino alla fine del mondo. «Non oserei mai.»

Contorcendomi, mi faccio strada attraverso l'ingresso della grotta, e mi tiro dietro Ambrose. Dall'altra parte c'è il posto che preferisco in tutta l'isola: una cavità naturale, dove la luce del sole che entra da un'apertura sotterranea rende l'acqua di un azzurro luminescente. Nella roccia sopra di noi sono scavate lunghe nicchie, resti di antiche tombe.

Ho sempre detto che gli occhi di Ambrose mi ricordano il blu del Mediterraneo, e quando sono venuta qui per la prima volta, non vedevo altro che lui. So che lui non lo vede, tuttavia sento che trattiene il fiato alle mie spalle e so che può percepire la soggezione che questo luogo incute, il modo in cui la grotta ti abbraccia e lascia fuori il resto del mondo.

Mi sollevo sulla sporgenza rocciosa sul retro della grotta e aiuto Ambrose a uscire dall'acqua. Gli abitanti del luogo che vengono in visita qui lasciano cose che possono tornare utili.

Infilo la mano in una scatola impermeabile, tiro fuori alcuni asciugamani e cuscini e li stendo sulle rocce. Ambrose si siede su un cuscino e mi tira addosso a sé.

«Dove siamo?» mi chiede, la voce che risuona con una strana eco, nella caverna circolare.

«Questo luogo fa parte di una rete di catacombe dell'isola» spiego. «Molte sono aperte ai turisti, ma questa no. Le nicchie rocciose sono scavate nelle pareti sopra di noi, e un tempo erano un luogo di riposo eterno, anche se ormai la maggior parte delle ossa è stata trafugata o spazzata via. La luce gioca con l'acqua e la fa brillare di un bellissimo colore blu. È lo stesso colore dei tuoi occhi.»

Pax esce barcollando dall'acqua con la sua minuscola borsa, seguito da Edward tutto zuppo. Mi viene l'acquolina in bocca ad ammirare come i suoi vestiti aderiscono alla sua figura muscolosa. Caspita, mi è mancato quel culo. Estrae il pugnale dalla gamba dei pantaloni, non ho ancora idea di come faccia a tenerlo lì senza infilzarsi, e si avvicina al muro. La parte bassa delle pareti è ricoperta da graffiti di ogni tipo: la maggior parte sono recenti, ma alcuni sono più antichi.

Pax mormora tra sé e sé e incide qualcosa sulle rocce. Quando si allontana, Edward legge l'opera di Pax, per Ambrose.

B + P + E + A = 4EVA

Le lacrime mi rigano le guance. Appoggio la testa sulla spalla di Ambrose e le lascio sgorgare, libere.

Quando finalmente trovo la forza di parlare, le mie parole suonano vuote e gravi nella caverna così alta. «Sono venuta a Malta perché Elsie viveva qui. Il precedente Signore o Signora della Morte dovrebbe insegnare al suo successore, ma Elsie non c'è più, quindi non ho nessuno da cui imparare. Ho pensato che forse, se avessi trovato qualche traccia di lei su quest'isola, avrei potuto conoscerla un po' di più. Avevo ragione. La mia bisnonna ha lasciato un messaggio per me a Malta, probabilmente perché l'ha voluto Agnes. Sapeva che avrei fatto esattamente quello che faccio sempre: sarei scappata via dalla corona. Lo sapeva, perché fece così anche lei. Quando scoprì che avrebbe dovuto essere la successiva Signora della Morte, si spaventò. E non posso dire di biasimarla. Prese mio nonno e si allontanò da Grimwood. Viaggiò per anni cercando di sfuggire al suo destino, e si perse tante cose. Come la possibilità di vivere a Grimwood e di conoscere voi. Credo che le sareste piaciuti molto.»

«Noi capiamo perché sei scappata» dice Edward.

«Io no!» Pax batte il piede. «La morte è inevitabile. Non ci si può fare niente, se non affrontarla da ubriachi e arrapati!»

Edward sospira. «Parli come un vero filosofo romano.»

Sorrido, pensando alla morte di Edward. «Io non voglio essere come Elsie. Non voglio perdermi nulla. So che devo andare a fare la Signora della Morte, però voglio anche che passiamo altri giorni come questo. Voglio stare con voi, ma dopo quello che ho fatto con papà, ho paura di sbagliare e di rompere di nuovo il Velo. Non posso essere egoista. Non posso pensare solo a me stessa.»

«Capiamo. Ora hai delle responsabilità. Ma deve proprio essere tutto o niente?» chiede Ambrose. «Tu dici sempre che noi dobbiamo trovarci un lavoro. Fare la Signora della Morte non potrebbe essere il tuo lavoro?»

«Beh, i reali non è che lavorino tanto» interviene Edward. «Per questo ci sono i servitori. Ve lo dice uno che lo sa: io ero un nobile e non facevo *nessun* lavoro.»

«Sono certo che tu ti impegnerai più di Edward, ma l'idea rimane sempre quella.» Il volto di Ambrose si illumina. «Prendi in mano la falce e il fuso durante il tuo turno di lavoro e poi, al termine delle tue dodici ore, li metti giù e torni nel Regno dei

Viventi e torni a essere la nostra ragazza, che te ne pare? E la domenica è il tuo giorno libero.»

«Ora la giornata lavorativa standard è più o meno di otto ore, e abbiamo libero tutto il fine settimana.» Gli stringo un braccio. «Ma non credo funzioni così.»

«Perché non potrebbe essere? Non sei tu la Signora della Morte? Non sei tu che decidi come funziona? Tu hai il portale che ti ha creato Elsie. Credo intendesse questo quando ha detto che voleva tu avessi tutto. Hai già lasciato Agnes e Vera a farti da reggenti mentre sei tornata qui. Penso che nessun altro l'abbia mai fatto prima.»

«Hai rotto un pezzo della corona» aggiunge Edward. «Mio padre avrebbe avuto un infarto se l'avessi fatto io. Invece *tu* l'hai fatto, Brianna. A te non è mai importato molto delle regole. Forse c'è un modo per avere la botte piena e la moglie ubriaca, come dicono i poeti moderni.»

«Che te ne fai di una botte, se hai già la moglie ubriaca?» chiede Pax. «È per lanciarla ai druidi? Sembra divertente. Vorrei avere un druido a cui lanciare una bella botte in questo momento.»

Mi sdraio sui cuscini e mi infilo nell'incavo del braccio di Ambrose da dove fisso le nicchie nelle quali secoli fa la gente deponeva i propri morti. Edward e Pax si sdraiano accanto a noi, le nostre teste sono vicine, il loro respiro è caldo nell'aria, e i loro profumi si mescolano in un ricordo di casa.

La pietra su cui siedo ora ha visto passare innumerevoli persone, con il cuore pieno di dolore e di amore. Hanno scavato con fatica queste nicchie speciali affinché i loro cari avessero un bel posto dove riposare, e ancora oggi, migliaia di anni dopo, il loro amore persiste in ogni segno lasciato dagli utensili, in ogni incisione antica.

Avevano capito qualcosa di cui io mi sto rendendo conto

solo ora. La vita è un folle caos tra lasciar andare e aggrapparsi. Per tutto questo tempo li ho confusi.

È ora di lasciare andare la vita *normale* che avevo tanto desiderato, una vita che non mi si addiceva nemmeno quando l'ho inseguita in giro per tutto il mondo. E per quanto riguarda l'aggrapparsi...

«Potrebbe funzionare» dico piano. «Nella mia camera di quando ero piccola ho a disposizione un portale di andata e ritorno per il Regno della Morte. Essere la Signora della Morte è sicuramente meglio che pulire bagni negli ostelli e timbrare biglietti alla cattedrale. Agnes potrebbe fare da reggente fino a quando non morirò e assumerò ufficialmente la mia posizione, ma intanto potrei scendere ad aiutarla a mandare avanti l'aldilà e a imparare di più sul mio lavoro. Fino a quando non sarò pronta a prendere il controllo a tempo pieno.»

E sarò pronta solo quando loro tre potranno venire con me.

«A patto che ti conceda un bel po' di ferie» interviene Ambrose indicando la grotta con una mano. «Abbiamo bisogno di tempo, per affrontare avventure come questa.»

«Penso di potercela fare.»

«Questo fa di te una semidea?» chiede Pax. «Non sono mai stato fidanzato con una semidea prima d'ora.»

Io rido. «Non so cosa faccia di me, Pax. Una pazza, di sicuro.»

«Mi piaci pazza.» Pax mi prende il viso con una mano. Mi fissa, e quello sguardo aperto e devoto nei suoi occhi è la goccia che fa traboccare il vaso. È vero che ho oltrepassato il Velo e poi sono tornata, che ho sconfitto Jack lo Squartatore e impedito a un gruppo di mostri di distruggere la mia casa, ma sono ancora, e solo, un essere umano.

E quando un guerriero selvaggio ti guarda come se fossi una creatura mitologica, inizi a crederci.

Si china su di me e mi bacia, e ogni mio dubbio viene cancellato dall'assalto del suo amore. La foga con cui mi prende le labbra mi fa scattare la testa all'indietro, e mi abbandono alla sua enorme mano. Mi tira a sé come se baciarmi fosse la missione della sua vita, come se fosse il suo dovere e lo eseguisse con tutta la passione e la sete di sangue che lo rendono così... così Pax.

I suoi denti mi graffiano un labbro, facendomi uscire del sangue che lui succhia subito, suscitandomi un gemito voglioso dal più profondo. In tutti questi mesi senza i miei fantasmi, pensavo che il mio corpo li avesse dimenticati, che fossero tornati a essere degli spiriti. Invece la mia pelle si anima sotto le mani di Pax, ricordando ogni suo tocco passato.

Lui continua a baciarmi e mi tira su a sedere. Le sue mani enormi e rudi vagano sul mio corpo, stringendomi i seni così forte che gli grido in bocca. Adoro questo modo così possessivo che ha di trattarmi. Sarò anche una semidea per lui, ma sono la *sua* semidea e lui ha dei piani.

Le dita di Pax sfiorano il laccetto del mio bikini e poi, ZAC, ZAC, le spalline scattano via. Allontana il tessuto come se lo trovasse offensivo, e le sue mani tornano a toccare i miei seni con manifesta lussuria.

Ci baciamo tutti e quattro. Lingue che si rincorrono e labbra che si cercano, come falene attratte da una fiamma viva. E poi... dita si intrecciano a capelli, vestiti cadono, petti si schiacciano contro petti, battiti del cuore si sovrappongono, finché non siamo tutti nudi, quattro corpi che si nutrono l'uno dell'altro dopo essere stati affamati per così tanto tempo.

Quando Pax mi corica di nuovo, non sono più sdraiata sui cuscini, ma su un corpo caldo e un po' umido. Delle dita mi scorrono sulla pelle e mi esplorano. Ambrose. Trova i miei capezzoli e li stuzzica sapientemente con le dita, non in modo rude come fa Pax, ma con una tenerezza che mi fa respirare in modo affannoso.

Tuttavia, nonostante tanta dolcezza, c'è una certa furia nel modo in cui Ambrose mi struscia la sua erezione tra le cosce, e poi tra gli ansimi mi sussurra all'orecchio: «Ogni giorno che non c'eri ho desiderato di averti. I desideri si avverano.»

«Anch'io ho desiderato te» sussurro mentre le sue dita disegnano intere galassie sul mio corpo.

«A ogni passo lungo il sentiero, in ogni regno prima e dopo questo, io sono e sarò sempre innamorato di te, Bree.»

Beh, *caspita!*

«Non è giusto» ringhia Edward. «Ambrose mi ha sentito che l'ho detto in aereo. Mi ha rubato le poesie. Questo è plagio. Chiamate gli avvocati. Tirate fuori la spada per la decapitazione.»

Ambrose ridacchia, e quel suono è un morbido dolore che mi percorre il corpo.

«Anch'io ho delle belle parole per te, Brianna» abbozza Edward mentre mi sale sopra, gli occhi scuri che brillano di malizia. «Penso che le scriverò.»

Edward mi allarga le gambe. I suoi occhi lasciano i miei per fissarmi tra le cosce, nel punto in cui Ambrose mi penetra. Il sorriso del mio principe gli illumina gli occhi e il cuore mi martella nel petto per l'intensità con cui mi guarda.

Nell'immobilità del momento, solo con il rumore caldo e umido delle spinte di Ambrose dentro di me, mi rendo conto di quanto sono esposta. Da un momento all'altro potrebbe entrare nella grotta un bagnante e vederci: vedere me, stesa così, con un uomo dentro e altri due nudi, pronti a possedermi. Sono completamente in mostra e la lussuria primordiale negli occhi di Edward mi riempie di eccitazione ed emozione.

«*Questa* è poesia» mormora, con la sua voce principesca piena di meraviglia.

Sollevo i fianchi, permettendo ad Ambrose di affondare di più, godendomi il dolore alle cosce mentre Edward me le tiene aperte. Ambrose mi riempie fino in fondo: non solo il sesso, ma anche tutto il cuore.

Edward mi passa le mani lungo l'interno delle cosce, accendendomi ogni terminazione nervosa. Appoggia i gomiti sul cuscino e, mentre mi divora con lo sguardo, il suo pomo d'Adamo va su e giù. Emette un sospiro di pura adorazione.

«Bene così» mormora Edward, come se avessimo bisogno della sua approvazione. «Esatto. È così che iniziano sempre i miei sogni preferiti.»

Osserva Ambrose che entra ed esce da me, con le labbra tese nel suo tipico sorriso. Mi sento molto audace, così tutta in mostra. Un'ondata di calore lascivo mi percorre le vene.

Quando Edward piega la testa in modo da stabilire un contatto visivo con me, ogni mia terminazione nervosa e ogni sinapsi del mio corpo prende vita, come se mi fossi appena risvegliata da un sonno profondo. Mi mordo le labbra e schiaccio la testa sulla spalla di Ambrose.

Sentire Edward che passa la lingua su di me mentre Ambrose mi penetra, è una sensazione irreale. Ricordo quanto mi piaceva quando erano spiriti e facevamo cose sconce insieme, quanto il loro tocco spettrale era *più* di un tocco. Mi sbagliavo, questa cosa qui... questa è la *perfezione!*

La lingua calda e umida di Edward si muove in ogni direzione e capisco, dal mio piacere sempre crescente, che sta scrivendo lettere con la bocca, sta riversando la sua anima oscura su di me. Non riesco a distinguere le lettere attraverso il piacere che mi pervade, ma non ne ho bisogno. Lui dice tutto nel modo possessivo in cui mi stringe e con il fuoco ardente che è nascosto nelle profondità dei suoi occhi color antracite.

Allungo la mano alla ricerca di qualsiasi appiglio, perché se non mi reggo volerò via. E ho un sussulto quando mi ritrovo con il sesso di Pax in mano.

Glielo stringo tra le dita e lui geme. È così enorme che quasi non riesco a chiudere la mano. *Mi mancava.* L'ho sognato più volte in tutti questi mesi di lontananza. Il membro di Pax dovrebbe essere immortalato nelle opere d'arte. Dovrebbero dedicargli interi musei. Musei estremamente... grandi.

Lo masturbo in modo maldestro, mentre Edward mi devasta con la lingua. Nel frattempo, Ambrose affonda languido, come avessimo tutto il tempo del mondo.

So, meglio di chiunque altro, che non è così. Ma dopo che mi hanno costretta ad assistere alla loro morte, alla loro morte *completa*, finalmente ho capito, capito davvero, la lezione che ogni Lazzaro deve imparare qui sulla Terra. Il dolore è solo amore che perdura. Amore non speso, amore che non ha un posto dove andare. Sono davvero fortunata: per ogni giorno in cui li posso amare, e per il fatto che un giorno li piangerò.

Per la prima volta da quando l'ho posata sulla mia testa, ora la Corona di Ossa mi sembra leggera.

Un singhiozzo mi risale in gola mentre aumenta la pressione dentro di me, e l'ondata di calore diventa un fiume di lava fusa che mi scorre nelle vene. E poi, quando Edward affonda un dito insieme al sesso di Ambrose, e io sono così piena di loro da non riuscire a respirare, vengo finalmente presa e spazzata via.

Vengo, e urlo.

Urlo così forte che immagino i morti possano sentirmi da oltre il Velo.

Non mi interessa.

I miei amori sono tornati da me.

Non riesco ancora a crederci, nemmeno quando la lava lascia il posto a un piacere caldo e pulsante, e io rotolo via da Ambrose e crollo contro i cuscini, per riprendere fiato. Solo quando alzo lo sguardo e vedo i loro tre visi fissi su di me, con gli occhi lucidi d'amore e di desiderio, mi concedo di credere che sia vero.

«Io voglio il culo di Bree» dice Pax.

Deglutisco rumorosamente.

«Pax, non puoi dire cose del genere» lo rimprovera Ambrose. «Bree potrebbe non volerlo fare, soprattutto non con le tue dimensioni...»

«Sì» dico rapidamente, sorprendendo me stessa. «Vi voglio tutti. *Per favore.*»

Il *per favore* mi esce più bramoso di quanto volessi, ma rende l'idea.

Mi aspetto che Edward brontoli, invece fa un sorriso di circostanza a Pax e si sdraia sui cuscini, un braccio sotto la testa e l'altro drappeggiato con disinvoltura al fianco. Sembra un dipinto rinascimentale.

«Vieni, Brianna» mi ordina. «Il tuo principe ti vuole sopra di sé.»

Striscio verso di lui, il mio corpo che si ammorbidisce come cera al suono profondo e arrogante della sua voce. Edward può annullarmi in un istante. Tutte le storie su di lui non sono abbastanza accurate nello spiegare la sua capacità di abbandonarsi a piaceri insaziabili.

Ed è mio. E io sono sua.

Mi metto a cavalcioni su di lui. Un sospiro mi sfugge dalle labbra mentre mi abbasso sul suo splendido sesso. Erano mesi che *agognavo* questo momento. Sono così bagnata da Ambrose che Edward mi scivola dentro senza difficoltà, fino in fondo. La sua punta ha un piccolo guizzo e io sussulto, ma non sembra avere fretta di spingere.

Da sempre principe pigro e spensierato, Edward mantiene la mano dietro la testa. Con l'altra mi afferra un fianco, e mi guida mentre io, lentamente, mi sollevo e mi abbasso su di lui, prendendo il controllo del mio piacere. I suoi occhi scuri sono appesantiti dal desiderio e a giudicare dal suo sorriso, ha dei *progetti* per me.

«Soldato, ricorda cosa abbiamo nella nostra borsa magica.»

«Sì.» Pax si dirige verso la piccola borsa impermeabile che ha portato in giro con sé per tutto il giorno. Ci fruga dentro e tira fuori un flacone di lubrificante. Io arrossisco. Quanto erano sicuri che oggi sarebbe andata come volevano loro?

Ambrose deve aver percepito la mia domanda. «Non sognavamo che oggi sarebbe andata così, ma ci speravamo.»

«Mi piace che tu ci abbia sperato.» Inclino il capo per vedere dentro la borsa. «Cos'altro avete lì?»

«Non importa» dice Edward. Ma quando Pax posa la borsa, questa cade dal bordo della roccia e ne fuoriesce ogni genere di oggetti. Manette, una benda, una candela, cose di cui non so nemmeno il *nome*.

«Il mio nuovo amico Morrie mi ha fatto conoscere le meraviglie dello shopping online» ammette Edward. «E io e lui condividiamo certe... inclinazioni...»

«Avete portato da casa tutti questi oggettini? Eravate così sicuri che avreste avuto fortuna?»

Mi muovo con foga su di lui, e lui sbatte le palpebre. Dalle sue labbra esce un basso gemito che mi fa quasi delirare.

«Ho vissuto per diversi secoli, e non sono mai stato così sicuro di qualcosa in vita mia.» Edward solleva il mento verso di me. «Sono il principe più fortunato del mondo.»

«E io sono il centurione più fortunato del mondo» replica Pax con un sorriso, mentre regge il lubrificante.

«Sei l'*unico* centurione vivo.»

«Grazie a te.» La voce di Pax è vicina al mio orecchio. Si siede dietro di me, mettendo le sue robuste cosce a cavallo delle gambe più magre di Edward. Il suo uccello mi tocca la schiena mentre lo strofina con il lubrificante.

Le dita di Edward mi affondano nella pelle mentre inizia a muovere il bacino, facendo parte del lavoro per me. «Ti riempiremo così tanto da farti godere al punto che non apprezzerai mai più nessun uomo, e non ti sognerai mai più di lasciarci.»

«Già fatto» gemo mentre mi struscio su di lui. Lo sento benissimo dentro di me.

«Comunque, dobbiamo esserne sicuri» mormora Edward, tenendomi ferma con le mani mentre Pax mi infila tra le natiche un dito ricoperto di lubrificante. Sembra freddo, ma si riscalda subito mentre me lo passa intorno al buco.

Io tendo una mano ad Ambrose. «Ti prego» mormoro. «Voglio essere piena anche di te.»

«Ma certo. E io voglio che tutti i tuoi desideri si avverino.»

Ambrose si avvicina con cautela a Edward. Mi infila le dita tra i capelli, per sentire dove sono, e si mette in posizione. Poi rabbrividisce quando le mie labbra si chiudono sul suo sesso. Lo prendo in bocca, e con la lingua esploro la consistenza della sua erezione. Ha un sapore incredibile: sa di sole e limoncello con qualche tocco di sale marino. Ha il sapore di tutte le parti migliori dei suoi viaggi: luoghi sconosciuti e sapori sorprendenti, scoperte e magia.

Ambrose non è il tipo di ragazzo che se lo fa prendere in bocca e costringe una ragazza a strozzarsi e a sputacchiare solo per soddisfare le sue fantasie di controllo. Invece, mi accarezza i capelli con amore, muovendo un po' il bacino in modo che non debba fare io tutto il lavoro. Entra ed esce dalla mia bocca con facilità.

«Sei caldissima» mormora, accarezzandomi la testa come fossi un gattino che desidera addomesticare. «Le tue labbra sono di seta. Oh, Bree, mi sei mancata terribilmente.»

Non riesco a dire nulla, con lui che mi riempie la bocca, ma abbiamo già detto abbastanza. Lo succhio con più foga, assaporando l'espressione deliziosamente sofferente che ha sul volto mentre si impegna per tenere a bada il suo corpo.

Pax affonda il dito dentro di me. Io trattengo il fiato, con

Ambrose sempre dentro la bocca, e godo della sua primitività. È una sensazione strana, ma poi Edward spinge il bacino, arrivandomi così in profondità da farmi rovesciare gli occhi nelle orbite.

«Non preoccuparti, Brianna» sussurra Edward. «Lasciati andare. Ci siamo noi.»

E io obbedisco.

Mi abbandono.

Lascio andare tutto il dolore, la paura e la sofferenza che ho usato per allontanarli.

Lascio andare il mio disperato bisogno di essere come tutte le altre persone.

Lascio andare *tutto*, e loro mi prendono. Mi stringono.

Lascio che il mio corpo si abbandoni. Riverso la testa all'indietro in modo che la mia visione si riempia di cielo e di tombe, mentre i miei tre amanti mi tengono e mi riempiono. Lascio che la mia corona invisibile mi scivoli su un orecchio mentre mi perdo nel loro amore.

La punta di Pax mi si infila dentro proprio nell'istante in cui Edward spinge di nuovo, e al delizioso dolore che mi procurano, io succhio e mi godo il sesso di Ambrose in bocca.

Pax grugnisce a ogni spinta, e affonda sempre un po' di più. Ho una vaga consapevolezza di Edward che lo istruisce con la sua voce vellutata, invitandolo ad andare piano, assicurandosi che non mi faccia male. Io sono così persa che non riesco nemmeno a capire quanto sia arrivato a fondo Pax, e in quel mentre lui e Edward iniziano a spingere in modo sincronizzato. Devo essere tornata oltre il Velo, perché non c'è niente al mondo che mi faccia sentire così bene.

Mi sento stordita, e frammenti di luce si disperdono nel cielo, nella roccia e tra le tombe.

Li voglio più vicini. Li voglio nel mio sangue. Voglio che la loro anima e la mia siano intrecciate per l'eternità. E posso farlo, ne ho il potere, ma per ora questo è tutto ciò di cui ho bisogno.

Sono piena di loro, colma di un amore potente, e nemmeno la morte può dividerci.

Loro tre *adorano* il mio corpo, tenendomi tra di loro: un altare su cui giacciono in supplica. Edward e Pax lavorano insieme in un ritmo incessante che mi porta all'oblio. Quando cerco di respirare, quasi soffoco per il sesso di Ambrose in bocca. La mancanza d'aria non fa che aumentare la leggerezza che mi riempie, la sensazione di fluttuare su una specie di nuvola fatta di sessi, che mi paralizza per il piacere.

Vengo. Godo con urla e grida senza alcun senso. Vengo, implorando e ansimando. Vengo così tante volte che il mio corpo è un flusso continuo di piacere.

Non mi accorgo di quando vengono loro, perché noto solo luce, ma li sento. Prima Ambrose, che riversa la sua dolcezza tra le mie labbra. Avidamente, io ingoio ogni goccia. Poi Pax, e le sue mani enormi che mi stringono mentre rabbrividisce durante il suo orgasmo. Quando mi scivola fuori, lasciandomi con Edward, sono invasa da una sensazione di abbandono.

Ovvio, che Edward sia l'ultimo. Ovvio, che il Principe del Piacere voglia strapparmi via l'anima, fino all'ultima goccia. I suoi occhi color antracite sono la prima cosa che vedo quando la mia vista si schiarisce, e brillano di lacrime gioiose e non versate.

«Vieni di nuovo per me, Brianna» mi ordina. «Vieni per il tuo principe, fai la brava.»

Io lo strizzo e la sua punta fa un breve scatto. Il suo sorriso si trasforma in uno sguardo sofferente di estasi e si riversa dentro di me. E sembra la fine di qualcosa. Ma comincio a capire che non tutte le fini sono tristi.

«È stato...» sussurro mentre lascio che Ambrose mi prenda tra le braccia e mi tiri di nuovo giù sui cuscini. Mi bacia lungo la curva del collo, e intanto Pax porge a Edward un asciugamano perché si asciughi il sudore dalla fronte. «Non ho parole.»

«Non giudicarci solo per questa performance» dice Edward mentre rotola nell'acqua, per lavarsi il corpo perfetto. «Non abbiamo finito con te, Brianna. Ora che ti abbiamo di nuovo con noi, non ti lasceremo andare finché non sarai ridotta a un mucchietto tremolante che non oserà mai più lasciarci.»

«È vero» dice Ambrose con un sorriso. «Siamo tutti d'accordo. O *mucchietto tremolante* o non abbiamo fatto il nostro lavoro.»

Pax mi prende tra le braccia. «Dove andiamo adesso? Dobbiamo farlo in ogni angolo di quest'isola. Dobbiamo andare in ogni luogo in cui Bree è stata senza di noi, per farle dimenticare di essersi mai sentita sola.»

«Mi piace il tuo modo di pensare, soldato.» Edward si porta un dito alle labbra e il suo sorriso crudele si fa più evidente. «Dopotutto, non abbiamo usato niente della mia borsa magica. Ma per stasera, credo che avremo altre cose su cui discutere con Brianna, in albergo, in quell'enorme letto.»

40

AMBROSE

Mi sveglio in un groviglio di membra nel letto dell'hotel. La stanza profuma di lussuoso bergamotto e sapone all'ibisco, e fuori dalla finestra si sentono un allegro vocio e il rumore di zoccoli dei cavalli lungo le stradine. Provo uno strano brivido di atemporalità, la sensazione di non sapere se sono tornato alla mia prima vita o se sto vivendo la mia seconda, nuova, migliore vita.

Ma poi mi chino e le mie dita sfiorano la pelle nuda di Bree, e so esattamente dove mi trovo.

Le accarezzo una guancia, e percepisco il suo respiro morbido, e il costante alzarsi e abbassarsi del suo petto. Non si muove. La nostra Bree non è tipa da risvegli di buon'ora. Anche se il pensiero di lasciarla mi produce un male fisico, ho un disperato bisogno di andare al bagno.

A malincuore, mi districo dalle varie membra e mi alzo. Completate le mie abluzioni, mi avvicino alla finestra, dirigendomi verso una delle poltrone super imbottite.

Immaginate la mia sorpresa nel trovarla occupata.

«Ci sono io!» borbotta Edward.

Faccio un balzo indietro per la sorpresa, evitando per un soffio di cadere su una lampada. «Che ci fai sveglio a quest'ora? Tu detesti le mattine quasi quanto Bree. Pensavo fossi ancora a letto.»

«Sto cercando di far funzionare il mio nuovo rettangolo magico. Voglio prenotare i biglietti aerei per tornare a Grimdale.»

«Di già? Ma questo posto è affascinante. C'è così tanto da imparare sulla storia, così tanti nuovi cibi da provare, e non abbiamo ancora fatto un giro in carrozza.» Mi sistemo sulla poltrona accanto a lui, ascoltando il mondo che passa fuori, il miscuglio di lingue, i CLICK dei rettangoli magici che scattano fotografie e le grida del conducente della carrozza che dice ai turisti di togliersi di mezzo.

«Ambrose, l'ultima volta che sono stato in carrozza è stato quando mio padre mi ha bandito da Londra. Ricordo che il mezzo si fermò per troppo tempo nell'angolo sbagliato e fui quasi derubato, e quando scesi il mio piede finì dritto dentro una gigantesca montagna di escrementi di cavallo. Non ho alcun desiderio di ripetere l'esperienza. Inoltre, Brianna è qui da mesi. Vorrà vedere suo padre. Ma se preferisci rimanere qui, perché ti piacciono i cavalieri e lo sterco di cavallo, non te lo impedirò...»

«Non essere assurdo. Voglio stare con Brianna. Posso prenotare io i biglietti.» Tiro fuori dalla tasca il mio telefono e inizio a navigare tra le schermate.

Edward mi posa il mento su una spalla e guarda lo schermo. «Ma come fai? E perché il tuo rettangolo magico ti parla?»

«Mi dice cosa c'è sullo schermo, così posso premere i tasti giusti. Il tuo non lo fa, ma a me lo ha configurato Mina e mi ha mostrato come funziona. Mi piace come questo nuovo mondo cerchi di rendere le cose più facili per le persone come me.»

Edward sbuffa. «Non abituarti. Una cosa che ho imparato in

quattrocento anni di esistenza su questo piano mortale è che nulla è facile, tranne cadere dalle finestre da ubriachi.»

«Allora mi basterà evitare di stare vicino alle finestre quando sono alticcio. Voli prenotati.» Sorrido a Edward e giro il rettangolo verso di lui in modo che possa vedere i biglietti sullo schermo. «Ora, hai qualche altro programma per questa fantastica mattinata? Io avrei un'idea.»

«Sento problemi in arrivo» commenta lui, ma ha un sorriso nella voce. «*Adoro* i problemi.»

«A proposito di problemi» mi giro con tutto il corpo verso il letto. «Ehi Pax, sei sveglio?»

«Solo se possiedi il nettare d'oro degli dèi» risponde brontolando.

«Durante la nostra avventura possiamo prenderti un caffè. Ce la fai a lasciare dormire Bree per un paio d'ore? Edward e io andiamo a fare shopping. Pensavamo ti avrebbe fatto piacere venire con noi.»

«Senza Bree?» Pax sembra confuso. Lo sento muoversi, e si sfila dalle lenzuola di lino.

«Ho pensato che potremmo andare a prenderle un caffè.» Un sorriso lento e sfacciato mi illumina il viso. «E un anello.»

«Non posso credere che tu abbia convinto un tassista a portarci fino a Grimdale» dice Bree a Edward con la testa appoggiata alla mia spalla sul sedile posteriore del taxi.

«Te l'ho detto» dice Edward, sornione. «Ho un superpotere. Ai miei tempi, la gente si sarebbe fatta in quattro per potermi portare in carrozza ovunque, in giro per il Paese. Una volta, un uomo si è persino inginocchiato ai miei piedi perché usassi la sua schiena come poggiapiedi.»

«Questo perché tu eri un nobile e lui aveva paura di essere decapitato. Non lo definirei esattamente un superpotere.»

«Beh, a dire il vero, decapitare qualcuno in un colpo solo è un'*abilità*» spiega Pax. «Di solito ci sono un sacco di ossa e pezzi vari che intralciano. Personalmente, sono della scuola di decapitazione *taglia-e-affetta*. Sporca di più, ma è infinitamente più soddisfacente.»

«Sì, grazie per la precisazione, Pax.»

Non la vedo, ma intuisco dal suo tono che Bree sta alzando gli occhi al cielo. Il vecchio Ambrose avrebbe potuto temere che i loro battibecchi significassero che Bree stava pensando a tutti i motivi per cui starebbe meglio senza di noi, ma ora non è più così.

Non ora, che presto potrebbe avere il nostro anello al dito.

Io, Edward e Pax abbiamo setacciato i negozi intorno a M'dina e abbiamo trovato quello perfetto per lei. Tre fili d'argento intrecciati e annodati insieme con un filo di titanio nero, e un piccolo pezzo di moldavite al centro del nodo. All'interno abbiamo fatto incidere dal gioielliere la frase *Quattro anime in una.*

Tre fili d'argento e uno nero. Quattro fili d'anima intrecciati per l'eternità.

Sorrido tra me e me mentre mi sintonizzo di nuovo sulla conversazione. Bree sta ancora rimproverando Edward per le sue spese eccessive per il taxi. «Devi prestare attenzione alle tue finanze, imparare l'interesse composto...»

«Mmm, sembra proprio una cosa perversa. Nel senso buono del termine» commenta Edward con voce compiaciuta.

«Ecco a voi.» Il tassista frena con così tanta forza che la mia testa sbatte sul tettuccio. «È questo il posto?»

«Sì» rispondo subito. Non vedo dove siamo, ma con il

finestrino abbassato riesco a *sentire gli odori*. Le gardenie e i giacinti che Mike ha piantato accanto al cancello, la freschezza dell'orto di Maggie, la lieve zaffata degli autobus turistici che si fermano al cimitero.

Scendo dall'auto. Il mio bastone colpisce il familiare vialetto di cemento. Sento un miagolio e mi volto a salutare Entwhistle, che ha deciso di darci il benvenuto a casa lamentandosi per i maltrattamenti cui è stato sottoposto in nostra assenza.

Mi volto per aiutare Bree. «Non vedo l'ora di farmi una doccia e di andare a cena al Cackling Goat» dice mentre solleva la valigia dal bagagliaio. «Il cibo a Malta era ottimo, ma non sanno fare un pasticcio di carne decente. Muoio dalla voglia di mangiare un bel pasticcio al mio pub preferito.»

«Però prima dobbiamo fare una cosa.» La prendo a braccetto. «Seguimi. Lascia perdere la valigia.»

Sono finiti i giorni in cui Bree doveva farmi da guida. Da quando ci ha lasciati, ho passato quasi ogni giorno al cimitero di Grimdale. Conosco ogni centimetro di quel luogo, dagli alti cancelli di ferro al giardino della memoria che abbiamo costruito di recente. Tutte le piante hanno un'esperienza tattile o un profumo delizioso, quindi il giardino può essere apprezzato anche dalle persone non vedenti.

Ma non sono qui per vantarmi del mio giardino. Invece, percorro un sentiero familiare, e i miei piedi mi portano ai gradini del vistoso mausoleo di Edward. A soli sei metri di distanza c'è la mia umile tomba, e l'altare dove Pax è stato seppellito dai suoi uomini ci guarda dall'alto della collina.

È questo il luogo, il crocevia dove è iniziata la nostra vera vita con lei.

«Qui?» mi chiede Edward.

«Qui.» Sorrido.

«Ragazzi, che succede?»

Mi inginocchio a terra. Accanto a me, un forte tonfo quando Pax colpisce le lastre di pietra.

«Devo proprio?» chiede Edward con un sospiro. «Questi pantaloni sono di seta.»

«*Edward*» lo richiamo severo.

«Bene, bene.» Un attimo dopo, la mano di Edward si posa sulla mia spalla e il principe poeta si abbassa davanti alla sua regina.

La voce di Bree trema. «Ambrose, cosa... cos'è questo?»

Le prendo la mano. Pax ci mette sopra le sue enormi dita, e Edward posa la mano sopra quella di Pax.

Apro la bocca per chiederglielo, ma all'improvviso sono sopraffatto.

«Bree...» Stamattina avevo preparato un discorso pieno di belle parole su Bree e su ciò che significa per noi. Era perfino stato approvato dal poeta Edward. Ma ora, con le sue dita strette nelle mie, ho perso le parole. «Noi... cioè... desideriamo... ehm...»

«Vogliamo sposarti!» sbotta Pax.

Bree ha un sussulto.

«Vogliamo essere i tuoi mariti» aggiungo in tutta fretta, con le parole che mi escono di getto. «Vogliamo essere i tuoi oggi, e tutti i giorni a venire. Vogliamo riempirti di doni, baci e orgasmi. Vogliamo vivere nel tuo cuore finché il sole non cadrà dal cielo. Vogliamo portarti il caffè al mattino e lasciarti usare il nostro petto come cuscino anche quando sbavi nel sonno. Pax vuole affettare i tuoi nemici e cucinarti torte. Io voglio tirarti su di morale quando sei giù, e Edward vuole adorare il tuo corpo e la tua mente, e fare le faccende di casa.»

«Su questo in realtà non siamo mai stati d'accordo» mi interrompe Edward. «Ma tutto il resto è vero.»

«Ambrose, sei serio?» chiede Bree con voce incerta.

«Sarei l'uomo più felice di tutti i tempi se tu diventassi mia moglie e potessimo passare il resto dei nostri giorni, e magari anche oltre, a caccia di avventure insieme.»

Bree fa per parlare, ma le sue parole sono soffocate da un singhiozzo. Il mio cuore perde un colpo e per un attimo penso abbia dimenticato quanto abbiamo fatto e detto a Malta, e creda ancora che non possiamo stare insieme, perché si sente in dovere di affrontare da sola sia il mondo dei vivi che quello dei morti.

Ma poi mi prende tra le braccia, mi tira in piedi e mi stringe a sé. Il suo cuore batte contro il mio petto. «Sì, mille volte sì.»

«Oh, per il frizzante joy-stick di Giove, mi stavo preoccupando!» sbotta Pax. «Ci sposerà.»

«Se siamo tutti d'accordo sul fatto che la faccenda dei lavori domestici non è legalmente vincolante, sono felice!» esclama Edward. «Ambrose, dovresti fare tu gli onori di casa.»

Estraggo l'astuccio che tenevo al sicuro nella tasca della redingote. Tiro fuori l'anello e lo infilo con cura al dito di Bree. Lei trattiene il fiato. «Ambrose, è perfetto. Tre fili d'argento e uno nero, e... è moldavite?»

«Abbiamo pensato che non sei una tipa da brillanti.»

«Lo adoro. È perfetto.» La voce di Bree si spezza mentre lei ci abbraccia a turno. «Ovviamente, vi renderete conto che noi quattro non possiamo sposarci legalmente. Qualsiasi cosa facciamo è puramente simbolica. E farà di certo scalpore.»

«Bene» dice Edward. «Mi piace essere oggetto di pettegolezzi.»

«Ma potremo avere una festa di matrimonio, giusto?» Pax si ringalluzzisce. «Adoro i matrimoni. Lo sfarzo! I vestiti! Le canzoni da osteria! I combattimenti a colpi di spada per aggiudicarsi la fetta di torta più grande!»

«Il vino ce l'abbiamo già» aggiunge Edward.

«E io posso organizzare la luna di miele.» Penso alla lunga lista di luoghi che io e Bree vorremmo visitare insieme. A Malta ho avuto un assaggio di come sarà viaggiare con lei, e mi prudono i piedi per l'ansia di esplorare questo mondo insieme.

Bree infila le dita tra le mie. Il metallo freddo del suo anello mi sfiora la pelle e non ho mai avuto il cuore così leggero. «Non facciamo il passo più lungo della gamba. Prima dobbiamo dirlo ai miei. E a Dani. E non abbiamo nessuna fretta. Siamo giovani. Abbiamo tutta la vita davanti. Per ora, voglio solo *essere*.»

Strofino con un polpastrello la nocca di Bree, e tocco i fili intrecciati e la piccola pietra che intuisco brillare se la tengo vicino a una luce intensa. Ogni volta che temo che tutto ciò sia troppo bello per essere vero, posso toccare l'anello che indossa e ricordare che oggi, e ogni giorno successivo, lei è nostra e noi siamo suoi.

Edward mi infila con eleganza la mano sotto l'altro braccio e Pax si mette all'altro fianco di Edward e ci strattona. Usciamo di nuovo dal cancello principale – il signor Pitts ha riparato il buco nella recinzione dopo l'insensato imbrattamento del Monumento alle Streghe, quindi la nostra scorciatoia non c'è più – e risaliamo il vialetto di Grimwood. Bree si ferma ogni pochi metri per fare commenti di meraviglia sui nuovi fiori e sulle sculture bizzarre.

«Io e Ambrose abbiamo aiutato a sistemare il giardino» dichiara Pax. «Io ho fatto le sculture.»

«Sono molto… interessanti.»

«Sono cubiste» dice Pax con orgoglio. «Mike dice che si chiama cubista l'arte basata su forme semplici. Così ho costruito forme delle parti del corpo che ho tagliato ai nostri nemici, per fare capire a tutti di non attaccare mai più Grimwood Manor.»

«Io…» A Bree manca la voce. Non so se stia cercando di non ridere o di non piangere. «Non ho parole.»

«Ti piace il giardino?» Sfioro con le dita un cespuglio di lavanda profumata. Non ho mai pensato che mi sarebbe piaciuto così tanto fare giardinaggio. Ho sempre amato stare nella natura, ascoltare il canto degli uccelli e sentire il profumo inebriante dei fiori, ma per fare giardinaggio bisogna rimanere nello stesso posto abbastanza a lungo da piantare un seme e aspettare che fiorisca. Per tutta la mia vita nell'aldilà ho avuto una brama spasmodica di spostarmi, ma ora sono pronto a mettere radici.

Qui a Grimwood Manor siamo sbocciati tutti. Pax ha imparato che non è solo forza e sete di sangue. Il cuore oscuro di Edward è diventato così grande che non riesce più a contenere i suoi sentimenti. Ha imparato a perdonare gli altri e a perdonare se stesso.

Io ho imparato che le avventure sono più belle se condivise con le persone che si amano.

E Bree? La ragazza che ha passato la vita a fuggire da se stessa, la donna che ci ha dato la vita e il cuore, ha imparato che il prezzo dell'amore è il dolore, ma che ne vale sempre la pena. E che essere *normali* è altamente sopravvalutato.

«Adoro il giardino. Adoro tutto, di questo posto.» Bree mi stringe il braccio mentre saliamo i gradini. «Questa è la nostra casa.»

EPILOGO
TRE ANNI DOPO

«È stato un viaggio incredibile» dice Ambrose mentre scendiamo dall'Uber sul vialetto di cemento. Stringe il bastone in mano, ma non lo usa. Conosce questo posto a memoria.

E anch'io.

«Il mio momento preferito è stato quando hai sfidato quel corpulento idraulico italiano a una gara di braccio di ferro» dico mentre esco dall'auto, con lo zaino che mi sbatte sul fianco. «E l'intero pub si è lasciato coinvolgere. Non ho mai riso così tanto in vita mia.»

«Sono davvero felice che tu l'abbia ripreso in video.» Ambrose flette i bicipiti. «Altrimenti, Pax non crederebbe mai che ho battuto quel tipo. È stato il nostro miglior viaggio di sempre.»

«Lo dici dopo ogni viaggio.» Gli sorrido mentre prendo la valigia dal tassista e mi volto verso casa. «È piaciuto molto anche a me, ma sono felice di essere a casa.»

Casa.

Solo pronunciare questa parola mi dà una sensazione strana e meravigliosa.

Ambrose prende la sua valigia e ci incamminiamo lungo il vialetto. Le aiuole del giardino sono piene di fiori e un dolce profumo di giacinto e caprifoglio riempie l'aria. Incorniciata dall'edera come in una cartolina del grandioso passato inglese, Grimwood Manor si erge davanti a noi. Non è mai stata così bella, circondata dalle nuvole grigie che si addensano sopra le nostre teste.

«Smettetela di cincischiare, voi due» ci riprende mia madre, che nel frattempo è arrivata con la sua utilitaria. Sterza, per far entrare l'auto nello stretto garage. «Ci sono un sacco di cose da fare. C'è una lista attaccata alla lavagnetta di sughero in cucina. Datevi una mossa! Non è che gli altri due abbiano esattamente tutto sotto controllo.»

«Certo, Sylvie!» Ambrose mi prende a braccetto. Saliamo insieme i gradini. Il cuore mi martella nel petto. Non li vedo da due settimane e...

La porta si spalanca prima ancora che io prenda in mano la maniglia. «Bree!» Pax si precipita verso di noi. Indossa un grembiule rosa a balze e ha viso e braccia tutti sporchi di farina. Sulla guancia ha un pezzo di glassa viola.

Mi stringe in uno dei suoi abbracci stritola-ossa. Io affondo il viso nella sua spalla e inspiro il suo profumo. Pax ha mantenuto quell'odore di soldato assetato di sangue che adoro tanto, ma ultimamente ha anche un delizioso aroma di pasticceria.

«Venite a vedere cosa ho fatto.» Ci prende per mano e ci trascina dentro. Praticamente non ho nemmeno il tempo di dare un'occhiata all'atrio appena ristrutturato. Sono cambiate così tante cose da quando io e Ambrose siamo partiti per l'Italia. Le pareti hanno una nuova mano di colore e dei tocchi di una lussuosa carta da parati color oro. La maggior parte delle pesanti cornici dorate e delle spade sono state tolte e sostituite con opere d'arte più moderne, ma la vecchia pistola di Cuthbert occupa ancora un posto d'onore sulla parete di fronte all'ingresso. Un audace tappeto moderno copre la macchia scura accanto al camino dove padre Bryne ha trovato la morte. Lo spazio è leggero e arioso, ma conserva il suo carattere. È tutta opera di Edward. Il nostro principe ha un vero talento per l'interior design. I suoi piccoli tocchi sparsi per tutta la casa hanno trasformato Grimwood in un moderno palazzo del piacere.

Ma non ho tempo per osservare gli ultimi cambiamenti di Edward, perché Pax ci trascina in cucina. Fa un gesto trionfale verso l'isola, dove una torre di sette piani con fiori di glassa viola e piccoli teschi di zucchero arriva quasi al soffitto.

«Pax, è stupenda!»

In cima alla torta, una coppia di scheletri danzanti. *È perfetta!*

Pax è raggiante. Mentre io faccio di tutto per descrivere ad Ambrose la maestosità e tutti i dettagli della torta, Pax produce timidamente un piccolo cupcake glassato con lo stesso disegno e glielo porge. Ambrose tocca con delicatezza i petali dei fiori di glassa e mordicchia un teschio. «È fantastico.»

«Occhio, che se il nostro soldato si monta la testa, poi non lo ferma più nessuno.»

Mi giro di scatto. Edward è appoggiato allo stipite della porta, con il suo solito aspetto principesco. Indossa un paio di pantaloni eleganti e una camicia di seta nera. I riccioli scuri gli ricadono sul viso e i suoi lineamenti sono illuminati da un sorriso pigro e rilassato.

«Edward.» Corro da lui e gli butto le braccia al collo.

Mi bacia, con uno di quei suoi baci oscuri e peccaminosi che mi incendiano come fossi una foresta in una stagione di siccità.

«Non lasciarmi mai più nella desolazione» sussurra contro

le mie labbra. Io rido, mio malgrado. Lo dice ogni volta che torniamo a casa, come se io e Ambrose fossimo morti, invece che essere stati in panciolle per due settimane su una spiaggia in Italia.

«Non eri certo desolato. Tu e Pax vi siete divertiti un sacco senza di noi. Ho visto i video. E tu hai fatto un lavoro straordinario nell'ingresso. Ma per quanto riguarda...»

«Vieni.» Edward mi prende per un polso, e mi strattona lungo il corridoio. «Devo mostrarti i preparativi.»

«Ma mia madre ha detto che ha una lista...»

«Sylvie dimentica che sono *io* il responsabile di questa festa.»

Edward mi fa strada. Poi spalanca le porte della sala da ballo di Grimwood.

Rimango senza fiato. Il posto è splendido. Edward l'ha restaurato con amore da quando ha rilevato la casa dai miei genitori. Ha ripristinato e lucidato il pavimento di marmo fino a farlo brillare, ha riparato il tetto che perdeva e le finestre rotte, e ha installato lampadari funzionanti in sostituzione di quelli che aveva fatto saltare quando era un fantasma.

Le finestre in fondo si affacciano sul cimitero. Davanti a loro, un arco gotico in legno è addobbato con fiori rossi e viola. Ci sono file di sedie che guardano le finestre, e sulle prime due file ci sono corde di velluto e cartelli con la scritta *riservato*. Una corsia di moquette rossa, cosparsa di petali di rosa, conduce al centro della sala.

Edward si volta verso di me, raggiante. «Cosa ne pensi?»

Non ho parole per esprimere quanto sia perfetto.

Con i soldi ricavati dalla vendita della collezione dei suoi vini, Edward ha rilevato la casa dai miei genitori, estinguendo il mutuo e lasciando loro un bel gruzzolo per la pensione. Non mi aspettavo che il mio principe poeta avrebbe abbracciato l'attività di B&B, ma anche i principi poeti vecchi cinquecento anni possono sorprendere.

Per tutta la vita, Edward si è sempre sentito dire che era inutile e senza valore, ma nessuno gli aveva mai dato la possibilità di dimostrare loro che si sbagliavano. Ora che Grimwood è sua, veramente sua, ha scoperto un nuovo amore per la casa, e prova piacere nel renderla bella e condividerla con altri. Per molti versi, è una specie di estensione delle feste che ospitava qui nella sua prima vita. Al posto dei suoi amici libertini, ci sono ospiti paganti, che lui ammalia con i suoi occhi scuri, le sue lunghe ciglia e la sua conversazione arguta, fino a quando non accettano di ascoltare le sue poesie.

Una delle ali con le stanze degli ospiti al piano inferiore è stata trasformata in un appartamento autonomo, con ingresso indipendente. Mia madre e mio padre vivono lì. È molto più piccolo e facile da mantenere, e abbiamo installato rampe e altri ausili per consentire a mio padre di spostarsi facilmente. Ha anche un piccolo giardino e un'officina.

Edward e Pax sono co-proprietari dell'attività di B&B. Pax non avrebbe mai resistito a lavorare per qualcun altro, però è un eccellente tuttofare. E il suo talento nella pasticceria è rinomato in tutto il villaggio. Ha persino sottratto a Maggie il trofeo del Grimdale Bake-Off.

Io e Ambrose abbiamo avviato il nostro progetto personale: realizziamo video di viaggi. È soprattutto Ambrose a parlare. È uno storyteller nato, e ora che è uscito il suo libro su Ambrose Hulme, l'avventuriero cieco – che chiamiamo *il suo antenato* –, la nostra crescente presenza sui social media sta contribuendo a vendere copie e ad aumentare il suo profilo. Mostriamo luoghi fantastici, ma parliamo anche di alcune delle gioie e delle insidie di quando si viaggia con una disabilità. Per ora stiamo facendo piccoli viaggi nel Regno Unito e in Europa. Non mi piace stare troppo tempo lontana da Grimdale.

E poi, io devo pensare al mio lavoro.

Fare la Signora della Morte implica una quantità incredibile di lavoro. Ho mantenuto il titolo perché, se devo essere sincera, è troppo affascinante. Ma ho eliminato molte delle regole rigide su come deve essere svolto il lavoro. Il regno dei morti non dovrebbe essere gestito da una sola persona, né ci si dovrebbe sentire costretti a fuggire dall'aldilà per poter essere normali.

Il ruolo di Signora della Morte, o psicopompo, o Lazzaro non deve essere ciò che definisce una persona. Si tratta solo di un lavoro. Non è impresso nella tua anima come possono esserlo certe persone.

Per lo più, ho spiegato ad Agnes e a Vera come occuparsi delle questioni quotidiane, ma spesso mi vengono richieste presenze a ore inumane per le apparizioni in cerimoniali, per scortare anime di celebrità lungo il sentiero, e per aggiustare il telaio delle anime ogni volta che decide di iniziare a tessere parolacce. Le persone più vicine a me capiscono tutto ciò e aspettano sempre il mio ritorno con un bagno caldo e paxcake appena sfornati.

Negli ultimi tre anni abbiamo dato la caccia a diversi accoliti dell'Ordine della Nobile Morte e li abbiamo convinti a non unirsi all'Ordine e a lavorare per me. Sto cercando di insegnare alle persone a riconoscere i propri poteri, così che non debbano sentirsi isolate e spaventate. È proprio così che l'Ordine le attira, dopotutto. Il dolore e la solitudine fanno fare cose assurde. Lo so per esperienza. Ci vorrà molto tempo per rimediare ai danni che l'Ordine ha fatto in tutto ciò che riguarda la questione della morte, ma ci sto lavorando, un'anima alla volta.

Non questa settimana, però. Sono ufficialmente in licenza. Ho un appuntamento super-sexy con tre ex fantasmi estremamente sensuali, nonché un matrimonio a cui partecipare.

Mi volto di nuovo verso Edward, a guardare i suoi

scintillanti occhi antracite e il modo in cui la sua bocca si incurva. Sta cercando di fingere che il mio parere su ciò che ha fatto non gli importi, invece ci tiene troppo. Mi alzo in punta di piedi e sfioro con le labbra la sua guancia d'alabastro. «È tutto fantastico. Dani e Alice lo adoreranno.»

Un paio d'ore dopo arrivano gli ospiti, le cui auto riempiono in fretta i parcheggi di Grimwood, poi il cimitero e quindi la strada. Dani li osserva da dietro le tende della suite padronale degli ospiti, con la fronte aggrottata. Si liscia più e più volte il davanti dell'abito di Vera Wang: un regalo di nozze da parte di Edward.

«Smettila. O farai cadere tutte le perline, e io non ho nessuna intenzione di ricucirle» brontolo mentre cerco di tirarle indietro i capelli in una acconciatura accettabile.

«Cos'è successo a tutte le promesse di starmi sempre vicina e aiutarmi a nascondere i cadaveri?» mi chiede con un sorriso.

«La parte dei cadaveri, va bene. Ma i lavori domestici, anche no.»

«Ah, ah, ridi pure di me, ma la prossima sarai tu.» Dani si toglie la collana di perle che ha scelto un'ora fa e la sostituisce con un medaglione a forma di cuore.

«Forse.»

«Basta con i forse. È arrivato il momento. Tu e quei fantasmi eravate scritti nelle stelle. Adesso è ora che ti fermi abbastanza da lasciarli entrare nella tua vita, cara Signora della Morte. In fondo, se non posi adesso in una bella foto da matrimonio, quando lo farai? Si è giovani e sexy una volta sola nella vita!»

«Beh...» Sorrido.

Dani sbatte i pugni sul mobile antico. «Dimmi!»

Non riesco a contenere la felicità. Volevo aspettare fino a dopo il suo matrimonio per dirglielo, perché non volevo rubarle la scena, ma non ce la faccio più a mantenere il segreto. «Abbiamo fissato la data. È l'anniversario del giorno in cui sono tornata a Grimdale, all'inizio dell'estate. Faremo la cerimonia nel cimitero, davanti al mausoleo di Edward. Ho controllato con il signor Pitts che andasse bene e non lo giudicasse irrispettoso, ma lui ci ha dato il via libera. Il che è un bene, perché voglio sposarmi prima di avere il bambino.»

Mi porto una mano al petto. L'altro giorno ha iniziato a scalciare. Non l'ho ancora detto a tutti, perché nel momento in cui mia madre lo saprà mi costringerà a rallentare, e io ho ancora molto da fare prima di diventare madre, e devo anche preparare il trono per il mio congedo di maternità.

Avremo un bambino, o una bambina: chissà. Non posso crederci. Guardo il minuscolo cordone ombelicale che esce dalla mia pancia, e vedo che è nero, come il mio. Un discendente della linea di sangue di San Lazzaro. Il mio successore.

La mia *vita*.

Non lascerò che mio figlio cresca con la paura di essere diverso o con dubbi sui suoi poteri. Vivrà, cadrà, si sbuccerà le ginocchia, si innamorerà e conoscerà il dolore della perdita. Quando sarà abbastanza grande, lo porterò al di là del portale e gli mostrerò che c'è un mondo dopo la morte e che, anche se proviamo dolore, possiamo avere la garanzia che le anime dei nostri cari sono ben custodite.

A meno che non si mettano contro Agnes.

«Un bambino? Yuppieeeeeee!» Dani salta in piedi, e mi fa spargere le forcine sul pavimento. Mi abbraccia. «Sono così felice per tutti voi. E poi faremo le signore sposate. Anche Alice vuole dei bambini. Potremo prendere il tè, e lamentarci del bucato, e andare a comprare l'aspirapolvere, e prendere un brevetto da pilota, e tutte quelle cose che fanno le signore sposate.»

«Certo, possiamo, ma prima devi sposarti.» La sospingo verso la porta. «Sei bellissima e faresti meglio a uscire. La tua futura moglie ti sta aspettando.»

«Secondo te stavo meglio con le perle?»

«Vai!»

Dani mi porge un pugno, tutta tremolante. Ci prendiamo a braccetto e ci dirigiamo verso il corridoio per aspettare nel nostro posto segreto accanto all'ingresso della sala da ballo.

Tutti gli ospiti sono già seduti. Sento il vocio. All'improvviso, la musica di sottofondo si interrompe. Dani mi stringe la mano così forte che mi pare di sentire rumore di ossa che si spezzano.

«Occhio, è la mano della falce.»

Allora Dani afferra lo stipite della porta. Ha le nocche bianche come il vestito.

La musica parte e tutti tacciono. Dani e Alice hanno scelto la canzone dei Type O Negative, *Black Number 1*, il che è assolutamente in linea con il loro senso dell'umorismo. Speriamo che gli ospiti apprezzino quanto noi la musica goth, cupa e sexy.

Potrei mettere la stessa canzone anche per il nostro matrimonio. Sarebbe appropriato. Se non avessi già scelto *Don't Fear the Reaper,* dei Blue Oyster Cult.

Mi do una sistematina all'abito da damigella in chiffon e pizzo nero, che per fortuna mi calza ancora, nonostante la minuscola pancia, e muovo i primi passi verso il corridoio. Edward è sulla porta e parlotta nell'auricolare. Mentre passo, lo sento distintamente borbottare: «Brutti soldati romani impestati» ma non ho il tempo di soffermarmi per capire che cosa ha fatto Pax per farlo arrabbiare così. Al mio passaggio

Edward alza lo sguardo e il modo in cui i suoi occhi scuri mi divorano mi fa incespicare.

Mi raddrizzo prima che se ne accorga qualcuno, e mi dirigo lungo la navata per raggiungere Kelly all'altare. È entrata dal lato di Alice. La mia ex-nemesi mi offre un sorriso incerto. «Stai bene, Bree.»

«Anche tu.» Ricambio il sorriso. Kelly e io non saremo mai amiche, sono successe troppe cose tra noi, ma siamo riuscite a trovare una tregua, e io non sogno più elaborati scenari di vendetta. Inoltre, lei è ancora terrorizzata da Pax, quindi mi sento al sicuro.

La musica aumenta di volume e gli ospiti si alzano in piedi mentre Dani e Alice entrano dai lati opposti della sala. L'arrivo di Dani, con il suo abito svolazzante, è degno di un'entrata in scena a teatro, mentre Alice è tutta sorrisi nel suo abito aderente, a sirena. Si incontrano all'altare davanti a Pax: è riuscito a farsi nominare celebrante, ed è la cosa che più rispecchia la sua essenza.

Un mese fa Dani era pronta ad annullare tutto, dopo che l'ufficio anagrafe aveva insistito perché venisse usato il suo *deadname* nei documenti ufficiali. Però poi è arrivato Pax e ha suggerito, molto gentilmente, che si togliessero la testa dal culo, altrimenti ci avrebbe pensato lui a fare in modo che non la togliessero mai più, e tutto si è sistemato.

Avere al proprio fianco un soldato assetato di sangue può essere utile.

«Amici, romani, compatrioti» dice a gran voce. Non ha bisogno del microfono per farsi sentire in ogni angolo della sala da ballo. «Deponete le spade e ascoltate. Dani e Alice si sposano.»

Da qualche parte si sente una risatina. Pax, tutto serio, sfila la spada dai pantaloni e la depone con riverenza sull'altare improvvisato. Le risate si interrompono di colpo.

«Da dove vengo io, una cerimonia nuziale iniziava con il sacrificio di un animale da parte della coppia. Veniva squartato e se ne studiavano le interiora, per assicurarsi che la loro unione avesse l'approvazione degli dèi.»

Diverse persone del pubblico fanno delle smorfie.

«E poi lo sposo fingeva di rapire la sposa dalle braccia della madre, in modo che gli dèi della casa non pensassero che la sposa li stesse lasciando di sua spontanea volontà. La sposa veniva portata in processione alla sua nuova casa, mentre sorreggeva una torcia fatta di rami di biancospino, in onore a Cerere, dea della fertilità. Poi, gli invitati alle nozze spezzavano una pagnotta di pane sulla testa della sposa e le lanciavano spighe di grano. Quindi la coppia saliva sul letto matrimoniale e...» Pax inizia a fare dei movimenti osceni, ma Alice lo fissa con uno sguardo furioso e lui riesce a contenersi.

Pax fa un sospiro. «Beh, ora siamo molto lontani da casa mia e ho sgobbato come uno schiavo per ore ai fornelli, a preparare le pagnotte per la cena, quindi nessuno le lancerà a nessuno. Questo è un matrimonio diverso, un matrimonio tra Dani e Alice. Un matrimonio unico, perché c'è solo una Dani e solo una Alice. Sono stato onorato dagli dèi di poterle chiamare amiche, e nel corso degli anni ho imparato a conoscerle come due delle persone più piene di passioni, più divertenti, intelligenti e gentili. Quindi sono contento che si sposino e che, se tutto va bene, dopo questa cerimonia saremo ancora amici!» Sorride radioso, e tutti ridono.

Sarà un padre straordinario. Tutti loro lo saranno.

Dani e Alice si leggono le promesse e poi firmiamo il registro di matrimonio. Sono così impegnata a trattenere le lacrime per non rovinarmi il trucco, che quasi nemmeno mi accorgo di dove sto firmando. Finisce tutto in un baleno, ognuno torna al proprio posto e Pax riprende a parlare.

«Che le benedizioni di Giove piovano su di voi.» Poi batte le mani. «Che Marte colpisca i vostri nemici. Che Bacco mantenga le vostre coppe piene di vino e il cuore dell'una sia pieno dell'altra. E che Cerere vi benedica con molti figli e un amore eterno. Ora baciatevi, prima che iniziamo a lanciare il pane!»

Gli occhi di Dani incontrano i miei oltre la spalla di Alice. Sono lucidi di lacrime, come quelli di Alice. Sorride e si china a baciare la sua sposa, con dolcezza, come se avessero tutto il tempo del mondo per assaporarsi a vicenda.

Io vedo i fili delle loro anime, e so che non è vero. Ma so anche che abbracciare qualcuno che si ama, anche solo per poco tempo, non è mai uno spreco.

Il dolore insegue l'amore ma non lo raggiunge mai, e tutti possono vivere per sempre nel cuore di qualcun altro.

Parte la musica scelta per il loro rito – *No One Lives Forever* degli Oingo Boingo, perché non potrebbe essere diversamente – e Dani e Alice si prendono a braccetto ed escono dalla sala da ballo facendo headbanging, mentre tutti applaudono e lanciano riso.

La mia migliore amica si è sposata. Dani e Alice sembrano così felici e realizzate. Che poi, è l'unica cosa che desideriamo tutti, no? Essere accettati per quello che siamo.

Ambrose si sposta dal suo posto in prima fila e infila un braccio nel mio. Sorride a trentadue denti. Pax balla davanti a noi. Prende Dani e Alice sottobraccio e se le stringe al petto. Ho del riso tra i capelli e anche tra le tette. Oggi è il giorno perfetto.

«Posso avere le spose e i testimoni?» Il fotografo ci trascina con sé al cimitero per qualche scatto.

Noi ridiamo per tutto il tempo, mentre ci stendiamo tutto intorno al mausoleo di Edward, ha dato lui il permesso a Dani. Quando finiamo, facciamo il giro lungo del cimitero in modo che Alice deponga i fiori sulla tomba di suo padre. È morto l'anno scorso. Ho accompagnato personalmente la sua anima fino al Velo. Per tutto il viaggio non ha fatto altro che parlare di sua figlia e di quanto fosse orgoglioso di lei. L'Alzheimer non gli ha portato via tutto: non gli ha mai sfiorato l'anima.

È la parte che preferisco del mio lavoro, in realtà, scortare le anime di coloro che malattie crudeli avevano intrappolato nei loro corpi o nelle loro menti. Liberate dai vincoli del corpo, le loro anime sono libere. E sono felicissime. Hanno davvero tanto amore dentro, anche nella morte.

Tutto ciò mi rende più facile tornare nel Regno dei Vivi e vedere papà. Sta peggiorando. Quando parla biascica così tanto che è difficile capirlo, e la rigidità del suo corpo gli impedisce di svolgere molte attività. Ma qualunque cosa accada, so che la sua anima è sempre la stessa.

Non vedo l'ora che conosca il suo nipotino.

Quando torniamo a Grimwood, Edward e il suo team hanno già trasformato la sala da ballo nel salone del ricevimento. I tavoli scintillano di mille composizioni d'argento. Il tavolo del buffet per poco non si spezza, sotto il peso del banchetto preparato da Pax.

«Mi concederai un ballo?» mi chiede Edward con un sorriso civettuolo mentre ci passa davanti, con un piatto con sopra due cupcake. «Devo solo consegnare questi.»

«Per chi sono?»

«Non avrai pensato che ci saremmo perse questa festa.» Lottie e Mary attraversano il muro fluttuando e appaiono accanto alla cabina del DJ. Mary si lecca le labbra. «Dani e Alice sono bellissime.»

«Saranno contente che ci siate anche voi.» Indico una piccola galleria sopra l'ingresso, delimitata in modo che nessun ospite possa salirvi. «Abbiamo creato un'area speciale per i fantasmi. Potete ballare lassù tutta la notte e nessuno vi trapasserà. Edward vi manderà persino dei vassoi di cibo da annusare.» Faccio l'occhiolino a Mary. «Forse il tuo nuovo ragazzo, il Muratore Schiacciato, ti porterà a fare un giro di pista.»

«Sei la migliore.» Mary saltella su e giù tutta allegra, e fa accidentalmente cadere la tazza di caffè del DJ dal tavolo. Edward si precipita a pulire.

Faccio spallucce. «Non lo so. Siete sicure di non voler tornare a vivere? Io ne ho i poteri. Posso farlo. Oppure potrei aiutarvi a passare oltre, e potreste stare con Agnes e Vera.»

Mary fa una smorfia.

«Non preoccuparti.» Lottie agita una mano. «In realtà è abbastanza divertente essere un fantasma. Credo che mi mancherebbe troppo. Ora, se volete scusarmi, vado a sussurrare cose lascive a quel bell'uomo laggiù.»

«È il momento del lancio del bouquet!» dichiara Dani mentre il DJ sta per concludere l'ultima canzone. Lei e Alice salgono sulle sedie e tutte le persone non sposate, indipendentemente dal sesso, si affollano intorno a loro. Io mi metto in fondo per lasciare la possibilità a qualcun altro, visto che tecnicamente io l'anello al dito ce l'ho già e sono impegnata. Ma Pax si fa strada con forza tra la folla e afferra al volo uno dei bouquet prima ancora che lo stesso si avvicini alle donne.

«Preso!» grida, lanciandolo in aria come se fosse un trofeo di una corsa di carri. «Sono io il vincitore. Il prossimo a sposarsi sarò io.»

«Mi chiedo chi sarà la fortunata» dice Dani, sorridendo in direzione di Edward.

Il DJ ricomincia, e la pista da ballo si riempie. Appoggio la testa sulla spalla di Ambrose, ondeggiando dolcemente mentre guardo Edward che cerca di far volteggiare Pax passandoselo sotto il braccio. Il mio cuore è gonfio d'amore.

Cosa ci aspetta? Questa pace per la quale abbiamo lottato così tanto durerà?

Non ne ho idea.

E mi va bene così.

Mentre Ambrose mi fa girare per la sala, chiacchierando con entusiasmo del nostro imminente viaggio in Turchia, passiamo accanto a un uomo alto e familiare che parla con Dani sul bordo della pista da ballo. Lei incrocia il mio sguardo, con un'espressione di panico.

Che succede? Perché sembra così spaventata?

È mio dovere, in quanto damigella d'onore, salvare la situazione, quindi, sempre ballando, mi avvicino. «Hayes!» saluto l'ispettore. «Perché non si unisce a noi per un ballo?»

«Ora non posso, Bree.» Hayes si infila in bocca uno dei mini paxcake. «Sto solo raccontando a Dani di un nuovo caso interessante a cui stiamo lavorando.»

Gli occhi di Dani si riempiono di terrore. Il cuore mi martella nel petto. «Ah davvero, e di che cosa si tratta?»

«Il comune sta svuotando lo stagno per fare dei test ambientali.» Hayes si pulisce gli angoli della bocca con il tovagliolo. «Sul fondo hanno trovato una pila di trofei di golf di Ralph Sommersby. La cosa buffa è che la vedova di Ralph dice che avrebbero dovuto essere sepolti insieme a lui. Dato che Dani era l'impresario delle pompe funebri di Ralph, le chiedevo cosa ne sapeva.»

«Ehm...» Dani mi lancia uno sguardo terrorizzato.

Cazzolina fantasmosa.

«Dani è molto responsabile» commento pronta. «Avrà di sicuro fatto di tutto per assicurarsi che quei trofei andassero a riposare con Ralph. Sono sicura che si tratti di uno scherzo di qualche adolescente, o magari li ha buttati lì proprio la moglie di Ralph. Di certo suo marito non le piaceva molto.»

Hayes prende un altro bicchiere di bollicine. «Potrebbe essere vero. La prossima settimana riesumeremo il corpo. Se c'è sotto qualcosa di losco, lo scopriremo. Ma non è che per caso tu sai qualcosa dei trofei, vero Bree?»

«Chi, io?» Faccio l'occhiolino a Pax dall'altra parte della stanza che si tocca l'elsa della spada nascosta nei pantaloni. «Non mi abbandonerei mai a tali mostruosità. Spero che chi ha gettato quei trofei nello stagno si assuma le sue responsabilità.»

EPILOGO
MOLTI ANNI DOPO

Io sono la luce e la luce è me...

Il calore mi assale mentre la mia testa si riempie di ricordi. Rivedo, insieme, tutti i momenti più felici della mia vita. Sono così felice che mi sembra di scoppiare, ma ormai conosco bene questa sensazione. Stringo i denti e mi preparo all'impatto...

«Ahi!» urla Pax quando sbatte con violenza a terra. Alzo lo sguardo da dove sono atterrata perfettamente in piedi e allungo una mano verso di lui. Lui mi afferra, io mi appoggio a una lapide e lo tiro in piedi.

«Mi dispiace, l'atterraggio è sempre un po' turbolento. Ho detto ad Agnes di farci qualcosa, ma è stata occupata a cercare di risolvere una disputa sugli stipendi dei Tormentatori di Anime.»

«Dove siamo?» Pax si guarda intorno. «Sembra il cimitero di Grimdale.»

«Lo è, e non lo è.» Lo prendo per mano e lo tiro lungo il vialetto. «Questo è il sentiero. Vieni. Andiamo. Ho delle anime che non vedono l'ora di vederti.»

Mentre io e Pax camminiamo, lui ci parla di nostra figlia Aurora. In questo momento vive a Berlino, e si esibisce come artista aerea in una compagnia circense. Quando l'ho detto a Edward l'ultima volta che sono stata qui, si è quasi strozzato. Ma nonostante ciò, ho visto l'orgoglio nei suoi occhi scuri. Per tutti loro, Aurora non può sbagliare.

Pax è preoccupato che Aurora sarà così affranta che si incupirà. Teme che, ora che è rimasta sola, rinunci a tutti i suoi sogni. Certo, dovrebbe conoscerla, ma si sa: i padri si preoccupano sempre.

«Aurora starà bene.» Gli stringo la mano. «Mi ha raccontato del suo progetto di trasformare Grimwood in un rifugio per tutti i suoi amici artisti e i suoi fantasmi preferiti. Riempirà la casa di persone che celebrano la vita, e ogni tanto verrà a trovarci e io la addestrerò.»

Pax annuisce felice. Aurora è sempre circondata da persone. Fa amicizia facilmente, sia con i vivi che con i morti. Non si preoccupa mai di ciò che la gente pensa delle sue strane abitudini, dei suoi strani genitori e del suo strano modo di parlare con il nulla. Sinceramente, mi sarebbe piaciuto avere una persona come lei nella mia vita quando ero piccola. Un giorno sarà una fantastica Signora della Morte.

Ma non a breve. Aurora ha una vita intera da vivere, prima. E l'attuale Signora della Morte ama troppo il suo lavoro per rinunciarvi.

Alla fine del sentiero, passiamo sotto le porte aperte dell'imponente mausoleo di Edward. Ma invece di entrare nella tomba del principe, raggiungiamo la mia scintillante sala del trono. Pax si guarda intorno, stupito. Non l'ha mai vista prima, se non nella ciotola per la divinazione che gli ho insegnato a usare quando sono qua, ma dal vivo è davvero più impressionante.

«Quelli sono mia figlia e il mio centurione preferito?» Mio

padre esce dalla sala dei telai con un sorriso radioso, e un cacciavite in mano. «Benvenuti. Spero siate pronti per un po' di lavoro duro, perché queste macchine sono più vecchie del tempo, e sono capricciose il doppio.»

«Ce l'hai fatta, soldato!» esclama Edward. Si alza dal divano dorato che ha sistemato nell'angolo, scostando il quadro a cui sta lavorando. «Ce ne hai messo di tempo. Il cibo quaggiù è orribile. Ti va di preparare un po' di paxcake?»

«Sìììì, ti pregoooo!» lo implora Ambrose togliendosi il cappello per salutare Pax che entra dalla Sala dei Telai. «Ci mancano i tuoi manicaretti.»

«Miao!» aggiunge Walpurgis, sgattaiolando da dietro il mio trono, dove ha preso a nascondersi da una Agnes sempre più recalcitrante.

«Sono morto da neanche cinque minuti e già mi mettete al lavoro.» Pax fissa la spada che ha tra le mani. «Immaginavo di trovare Ade che banchettava o si azzuffava in lotte senza quartiere con i semidei, oppure ci dava dentro con Bree, piegata a novanta gradi sullo schienale del trono e...»

«Oh, ma di quelle cose ne abbiamo in abbondanza» lo rassicura Edward con un sorriso. «E il bello è che ogni sexy toy tu possa immaginare, qui si autoproduce. L'altro giorno Ambrose ha avuto la brillante idea di...»

«Come sta Aurora?» lo interrompe Ambrose, che arrossisce mentre lo abbraccia. «L'hai vista prima di...»

«È a Berlino. Immagino che ora abbia appreso la notizia e stia tornando a casa.» Pax sembra intristirsi per un momento. «Mi sento in colpa per averle rovinato l'esibizione. Mi mancherà.»

«Manca a tutti.» Edward si fa pensoso. «Ma quando sarà pronta per iniziare la sua formazione, tornerà qui e ci tormenterà con tutti i suoi aggeggi all'ultima moda e il suo cuore idealista. E nel frattempo, noi possiamo sempre piegare Brianna a novanta gradi sul trono e...»

«Devo ammettere che è allettante!» Gli lancio la falce e affondo nel mio comodo trono di velluto. La Corona di Ossa mi scivola su un occhio. «Ho tempo solo per un giro di paxcake. Devo prepararmi per la mia prossima apparizione. La mia autrice preferita di romanzi d'amore strambi e inquietanti sta per morire avvelenata, e voglio vedere se riesco a convincerla a non rimanere fantasma, in modo che possa venire a stare con noi. Abbiamo del lavoro da fare.»

FINE

Che cosa si ottiene quando si incrociano una libreria maledetta, tre uomini di fantasia terribilmente sexy e un'eroina punk rock con il cuore spezzato? Leggete il primo libro de **I Misteri della Libreria Nevermore, Una notte morta e tempestosa,** *per scoprire la storia di Mina e dei suoi fidanzati del mondo dei libri.*
https://books2read.com/adeadandstormynightitalian/

(Girate la pagina per un frizzante estratto).

Non ne avete mai abbastanza di Bree e dei suoi ragazzi?

Iscrivendovi alla newsletter di Steffanie Holmes potrete leggere gratuitamente una scena bonus di prima della partenza di Bree per il suo viaggio, oltre ad altre scene bonus e racconti extra, e scoprire la sua playlist.

https://www.nevermorebookshop.co.nz/pages/steffanie-holmes-newsletter-italian

DALL'AUTRICE

Spero che la storia di Bree vi sia piaciuta. È stato un libro molto divertente da scrivere. Sono un po' ossessionata dai fantasmi e dalle infestazioni (e se siete iscritti alla mia newsletter, lo sapete già), quindi è stato divertente creare questo mondo in cui i fantasmi non sono apparizioni che spaventano, ma sono proprio come voi e come me... solo che sono più sexy.

I nostri tre fantasmi sono tutti di fantasia, non sono personaggi storici, anche se i dettagli dei loro costumi e dei loro ricordi sono il più reali possibile.

Il nome di Pax significa *pace* in latino. Non è un nome tradizionale romano, ma ho pensato che fosse troppo divertente per non usarlo. Usa la parola *verpa* che era un termine latino volgare per indicare il pene. E il suo insulto - *vappa!* - significa *feccia*: si riferisce al vino inacidito. Le opinioni sui druidi sono sue, personali, e non condivise dall'autrice.

Ambrose è basato su uno dei miei eroi personali: l'avventuriero vittoriano James Holman. Holman divenne misteriosamente cieco all'età di vent'anni circa e, quando questo gli impedì di portare avanti la sua carriera navale, prima si iscrisse alla scuola di medicina e poi partì per una serie di avventure in giro per il mondo. Era conosciuto come il «Viaggiatore cieco.»

Holman batteva sul suolo con un bastone, e con tale sistema era in grado di scoprire gli spazi intorno a lui attraverso l'ecolocalizzazione. Camminava tenendo in mano una corda, con l'altra estremità legata a una carrozza, in modo da non uscire di strada. I suoi viaggi sono narrati nei libri che scrisse utilizzando il telaio con le corde descritto da Ambrose.

Inizialmente, i libri di Holman furono accolti con entusiasmo, ma poi fu visto più che altro come un personaggio bizzarro, e non fu più preso sul serio come avventuriero. La gente diceva addirittura che non poteva essere veramente cieco. Cavalcò elefanti a Ceylon, combatté la tratta degli schiavi nell'isola di Fernando Po, contribuì a tracciare le mappe dell'entroterra australiano e fu catturato in Siberia dagli uomini dello zar perché sospettato di essere una spia. Non fu ucciso, ma venne espulso alla frontiera con la Polonia.

Il suo manoscritto finale, un'autobiografia che comprendeva tutti i suoi viaggi, non fu mai pubblicato e probabilmente non è nemmeno arrivato ai giorni nostri. Holman morì nell'oscurità ed è sepolto nel cimitero londinese di Highgate, proprio il luogo da cui prende spunto il Grimdale Cemetery. Jason Roberts scrisse una splendida biografia di Holman intitolata *A Sense of the World*, che consiglio vivamente.

Forse non lo sapete, ma io sono ipovedente dalla nascita. A differenza di Ambrose, Mina e Holman, la mia vista non è scomparsa all'improvviso, né è peggiorata nel tempo. Io sono nata con una condizione genetica che si chiama *acromatopsia*, il che significa che ai miei occhi mancano i milioni di cellule coniche necessarie per riconoscere i colori e percepire la profondità. Quindi sono completamente daltonica, sensibile alla luce e con una scarsa percezione della profondità. Per questo strizzo gli occhi e sbatto le palpebre in continuazione e faccio fatica a stabilire un contatto visivo. Sono così miope da essere considerata cieca.

Mi piace l'idea di scrivere storie in cui persone come me vivono le loro avventure, salvano il mondo e scoprono di poter essere sexy e di poter arrivare al lieto fine.

Ci sono tante persone che mi hanno sempre sostenuta e hanno creduto in me, anche quando io per prima faticavo a credere in me stessa. La mia famiglia: mia madre, mio padre e mia sorella Belinda.

Le scrittrici con le quali ho festeggiato e pianto: le amiche di Dirty Discourse, le favolose signore di Romance Writers of New Zealand e di SpecFic Slack, le Badass Authors e le mie ragazze amanti di reverse harem. Grazie per avermi insegnato che il successo di una di noi solleva il morale di tutte.

Ai miei amici, i Bogan, alla mia famiglia allargata, ai miei fratelli e sorelle metal. Mi scuso per usare nei miei romanzi una quantità esagerata delle nostre marachelle. (È una bugia).

Sempre, un grosso grazie al mio irascibile marito batterista, che è tutto, per me. Ogni eroe di cui scrivo è un pezzo di te e di ciò che significhi per me.

E infine, a voi, miei lettori, per aver intrapreso questo viaggio insieme a me. Vi amo più di quanto potrei dire.

Una parte delle royalties derivanti dalla vendita di questo libro viene devoluta al Parkinson's New Zealand. Grazie per il lavoro che fate!

Ogni settimana invio ai fan una newsletter che contiene una storia inquietante su un'infestazione o su uno strano caso criminale che ha ispirato uno dei miei libri, oltre a notizie sulle prossime uscite e a un libro gratuito di scene bonus chiamato *Cabinet of Curiosities*. Per iscriversi alla mailing list basta andare sul mio sito web: https://www.nevermorebookshop.co.nz/pages/steffanie-holmes-newsletter-italian

Sono davvero felice che questa storia vi sia piaciuta! Sarei contenta se voleste lasciare una recensione su Amazon o Goodreads. Aiuterà altri lettori a trovare la loro prossima lettura.

Grazie, grazie! Vi voglio un sacco di bene! A presto.

Steff

EXCERPT
UNA NOTTE MORTE E TEMPESTOSA

Cercasi: Assistente/sistematore di scaffali/tuttofare generico per libreria di seconda mano. Deve conoscere bene la letteratura classica, detestare i libri elettronici e tutti coloro che li utilizzano, e avere esperienza nel rispondere a domande insensate di clienti per otto ore di fila. Niente allergie a polvere o a gatti: in caso di scelta tra te e il gatto, tu perderesti. Lavoro duro, retribuzione pessima. Presentare la candidatura all'interno della Libreria Nevermore.

Accidenti. Chiusi l'app della comunità locale e mi infilai il telefono in tasca. *In realtà chi ha scritto quell'annuncio non vuole affatto assumere un assistente.*

Sfortunatamente, non avevano tenuto conto di me, Wilhelmina Wilde, stilista fallita di recente, proprietaria di due occhi malconci, nonché patetico avanzo di essere umano. Avrei ottenuto quel lavoro di assistente, che quello Scrittore-di-Annunci-Tirchio-Brontolone-e-Ossessionato-dai-Gatti mi volesse o meno.

Non avevo alternative.

Scrutai l'imponente facciata vittoriana in mattoni della Libreria Nevermore, al numero 221 di Butcher Street, Argleton, con un misto di nostalgia e timore. Avevo trascorso gran parte della mia infanzia in un angolo buio di quel negozio e ora, se mi fossi giocata bene le mie carte, sarei riuscita a vederlo stando dall'altro lato del bancone. Era l'unica luce nel mio buio mondo di merda.

Non ricordavo che avesse un aspetto così... inquietante.

A parte la scritta sbiadita *Libreria Nevermore* in caratteri gotici sopra l'ingresso, l'esterno dell'edificio non lasciava intendere che mi trovassi di fronte a una delle più grandi librerie di seconda mano di tutta l'Inghilterra. La facciata di una sgangherata casa georgiana con aggiunte vittoriane si ergeva per quattro piani dalla strada, più simile a un inquietante orfanotrofio di un romanzo gotico che a un deposito di libri di pregio. Gli alberi piegavano gli spogli rami sulle finestre oscurate e il glicine si arrampicava sui mattoni sudici, avvolgendo l'edificio in uno spesso rivestimento di fogliame. Ragnatele si tendevano all'interno delle grate e ricoprivano i davanzali. All'interno non sembrava esserci nessuna luce.

Le erbacce soffocavano i due vasi di fiori ai lati della porta. Un tempo smaltati di un blu brillante, erano ora macchiati di striature marrone e bianche prodotte da uccelli troppo presenti. Un piccione tubava sinistro dalla grondaia sopra la porta, minacciando di scaricare qualcosa di indesiderato. Come due occhi maligni, gli abbaini gemelli nel sottotetto guardavano la stradina acciottolata, e un basso balcone nero in ferro battuto al secondo piano faceva da dentiera. Una torretta esagonale sporgeva dall'angolo sud-occidentale, dove un tempo forse batteva il sole, prima che Butcher Street le si sviluppasse intorno.

Quando ci andavo da bambina, i primi due piani erano del negozio: un labirinto di corridoi stretti e di stanze anguste, con pareti e tavoli pieni di libri. Il precedente proprietario, un bonario vecchietto cieco di nome signor Simson, viveva negli altri due piani, ma per quanto ne sapevo, il nuovo proprietario usava quello spazio come fumeria d'oppio o affumicatoio di carne.

Per fortuna il pallido sole inglese faceva capolino tra le nuvole grigie, e ciò significava che potevo distinguere i dettagli più fini della facciata. Gli edifici ai lati erano avvolti da quella strisciante ombra nera che ormai mi seguiva ovunque. Strizzai gli occhi per osservare la lavagna che faceva da insegna sulla strada, sperando di trovare qualche indizio sulla personalità del nuovo proprietario, ma c'erano solo strane linee che sembravano zampe di gallina.

Questo posto è ancora più squallido di quanto ricordassi. Avrebbe bisogno di un po' di cure amorevoli.

Come me. Strizzai l'occhio al riflesso nella vetrina buia, ma riuscivo a malapena a distinguere la sagoma del mio corpo. Almeno sapevo che quando ero uscita di casa avevo un aspetto fiero, con la mia gonna a pieghe di Vivienne Westwood (comprata su eBay per venticinque sterline), la camicia vintage con le ruches, la cravatta da uomo presa in un bizzarro negozio gothic al mercato di Camden e il blazer della mia vecchia scuola con una spilla smaltata sul colletto che diceva: "Jane Austen è la mia amica del cuore." Con le mie scarpe da ginnastica preferite e un paio di occhiali dalla montatura spessa, avevo il look perfetto da "bibliotecaria stronza."

Cioè, se si ignorava il fatto che a causa dell'oscurità strisciante che mi invadeva i margini del campo visivo avevo dovuto appiccicare il naso al vetro per vedermi riflessa, e spostare la testa per vedere bene i dettagli del mio abbigliamento.

Vi prego, Iside e Astarte e qualsiasi altra dea in ascolto, fatemi ottenere questo lavoro. Non posso sopportare altri rifiuti.

Mi lisciai i capelli, presi un respiro, spinsi la porta cigolante del negozio e feci un passo indietro nel tempo.

Mentre il campanello del negozio tintinnava e l'odore di carta ammuffita mi riempiva le narici, tornai ad avere nove anni: la bizzarra bambina emarginata la cui madre era stata bandita dagli eventi scolastici dopo che aveva truffato il presidente dell'associazione genitori-insegnanti con un programma di mastermind Forex trading, che in realtà era solo un CD-ROM con lei che paragonava il trading di valuta al processo di fare il bucato (in fondo, era colpa sua se era stato truffato: chi li usava più i CD?).

Appena suonava la campanella della scuola, io mi precipitavo in centro, entravo da questa stessa porta e mi rifugiavo in un altro mondo. Mi accoccolavo sulla poltrona di pelle scricchiolante nella saletta di Storia del Mondo con un'enorme scaffale pieno di libri e leggevo finché mia madre non finiva il turno e veniva a prendermi. I libri divennero i miei amici: personaggi come Jane Eyre e Dorian Grey erano i perfetti sostituti di quei ragazzi che mi trattavano in modo terribile. Quando diventai più grande a scuola venivo derisa da quei ragazzi che invece corteggiavano la mia migliore amica, così continuai a tuffarmi nei libri, per innamorarmi di ragazzi cattivi, intelligenti e pieni di rabbia, desiderio e dolore. Quelli su cui nessuno avrebbe scommesso. Adoravo gli antieroi come Heathcliff e Sherlock Holmes, e scoprii che autori malinconici come Edgar Allan Poe parlavano direttamente alla mia anima.

Il signor Simson mi rivolgeva a malapena la parola, ma sembrava che non gli importasse che io leggessi tutti i libri del suo negozio senza potermi permettere di comperarne nemmeno uno. A volte mi lasciava persino frugare nelle scatole degli scarti prima che venissero mandati al macero. La gente entrava nel negozio e cercava di vendere al signor Simson montagne di libri da aeroporto: tascabili di James Patterson e John Grisham che nessuno voleva di seconda mano. Se rifiutava la loro generosa offerta, loro tornavano di notte e infilavano i volumi uno per uno nella fessura per la posta, così il signor Simson ne aveva sempre delle pile in giro. Io li portavo di nascosto a casa, nel nostro quartiere popolare (se mia madre mi sorprendeva a leggere, mi faceva la predica su come agli uomini non piacessero le ragazze intelligenti e litigavamo di brutto) e li leggevo di notte sotto le coperte oppure nascondendoli tra i libri di testo durante le lezioni.

Fu nella Libreria Nevermore che scoprii per la prima volta la musica punk. Avevo trovato una scatola di riviste malconce del 1970 nella sezione Musica di Successo e mi ero persa tra le fotografie sbiadite di adolescenti annoiati con creste di capelli sbiancati. Nessuno di loro si sentiva nell'ambiente giusto, e non gliene fregava un cazzo. Ero innamorata.

La Mina teenager si buttò nella musica e nella moda punk, comprò una macchina da cucire di seconda mano e iniziò a cucirsi i vestiti da sola. La moda divenne un modo per esprimere me stessa, e mi si aprì un mondo più grande, più luminoso e più divertente del posto dove vivevamo, della mia scuola di merda, della mia mancanza di tette e della cittadina di Argleton.

Quando non si hanno amici e si ha a disposizione un'intera libreria per le proprie ricerche, si fanno un sacco di compiti. Alla fine del mio ultimo anno di scuola secondaria, mi furono offerte quattro borse di studio per altrettante università prestigiose. Ma c'era solo una cosa che volevo: diventare una stilista punk-rock. La futura Vivienne Westwood, tante grazie. Così, quando ottenni un posto al famoso Fashion Institute di New York, impacchettai anfibi e macchina da cucire e mi lasciai definitivamente alle spalle Argleton.

O almeno, questo era ciò che avevo pensato.

Ho così vissuto a New York per quattro gloriosi anni, rompendomi il culo a forza di lavorare, facendo baldoria con la mia migliore amica Ashley e imparando tutto ciò che c'era da imparare sull'industria della moda. L'anno scorso ho terminato gli studi e ho preso parte insieme con Ashley allo stesso stage di un anno presso Marcus Ribald, il nostro stilista preferito di sempre dopo Vivienne.

Tutto è iniziato a cambiare quando notai una leggera sfocatura con la coda dell'occhio e per tre giorni di fila caddi dalle scale. Prendevo la tazza del caffè e la facevo cadere, oppure firmavo un documento senza riuscire a scrivere sulla riga. Pensavo che non fosse niente, ma era come vivere costantemente con i postumi di una sbornia. Mi tenevo in piedi con caffè e hot dog scontati perché scaduti il giorno prima e avevo immaginato che fosse quella la causa dei mal di testa martellanti che mi trafiggevano giorno e notte. Ma continuavo a insistere a lavorare, a bere. Stavo vivendo un sogno. Niente poteva fermarmi.

Sbagliato. È bastata una fastidiosa visita medica. E il tradimento di Ashley.

Addio tirocinio. Addio, schifoso appartamento infestato dai topi che segretamente amavo. È stato bello conoscervi, sogni di un futuro in cui avrei vestito le celebrità per il red carpet. Ora ero di nuovo ad Argleton, dormivo nella mia vecchia e squallida stanza e mi agitavo per un colloquio di lavoro come cazzo di *tuttofare generica*.

Mi addentrai nel cupo negozio. Nell'ingresso fiancheggiato da alti scaffali pieni di libri, appoggiai lo stivale su una spessa moquette. Una piccola fila di roditori imbalsamati mi scrutava da piccoli scudi di legno inchiodati lungo le modanature. *Quelli non li ricordavo.* Il nuovo proprietario aveva sicuramente un gusto bizzarro per l'arredamento. E aveva scritto un annuncio di lavoro davvero acido...

Feci scorrere le dita lungo i dorsi dei libri, muovendomi con cautela per evitare di inciampare nelle pile di tascabili di cui era disseminato il pavimento. Muffa, naftalina, cuoio e carta vecchia mi accarezzavano le narici. L'aria praticamente *trasudava* libri.

«C'è qualcuno?» chiesi tossendo, con la polvere che mi solleticava la gola. *Questo posto è sempre stato così polveroso?*

Ciao, bellezza, gracchiò una voce dietro di me. Mi voltai di scatto, pronta a rispondere per le rime. Ma sulla porta non c'era nessuno. Girai la testa per scrutare gli angoli della stanza, ma non riuscivo a penetrare l'ombra.

Da dove veniva quella voce?

«C'è qualcuno?» ripetei. *La prima cosa che farò se otterrò il lavoro sarà ravvivare un po' questo posto.*

Qualcosa fruscì nell'angolo buio sopra la porta. Alzai lo sguardo. I miei occhi scoprirono la forma di un enorme uccello nero appollaiato in cima alla libreria. All'inizio pensai che fosse impagliato, ma aprì una ampia ala e me la sbatté in faccia.

«Ahia!» Alzai un braccio e con un gomito urtai una pila di libri, che caddero a terra. Il corvo gracchiò soddisfatto e richiuse le ali.

Che ci fa un corvo qui dentro, nel nome di Astarte? Farà la cacca sui libri. Chissà se si è fatto il nido sul tetto da qualche parte? Dovremo scovarlo, se vogliamo mandarlo via...

«Cra,» commentò il corvo con tono accusatorio, come se avesse sentito i miei pensieri.

«Credo che il posto ti si addica.» Osservai l'uccello mentre mi chinavo a cercare i libri. «Un corvo nella Libreria Nevermore. C'era una volta una mezzanotte uggiosa...»

«Cra.» Gli occhi gialli del corvo rilucevano. Qualcosa in quel gracchiare suonava come un avvertimento.

«Va bene. Va bene. Non sono venuta qui per citare poesie a un uccello.» Mi alzai in piedi e mi massaggiai il gomito che mi doleva. «Voglio parlare con il capo. Sai dove posso trovarlo?»

Come se avesse capito la domanda, il corvo scese dallo scaffale, mi superò in picchiata e volò dietro l'angolo, scomparendo al di là di un arco sulla sinistra. Lo seguii in quello che un tempo era un salotto e che ora era un'accozzaglia di scaffali spaiati e di mobili da rigattiere. Al centro della stanza c'erano due pesanti tavoli di quercia, uno con un grande mappamondo e l'altro con un armadillo imbalsamato. I libri formavano pile così alte che sembrava che l'armadillo si stesse costruendo un muro di confine. Vecchie poltrone da cinema e poltrone a sacco formavano un'area di lettura sotto la finestra, e la grande scrivania da avvocato che era servita come bancone del signor Simson occupava ancora il posto d'onore accanto al grande camino, anche se la targa d'ottone sulla parte anteriore ora recitava "Signor Earnshaw".

Il corvo mi svolazzò intorno e si appollaiò sulla lampada da tavolo, picchiettando gli artigli contro il metallo. Mi ci vollero alcuni istanti per individuare un uomo ingobbito alla scrivania: i capelli scuri e mossi che gli ricadevano sulle spalle ne oscuravano il volto, e i vestiti neri si confondevano con il legno alle sue spalle.

«Siamo chiusi.» Una voce burbera rimbombò da sotto la capigliatura.

«Però l'insegna dice aperto.»

«Beh, girala quando esci.» La voce riuscì a sembrare esasperata e disinteressata allo stesso tempo.

«Ehm, certo. Il signor Earnshaw, vero?» Salutai con un cenno della mano. Lui non alzò nemmeno lo sguardo dal giornale. «Ho visto l'annuncio di lavoro che avete pubblicato sulla app di Argleton e volevo...»

«App?» Alzò di scatto la testa. Occhi di fuoco nero mi guardavano con sospetto da sotto un paio di folte sopracciglia, incastonate in un viso dalla pelle scura, di una bellezza così straordinaria che mi mancò il respiro.

Il nuovo proprietario era più giovane di quanto mi aspettassi (il signor Simson era un uomo anziano anche quando ero una ragazzina) e troppo bello per lavorare in una libreria. I suoi lineamenti esotici e gli zigomi pronunciati sarebbero stati bene sulla copertina di una rivista di moda. L'inclinazione provocatoria del mento e le labbra altezzose serrate in una linea sottile nascondevano la tempesta che gli infuriava dentro.

Ondate di pericolo emanavano dalla sua persona. Pericolo... e desiderio.

Robusti muscoli tiravano le cuciture della camicia. Aveva le maniche arrotolate fino ai gomiti e su un avambraccio nerboruto aveva il tatuaggio di un albero spoglio e nodoso, con alcune parole in corsivo.

Per quanto un Adone, quel signor Earnshaw aveva anche l'aspetto di un vero stronzo. Arricciò il naso perfettamente scolpito e le labbra si tesero in un ghigno. «Che diavolo è una app?»

Che razza di domanda è? «Ehm... sa, un'applicazione per il telefono, così si possono sapere gli orari dell'autobus o parlare con gli amici, o...»

«Non parlarmi di telefoni,» scattò Earnshaw. «La gente passa troppo tempo al telefono.»

Giusto. Avevo dimenticato la parte dell'annuncio in cui parlava dell'odio per gli e-book. *Questo tizio deve essere uno di quei tipi strani che hanno la fobia della tecnologia.* «Oh, sono d'accordo. Voglio dire, i telefoni si dovrebbero usare solo per chiamare le persone. E per controllare i social media. E basta. Io non lo userei mai per leggere,» sbottai, infilandomi il cellulare dietro la schiena. «Voglio dire, gli studi hanno dimostrato che a lungo termine può causare danni alla vista e...»

«Poi continuare a parlare quanto ti pare, ma siamo sempre chiusi. Cos'è che vuoi?»

«Fare domanda per il posto di assistente.» Cercai nella borsa la busta che avevo accuratamente sigillato, cercando di evitare di mostrargli per sbaglio l'e-reader nascosto dietro l'astuccio per il trucco. «Ho qui il mio curriculum con tutte le mie qualifiche e...»

«Non mi serve. Se vuoi il lavoro, dimmi perché dovrei assumerti.»

«Giusto, beh...» Era il colloquio più strano che avessi mai sostenuto. Gli occhi di Earnshaw mi trafissero, riducendomi le budella in poltiglia. Aprii la bocca, ma lui sbatté le palpebre. Le lunghe ciglia nere gli si abbassarono sugli occhi, degli enormi buchi neri che si mangiavano interi universi a colazione. Un brivido mi partì dalla base del collo e mi scese lungo la spina dorsale, fermandosi solo quando arrivò ad accarezzarmi in mezzo alle gambe.

Ora desideravo quel lavoro più che mai, solo per stare a fissare quell'esemplare tutto il giorno. Accidenti, ho sempre avuto un debole per i ragazzacci burberi. Davo la colpa a Emily Brontë. Il brutale e indomabile Heathcliff mi aveva rovinata.

«Se la tua risposta è stare a guardarmi a bocca aperta come un'ameba bavosa,» ringhiò, «allora puoi prendere il lavoro e ficcartelo dove non batte il sole...»

«Non è la mia risposta.» Mi sentii le guance in fiamme. *Ma chi è questo tizio? Adone o no, come fa a parlare così a clienti e potenziali dipendenti? Non c'è da stupirsi che il posto sia deserto.* «Stavo solo raccogliendo i miei pensieri. Dovrebbe assumermi perché sono una gran lavoratrice. Sono puntuale. Ho esperienza nella vendita al dettaglio, nonché competenze nel campo del design, quindi posso occuparmi della grafica e delle vetrine...»

«Non mi interessa. Perché vuoi lavorare *qui*? Nessuno vuole lavorare qui. Era *questo* il senso dell'annuncio.»

Io mi ruppi la testa per trovare una risposta a quella domanda. *Cosa vuole da me?* «Ehm... credo sia perché da bambina frequentavo sempre questa libreria. So dove vanno tutti i libri e ho aiutato personalmente il signor Simson a sistemare il registratore di cassa in almeno due occasioni.» Indicai l'antico marchingegno che il corvo stava sbecchettando.

Earnshaw mi guardò, con gli occhi che mi scorrevano sul viso come se cercassero qualcosa. Non disse nulla. Il silenzio tra noi si protrasse fino a quando anche il corvo si stufò di cercare vermi nella macchinetta delle carte di credito e mi fissò.

Sta aspettando altro?

«E... beh, ho ogni sorta di abilità utile.» Cercai di trovare qualcosa che potesse rendermi simpatica a quell'uomo dal mento forte. «Ho un diploma in moda, e quello probabilmente non sarà utile. Però sono una millennial, quindi posso occuparmi dei social media del negozio. Potrei creare un sito web...»

Lo vedi, vero? disse quella strana voce. *È ovvio. È lei quella di cui ti ha parlato.*

Heathcliff grugnì. Io lo guardai stringendo gli occhi. *L'ha sentito anche lui?*

Tu assumila e basta, disse ancora quella voce. *È carina.*

«Ehi!» Mi guardai alle spalle, cercando il proprietario della voce per dargli un calcio nelle palle. Ma nella stanza non c'era nessun altro.

Era Earnshaw? Ma la voce non sembrava la sua e, a giudicare dal modo in cui mi fissava, già pensava che fossi pazza. *Forse lui non l'aveva sentita?*

Inoltre, la voce sembrava quasi provenire *dalla mia testa.*

Per favore, non ditemi che, oltre a tutto il resto, ho anche allucinazioni sonore.

Mi piace. Scommetto che mi porterà dei dolcetti. Bacche, salmone affumicato, forse anche un uovo sodo.

Sbirciai di nuovo dietro di me. *Si stanno nascondendo nel corridoio? Dietro la poltrona a sacco?* «Chi è?»

Earnshaw alzò di scatto la testa. «Con chi stai parlando?»

«Non ha sentito? Qualcuno che blaterava di salmone e uova.»

Gli occhi di Earnshaw si assottigliarono. Allungò una mano enorme e afferrò il becco del corvo. «Non hai lasciato la porta aperta, vero? Dovremmo essere *chiusi*.»

«No. Io...» Mi ingobbii. *Chi sto prendendo in giro? Non c'è speranza.* «Credo che ora me ne andrò. Grazie per il suo tempo e...»

«Inizi domani,» sbottò Earnshaw. «Apriamo alle nove. Sii qui alle otto e mezza, ma non far entrare nessun altro. Se sei in ritardo, il tuo primo stipendio se lo prende l'uccello.»

UNA NOTTE MORTE E TEMPESTOSA

Cosa si ottiene quando si incrociano una libreria maledetta, tre uomini sexy di fantasia e un misterioso omicidio da risolvere?

Dopo essere stata licenziata dallo stage di moda a New York, torno a casa con una sensazione di fallimento e vado a lavorare nella pittoresca libreria del villaggio. Forse, essere circondata da grandi della letteratura mi aiuterà a trovare una nuova strada.

Ma la mia vita tranquilla diventa più bizzarra della finzione: una misteriosa maledizione sulla Libreria Nevermore riporta in vita personaggi immaginari, in corpi che sono veri oggetti del desiderio. Ora mi ritrovo a fare duelli di poesia con l'impertinente corvo dai capelli scuri di Poe, a salvare i clienti da uno scontroso Heathcliff tatuato, e a ricevere consigli di vita dal galante ma malvagio James Moriarty. Il tutto mentre cerco di non innamorarmi dei tre splendidi uomini che dovrebbero esistere solo nella mia immaginazione.

Sembra fantastico, vero?

Beh, lo è.

Omicidi a parte.

Proprio così: omicidi. Si scopre che il mio pittoresco villaggio inglese è al centro di omicidi.

La mia ex migliore amica viene trovata morta con un coltello nella schiena e io sono la sospettata principale. Se voglio ripulire il mio nome dovrò fare come Agatha Christie. Riusciranno i miei fidanzati di fantasia a tenermi fuori dalla prigione?

I misteri della Libreria Nevermore sono ciò che si ottiene quando tutti i propri fidanzati letterari escono dal mondo dei libri e prendono vita. Se si mettono insieme un cupo antieroe, un maestro del crimine, un corvo impertinente e un'eroina con un cuore grande (e una collezione di libri ancora più grande) si ottiene questa appassionante serie di misteri paranormali dell'autrice bestseller di USA Today Steffanie Holmes.

books2read.com/adeadandstormynightitalian

INFORMAZIONI SULL'AUTRICE

Steffanie Holmes è autrice bestseller di *USA Today* e scrive romanzi dark, gotici e peccaminosi. I suoi libri sono caratterizzati da eroine intelligenti e spiritose, società segrete, antiche dimore da brivido e maschi alfa che ottengono *sempre* ciò che vogliono.

Ipovedente dalla nascita, Steffanie ha ricevuto il premio Attitude Award for Artistic Achievement nel 2017. È stata anche finalista del premio Women of Influence 2018.

Steffanie vive in Nuova Zelanda con il marito, la loro collezione di spade medievali e un'orda di gatti irascibili e.